O meu nome é Legião

António Lobo Antunes

O meu nome é Legião

ALFAGUARA

© António Lobo Antunes, 2007
Todos os direitos desta edição reservados à
Editora Objetiva Ltda.
Rua Cosme Velho, 103
Rio de Janeiro — RJ — Cep: 22241-090
Tel.: (21) 2199-7824 — Fax: (21) 2199-7825
www.objetiva.com.br

Capa
Dupla Design

Imagem de capa
© Nikada/Istockphoto

Revisão
Ana Kronemberger
Fátima Fadel

Editoração eletrônica
Abreu's System Ltda.

CIP-BRASIL. CATALOGAÇÃO-NA-FONTE
SINDICATO NACIONAL DOS EDITORES DE LIVROS, RJ.

A642m

        Antunes, António Lobo
            O meu nome é Legião / António Lobo Antunes. - Rio de Janeiro : Objetiva,
2009.

        335p.   ISBN 978-85-60281-84-8

           1. Romance português. I. Título.

09-2284   CDD: 869.3
                                   CDU: 821.134.3-3

Para o
Henrique Bicha Castelo
meu amigo
que me salvou a vida

*Abordaram à região dos gerasenos, situada defronte da
Galileia. Quando desceu para terra veio-lhes ao encontro um
homem da cidade, possesso de vários demónios, que desde há
muito não se vestia nem vivia em casa mas nos túmulos. Ao
ver Jesus prostrou-se diante dele, gritando em alta voz: «Que
tens que ver comigo, Jesus, filho de Deus altíssimo? Peço-te
que não me atormentes!» Jesus, efectivamente, ordenava ao
espírito maligno que saísse do homem, pois apoderava-se
dele com frequência. Prendiam-no com correntes e grilhões
para o manterem em segurança, mas ele partia as cadeias e o
demónio impelia-o para os desertos.*

*Jesus perguntou-lhe: «Qual é o teu nome?» «O meu nome
é Legião» — respondeu.*

Lucas, 8: 26-28

Os suspeitos em número de 8 (oito) e idades compreendidas entre os 12 (doze) e os 19 (dezanove) anos abandonaram o Bairro 1º de Maio situado na região noroeste da capital e infelizmente conhecido pela sua degradação física e inerentes problemas sociais às 22h00 (vinte e duas horas e zero minuto) na direcção da Amadora onde julga-se que por volta das 22h30 (vinte e duas horas e trinta minutos) hipótese sujeita a confirmação após interrogatório quer dos suspeitos quer de eventuais testemunhas até ao momento não localizadas furtaram pelo método denominado da chave-mestra

(sujeito a confirmação também e que adiantamos como provável derivado ao conhecimento do modus operandi do grupo)

2 (duas) viaturas particulares de média potência estacionadas nas imediações da igreja a curta distância uma da outra e no lado da rua em que os candeeiros fundidos

(vandalismo ou situação natural?)

permitiam actuar com maior discrição após o que se dirigiram para a saída de Lisboa no sentido da auto-estrada do norte utilizando a via rápida que por não se acharem as ditas viaturas munidas do dispositivo magnético necessário à sua utilização registou as matrículas conforme fotocópia anexa aliás não muito nítida e previne-se respeitosamente o comando para a urgência de melhoramentos no equipamento caduco: fotocópia número 1 (um) embora perceptível é verdade com uma lupa decente.

Temos motivos para adiantar com base em actuações pretéritas essas sim já aferidas que os suspeitos se distribuíram nos veículos de acordo com a ordem habitual ou seja o chamado Capitão de 16 (dezasseis) anos mestiço, o chamado Miúdo de 12 (doze) anos mestiço, o chamado Ruço de 19 (dezanove) anos branco e o chamado Galã de 14 (catorze) anos mestiço na dianteira e os restantes quatro, o chamado Guerrilheiro de 17 (dezassete) anos mestiço, o chamado Cão de 15 (quinze) anos mestiço, o chamado

Gordo de 18 (dezoito) anos preto e o chamado Hiena de 13 (treze) anos mestiço assim apelidado em consequência de uma malformação no rosto (lábio leporino) e de uma fealdade manifesta que ousamos sem receio embora avessos a julgamentos subjectivos classificar de repelente

(vacilámos entre repelente e hedionda)

a que se juntava uma clara dificuldade na articulação vocabular muitas vezes substituída por descoordenação motora e guinchos logo atrás, salientando-se a importância do chamado Ruço ser o único caucasiano

(raça branca em linguagem técnica)

e todos os companheiros semi-africanos e num dos casos negro e portanto mais propensos à crueldade e violência gratuitas o que conduz o signatário a tomar a liberdade de questionar-se preocupado à margem do presente relatório sobre a justeza da política de imigração nacional. Cerca das 23h00 (vinte e três horas e zero minutos) as duas viaturas alcançaram a primeira estação de serviço do trajecto Lisboa-Porto a cerca de 30 (trinta) quilómetros das portagens tendo parado com os motores a trabalharem

(existia apenas uma furgoneta numa das bombas)

diante do estabelecimento envidraçado no qual se efectua a liquidação do montante de gasolina adquirida e onde se pode malbaratar dinheiro em revistas jornais tabaco

(espero bem que não álcool)

pastilhas elásticas e ninharias. No citado estabelecimento encontrava-se o empregado a conversar sentado à caixa registadora com o condutor da furgoneta e outro empregado mais idoso a varrer o soalho adjacente a uma porta de escritório ou compartimento de arrumos

(deseja-se que não destinado à venda clandestina de bebidas espirituosas)

com a placa Interdita A Entrada mal aparafusada à madeira. Os suspeitos apetrecharam-se de gorros de lã e óculos escuros e ingressaram sem pressa no local

(de acordo com o depoimento do empregado da caixa um deles e ignora a especificação do indivíduo assobiava)

transportando espingardas de canos serrados e pistolas do Exército e concedo-me uma breve digressão no meu entender não inteiramente despicienda para sublinhar no caso de me autorizarem uma nota íntima que as estações de serviço à noite iluminadas na beira do caminho me fazem sentir menos desditoso e só quando regresso de Ermesinde aos domingos de madrugada da visita mensal à minha filha, o mundo com as suas árvores confusas e as suas povoações logo perdidas cujo nome desconheço me surge demasiado grande para conseguir entendê-lo e as bombas de gasolina próximas, nítidas, ia escrever cúmplices mas retive-me a tempo me garantem que apesar de tudo possuo um lugar ainda que ínfimo no concerto do universo, alguém talvez me espere tomara descobrir em que sítio com a chávena de um sorriso numa toalha amiga e eu comovido senhores, eu grato, peço perdão de inserir num documento oficial e em papel do Estado este desabafo importuno e este desejo absurdo de companhia: rodar a fechadura e escutar na despensa, na sala, não ouso sugerir que no quarto uma voz que pronuncia o meu nome

— És tu?

em vez do silêncio do costume e da indiferença das coisas de modo que as estações de serviço à noite, escrevia eu, se avizinham da noção de felicidade que há tanto tempo procuro. Adiante. Prosseguindo o presente relatório de que sem desculpa

(estou cônscio do erro e penitencio-me dele)

me desviei os suspeitos transportando espingardas de canos serrados e pistolas do Exército ingressaram sem pressa

(um deles, e a dúvida de qual deles, assobiava)

no local sem que o empregado da caixa ou o condutor da furgoneta lhes dessem atenção ocupados a comentarem a notícia de um periódico desportivo e foi o empregado que varria o soalho adjacente ao escritório ou compartimento de arrumos

(o qual não continha, acrescento com alegria, bebidas espirituosas embora não ponha de parte, que vigaristas não faltam, a hipótese de as haverem ocultado antes da minha visita)

quem se apercebeu do assalto erguendo a vassoura e prevenindo o sócio

— Olha estes miúdos pretos César

sem oportunidade para mais considerações dado que uma das espingardas de canos serrados disparou 5 (cinco) projécteis consecutivos não se lhe notando sangue na roupa, o sangue na parede atrás dele depois de cair em estremeções sucessivos isto é poisando as nádegas no chão a olhar os suspeitos ou não olhando ninguém conforme o meu padrasto levantava a cabeça cega das palavras cruzadas a remoer sinónimos e a baixava de novo preenchendo os quadradinhos em maiúsculas triunfais, a mão direita

(do empregado não do meu padrasto)

alongou-se, o médio, que durou mais que os outros dedos encolheu um tudo nada

(estou a vê-lo daqui)

e pondero se o vento tocava os arbustos lá fora ou os deixava em paz: durante séculos em criança pensei que as árvores sofriam, os teixos por exemplo uma mágoa quieta, eu às pancadinhas nos troncos

— O que se passa com vocês?

e nenhuma resposta, dores secretas como em geral os ramos, fingem continuar, disfarçam-nas e no entanto quando pensam que os não vemos fabricam um lagarto numa ranhura da casca que é a sua forma de segregarem lágrimas, o condutor da furgoneta julgou recuar um passo e proteger-se com uma pilha de revistas sem recuar passo algum, uma coronha de pistola apanhou-lhe o ombro e a metade esquerda dos ossos que uma sobrancelha a tremer amparava, desajustou-se da direita o meu padrasto esse aguentava a cólica renal com o auxílio não da sobrancelha, da palma empurrando-a para o interior da cintura

— Não me atormentes agora

e tenho a certeza que os arbustos da estação de serviço a sacudirem flores miúdas sem nome, tantas folhas a vibrarem desejando que as socorrêssemos

— Eu eu

um dos suspeitos deu a volta ao balcão e entornou a gaveta da caixa num saco, um automóvel desceu para as bombas de gasolina porque buxos novos surgiram do escuro, uma claridade geométrica fixou-se no tecto, aumentou e o que eu não pagava para observar os buxos, o condutor da furgoneta indiferente a eles mancou um passo na direcção dos faróis com a sobrancelha a puxá-lo e a metade que não pertencia à sobrancelha um peso mole a resistir, o cano da pistola um fuminho, ninguém se apercebeu do ruído

(ter-me-ia apercebido do ruído se estivesse com eles?)

o condutor da furgoneta de joelhos contra a vontade da sobrancelha indignada com a desobediência

— O que é isto?

e isto é um peito que tomba, não uma pessoa, um sapato a dilatar-se, a argola das chaves que se desprendeu da algibeira e a argola que esquisito um ruído imenso, lento, o empregado da caixa sem entender o sapato enorme e as chaves, um nariz que escorregou para a boca

(engole-o não o engole?)

os

(não engole)

suspeitos em número de 8 (oito) e idades compreendidas entre os 12 (doze) e os 19 (dezanove) anos abandonaram a estação de serviço às 23h10 (vinte e três horas e dez minutos), continuaram para Santarém e os arbustos serenos, a certeza que num ponto do escuro, talvez na minha cabeça

(creio que na minha cabeça)

uma janela a bater, o meu padrasto para a minha mãe do interior das palavras cruzadas

— A janela

(de tempos a tempos quando menos espero um incómodo de gonzos, a voz dele

— A janela

eu a espreitar em torno, nem uma corrente de ar para amostra e no entanto a certeza de um estranho respirando-me no pescoço comigo a perguntar

— Qual janela?)

as viaturas furtadas cortaram à direita 12 (doze) quilómetros acima e o dispositivo magnético esquecido da sua obrigação

(— Qual janela?)

não assinalou as matrículas, pinheiros bravos, carvalhos

(não sou forte em Botânica e estava aqui a pensar se arrisco castanheiros ou não, não arrisco, como descrever um castanheiro em condições?)

vivendas de emigrantes algumas por completar

(quase todas por completar, basta de imprecisões rapaz, gosto de me tratar por rapaz aos sessenta e três anos, dá-me a ilusão que a morte, deixemos o assunto, siga a banda)

um cozinheiro de cerâmica de tamanho natural com a ementa em riste a anunciar uma churrascaria ou seja uma esplanada de cadeiras empilhadas e guarda-sóis recolhidos, a sedazinha turva

de um gato a escorrer almofadado de um tapume, um rádio numa
varanda aberta que os suspeitos não escutaram, depois do chafariz
uma travessa, duas travessas, a nossa casa que podia ser acolá e não
era, a minha mãe para o meu padrasto

— Fazias melhor se largasses o jornal e vedasses a janela

insistem que me pareço com a minha mãe e argumento
que não, comparando com o retrato

(não me lembro em pormenor das feições)

talvez as orelhas e o contorno do queixo, a expressão nem
sonhar, de acordo com a minha mãe de resto eu o meu pai por uma
pena

— Já não me bastou um tenho que aturar outro

quando o meu pai um pacífico coitado, depois da reforma
cantava no orfeão da paróquia e via a chuva cair, tardes e tardes no
sofá murmurando não imagino o quê

(a minha mãe imaginava

— Lá estás tu)

a ver a chuva cair, uma travessa, duas travessas, no fim da
segunda travessa um largo e no largo uma loja de telemóveis, o meu
pai trabalhou na Polícia também não como agente de investigação
claro, faltavam-lhe miolos, nos Serviços Gerais, copiava minutas,
carimbava, contava as moscas no estore, o chefe do fundo

— A pensar na morte da bezerra Gusmão?

quatro dos suspeitos, 23h48 (vinte e três horas e quarenta
e oito minutos) saíram dos bancos da retaguarda das viaturas furtadas e quebraram a montra sem se preocuparem com o alarme que
principiou aos uivos, não uma campainha, uma espécie de sereia a
sacudir o sistema solar a mãos ambas, onde moro as ambulâncias
descolam-me o lustre com os seus berros de esfaqueadas e os pingentes arrepiam-se trocando de posição enquanto os vizinhos

— Que susto

os suspeitos encheram as bagageiras de caixotes cabos instrumentos acessórios e decorridos onze minutos precisamente, às
23h59 (vinte e três horas e cinquenta e nove minutos) seguiram em
sentido inverso de regresso a Lisboa, a segunda travessa, a primeira
travessa, o chafariz com uma torneira de latão que mesmo fechada
continuava a pingar, a música do rádio que não escutavam enquanto a sereia transmitia as suas ânsias num deserto de sombras, os
pinheiros bravos, os carvalhos, a via rápida que desta vez

(há coisas que funcionam valha-nos isso num país em decadência)

fotografou as matrículas conforme consta do respectivo documento apenso

(no caso de não ter caído ao chão)

que se o meu pai continuasse vivo e escriturário

(não tenho vergonha do meu pai não se acredite nisso)

lhe passaria pela mesa para o visto de entrada

(não se demorava a lê-lo pois não senhor?)

terminando no colega que os despejava num cesto em que não se mexia, mais maçadas para quê o que não falta são crimes

(— Desculpe se a contrario mãe mas o que herdei do meu pai?)

hesitaram na estação de serviço na volta entramos não entramos, principiaram a travar, guinaram para um cachorro vadio sem conseguir atingi-lo, desistiram da estação de serviço e do bicho que aliás desapareceu numa madeixa de moitas, preferiram um casal num carro, o homem ao volante todo pinoca e a mulher a pentear-se inclinada para a frente no espelho da pala, colocaram o carro do casal entre as viaturas furtadas

(não tenho vergonha do meu pai?)

e foram abrandando tocando-lhe de leve, a mulher deixou de pentear-se e diminuiu no banco, o pinoca tentou obliquar para a outra faixa e uma batida no ângulo do pára-choques impediu-o de maneira que o carro e o casal imobilizados aos poucos, 00h14 (zero horas e catorze minutos) de acordo com o depoimento da mulher sujeito ao erro do medo, na minha opinião eu que refiz o percurso 00h30 (zero horas e trinta minutos) no mínimo e um espaço à direita para os postes de chamada de quando os radiadores avariam, experimentei-o e uma mudez comprida

(afinal nem uma só coisa trabalha num país em decadência)

eu para ali feito parvo de aparelho no ar e o meu ajudante pelo vidro descido

— Largue isso

cheio de opiniões o presunçoso, faça assim não faça assim, mais alto que eu, com dois terços da minha idade e o cabelinho abundante, decidido a tomar-me o lugar e há-de tomar-me o lugar é uma questão de meses porque neste Purgatório injusto são os que sabem agradar aos patrões não os que trabalham quem ganha

(tenho sentido isso na carne, não me promovem há anos, a mesma função, o mesmo ordenado e agradece)

e ao tomar-me o lugar não me atreverei a palpites pelo vidro descido

— Largue isso

fico à espera obediente, composto, tem razão senhora, eis o meu pai chapadinho, dêem-me um carimbo e eu feliz, humedeço-o na almofada e o escudo da República brilhante de tinta no ângulo superior direito das páginas, o carro do casal adornado na berma com as viaturas furtadas encostando-se a ele, não árvores desta feita e por conseguinte não hipótese de castanheiros que não me atreveria a descrever, pinheiros e carvalhos vá lá, castanheiros não, tenho consciência dos meus limites, não árvores, um carril de protecção a impedir um valado com um ribeiro em baixo, visto que lodo a saltar entre caniços e na primavera seixos transformados em rãs que ganham pernas, se arqueiam, diz-se que comem mosquitos, os suspeitos fora das viaturas sem gorros nem óculos, um branco, um preto e seis mestiços

(creio ter mencionado isto tudo)

de idades compreendidas

(curiosa expressão, quem compreende as idades?)

entre os 12 (doze) e os 19 (dezanove) anos, o mais velho o branco a que chamam Ruço e não mandava um cisco, o pinoca a travar as portas, a mulher esquecida do cabelo

— Jesus

não se estava na primavera e portanto não rãs, seixos que não ligavam aos mosquitos e ervinhas com ambições de juncos não realizadas por enquanto, os suspeitos utilizaram as chaves-mestras nas portas, um camião passou por eles com um atrelado de vitelos de que se distinguiam reflexos de pêlo, mandíbulas, baba, um dos pneus solto ia dançando no eixo e o sujeito na cabine com uma ferradura no tejadilho a dar sorte, nunca acreditei em amuletos, ferraduras figas trevos de quatro folhas de esmalte, ou se nasce de cu para a lua ou não se nasce, não nasci e acabou-se não vou chorar por isso embora haja ocasiões em que uma lágrima não me caísse mal, impeço-a de chegar ao olho empurrando-a com o polegar e que remédio tem ela senão voltar para dentro e desistir, adeus lágrima, a porta do pinoca e a porta da mulher escancaradas, o pinoca

— O que desejam os senhores?

não pelos lábios, pela maçã de adão visto que a apertar o guiador de lábios selados, escancararam-se no momento em que a mira de uma pistola do Exército lhe rasgou a bochecha e a quantidade de dentes meus irmãos que o pavor traz consigo, caninos, prémolares, molares e uma porção deles sem nome que ignorávamos existirem, o pinoca quis tirar o lenço da algibeira mas filaram-lhe o cotovelo

— Não somos senhores somos pretos

e o pinoca com os dentes sem nome de bruços no alcatrão à medida que a mulher

(na terra do meu pai dúzias de castanheiros, só no quintal do abade para cima de vinte, rachavam-se os ouriços com um martelo e no interior os frutos mais ou menos desfeitos de que se pelava a casca e se enrolavam na língua)

fundida no banco a repetir

— Jesus

(porque diabo teimava em comê-los?)

um dos suspeitos filou-lhe o cotovelo igualmente e a mulher a rezar, não uma reza como deve ser, palavras que se enganchavam misturando-se, tinha um fio e anéis e continuou a rezar ao tirarem-lhos e ao desapertarem-lhe a blusa, pela parte que me cabe estas violências indignam-me, o meu ajudante acabou-me com as indignações

— É a vida

de farolim na comissária que lhe deixava bilhetinhos tresandando perfume, a reza prolongou-se sem descanso durante o tempo, cerca de 00h15 (quinze minutos) em que a usaram esmurrando-se e troçando-se, uma sandália de tacão derrapou para o valado a unir-se aos gorgolejos e aos suspiros da água, na primavera tornar-se-ia uma rã a coaxar ao crepúsculo sem que nenhum ser vivo a atendesse, quem se rala com uma sandália entre poças, o meu padrasto nunca vedou a janela, jogava dominó no café e assobiava sozinho, há alturas nos dias de folga em que de roldão com a janela o assobio me visita e dou por mim a imitá-lo, mais sopro que assobio ao arrumar a casa, um novo camião sem vitelos nem baba, cinco ou seis carros e mal um carro o pinoca a esperançar-se e nada salvo nuvens de inverno para as bandas do Tejo porém insignificantes, sem préstimo e o pinoca embaciado de desilusão, não cheguei a vê-lo no tribunal de cara consertada porque entretanto a reforma, as plantas dos vasos que necessitam de afecto e o dominó por meu turno, explicaram-me na florista que as begónias gostam de conversa como os animais ou as crianças, se a minha mãe sonhasse mandava-me calar

— Ficaste parvo tu?

numa resignação de desgosto a lembrar-se da sentença da professora da escola que me acompanhou quarenta anos

— Não sabe as capitais

do meu ponto de vista um pecado menor recorde-se por exemplo sei lá Copenhaga, Oslo, cidades onde me fotografaram em agostos cinzentos contra uma ponte ou uma estátua, no álbum o meu sorriso mas tão confuso, de um estranho, quem é este afinal de casaco fora de moda e chapelinho ridículo, a mulher num marco quilométrico com a blusa em tiras e uma ferida na testa derivado a uma coronha, verifique-se no espelho minha senhora, limpe as nódoas com o lenço, o relógio do pinoca no pulso de um dos suspeitos marcava 00h53 (zero horas e cinquenta e três minutos), garrotaram-lhe o pescoço com a gravata e os dentes maiores, se estivesse presente, eu a quem faltam vários, contava sessenta no mínimo, os dentes um soluço e o homem de banda, tiraram-lhe os cartões de crédito e o cinto, à superfície do ribeiro um projecto de rã num esboçozinho de pulo, e se calhar não uma rã, um seixo com pretensões ou a sandália da mulher, um celeiro distante onde as corujas descobriam morcegos numa prega de silêncio e os puxavam com as unhas em arrepelos de guinchos, o sacristão jurava que bebiam o azeite dos pavios dos mártires, perguntei ao meu padrasto e o meu padrasto

— A janela

dado que dobradiças que não havia a oscilarem ou então os joelhos da mulher um contra o outro só ossos o que faz o pânico, os feijoeiros da minha mãe na horta o mesmo som quando o vento, um idioma de vagens impossível de traduzir e eu pasmado

— O que será?

com receio que o meu avô defunto

(era menino para isso)

abandonasse o cemitério e nos chamasse lá fora, a minha mãe

— Que quer você paizinho?

e não o víamos mais porque se tornara cruz como tantos outros na aldeia, o que me ficou dele consistia num guarda-chuva a abandonar a mercearia com uma garrafa de vinho, a minha tia

— Não tem vergonha senhor com o fígado em papas?

e as falanges do meu avô cada qual por sua conta sem acertarem com a rolha, ajudava-o em segredo

— Aí tem

na mira que a minha destreza compensasse as capitais, Ceuta, Manila, Bordéus, o velho não se queixava das janelas, sorria, um dos suspeitos calou a reza da mulher com um golpe de canos e alguns dentes sem nome embora poucos, dois, três, capazes de

— Jesus

num gaguejar difícil, o meu avô nas últimas semanas sem perder o sorriso

— Não há vinho filhinhos?

o merceeiro trouxe uma garrafa por ordem do doutor

— Não faz diferença acabou-se

que durou meses na cabeceira, intacta visto que antes da garrafa chegar o sorriso do meu avô desistiu e no sítio do sorriso um céu da boca gigantesco trancado pelo pano sob a mandíbula que tornou o falecido um novelo de pregas sem narinas nem órbitas, quando a minha altura vier ficarei assim, de pijama, um cangalho ressequido que um quadrado de mármore aferrolhará no buraco, o meu apelido, umas datas, o título de agente de primeira classe, nisso faço questão por haver gasto a saúde neste trabalho absurdo sem um obrigado para amostra, fosse o engenheiro que esquartejaram na arca frigorífica fossem os bandos de miúdos pretos entregavamme instruções absurdas e eu ia, a propósito de bandos de miúdos pretos os suspeitos devem ter abandonado o casal diria que à 01h00 (uma hora e zero minutos) e redijo diria por não conseguir da parte da mulher que visitei no hospital uma afirmação que me aclarasse, antes me fez lembrar nas pregas da cara o meu avô com o pano obrigando-me à emoção de épocas mais íntimas, a minha tia, a minha mãe, a cozinheira do abade que me oferecia compota a rosnar

— Seu guloso

aos suspiros, a feira de São Cipriano e o carrossel de antílopes e elefantes de pau que em certas noites de outubro quando a chuva nos torna piegas invadem a memória em espirais de ternura, os suspeitos diria eu que abandonaram o casal (espirais de ternura e a interrogação amarga

— O que fiz da minha vida?

sem a esmola de uma resposta por mentirosa que seja que me justifique e anime)

à 01h00 (uma hora e zero minutos) retomando o caminho de Lisboa, à 01h12 (uma hora e doze minutos) não obedeceram em Alenquer onde o astro saudoso que rompe a custo o plúmbeo céu se tornava maior ampliando a claridade das fábricas sem mencionar um outro restaurante com outro boneco este de cartola e gravata a exibir a ementa, à ordem de paragem de uma Brigada de Trânsito, antes procedendo a uma mudança súbita de direcção que obrigou um dos militares a refugiar-se num plátano

(não castanheiro é evidente, uma ocasião ao preparar-me para rachar um ouriço martelei-me)

creio que plátano

(testemunho manuscrito em juntada, com incorrecções ortográficas mas suficientemente óbvio e autenticado pelo Comando)

tendo a patrulha participado de imediato via rádio aos colegas postados

(— Seu guloso

e uma aflição que não eram cócegas era um formigueiro que subia dos joelhos, me obrigava a erguer-me em bicos de pés, se desvanecia logo e eu cansado)

na entrada de Alverca, a mulher no hospital enxergou-me o bloco e desviou a cara, perdoem-me se exagero mas visita-me a suspeita de existir qualquer coisa em mim, no aspecto, na maneira de exprimir-me, no cheiro, que afasta as pessoas, o meu chefe para não ir mais longe nunca me estende a mão

, — Fale daí que eu oiço

entrincheirado nos códigos em soslaiozinhos enjoados, as dactilógrafas nem um cumprimento de subordinadas muito menos de interesse e a janela de novo fechando e abrindo, a arrastar-se nos gonzos, a patrulha de Alverca

(conheci uma senhora em Alverca que escrevia sonetos para jogos florais)

armou uma barragem na estrada com placas pregos, tiveram de retirá-la por causa de uma ambulância e as viaturas furtadas passaram, as vivaças, pegadinhas à ambulância antes de as colocarem de novo (cessámos de nos ver sem oportunidade para o

— Seu guloso

e o formigueiro pelos joelhos acima, trabalhava num laboratório de análises a atender os telefones e de cada vez que lhe ligava

— Já o chamo

e esquecia-se)

os suspeitos abandonaram as viaturas furtadas em Benfica nos prédios que prolongavam o mercado e onde a minha prima Cecília morou durante o primeiro casamento

(mentira, respondeu uma vez

— Não tenho tempo desculpe experimente quarta-feira

e na quarta-feira uma voz desagradável a despachar-me

— Está de folga não vem)

o mercado de portões corridos e nenhuma camioneta de fruta ou criação por enquanto, um jardim de canteiros mal aparados num dos quais um mendigo se envolvia em jornais com um pequinês a que faltava uma pata encostado à barriga, os suspeitos alinharam as viaturas perto de um jipe

(tornei a pegar no telefone em diversas ocasiões se um ameaço de formigueiro despontava ou a melancolia da chuva me doía na alma e desistia a meio do número, mesmo que formigueiros ou chuva de regresso, não a procuro mais)

para o qual transferiram os caixotes da loja de telemóveis, resolveram o problema do trinco com um aramezinho e um cartão de plástico, misturaram fios sob o volante, o motor sacudiu-se entre bielas e principiou a ressonar, o mendigo cumprimentou-os do canteiro num júbilo de mangas erguendo a corda do pescoço do pequinês que se sobressaltou num ganido, a minha prima dirigia um estabelecimento de animais, periquitos, coelhos, ossos de borracha, rações, um hamster a pedalar na sua roda em guinchinhos nervosos, nunca conheci um sujeito tão furiosamente ocupado como ele, a minha prima teimava que lho comprasse mas a sua agitação perpétua assustava-me, não me apetecia chegar a casa ansioso pela paz do sofá, fechar os olhos, esquecer-me de mim e dar com o ímpeto do hamster na cozinha e os soluços da roda, acordar no escuro com dó daquele padecimento de condenado tão semelhante ao meu, cada qual a trotar no seu canto numa exaltação vã, os suspeitos enlataram-se no jipe, contornaram o jardim e partiram sob a aprovação do mendigo no azimute da Amadora com o Bairro 1º de Maio a norte e o parque de campismo a leste, palpita-me que às 02h00 (duas horas e zero minutos) e quem me garante que em cada rulote ou tenda não existe um bicho com insónias determinado, estúpido, nunca tratei a telefonista pelo nome que aliás me escapa como quase tudo na vida excepto a janela que insiste, dava-lhe madame, sei comportar-me com elegância em matéria de convívio, tenho a noção do respeito, o jipe bordejou o parque de campismo onde abetos negros e do outro lado da estrada barracas de imigrantes da Ucrânia, o meu avô

(aí estava ele)

de guarda-chuva a sorrir, existia um retrato seu fardado de recruta a pasmar para a gente que levou sumiço do álbum, calculo que a minha mãe o rasgou numa das suas espirais de zanga

— O piteireiro

ao pagar-lhe as dívidas da mercearia, dúzias de pedaços de papel translúcidos de gordura com o número de litros a lápis e José da Conceição Esteves por baixo apimentado com o desenho de uma estrela ou um pássaro

(a minha mãe

— Grande pássaro o velho)

as barracas dos imigrantes da Ucrânia com cortinitas e alpendres a disfarçarem a fome sublinhando-a mais, após o parque de campismo um vazadouro de lixo em que fumegavam detritos dando-me a ilusão que o Tejo se retirara momentos antes dali, se não tomo cuidado e não o limpo aos domingos o meu andar igual, aposto que se pressente o abandono no patamar até de fechadura trancada, não exagero palavra, se pudesse voltar ao princípio e recomeçar esta prosa, se você estivesse comigo e me ajudasse mãe, os suspeitos um túnel à direita antes do Bairro 1º de Maio entre muros de quinta, não bem um túnel, uma vereda que outubro desarranjou, casas de tempos a tempos mais capoeiras e pomares melancólicos de laranjas e nêsperas, fabriquetas também julgo eu e que diabo produziam no meio de cardos, a vereda formava um gancho no limite de um bosque onde ângulos de parede sob telhados sumários ou seja placas de fórmica a desarticularem-se, os suspeitos

(nenhuma coruja a fixá-los)

esvaziaram o jipe num dos ângulos de parede

(pronto confesso tenho vergonha do meu pai)

percebia-se um poço com a roldana do balde e um tractor sem volante nem pneus, o assento de napa em que dormiam melros, arrisquemos uma hora, 02h54 (duas horas e cinquenta e quatro minutos) e o poço vazio com os meus olhos no fundo, cobriram os caixotes de oleado, reocuparam o jipe

(essas luzes ao longe os Moinhos da Funcheira, a Brandoa, outra terra e no caso de outra terra que terra em que talvez uma mulher me aceitasse numa cave simpática)

e o único farol do jipe a cambulhar nos desníveis, quase uma lamparina com a sua língua azul que subia e descia não aclarando nada, embateram no gume de um poste, embateram numa esquina, o meu ajudante

— Vão lixar a traquitana vai ver

um dos cilindros ou uma válvula deixou de funcionar ao recuperarem a estrada, a mecânica roncos, espasmos

(você assim mãe com as dificuldades do esófogo, escrevi esófogo e esófago)

e o jipe alargou-se sobre si mesmo na desistência dos gordos, o meu padrasto gordo e a prova que gordo está em que a aliança dele nem no polegar me serve, o meu avô magrinho tirando o inchaço do ventre, eu nem gordo nem magro, amolecido, estas dobras na cintura, estes papos, os suspeitos desrolharam o tanque de gasolina e o meu ajudante

— Eu não disse?

enfiaram panos no depósito e pegaram-lhe fogo, gostava de ter um corpo enérgico capaz de pisar com decisão as folhas mortas dos dias, não pernas que flectem sem dignidade e o pescoço bambo, compreendo que a telefonista me evitasse, desculpo-a, não me zango por isso, o meu ajudante a espiar o depósito

— Ponham-me a mandar neste país durante cinco minutos e mato os pretos todos

se estivesse no meu lugar a telefonista não marcava ligações nas folgas nem mentia

— Já o chamo

desprezava o trabalho em gargalhadinhas de pomba a inchar arrulhando

— Um momento

e no meu caso um meneio de ombros e o nariz a detestar-me

— Aquele

eu sempre aquele, um aquele, um importuno a maçar, o jipe, carvões que arrefeciam num cone de cinzas e o meu ajudante possesso

— Não é que deram cabo da traquitana os camelos?

ao mesmo tempo que os suspeitos em número de 8 (oito) e de idades compreendidas entre os 12 (doze) e os 19 (dezanove) anos no Bairro 1º de Maio situado na região noroeste da capital e conhecido pela sua degradação física e inerentes problemas raciais isto é um pudim de edifícios de matérias não nobres, fragmentos de andaime, restos de alumínio, canas e habitado por gente de Angola, criaturas mestiças ou negras e portanto propensas por natureza à crueldade e à violência o que leva o signatário a questionar-se de novo preocupado à margem do presente relatório sobre a justeza da política de imigração em curso enquanto convocava o ajudante

— Vamos embora daqui

avançando para o talude onde destruíram o jipe, isto de dia às 11h00 (onze horas e zero minutos) de ontem e o poço e os melros, nós dois a perguntar-nos

— O que fazemos a seguir?

especados sob os fragmentos de andaime no limite do bosque sem castanheiros nem ouriços, a minha mãe

— Andaste a comer castanhas tu?

numa fúria que ainda hoje me assusta, bétulas acho eu, doninhas e toupeiras que almoçavam as sombras ameaçando a gente com os incisivos minúsculos e nós com receio dos bichos, de uma espingarda de canos serrados ou uma pistola do Exército que nos procuravam ora a mim ora a ele, dos miúdos que não falavam quase nem falariam connosco, saíam das viaturas furtadas chegando-se sem pressa e uma das nossas mãos a alongar-se na manga, o médio que durou mais que os outros dedos a encolher-se e pronto, chaves que se desprendiam da algibeira num ruído imenso, lento, o nariz a descer para a boca

(engole-o não o engole?)

e perdoe madame não marcar o número de telefone do laboratório de análises, escutar-lhe a impaciência

— Não tenho vagar desculpe experimente quarta-feira

num estalido de adeus, não um estalido de adeus, um estalido somente, ombros que me desdenhavam

— O chato

a certeza que num recesso do escuro ignoro onde, talvez na minha cabeça

(na minha cabeça)

uma janela a bater, o meu padrasto para a minha mãe

— A janela

e quando menos espero um incómodo de gonzos, eu a mirar em torno e nem uma corrente de ar para amostra, a sensação que um desconhecido na poltrona comigo a perguntar

— Que janela?

e a tolice do

— Que janela?

porque a única possível, a da sala da minha mãe que vendemos há anos principiou a abrir-se

— Sou eu

de modo que me verei a sorrir com o guarda-chuva aberto e a garrafinha na mão, moro num segundo andar sem elevador que me obriga a conquistar os patamares com sapatos cada vez mais pesados, começo a escutar não lhe dando atenção e mais presente depois, sem repouso, monótono, um chiarzinho apressado, suspendo-me no patamar

— O que será?

penso nas colegas da telefonista, no meu ajudante, no meu chefe, nos miúdos pretos e afinal um hamster a pedalar a sua roda que a minha prima me depositou na cozinha

— Para te fazer companhia

munida de um cartucho amolgado

— Uma vez ao dia deitas-lhe uma colher no prato e não te preocupas mais

e aquela ânsia sem conserto, eu descalço, de colarinho aberto, amornado com uma sopinha e uma peça de fruta

(não castanhas)

a concluir com alívio

— Um hamster não pode ser adormeci com certeza

a levantar-me por descargo de consciência e a cozinha deserta isto é o fogão, o tanque na marquise, a loiça que me esqueci de guardar e ruído algum tirando a culatra de uma espingarda de canos serrados que puxavam atrás, eu tranquilo, sem receio

(receio de quê, estou em casa)

com duas torções de chave por precaução na entrada a escutar os melros que abandonavam o tractor e 8 (oito) suspeitos de idades compreendidas entre os 12 (doze) e os 19 (dezanove) anos indiferentes a mim ou erguendo um ombro maçado

— O chato

enquanto eu sorria para eles de guarda-chuva aberto com uma garrafa na mão.

De acordo com a alínea 3 (três) da ordem recebida foram-me atribuídos foram-me atribuídos

(rasuro o segundo foram-me atribuídos reiterado por lapso)

5 (cinco) agentes de segunda classe e 2 (dois) estagiários a
fim de proceder à detenção dos suspeitos pelos meios que entendesse adequados sendo-me comunicado verbalmente

o meu chefe quase de amigo para amigo, quase a apertar-
me a mão ele que nunca me apertava a mão nem me permitia a
entrada no gabinete

— Diga daí que eu oiço

consoante apontei na primeira parte deste relatório, sem
dúvida pelo mesmo motivo que a telefonista das análises

— Não tenho vagar ligue na quarta-feira

numa secura em que se me afigurava adivinhar impaciência, o meu chefe pela primeira vez

— Chegue-se um bocadinho

a elucidar mudando o pisa-papéis de sítio

— Como o amigo compreende a gente não pode escrever
estas coisas

ou seja

— Se der para o torto é você quem paga

(como se não soubéssemos ambos que se desse para o torto
era eu quem pagava)

sendo-me comunicado verbalmente a possibilidade, segundo o meu critério

(— Você já é um homenzinho

o que dito a um sujeito de sessenta e três anos custa)

do uso da força e inclusive da utilização por necessidade
extrema de armas de fogo de modo a uma resposta satisfatória às
instruções do Comando que o meu pai Deus o tenha em descanso
carimbaria por hábito, sem ler, de casaco no espaldar da cadeira

(o cuidado com que o meu pai lidava com a roupa era dos poucos aspectos, bela frase, que a minha mãe apreciava nele mas deixemos se não se importam a minha família de lado)

a insultar o calor não lhes prestando atenção e por família entendo não apenas os meus pais e o meu padrasto mas a minha ex-mulher e a minha filha, não quero entrar por aí, limito-me a registar que existiram no meu passado e a minha filha um boca-dinho no presente um domingo por mês no norte onde a visito sei lá porquê, creio que na esperança de um diálogo que não tivemos e continuamos a não ter, ofereço-lhe um pacote de bolos, fico num banco a olhá-la e ela

— Nunca me viu?

enquanto sacode tapetes, espaneja tacinhas, arruma a casa enfim, observo pela varanda os prédios de Ermesinde tão pouco in-teressantes como os do sítio onde moro, despeço-me sem um beijo, claro, com a suspeita de encontrar os bolos daqui a um mês

(que nexo faria beijarmo-nos?)

janto num restaurantezito em conta sob um consultório fechado tentando adivinhar o número de palitos no paliteiro de plástico transparente com um orifício na tampa

(trinta e cinco onze vinte e um?)

a aperceber-me de passos no dito consultório não imagino de quem, provavelmente um doente às aranhas

(uma ocasião tirei a tampa, alinhei-os à minha frente e dezassete, guardei-os um a um e dezasseis, tirei a tampa de novo e dezassete quem me explica estes mistérios?)

escuto um oco de gruta no interior de mim ou seja pin-gos vagarosos e raros que deduzo pertencerem a episódios da épo-ca há tanto tempo morta em que me emocionava, o meu chefe a estranhar

— Tem as pálpebras vermelhas você

e o pisa-papéis de uma banda para a outra a atazanar-me, defendo-me calculando quantos palitos no restaurante de Erme-sinde ou a imaginar a minha filha no mesmo banco que eu a ob-servar os prédios igualmente misturando e separando dedos, talvez prove um dos bolos, talvez pingos também, dava oito décimos do ordenado para saber o que pensa de mim se é que pensa em mim, não acredito que gaste tempo comigo, em pequena ria-se a dormir, gatinhava para trás, espalhava a mão na cara

— Fui-me embora

e hoje em dia

— Nunca me viu?

a esticar as cobertas como se pretendesse rasgá-las, 5 (cinco) agentes de segunda classe e 2 (dois) estagiários para um bairro inteiro ou seja o equivalente a mandarem-nos para a forca atendendo às espingardas de canos serrados e às pistolas do Exército, o meu chefe a interessar-se

— Tem as pálpebras vermelhas você

sem reparar nas dúzias de palitos que eu alinhava na mesa, não previa que tantos e quais dúzias, centenas, necessitava de 15 (quinze) metros de toalha para caberem todos, o mapa do Bairro 1º de Maio que as Informações me entregaram uma anarquia de riscos, locais de pernoita, sítios de encontro e trajectos preferidos além de uma marca a tinta azul de polegar mais nítida que o resto

(pensei que do meu pai que tolice faleceu quando eu andava na escola)

no centro daquilo, se a minha filha voltasse a espalhar a mão na cara

— Fui-me embora

os prédios de Ermesinde suportáveis, não necessitava de os destruir com os olhos tijolo a tijolo

— Adeus prédios

o meu chefe devolveu-me o mapa depois de apontar aqui e ali com a lapiseira a fazer-se entendido, demorou-se na marca do polegar

— Deve ser a igreja

e trocou-me por um despacho que sublinhava não o vendo

— Há anos que não recebia um diagrama tão claro

o mapa e retratos todos idênticos dos suspeitos, creio que um apenas multiplicado por 8 (oito), depoimentos contraditórios de testemunhas, vítimas, pessoas que trabalhavam para nós e um ou outro magistrado de caligrafia barroca

(depois do divórcio a minha ex-mulher embelezava as cartas em que exigia dinheiro com floreios assim e escusava de as ler, bastava examiná-los para perceber quanto)

de modo que regressei ao gabinete com saudades dos palitos e dos caroços de azeitona na berma do prato que se fossem em número par o futuro melhorava, volta não volta eram par e não melhorava nem isto, Ermesinde à chuva

(Ermesinde não lembra ao diabo)

e a minha filha embora adulta a gatinhar para trás na direcção do quarto

— Largue-me da mão pai

na esperança

(bem podia esperar a pateta)

de adormecer a rir-se entre um urso sem pernas e um Pluto de borracha a que faltava a orelha, se tentava pegar no bicho

— Emprestas-me o Pluto?

metia-o na blusa

— É meu

e sumia-se sob o aparador a atormentar o verniz com as unhas à medida que eu estudava os riscos do Bairro 1º de Maio substituindo-os por cabanas, azinhagas, travessas, zonas

(vide ampliação do quadrante inferior canhoto do diagrama com o respectivo comentário dactilografado)

onde vendiam ouro, electrodomésticos e droga e onde de vez em quando um cadáver a que ninguém atendia salvo para lhe despir uma peça até o abandonarem nu ou com uma bota que não saía do pé à entrada da Amadora

(a semana passada estive quase dois dias sem conseguir descalçar-me derivado a um inchaço, uma cremalheira que se avariou na tíbia acho eu, de tornozelos para cima lá resolvi o drama)

dentro de uma mata de urzes, o que este país decaiu com a democracia senhores, a falta de respeito, o desgoverno, os pretos, as minhas vísceras até que trabalhavam com eficiência, oleadas, tranquilas e por favor não me venham com o argumento que a idade é outra porque não é a idade é o salve-se quem puder que se transmite aos órgãos, aí estão eles cada qual para seu lado a funcionarem sozinhos que bem sinto as supra-renais e o pâncreas egoístas, ferozes a atormentarem-me o verniz com as unhas sob o aparador do estômago, hei-de acabar como a minha filha a esticar cobertas e a sacudir tapetes depois de semanas inteiras num escritório de patentes meditando

— Respiro não respiro?

e a decidir respirar porque pode ser, quem sabe, apesar dos caroços de azeitona afiançarem que não, somados com a faca numa expectativa lograda. Porém esquecendo as divagações do ser e da essência e retomando o assunto em epígrafe convoquei às 14h00 (catorze horas e zero minutos) os 5 (cinco) agentes de segunda classe e os 2 (dois) estagiários, rapazes, sorte deles, ainda não empenados pelas misérias da vida

(que hão-de vir descansem e depois contam-me e eu oiço isto é não vos oiço a vocês, oiço os pingos numa gruta secreta)

distribuí-lhes cópias do mapa na certeza que o polegar do meu pai me perseguia a acusar-me ele que nunca acusou uma alma que fosse o pobre, entretinha-se com a chuva, porventura eu uma morrinha no parque que lhe não merecia atenção, a única altura em que deu por mim foi ao chegar a casa tinha eu 7 (sete) ou 8 (oito) anos, tratou-me por senhor e levantou o chapéu, olhei o chapéu no bengaleiro depois da sua morte incapaz de saudar-me, levantei-o

— Boa tarde

e pendurei-o na broa no receio de o feltro se animar, os agentes de segunda classe e os estagiários

(não esclareci há momentos que a vida os não empenou?)

rascunhavam nas margens numa aplicação que me envaideceria se algum dos meus nervos que já não vibram

(sinceramente nenhum nervo meu vibra)

principiasse a oscilar, uma gota e é um pau, quase inaudível, murcha, sempre mais rala, mais lenta, o meu ajudante, de opinião fácil

(há-de envelhecer e não se descalçar dois dias mancando de aflição)

sugeriu propôs alvitrou que nos ocupássemos individualmente dos suspeitos não no Bairro 1º de Maio, nas imediações

(a exactidão daquele parvo, imediações)

à noite depois de nos inteirarmos de horários e hábitos ou seja no baldio de figueiras bravas em que passava o comboio antes das chaminés da Amadora, não se conhecia ao certo de que lugar vinha nem para onde seguia, 1 (uma) ou 2 (duas) carruagens numa tosse orgulhosa abandonando o apeadeiro em que um sujeito de colarinho falso esperava e senhoras de camafeu e véu acenavam às janelas, na cave da minha madrinha colarinhos e véus e camafeus assim cheirando a poeira e a grelado e por um segundo pensei ver um dos suspeitos disparar contra a nossa família do interior de odores pálidos dando-me ganas de pedir à minha filha que me emprestasse a mão para a espalhar na cara

32

— Fui-me embora

em lugar de permanecer horas a fio entre figueiras bravas e cardos na mira que um mestiço ou um preto atravessasse os carris esparvoando pombos, o meu chefe que não tinha prática de grutas cravou-me a lapiseira no esterno numa bondade que me surpreendeu

— Acabada a operação devolva os documentos ao Arquivo e peça ao doutor Sabino para lhe tratar essas pálpebras

até compreender que a operação não terminava senão com a minha morte e recomendar-me o doutor Sabino era a sua forma de se despedir de mim, o Comando enviaria um funcionário de patente média

(o próprio doutor Sabino adianto eu preterido na carreira, nós gémeos nesse ponto, senti-o ao primeiro olhar quando o procurei com uma angina)

ao funeral, 6 (seis) disparos, 7 (sete) disparos, as figueiras bravas a gesticularem, o frenesim dos pombos e um último pingo quase nem pingo, um limozito a despegar-se das suas pedras secas, ao fechar a porta o meu chefe esquecera-me ocupado a esfregar um cisco na gravata e aí estava eu de bruços no baldio escutando o meu padrasto para a minha mãe

— A janela

a procurar uma fila de palavras cruzadas que me resumissem a existência e encontrando um homenzinho diante dos prédios de Ermesinde com a filha sem Pluto de borracha a passar um pano zangado em prateleiras e camilhas, tive a impressão

(não estou certo)

que ela

— O que é que você vem cá fazer diga lá?

como se eu um intruso e eu um intruso de facto

(passei anos e anos sem tentar encontrá-la)

enrolado de timidez nos bolos, nas pernas unidas e na incapacidade de falar

(se falasse o que dizer aliás?)

com o tempo fui aprendendo os prédios de cor isto é 3 (três) edifícios inteiros mais a 1/2 (metade) direita de um à esquerda e 2/5 (dois quintos) da esquerda de outro à direita, conheço-lhes os postigos, as cornijas, as sacadas, o senhor de pijama a quem uma sobrinha ou uma neta

(nada permite afirmar que uma sobrinha ou uma neta lá estás tu com afirmações abusivas a empregada talvez)

amarra o que parece uma fronha

(melhoraste)

ao pescoço não dela, dele e lhe dá de comer aborrecida com as mastigações intermináveis, limpa-lhe a boca como se pretendesse arrancá-la e quase sempre arranca puxando a fronha num sacão e afastando-se do peitoril a gritar para as névoas da casa

— Onde estás tu Zé Pedro?

ao mesmo tempo que a minha filha a fazer a cama ou a atormentar o verniz sob o aparador, se me pusesse de gatas achava-a encostadinha à parede suplicando em segredo

— Vá-se embora senhor

lembro-me que há meses, em janeiro ou fevereiro

(para quê esta conversa, sabes perfeitamente que janeiro, o mês do teu aniversário e aquele em que a tua mãe, não te disperses, larga a tua mãe, continua)

doze de janeiro, é evidente que sabia, desenhei uma rodela no meu nascimento a vinte e dois, fui ter a uma rua onde mulheres, onde mulheres e chega e mestiços e pretos

(o que este país tem de sobra são mestiços e pretos)

e velhotas de bengala com saquinhos de plástico em rés-do-chão bolorentos, não rés-do-chão, grutas nas quais pingos dispersos e as velhotas aconchegando o ouvido

— Perdão?

falsos cabeleireiros, falsos balneários, falsas massagistas, corredores com quartos

(pingos dispersos nos quartos)

e uma sobrinha ou uma neta, a empregada talvez

— Onde estás tu Zé Pedro?

não pretendas desviar-te, não escapes, recomeça, corredores com quartos e eu e uma das mulheres na escada onde um casal de velhotas descansava os saquinhos a respirar com força

(quantos palitos na totalidade dos paliteiros dos restaurantes de Ermesinde, mil e quinhentos, dois mil?)

isto é blusas de viúva numa pressa de guelras, eu de chave que um indiano de pantufas retirou do bolso a prevenir

— Dez minutos

uma chave de portão de quinta onde o bafo de cães invisíveis nos ameaça dos canteiros e se percebe um lago defunto e um Neptuno com uma barba de teias de aranha sobre a barba de mármore, mal ultrapassei as velhotas escutei o ruído das dentaduras postiças que se desmoronavam no chão e alcançado este item que se pretende objectivo pergunta: o que se abria com a chave? e resposta: a penúltima porta do lado nascente e a noite a começar a sua febre de insectos, a mulher que não escolhi, escolheu-a um mestiço ou um preto

(um dos suspeitos?)

com uma palmada prefiro não pensar em que parte mas penso denunciadora de uma familiaridade que de cabeça fria me repugna

— Olha aí o palerma

e eu obediente a aceitá-la receoso do mestiço ou do preto melhor vestido que eu a mulher nem mestiça nem preta, branca e apesar de difícil de perceber sob os cremes a poucos anos

(nove ou dez e voltando aos palitos creio que menos de mil, três centenas se tanto que o número de gengivas em Ermesinde é limitado e nem todas comem fora)

da bengala e do saquinho de plástico a ganhar alma num degrau que ao cabo de meio lance já se lhe notavam as guelras, a chave triturou uma porção de ossos que me dilaceraram ao quebrarem-se como se fossem meus e acabado o massacre um esconso, um colchão, uma dessas cómodas que se encontram nos passeios acompanhadas por frigoríficos de tripas ao léu e cadeiras mancas, uma lampadazita a tremelicar eclipses

(se eu pudesse existir por intermitências sofreria menos?)

e a tal febre de insectos na noite que nos destingia a ambos fazendo-nos evoluir num bailado de espantalhos não muito diferente deste no Bairro 1º de Maio com os meus agentes de segunda classe e os meus estagiários à espera que um dos suspeitos tomasse o trilho dos cactos ou a mulher se despisse sem

— Tem as pálpebras vermelhas você

e eu a imaginá-la aumentar e diminuir numa desordem de guelras, quase a bengala, o saquinho

(doze de janeiro, desenhei mais rodelas na agenda, aqui está)

as pantufas do indiano demoraram-se no quarto em frente, uma delas a arrastar-se a outra levezinha

— Falta-lhe 1 (um) minuto amigo

conforme eu às vezes quando esta anca anuncia

— Existo

e qualquer coisa se prende, um parafuso ou uma mola a obrigar-me a coxear como o relógio do meu padrasto que dava a volta inteira sem falhar um traço e ao atingir as 11h10 (onze horas e dez minutos) aparecia uma hérnia nos volantes e estacava, percebia-se o esforço dos ponteiros insistindo em avançar, o meu padrasto erguia a tampa de vidro, conduzia-os com o dedo às 11h11 (onze horas e onze minutos) e o relógio livre da hérnia, saudável, de modo que desde o falecimento do meu padrasto os ponteiros inertes em 11h10 (onze horas e dez minutos) infinitas, encarniçam-se um bocado a abanarem protestos, desistem e o relógio uma coisa na gaveta das coisas

(eu uma coisa?)

o tubo de cola espremido, um nariz de Carnaval sem elástico ou seja não objectos, cadáveres, veio-me à memória uma das maçanetas de quando substituímos as portas, um revólver desprovido de gatilho

(não me lembro de o ter tido e o meu pai quanto a revólveres não acredito)

e a latinha de que custava decifrar a marca de pastilhas para a digestão onde tilintavam botões, a quantidade de finados que nos passeiam em torno e a gente desatentos, se por acaso abrimos a gaveta a certeza que se reproduzem entre si

— De onde virá tanta tralha?

e fechamo-la antes que falem connosco, debrucei-me cuidando que um dos suspeitos, raios o partam, visto que um restolhar no apeadeiro e era o vento nos cactos a brandir uma única planta e as restantes quietinhas consoante a morte estende o gadanho em bicos de pés, às cegas, para o topo do armário e a gente a assistir lá em cima aos dedos que buscam ao acaso tornando-nos pequeninos, sem coragem de um suspiro

— Serei eu será aquele?

pobres coelhos na estrada entre a resignação e o pavor que um farol encandeia, a morte é a minha avó a retirar uma galinha da capoeira para a degolar no alguidar, nós a vermos o avental, a faca e o mais que conseguimos é espalhar a mão na cara

— Fui-me embora

a perceber que não temos mão nem cara, temos a intenção de um gesto que deixamos de ter também e acabou-se, dúvidas e trevas, a seguir trevas somente e a seguir nada, fica uma lampadazita a tremelicar eclipses que felizmente me ocultam de mim mesmo e onde a mulher à beira da bengala e do luto aparece e se evapora, ao evaporar-se percebo-a diante dos prédios de Ermesinde

(3 (três) prédios inteiros mais a 1/2 (metade) direita de um à esquerda e 2/5 (dois quintos) da esquerda de outro à direita)

a desfazer os lençóis que a minha filha compôs e talvez um urso sem pernas e um Pluto de borracha a que faltava uma orelha, as lágrimas que eu derramaria sobre os bichos se mos mostrassem compadres isto é não derramava lágrimas, observava-os com espanto

— Em que sítio desencantaram estes destroços contem-me

ou jogava-os no chão, quando falei de cavernas e limos

(um único limo seco)

não estava a brincar, é assim, eis o que consigo ser, uns granitos, uns ecos, a minha ex-mulher

— Nunca sentiu fosse o que fosse por ninguém

e tem razão, é verdade, sentir o quê, em consequência de que motivo, por quem, um cacto em lugar dos suspeitos que não necessita das palavras com que se deve conversar com as plantas, alimenta-se de silêncio e ausência, palitos cujo número falho e caroços de azeitona ímpares, a auto-estrada de Lisboa deserta porque faleceram todos, veio uma espingarda de canos serrados ou uma pistola do Exército e levou-os, o meu chefe preocupado

— Há-de marcar uma consulta para o doutor Sabino

quando a lampadazita regressava a mulher de cotovelos nos joelhos à espera igual a nós junto ao Bairro 1º de Maio ou seja uns candeeiros e uns volumes num relevo de encosta, de tempos a tempos um tiro, mais um, quem se rala, sessenta e três anos eu, sessenta e quatro em janeiro que indignidade e os agentes de segunda classe nem trinta, dispersar os meus ossos enfermos nos arbustos, na terra, entreguem-me uma bengala e um saquinho de plástico e permitam-me que respire num patamar já que não podem conceder-me o milagre de gatinhar para trás, eu a despir-me também

(vendo-me, não me vendo)

sem um espaldar para a roupa, se ao menos uma pagelazinha que me aceitasse as orações eu que nem uma reza aprendi na igreja mau grado os esforços da catequista

(dona Emiliana toda abotoada e com uma medalhinha discreta)

o doutor Sabino a poisar o estetoscópio na secretária comigo fascinado pelas borrachas do aparelho que se torciam vivas e continuariam a torcer-se pelos séculos dos séculos

— Pior ando eu com esta bronquite o que você tem é cansaço

e as borrachas a dobrarem-se num vagar sem fim, o que se passaria com elas, se me caçassem o pescoço apertavam-mo numa dúzia de nós e o doutor Sabino sem lhes dar pelos manejos a designar-se o colete

— Pelo estado das aurículas não fico cá um ano

e com efeito no interior do colete um marulhar de trevas, qual o motivo de a minha avó não lhe amarrar as patas com uma guita e o degolar, ao fim da tarde o irmão do doutor Sabino

(sinto tanto medo)

passava na Polícia a buscá-lo, ajudava-o a livrar-se da bata e ajeitava-lhe as lapelas, achava com 2 (duas) falanges precisas um cabelo no ombro, mostrava-lho contra a vidraça

— Um cabelo

orgulhoso de o haver descoberto, um cabelinho, guiava-o de compartimento em compartimento a partilhar com a gente pelo canto do queixo

— Tão pataroco senhores

(há criaturas que se exprimem com as mandíbulas)

e o doutor Sabino muito digno

— Sou médico

a esbarrar nos ficheiros sem cumprimentar as pessoas, sessenta e cinco anos ele ou se calhar a minha idade ou se calhar menos quem sabe, a apreciar-me com inveja

— Você é um garoto rapaz

e as borrachas sem sossego a encaracolarem-se, a erguerem-se, se não fosse o respeito que devia ao médico pegava na lista dos telefones e esmagava-as, o irmão amparava-lhe a cintura para descerem as escadas

— Toma atenção Fernando

e o Fernando a contar os degraus conforme eu conto os palitos, 11 (onze), 12 (doze), 13 (treze), infelizmente não podia estudá-los nem separar azeitonas com a faca na berma do prato, o meu chefe a insistir

— Há-de mostrar ao doutor Sabino essas pálpebras

como se o doutor Sabino entendesse e daí quem me garante que não tinha razão e o doutor Sabino um alho em mucosas, pode ser inclusive, a gente vê tanta coisa, que me resolvesse o problema da gruta e dos pingos com elixires de farmácia ao almoço e ao jantar

(é tudo quanto sei dizer tenho medo)

e não me deitei na cama dela para que a minha filha não espalhasse a mão na cara

— Acabei de a fazer e você a desmanchá-la senhor

sem urso nem Pluto, uns moveizitos baratos a perderem a tinta

(precisaria de dinheiro?)

e esteiras que os pés do sofá puíam, se lhe entregasse umas notas rejeitava-as aposto

— Só entendeu esta tarde?

não conservava um vestígio de mim, toda da banda da mãe, a mania das limpezas, as palavras não por ordem, disparadas em simultâneo num jacto

— Só entendeste esta tarde?

não, isso a minha ex-mulher e aborrece-me confundi-las, a minha filha

— Só entendeu esta tarde?

a ideia pela forma como os lábios cosidos que ditas há muito tempo, não no instante em que as pronunciava e desde o tempo em que as disse nós mortos, nós coisas de gaveta que se não consegue abrir, entorta, narizes de Carnaval, bisnagas de cola, canetas, eu uma múmia num banco com os meus três prédios em frente, um dos agentes de segunda classe agachado como eu, invisível nos arbustos na mesma espera ridícula

— Problemas senhor?

interesse despropositado a que não respondi, o agente de segunda classe ou a mulher no penúltimo quarto do lado nascente

(como distingui-los no escuro?)

— Problemas senhor?

ou seja tanta criatura em simultâneo que não posso responder-lhes, a empregada do senhor de pijama que temia perdida

— Onde estás tu Zé Pedro?

a cortar-me as reflexões, adianto para melhor compreensão do presente relatório, que às 22h00 (vinte e duas horas e zero minutos) e com a chegada da lua dei fé de uma construção a 50 (cinquenta) metros de nós, um armazém ou uma fábrica sem caixilhos

(e o meu padrasto

— A janela)

tabiques além dos quais não operários nem máquinas, trepadeiras sem nome e os bichos que a lua traz consigo, ginetos mochos ratos toupeiras que vida, se ao menos eu um escriturário como o meu pai de mantinha para os joelhos à mão de semear no caso de me arrefecerem as juntas e o meu sossego e a minha chuva, nem sinal dos suspeitos, estenderam-me um mapa trocado e em quantas ocasiões me estenderam mapas trocados, pergunto-me se você igual a eles paizinho

(saiu-me paizinho sem que o diminutivo me estivesse na alma que anormal)

de outra parte de Lisboa mais perto do Tejo, de segundo a segundo ondas e um refluxo na areia, outro tipo de barracas, outra gente

(búlgaros russos sujeitos que trabalhavam nas obras ciganos?)

automóveis lá em cima e com os automóveis uma porção de graveto a carambolar da encosta numa enxurrada de pedrinhas negras que se despenhavam, veio-me à cabeça que a empregada do senhor de pijama enganando-se no nome me chamava a mim, procurei há quanto tempo não me chamam e não acertei com a resposta, a enfermeira do doutor Sabino na consulta

— Você

para a saleta onde nos entretínhamos com revistas sem capa que iam perdendo as páginas e estampas pastoris

(ovelhas)

destinadas a tranquilizar-nos

— Não se assustem estão em casa

e como a casa não nos pertencia apavorava-nos mais, que sinistro adoecer ao lado da geringonça que vertia água de um cilindro transparente para copos de plástico que se abandonavam num cesto, não quero apagar-me

(tenho medo)

a assistir às borbulhas subindo à tona enquanto o copo se enche, quero o meu urso sem pernas, o meu Pluto

(não sou a minha filha nem nunca tive bonecos, a emoção da morte enganou-me, tive uma ambulância sem rodas com a qual brincava de barriga no chão conforme eu de barriga no chão à mercê dos tais bichos da lua, ginetos mochos ratos toupeiras a aguardar que a mulher do penúltimo quarto do lado nascente ou o suspeito atravessem o apeadeiro e marchem ao meu encontro desprevenidos de mim, escutando as borbulhas de aquário quando o copo se enche ou os prédios de Ermesinde a ruírem no silêncio e tão fácil matá-los apesar da minha falta de pontaria e dos dedos que vacilam, vejo-me grego para segurar numa chávena sem entornar o líquido, tenho de levá-la à boca com o pires por baixo e mesmo assim)

e com estas lérias perdi-me, onde é que eu ia, ia que nem urso nem Pluto, uma ambulância sem rodas com a qual estragava o soalho produzindo estalos com a língua tac tac tac, a minha mãe

— Dás-me cabo dos nervos com isso

e o meu padrasto nem notava, esqueci-lhe a voz se é que a teve, já não está cá quem me diga, uns agonizaram, outros emudeceram, outros foram-se embora para perto ou para longe nem eles sabem, que é de vocês, venham cá, na tal construção a 50 (cinquenta) metros da gente, armazém ou fábrica tanto faz

(e o meu chefe aborrecido comigo

— Armazém ou fábrica em que ficamos decida-se)

tanto quanto podia aperceber-me

(eu para o meu chefe a resolver a questão

— Diria que uma fábrica senhor

e o meu chefe a bater a lapiseira na palma, não a lapiseira, uma faca de cortar papel que não cortava nada

— Diria?

de sobrancelhas a alturas diferentes)

tanto quanto podia aperceber-me

(tenho medo)

mato sem nome em que uma criança

— Fui-me embora

a espalhar a mão na cara e a desaparecer da gente para perto ou para longe nem ela sabia, outra criança

(ou a mesma?)

a gatinhar para trás e uma terceira criança porventura ainda a mesma que se ria a dormir à medida que os cactos me arranhavam (nem uma frase sobre a minha ex-mulher tudo o que quiserem mas se o meu chefe mandar

— A sua ex-mulher

desse caso santa paciência não falo)

as pernas para não mencionar as costelas, eu sem espaldar no quarto onde pendurar a camisa e as pantufas do indiano à porta a exigirem-me dinheiro a mim que nunca ofereci dinheiro à minha filha, não a visitei durante anos, me desinteressei dela

— Já passou um minuto

ignoro como foi a sua vida antes de Ermesinde, do pacote de bolos e da zanga comigo, há momentos em que me apetece falar com ela e não falo, em que a minha filha um passo e arrepende-se, ia escrever que as suas pálpebras vermelhas e engano meu, pálidas, de costas sempre que pode a alisar a coberta, se eu uma coberta alisava-me também, percebia a mulher quando a lampadazita se acendia

— Algum problema senhor?

e felizmente o escuro sumia-lhe a voz, não existes, não irei para o Céu, umas boas dúzias de estações no Purgatório com os suplícios que li no catecismo

(obrigado dona Emiliana)

já cá cantam, o indiano passou de pantufas num vagar de filósofo, notei que uma pausa pela respiração mais lenta e o corredor mudo se afastava de nós, os poucos sons que chegavam eram das dentaduras postiças empilhando-se na escada ou uma bengala sem peso a estatelar-se na entrada, um agente de segunda classe beliscou-me na manga

— Vêm ali

pode ser que depois de uma época no Purgatório me transfiram para o Céu mas sem honra nem glória pelas traseiras em cujo pátio o latão dos sobejos, o meu padrasto encafuado nas palavras cruzadas com vergonha de mim

— A janela

a designar pinheiros bravos, amoras ou o que se assemelhava àquela hora sem luz a pinheiros bravos e amoras ou o que quiserem chamar-lhes, se dependesse de mim e não depende de mim

(o que depende de mim?)

chamar-lhes-ia massas indecisas e depois o Supervisor que as denomine conforme entender nas correcções a vermelho, não é assunto meu, assunto meu é o cumprimento da ordem recebida acerca dos suspeitos e da possibilidade de utilização de armas de fogo

(— Você já é um homenzinho)

para a satisfação das instruções superiores que o meu pai nunca lia e se lesse aprovava

(o meu pai via a chuva não nos via a nós)

a carimbar a prosa, assunto meu era que das massas indecisas surgisse imprevidente e ingénuo um mestiço ou um negro entre os 12 (doze) e os 19 (dezanove) anos de espingarda de canos serrados ou pistola do Exército sem receio sem pressa porventura assobiando

(um deles, consta do memorando anterior, assobiava)

e o assobio cortado de súbito, uma das mãos até ao fim da manga, a mulher

— Algum problema?

e nenhum sangue no corpo, sangue atrás dela na parede, o nariz a escorregar para a boca

(engole-o não engole?)

a expressão de quem pensa e olhos que se fitavam a si mesmos através de mim, ainda que espalhasse a mão na cara

— Fui-me embora

não me salvaria deles consoante não me salvo da minha filha um domingo por mês, sem que nenhum de nós o deseje, elucidem-me acerca do motivo de a visitar e do motivo de me receber meia hora à tarde, há alturas em que me ocorre que qualquer coisa entre nós, um laçozinho ténue, uma espécie de saudade, patetices no género e engano, laço algum, ela uma gruta também onde os pingos e os líquenes secavam, espaço vazio e sem ecos, pedras mortas, silêncio, não precisa de se esconder sob a cómoda e atormentar o verniz, instala-se no mesmo banco que eu diante dos 3 (três) prédios a seguir à cortina mais a 1/2 (metade) direita de um outro à esquerda e 2/5 (dois quintos) da esquerda de um último à direita e isso basta-lhe, basta-nos, dispensamos o senhor de pijama a quem uma sobrinha ou uma neta

(nada permite afirmar que uma sobrinha ou uma neta, uma empregada, fique empregada estou com medo e cansado)

amarra uma fronha

(dispenso a fronha)

e lhe dá de comer aborrecida com as mastigações infinitas,
limpa-lhe a boca como se quisesse arrancá-la e quase sempre arranca e dispenso isso igualmente, o suspeito quase pegado a mim
(não assobia)
ou a mulher que me segura uma das abas
— É tarde
e olha a novidade, há dúzias de anos que é tarde, se uma
pagela ao menos, um milagre, um sinalzinho divino, o doutor Sabino a consolar-me
— Você é um garoto comparado comigo
e eu de barriga no chão a estragar o soalho com a ambulância sem rodas, se a minha ex-mulher
(não toco nesse assunto)
se a lampadazita no tecto deixasse de acender e apagar e
permanecesse extinta de forma que nem a minha imagem para
amostra então
(estou seguro que então)
deitar-me-ia ao seu lado arranhando os joelhos nos cactos
a adivinhar ao fundo um comboio que não se entende de que lugar
vem nem para onde se dirige, uma ou duas carruagens não mais,
a locomotiva a carvão a deixar o apeadeiro no qual um cavalheiro
de bigode e colarinho falso esperava, senhoras de camafeu e véu
acenando às janelas como na época de eu pequeno e afigurava-se-me que por um segundo, num vértice de espelho, uma criança a
espalhar a mão na cara
— Fui-me embora
para que eu não lograsse ver que se ria a dormir.

Peço desculpa a quem de direito por demorar dúzias de páginas a chegar ao final mas com tanta lembrança a ferver a cabeça escapa, oiço-a remexer episódios antigos a mudar pessoas e coisas de sítio e a repetir misérias que julgava esquecidas e afinal permanecem, o meu padrasto, a minha mãe, o doutor Sabino enquanto os tubos de borracha do estetoscópio sem repouso no tampo e continuarão sem repouso depois de me ir embora

— O que é que vem cá fazer já não consigo ajudá-lo sou velho

a cabeça traz a minha filha em lugar dos suspeitos e não preciso dela, o que faríamos os dois e o que poderia comunicar-me para além de recriminações e zangas, esperei-o durante anos e você faltou-me senhor, a libertar a blusa numa guinada

— Enquanto não me aborrecer a sério não desiste não é?

pela primeira vez a olhar-me e vendo bem uma estranha, conheço os prédios de Ermesinde não te conheço a ti, o que temos em comum conta-me para além do que nenhum de nós recorda, esforço-me e não descubro uma memória que preste, no caso de me mostrares uma fotografia tua em criança levava-a para a luz

— Com licença

aproximava os óculos, passava o dedo na película à espera de uma alegria que não vinha e que alegria se interessava em vir, espantava-me

— Tu?

e devolvia o retrato sem sentir fosse o que fosse, sentir o quê, escrevi há uma série de parágrafos que eu sem um pingo, se-quei, a minha filha com um dos olhos desviado da órbita, não é exacto, ambos os olhos em mim e pela primeira vez também não de costas, nem de perfil, nem de esguelha, de frente e emoção alguma ao passo que se em lugar da fotografia a ambulância que estragava o soalho adoçava, vermelha e branca, de condutor pintado na janela com um boné de enfermeiro, achava eu, até a vida me ensinar que os enfermeiros em cabelo e portanto o condutor um boné de condutor apenas e o meu entusiasmo pela ambulância diminuiu uns furos embora não o suficiente para me impedir de entusiasmar-me se a visse e ora aí está uma das lembranças que me ferve por dentro, isso e o grupo de escuteiros com o padre fardado como nós de apito na boca

(se um colega desacertava o passo apitava)

ensinou-me a usar a bússola

(ainda hoje o norte magnético, essa birra vacilante no extremo de um ponteiro que ignoro para que serve me exalta)

a fazer fogueiras, a admirar a trabalheira do Ser Supremo ao criar o Universo

(— O que Ele suou rapazes)

e a espetar sapos num pau, continuo a perguntar-me a razão de visitar a minha filha se não penso nela, faltei um domingo derivado ao serviço

(um bancário que desmembrou a mulher e a enviou por encomenda postal aos sogros)

e no seguinte a coberta alisada com mais força, em lugar de bater as almofadas colocou um prato de sopa e uma pêra na mesa e vigiou-me à socapa enquanto eu comia, por pouco não me poisava a mão no ombro e fico contente que não o tenha feito, enxuguei-me ao guardanapo sem lhe agradecer, regressei aos prédios e ao desistir dos prédios não só a mesa limpa mas uma pessoa não com 3 (três) ou 4 (quatro) anos, 40 (quarenta) e uma frase prestes a sair que felizmente conteve, pela alma de quem lá têm poupem-me as efusões, se a dissesse pingos dispersos a incomodarem-me e o que interessam os pingos, dispenso-os, após tantos anos julgo que sujos, turvos, a impressão espero que errada de a minha filha a disfarçar um dos seus e a falta que me fez um paliteiro ali, adivinhar o número de palitos, decidir que 12 (doze), deixá-lo, as estações de serviço de arbustos aperfeiçoados pelo néon ajudar-me-iam a compreender que eu não só e ela que se arranje como lhe der na gana, gatinhe para trás ou aferrolhe-se na marquise de nariz nos caixilhos, amolga-o o tempo que resolveres desde que eu não veja, na vinda de Ermesinde a casa às escuras a tentar convencer-me que cada passo uma gota e eu que lhe conheço os truques sem prestar atenção, ao ligar o candeeiro um prato de sopa e uma pêra, mentira, antes fosse

(pieguice minha, antes fosse porquê?)

ao ligar o candeeiro nicles, o agente de primeira classe está bem e recomenda-se, perdeu a família quase toda

(seja dito entre nós que não me custa a falta)

resiste de joelhos nos cardos e o coração mais ou menos tirando esta dorzita de lado, que o doutor Sabino

— Você foi feito para durar um século esqueça

à espera dos suspeitos a fim de agradar ao Comando isto é vultos no apeadeiro, uma tosse, um assobio

(um deles assobiava, informação número 7 (sete) insuficiente devido a não pormenorizar que canção)

que nos destravariam as armas, que insólita a raça humana em que uns assobiam, outros se riem a dormir e outros em cuja subespécie me incluo examinam as gengivas ao espelho antes de se deitar e as gengivas fiéis

— Estamos aqui não te assustes

de modo que se em lugar da pêra a minha filha um calhau roía-o em dois tempos, por aquilo que prevejo enfrentarei sob a terra os vermes à dentada, no caso de me visitar a campa e desejo que não, quando muito após dois ou três meses de ausência

— O que aconteceu àquele?

a minha filha ouvir-me-á mastigar e não acredito que se preocupe e telefone à Polícia, o pingo que disfarçou o último que tinha e a partir de então resta-lhe o banco e os prédios, uma pêra calcule-se o exagero, por um triz que não diminutivos, patetices, arrulhos, se um vizinho assistisse haveria de julgar enganando-se que se preocupava comigo, quando a minha ex-mulher me dava o braço na rua fingia não sentir ou mirava-a cego como o meu padrasto das palavras cruzadas, não voltarei a Ermesinde, passo os domingos aqui a observar os meus prédios, 4 (quatro), o fim de 1 (um) e a seguir a praceta ou seja canteiros de rebordo desfeito e pardais que os amantes das aves não alimentam, alimentam-se uns dos outros e nisto veio-me uma gota não sei donde, pergunto-me se recente ou por aí há muito a baloiçar de uma aresta conforme pergunto se na eventualidade

(académica)

da minha filha comigo se aperceberia dela, ao voltar da marquise não arrumou o banco esperançosa

(não acredito que esperançosa, acredito que indiferente)

que me sente e não sento, espreita da varanda, deseja que os meus sapatos no patamar e silêncio, inclina-se cuidando ouvir um assobio nos cactos sem entender

— Que cactos?

e enganou-se tal como me enganei, uma doninha ou uma cria de rato que um mocho triturou, a minha filha a quem os pássaros assustam toda cotovelos ao alto

— Não

de mão quase a roçar a minha, a roçar a minha, a agarrá-la, uma estrangeira na qual não sei quê que me pertence lhe pertence que absurdo, não, uma estrangeira

(não temos um cromossoma em comum)

de quem não necessito e não necessita de mim, a seguir a ir-me embora a minha mulher procurou-me na Polícia, mandei um guarda expulsá-la e não procurou mais, veio um cartão da minha filha no Natal naquela letra de escola de vogais enormes com um pinheiro desenhado Boas Festas, isso e o nome dela completo, não respondi apesar de um músculo ou uma veia da cara

(um músculo, não uma veia porque o sangue acabou)

comprei um bolo rei só para mim, comecei a cortar uma fatia, arrependi-me da fatia e do bolo e joguei-o fora intacto, no meu aniversário um segundo cartão com uma maiúscula de cada cor Parabéns e nem um líquen juro ou uma claudicação na gruta, eu tranquilo, saudades da ambulância e foi tudo, durante muitos anos a caixa do correio deserta, fechava-a despeitado

(— Não haverá lápis de cor?)

consolava-me com os palitos em nome da ambulância, não da minha filha

(era da ambulância que precisava, estender-me no chão a estragar o soalho, por que motivo me faria falta uma maiúscula de cada cor ou vogais enormes não brinquem)

acabei por tocar-lhe à campainha com um pinheiro de Natal não com ela na ideia, que me importava ela e um intervalo mudo, a demora de quem espreita pela lente e durante a demora uma caligrafia de criança, cada rabisco a desmaiar, cada tracinho torto, dedos tão desajeitados senhores e o aparo que tempos a completar aquilo tudo, na lente dúzias de pingos

— Quem é este?

eu de palma erguida a acenar e a arrepender-me da palma

— Que parvo

a fechadura impávida, não me reconheceu, a fechadura uns cliques, reconheceu-me e a minha filha

(reconheceu-me?)

com um dos olhos desviado e não é exacto, ambos os olhos certos e emoção nem sonhar, qual emoção, eu a decidir

— Vou-me embora

e não me ia embora derivado a que um pingo em mim por tabela

(incorrecto, eu seco)

derivado a que um pingo em mim por tabela, de onde veio este pingo, o guarda para a minha ex-mulher

— Ele não está

e os dedos da minha ex-mulher no fecho da carteira e um estalinho a abrir e um estalinho a fechar, um estalinho a abrir um estalinho a fechar, vi-a descer a rua e não se escutavam as solas, escutavam-se estalinhos, cada tacão um estalinho que se abria e fechava até à esquina, contaram-me que faleceu dos ovários e os estalinhos interrompidos que alívio

(não te percas em funerais nem tomes atenção aos pingos, esquece)

e por mérito dos palitos, quinhentos palitos somados um a um, quatrocentos e noventa e sete, quatrocentos e noventa e oito, quatrocentos e noventa e nove, estou óptimo, a porta aberta e uma desconhecida com ambos os olhos certos, os lápis de cor na secretária, dúzias de cartões com Parabéns impressos e em vez de mos oferecer

— Vai ficar aí no capacho?

ela de costas a alisar a coberta e a bater na almofada, odeia-me não me odeia, não me odeia a pobre, os estalinhos de regresso um instante e a evaporarem-se, gatinhou para trás a vida inteira aposto, não penses que me interesso por ti, não interesso, vim ao norte em trabalho, a certeza que nesta casa um colega e enganei-me compreendes, sento-me no banco um minuto

(quinhentos palitos, estou óptimo)

e ponho-me a andar, adeus, imensas estações de serviço daqui até Lisboa a animarem-me, flores iluminadas, não cactos, nenhum apeadeiro, nenhum suspeito, o doutor Sabino enquanto os tubos de borracha sem descanso

— Há-de durar um século seu maroto

eu sessenta e três anos e óptimo, o pâncreas uma delícia, não se desvia, trabalha, não hás-de ver-me defunto, vi o meu padrasto defunto, a minha mãe defunta, quando o meu pai expirou eu com a ambulância no chão tac tac, a minha mãe não

— Dás-me cabo dos nervos

muda, se o meu chefe a topasse à entrada do gabinete batia a lapiseira na palma

— Tem as pálpebras vermelhas senhora

a recomendar o doutor Sabino afastando-a com um gesto

— Oiço-a perfeitamente daí

e o fecho da carteira nem pio, uma furgoneta preta com vidros escuros e enfeites doirados e a minha mãe e as restantes pessoas atrás da furgoneta, volvidas duas horas eles na sala com um chazinho de limão, coroas de flores pelos cantos e não conversas, segredos

— O que estarão a dizer?

dedos compassivos na minha cabeça

— Não percebe o infeliz

e a ambulância mais depressa avariando tudo, avariando-me e as avarias não por fora, a ambulância a atacar guarda-chuvas, sapatos, sou infeliz e não percebo, não me acho infeliz, faço tac tac com a língua, vim para o quintal e a macieira não mudou

(por que razão infeliz?)

lancei um pedaço de tijolo contra uma lagartixa no muro e a lagartixa safou-se, não me falem em grutas nem em pingos que não sei o que são, apanhar um caracol das couves, mostrá-lo às visitas

e lá vinham os dedos, não dedos de pessoas, apêndices brancos, gelados

— Não percebe o infeliz

do mesmo modo que a infeliz da minha filha não percebe aqui nos cactos comigo supondo que um pássaro e ela com medo dos pássaros, um assobio, gente e não há problema descansa, são mestiços que chegam e pessoas que partem cumprimentando a minha mãe, apontam-me o queixo a desmanchar-me o cabelo à medida que a ambulância os persegue tac tac

— Mais cedo do que se julga há-de perceber coitado

a minha mãe a discutir no dia seguinte

(a furgoneta preta estacionada em baixo)

com um cavalheiro de luto que exibia facturas, as pálpebras menos vermelhas e a lapiseira do meu chefe parada, a minha mãe num soprozito modesto

— O mármore tão caro?

a retirar o dinheiro do interior de um plástico numa lata da despensa perdendo bagos de arroz, dêem-me os prédios de Ermesinde rápido, 3 (três) edifícios completos mais a 1/2 (metade) direita de outro à esquerda e 2/5 (dois quintos) da esquerda de um último à direita, auxiliem-me a não pensar na minha mãe para o cavalheiro de luto

— Quantas prestações diz você?

não um soprozito, uma voz que crescia, por enquanto não o meu padrasto

— A janela

nós dois somente, os crisântemos a depenarem-se nos naperons, as coroas no balde e os cheiros da casa de regresso dedicados, fiéis, às vezes dou por eles onde moro e invento que a minha mãe comigo, penso

— Vai ralhar-me por causa da ambulância

penso

— Vai perguntar o mármore tão caro

e engano-me, perdi-a, tenho uma cómoda que lhe pertenceu e não cheira a mim, cheira a ela, os cheiros da casa de novo e é assim filha, é isto, um feirante levou a roupa de homem e deu-nos notas, moedas

(poucas notas, poucas moedas, só moedas de resto, 7 (sete), 8 (oito)?)

— Tecidos gastos senhora

nem uma alma que visse a chuva que bem dei pela queixa

— Não reparam na chuva

eu com pena a tentar reparar mas distraí-me com a lagartixa e a minha mãe das traseiras

— Queres uma pneumonia tu?

deu-me ideia que o focinho do bicho, escarafunchei com um prego e musgo

(não líquen, não pingos)

o meu padrasto uma tarde também num banco o pateta e a minha mãe uma ordem para o soalho onde a ambulância me esperava

(acerca da minha ex-mulher nem uma palavra desculpem)

a baloiçar os brincos que nunca tirava da caixa onde as contas do colar de que o fio se quebrou

— Cumprimenta o senhor sargento rapaz

enquanto o meu padrasto, no género de eu contigo, observava os prédios, a minha mãe serviu vinho

(não bebíamos vinho)

e um prato do livro de receitas em que gastou todo o dia a medir colheres de tempero ela que não ligava a medidas, pensava que a tua mão maior filha e afinal os ossos tão estreitos, um punho de menina a gripar nas maiúsculas, adivinhava-se o peso inteiro a carregar no bico, a professora

— Cuidado

e nenhum pingo em ti, só a dificuldade de escrever, Boas Festas porquê e um pingo em mim

(incorrecto, eu seco)

um pingo não em mim, eu seco, nem bolo rei nem Natal, com tanta lembrança a ferver a cabeça escapa-se, oiço-a remexer episódios antigos a mudar pessoas e coisas de lugar e a repetir misérias que julgava esquecidas e afinal permanecem, a lata retirada da prateleira

— Quantas prestações diz você?

e a ambulância a consolar-me tac tac de a furgoneta preta me roubar o que tinha sem que o infeliz percebesse

— Não percebe o infeliz

e o infeliz que não percebia a caçar lagartixas no buraco do muro, quatro da manhã neste instante, os cactos que se diria incharem e tu a rires no teu sono, não, tu comigo no apeadeiro e eu a supor-te de nariz na marquise, na terra do meu avô em que túmulos celtas feitos de penhascos ao acaso amoreiras tão escuras que se palpava a sombra, segundo a minha avó um enforcado a pedir água mostrando a sede da língua

— Tragam o balde do poço

o meu avô carregou a caçadeira, disparou para as árvores

— Cá está ele

e o ramalhar do enforcado à procura de charcos, a minha tia aflita

— Dê-lhe descanso senhor

colocava uma garrafa numa laje e de manhã a garrafa vazia, a meio da noite saída do estábulo a mula do enforcado trotava na latada cascos de bicho velho sem possível descanso, os brincos da minha mãe regressaram à caixa quando o meu padrasto se nos instalou em casa

(e o lápis a insistir

— Parabéns parabéns

num vagar aplicado)

eu no receio que a chuva dissolvesse a lagartixa e a minha mãe

— Vi-me livre do grande ainda cá tenho o pequeno

mal conheci o meu pai, sou seu filho, não dele, sobrou um casaco de espantalho a oscilar na cruzeta com um tostãozito no bolso

— Quer o tostão senhora para juntar aos trocos?

e por momentos dedos na minha cabeça, um lenço que apareceu e desapareceu apertado numa garrazinha magra, caroços de azeitona em número par, estamos salvos, enxuguei a boca no teu guardanapo vês, tudo o que ofereceste me serve, a bandeja a sopa a pêra, pensar em ti a escrever o meu nome e a professora

— Como se chama o teu pai?

(como se chamava o meu pai?)

a corrigir uma consoante nos cartões da escola, ficava a olhar para eles na caixa do correio esquecido de subir as escadas e se atentar bem descubro-me lá, um homem novo, não um velho como hoje isto é uma cereja que desliza do pudim para a morte, peço desculpa de ter demorado dúzias de páginas a chegar ao termo do meu relatório mas falta pouco descansem, dentro de minutos o suspeito a quem chamam Hiena de 13 (treze) anos de idade, o que não consegue falar arremelga-se, grunhe, dorme onde calha em contentores, jardins, a mula do enforcado ultrapassou o pombal e nunca mais a vimos, a garrafa de água intacta e a minha tia

— Foi-se-lhe a sede não precisa de nós

de modo que a caçadeira do meu avô a descansar no quarto como eu a descansar depois da última frase, ponho-lhe a data, assino e inclino-me de queixo no braço a pensar nas bombas de gasolina na vinda de Ermesinde, contei-as, são 8 (oito), iluminadas, cúmplices, se dependesse de mim demorava-me nelas a vida inteira até as Boas Festas não me perturbarem mas apressemos a conclusão,

4 (quatro) folhas de papel, as únicas que tenho, numeradas pelo Comando, não tornarei ao norte, uns meses e a reforma, o passeio ao mercado a dar corda às artérias, um dos sapatos, deslaçado, mais lento e a ambulância esquecida

— Que ambulância?

a minha filha é evidente que esquecida também, se perguntarem aproximando-me a boca do ouvido, o doutor Sabino por exemplo

— A sua filha?

franzo-me a conjecturar sem entender as palavras, que quer dizer

— A sua filha?

e desisto, pálpebras nem sequer vermelhas, inexistentes, um queixal lá atrás a desprender-se da carne, 4 (quatro) folhas de papel de 25 (vinte e cinco) linhas que se escrevem de um só lado e em 2 (duas) frases se preenchem, ponhamos de parte os meus problemas incluindo naturalmente grutas e pingos

(ou líquenes)

e despachemos o assunto, acompanhado pelos 5 (cinco) agentes de segunda classe em que não acreditava e os 2 (dois) estagiários em que acreditava menos apercebi-me e não era sem tempo

(4 (quatro) folhas de papel lembra-te)

às 4 (quatro)

(estas coincidências assustam)

às 04h49 (quatro horas e quarenta e nove minutos) da, por assim dizer, madrugada, apercebi-me da inequívoca aproximação vinda do Bairro 1º de Maio

(uma encosta que respirava devagar)

difícil de distinguir nas trevas com os telhados a subirem e a baixarem cada qual na sua cadência, chaminés que também são gente e travessas e entulho aprofundados pela ausência da lua cuja claridade, seja dito entre nós, nunca me ajudou a não ser a confundir silhuetas não apenas pelo facto de se deslocar tomando umas casas por outras

— Era aquela e não é aquela onde estou eu amigos?

mas pela constante e imprevisível interposição de nuvens impelidas pelo humor do vento e por isso ocultando o que finge mostrar, tenho a certeza que uma criança

(no caso a minha filha)

que se ri a dormir, se me lembrasse de ti e não lembro,
lembro uma roupinha branca

não, amarela ou cor-de-rosa, cor-de-rosa

branca, lembro uma roupinha branca

(roupa de homem que o feirante levou

— Coisas gastas minha senhora nem valem a maçada de
abrir a carteira aqui tem)

que a minha ex-mulher

(desse assunto não falo e de resto o guarda

— O seu marido não está)

lhe vestia ou te vestia, como preferirem, para mim é igual,
quantas vezes me obrigarão a repetir que sequei há séculos, eu pedra que se esfarela, eu areia, há momentos em que me pergunto
inclusive se terei tido um nome, uma existência sei lá onde e quando, lembro a roupinha branca que a minha mulher lhe vestia ao
domingo

(quase três páginas apenas e por favor não divagues)

o Bairro 1º de Maio a 150 (cento e cinquenta) ou 200
(duzentos) metros de nós, pode ser que um pouco mais, 300 (trezentos) porque de início barracas isoladas, uma oficina de tanoeiro

(acho que de tanoeiro, amanhã ou depois verifico)

e o matadouro desactivado, gosto de desactivado, sem restos de sangue de porcos e borregos e tão seco quanto eu a escurecer
as ervas, um vazadouro onde pedaços de jornal etc, não merece a
pena alongar-me, de longe em longe pretos

(ia escrever negros olha a cerimónia, pretos)

de longe em longe mulheres, nunca uma roupinha amarela
ou cor-de-rosa

nunca uma roupinha branca de vestir ao domingo, nenhum nariz contra a marquise, nunca tu

(não me fazia diferença que eu seco, se por acaso mencionar
um líquen ou uma manchinha não acreditem, líquenes conversa)

o Bairro 1º de Maio do qual às 04h49 (quatro horas e
quarenta e nove minutos) da, por assim di, às 04h49 (quatro horas
e quarenta e nove minutos) da madrugada nos deu ideia de sair
rodeando a oficina e tomando um trilho tanto quanto as nuvens e
a lua me permitem afirmar que trilho e permitem pouco atendendo
a que a lua se desloca

(ou é o centro de tudo?)

e o vento muda as nuvens consoante os seus caprichos, pelo
que aprendi dele

(vou aprendendo o vento)

era capaz de pôr a minha filha a gatinhar para a frente e
o meu pai a regressar do cemitério experimentando o nariz com as
mãos

— Onde é que eu estive?

a minha mãe para o meu padrasto embaraçada

— Dizemos não lhe dizemos?

e não diziam claro, o Bairro 1º de Maio, esse estigma social
que não há modo de os diferentes poderes, releve-se-me a imperti-
nência, solucionarem

(o meu pai a designar o meu padrasto

— Aquele quem é?)

encarando-o face a face, que expressão mais idiota, podia
tê-la inventado eu mesmo, o Bairro 1º de Maio de que me deu ideia
de sair

(culpa do vento?)

ladeando pela direita

(culpa das nuvens?)

a oficina de tanoeiro e contornando uma azinhaga a 12
(doze) ou 13 (treze) metros do local em que o esperávamos nas
figueiras bravas e nos cactos

(cactos ou piteiras?: a verificar ao verificar a oficina derivado à lua que não descansa que mania, amarela ou cor-de-rosa
como a roupinha da minha filha aliás não amarela nem cor-de-
rosa, branca, o que sucedeu à tal roupinha branca, o feirante

— Coisas gastas minha senhora aqui tem

e se não fosse a ausência de pingos emocionava-me e
valiam

— Tome estas notas mãe e não se apoquente com o pai
que há-de morrer outra vez)

na azinhaga a 12 (doze) ou 13 (treze) metros do local em
que o esperávamos

(porquê escrever, porquê um relatório em lugar da ambulância, dos palitos, da gruta mesmo que de terra, a pobre?)

o suspeito a que chamavam Hiena, um mestiço de 13
(treze) anos mais pequeno e mais magro conforme a autópsia
sublinhou

(e comprovei sem precisão de sublinhar)

que o normal da sua idade, juntando-lhe o adjectivo subnutrido e o advérbio notavelmente, notavelmente subnutrido, no número 2 (dois) das Considerações Preliminares antes do exame individualizado das vísceras com a sua forma, cor, peso, textura e pormenores que os técnicos decidem pertinentes e eu a quem essas minúcias incomodam dispensáveis

(morreu está morto, não malbaratemos o numerário, com numerário enguiço, do Estado, despeja-se no vazadouro e pronto)

um mestiço que me atrevo a considerar raquítico, um menino, aduziria eu que até coloco a hipótese de se rir a dormir, com uma espingarda de canos serrados maior que ele na mão, corrijo, pendurada do pescoço por intermédio de um pedaço de suspensório velho e uma caixa

(prova número 11 (onze))

de munições suplementares de ponta cortada na algibeira, a gente interroga-se e é forçoso que se interrogue como é que um gaiato das raças inferiores, amarelos peles-vermelhas indianos

(não te arrebates continua)

um mestiço segundo o processo do Instituto de Reinserção onde o confinaram meses por ordem do Exmo Tribunal de Menores

(curiosa designação)

e de que se evadiu, se o verbo não é excessivo tratando-se de um catraio e a gente torna a interrogar-se

(as dúzias de interrogações que tu fazes, andor)

de que se evadiu em março p. p. na companhia do chamado Guerrilheiro de 17 (dezassete) anos de idade e referenciado como um dos cabecilhas dos suspeitos, portanto segundo o processo do Instituto do qual nos permitimos extrair meia dúzia de indicações técnicas embora o processo não indique, afirme, visto que nós polícias não indicamos, afirmamos

(a gente interroga-se acerca da sugestão de o matarmos)

a única pessoa de que tenho notícia sem afirmar seja o que seja era o meu pai surpreendido com o fatinho e a gravata

— Onde é que eu estive?

e a minha mãe para o meu padrasto

— Como se explica que esteve sepultado tu sabes?

segundo o processo do Instituto um mestiço subnutrido, raquítico, não ultrapassando a altura entendida como mínima para um indivíduo de raça branca

(o meu pai para mim

— O que andas tu a escrever?)

de 7 (sete) ou 8 (oito) anos de idade e incapaz de articular correctamente os sons embora de acordo com os testes efectuados

(— Ando a escrever um memorando dos que você carimbava)

de inteligência média

(QI 112 (cento e doze))

incapacidade radicada em deficiência congénita do céu da boca

(ausência de dois terços da abóbada palatina por provável doença infecciosa da mãe no decurso da gravidez, ando a escrever um memorando dos que você carimbava pai e não aguento o que escrevo)

que mais tarde ou mais cedo por volta dos 20 (vinte), 25 (vinte e cinco) anos dará lugar

(como raio carimbava o que não aguento escrever?)

a problemas respiratórios irreversíveis e impedia

(não carimbe senhor não rubrique)

a comunicação com os colegas e o pessoal docente

(uns carrascos aposto)

substituída por trejeitos, esgares e movimentos descoordenados dos membros, facto que somando-se a uma fealdade

(a minha filha feia eu feio?)

notória

(não o achei muito feio ao examinar o cadáver apesar da cabeça parcialmente desfeita, estou a ir, estou a ir, preferi demorar-me na delicadeza das falanges que incluso na falta de higiene me faziam lembrar as que estragavam o soalho com uma ambulância sem rodas e que soalho, que ambulância, creio que os perdi Virgem Santa)

o tornava repugnante

(— Não páras de me enervar com o teu brinquedo tu)

para aqueles que com ele conviviam

(o que me obrigam a escrever paizinho)

ainda que o chamado Guerrilheiro parecesse entendê-lo

(não tive amigos e não sei se me apetecia tê-los, é uma questão que não ponho, siga a banda antes que um pingo, sentava-

me no alguidar da cozinha e um pingo realmente, a fitar as couves
sozinho)

o chamado Hiena

(o vento guinou para norte descobrindo a lua e nisto tão
nítidos os cactos, os agentes, as figueiras bravas cactos maiores do
que eu estava habituado, gordos)

e a oficina de tanoeiro com a fuligem do maçarico e a
bancada de ferramentas onde se estiravam gatos, um deles amarelo ou cor-de-rosa, não, branco, contei 3 (três), contei 4 (quatro)
sendo que o quarto escondido dos restantes e desisti de contá-los,
cansei-me de vocês gatos e palitos, não me macem, e aqui temos a
Venda Nova ou Benfica em baixo, qual a diferença entre a Venda
Nova e Benfica se em ambas estores descidos, silêncio, o Comando
que decida visto que no meu caso o sono se uniu ao medo, tanto
trabalho por um miúdo ainda por cima doente senhores, 04h51
(quatro horas e cinquenta e um minutos) e eu idoso, exausto, de
regresso de Ermesinde tinha de parar na berma a esfregar cotovelos
e joelhos pensando não chego a Lisboa, não sou capaz, não consigo,
pensando que 3 (três) prédios inteiros mais a 1/2 (metade) direita
de outro à esquerda mais 2/5 (dois quintos) da esquerda de um
último à direita não mereciam a viagem e concluindo que nada
merecia a viagem, certamente não a minha filha, o que é uma filha
e no meu caso e deixando-nos de exageros

(porque estarei tão irritado?)

um pingo que não chegou a formar-se quanto mais a cair,
uma recordação sem importância de que só uma roupinha amarela
ou cor-de-rosa ou branca

(cessei de preocupar-me)

subsiste, a minha mãe acabou por resolver-se

— Desapareceste há um ano é a vida

o suspeito

(vou terminar, perdoem)

enxergou a gente visto que a mão

(não me sobra paciência para espiolhar se me referi aos dedos e em que termos o fiz)

na espingarda, as duas mãos na espingarda e nem gorro
nem óculos escuros, uma criatura indefesa, ia escrever que um ganapo e emendo, uma criatura de raça inferior e a criatura de raça
inferior um pulo rumo ao Bairro 1º de Maio onde talvez o prote-

gessem e se cuidasse a salvo na companhia do chamado Capitão e do chamado Miúdo e do chamado Ruço e do chamado Galã e do chamado Cão e do chamado Gordo e do chamado Guerrilheiro tantos nomes caneco

(falta 1 (uma) página e 1/2 (meia), uns centímetros mais que 1/2 (meia), 1 (uma) página e 3/4 (três quartos), não desiludas o Comando que acreditou em ti, não desistas, 04h59 (quatro horas e cinquenta e nove minutos), dentro de instantes poderás deitar-te e descansar)

um pulo e o meu pai a procurar-se nos bolsos na ilusão que nos bolsos um outro pai que o esclarecesse

— Há um ano?

enquanto o meu padrasto sem largar a caneta e as palavras cruzadas espiava a janela em que as tipuanas do parque tentavam confirmar

— É verdade

ordenei aos agentes

— Não atirem

quer dizer decidi ordenar aos agentes

— Não atirem

cuidei haver ordenado aos agentes

— Não atirem

tinha a certeza de haver ordenado aos agentes

— Não atirem

e não ordenei

— Não atirem

fiquei calado à espera, um dos gatos da bancada aumentou numa escama de lua, via-se o nó do sono a percorrê-lo desde a nuca à cauda, um dos estagiários de pé sem respeitar as instruções

(para quê matá-lo?)

a levantar a pistola e para quê matá-lo de facto, um ganapo de 7 (sete) ou 8 (oito) anos, não 13 (treze), desprovido da quase totalidade da abóbada palatina e incapaz de falar, quem para além de mim o compreendia, o meu pai no patamar

— Terei desaparecido a sério?

a minha filha completou o meu nome em maiúsculas tortas e a professora que vigiava as manobras

— Não foi difícil pois não?

por pertencer a essa espécie de tímidos

(conheço dúzias no género)

que elogiava a censurar, procurou-me uma ocasião na Polícia inquieta com os calabouços, as fardas, um sujeito algemado, consegui emitir

— A sua filha

de orelhas a moverem-se enquanto falava e eu pasmado com as orelhas

— Diga sua filha por favor

até me enfadar do interesse por um embrião sem interesse a gatinhar para trás e ao qual nem um fio me prendia

(nem um fio me prende seja ao que for, sequei)

e lhe dizer

— Vá-se embora

numa voz que levei tempo a reconhecer como minha, a que tive há 10 (dez) anos na época da minha ex-mulher, não tenho espaço e se o tivesse por dinheiro nenhum do mundo

(é uma forma de expressão)

voltava a esta história, as orelhas da professora continuavam a mover-se e nenhum som felizmente, uma senhora cheiinha a fitar-me com desgosto ou surpresa

(existem ressentimentos que compreendo mal)

declarando com esforço, de orelhas normais

— Você

os calabouços, as fardas, o sujeito

(um gatuno qualquer)

algemado e todavia

— Você

e o desgosto, a surpresa, distinguia-se uma lágrima nela que patetice ao recordar as maiúsculas tortas, não devia ter filhos, não devia ter marido, devia ter um cão pequeno ou isso

(como o trataria?)

e memórias difíceis que me não ralavam, recuso-me a pagar pelo passado dos outros, só faltava essa, livrem-se dele como me livrei do meu e não me cansem com as vossas grutas e pingos, que mal fiz para vos aturar, sumam-se, o estagiário de pé, um segundo estagiário de pé, os 5 (cinco) agentes de segunda classe de pé, eu de pé

(não tenho a certeza se eu de pé)

eu de pé e o suspeito com uma doença congénita do céu da boca causada por doença infecciosa da mãe

(entre parênteses e interrogado: rubéola?)

durante os primeiros 3 (três) meses da gravidez

(escrevi um memorando dos que você carimbava pai e detesto o que escrevi)

a tentar um passo para as

(não um adulto, um miúdo)

figueiras bravas

(deficiência que mais tarde ou mais cedo por volta dos 20 (vinte), 25 (vinte e cinco) anos dará inevitavelmente lugar a problemas respiratórios irreversíveis e a um termo de vida necessariamente precoce)

e desistiu do passo, procurou erguer a espingarda de canos serrados suspensa da nuca por um pedaço de suspensório velho

(eu velho)

sem ser capaz de erguê-la

(escutámos a porta fechar-se quando o meu pai saiu)

porque rodopiou 1 (uma) volta, 2 (duas) voltas, endireitou-se, encolheu-se, endireitou-se e ao inclinar-me para o mestiço um corpo minúsculo vestido com uma roupinha amarela ou cor-de-rosa

(não amarela nem cor-de-rosa, branca)

vestido com uma roupinha branca de botões de madrepérola e fitas e laços, essas coisas com que gostamos de enfeitar os filhos e que se ria a dormir.

Quando me disse para ir viver com ele eu disse
Aqui há um quarto nem que seja este quarto
e ele disse
Onde moro o que não falta são quartos
e eu disse
Tenho cinquenta anos e tu dezoito de certeza que sou mais
velha que a tua mãe
e ele disse sem olhar para mim
Não sei não tive mãe
e eu disse
Com a vida que levei até hoje não tarda um mês sou um
trapo e só de me olhares viras o estômago
e ele disse
Mas a senhora é branca e eu preto
e então pensei que nunca um homem me tratou por senhora e com uma educação daquelas, pagava o dobro da conta sem me
tocar, pedia licença para sentar-se no canto oposto da colcha, gordo,
grande, vestido, a trocar os braços e a desculpar-se em silêncio ou
não bem silêncio porque de tempos a tempos escutava-o como se
rezasse
Senhora
a esfregar a cara cheio de anéis na vontade de se limpar da
cor dele e perder a carapinha e do cheiro grosso que os perfumes
não tiram e se nos pega à roupa mesmo lavando-a, andou séculos
a espiar-me de longe, cada vez que aceitava um cliente as feições
desciam um degrau e deixava de trocar os braços, mal regressava
da hospedaria as feições subiam e trocava-os de novo, percebi que
se arranjava para me visitar, sapatos engraxados, uma flor cómica
no casaco e um fio com medalha por cima da gravata, as minhas
colegas
Viste o preto?

contaram aos rapazes que as protegiam, os rapazes que as protegiam pensaram em mandá-lo embora do largo por dar má fama ao quarteirão e desistiram ao chegar uma tarde acompanhado por dois miúdos mestiços com metade do seu tamanho que não podiam fazer mal a uma mosca, um deles de mãos nas algibeiras com ares de desafiar o mundo e um cigarro nos dentes como os catraios a imitarem os homens e a gente acha graça e o colega arrastando sandálias distraído a lamber um chupa-chupa com qualquer coisa no género de um pau grosso debaixo da camisola, um dos rapazes que protegiam as minhas colegas abriu a boca, fechou a boca, cochichou não sei quê e cumprimentaram-nos abotoando-se de respeito eles que não respeitavam nem os sacerdotes, o do cigarro igualmente com um pau grosso debaixo da camisola mostrou-me ao das sandálias

Dá o chupa-chupa à senhora

e foram-se embora sem pressa depois de estudarem uma loja de brinquedos na qual um palhaço eléctrico vomitava gargalhadas, uma das minhas colegas

(não tive mãe como o gordo ou seja tive mas de que me serviu pergunto eu)

para o que a protegia, sem entender

Beijas o cu a gaiatos?

e o que a protegia enfiou-lhe um apertão no ombro que foi preciso ligá-la no posto de enfermagem

Não me cuspas fininho

de maneira que o preto a espiar-me sem o incomodarem, gordo, grande, tenso com a flor a crescer-lhe no casaco e a medalha alinhada no centro da gravata fitando-me se o não fitava desajeitado de angústia

Senhora

na sua reza humilde, o que protegia a do ombro ligado em nome dos rapazes que respeitavam os mestiços eles que não respeitavam nem os sacerdotes solicitou-me com bons modos quase a abotoar-se imagine-se

Vai com ele tem paciência

falou com o dono

(não tive mãe é verdade nem na minha comunhão apareceu)

da hospedaria e o dono da hospedaria alongando um soslaio ao cofre a arrulhar para o preto apesar de odiar pretos

Faz favor faz favor

não por tu, por você, e não por tu a mim palavra, dantes

Estás velha que até dói

e de súbito madame

A chavezinha madame

não a gozar, a sério, da mesma forma que não um quarto no rés-do-chão, o do veterinário das terças com lavatório e espelho

A chavezinha madame

e ao chegarmos um borrifo de água de colónia na fronha e a esposa que não mexia uma palha a resmungar contra a gente de óculos no crochet transbordando da cadeirinha da entrada

Só vacas

a mudar os lençóis, a colocar uma jarra com uma orquídea de pano na prateleira da Santa

Tudo ao seu gosto madame?

(nunca perdoei à minha mãe e ao levantarem o corpo não fui ao cemitério assistir)

e aperfeiçoou a mão no avental antes de cumprimentar o preto, da sacada achava-se o vice-rei de bronze a governar o mercado e ele a trocar os braços no canto oposto da colcha

Senhora

visto de perto o casaco não ligava com as calças e a flor boa para o lixo a inclinar na lapela o pescoço vencido

(o que lhe custava ir meia hora à comunhão de uma menina contem-me)

e no entanto um maço de notas que entalou sob a Santa sem as conferir, conferi-as eu à distância que para o dinheiro tenho olho e o triplo do preço, vacilei digo-lhe que se enganou, não digo, disse por pena e ele a acrescentar notas em lugar de tirá-las

(os anéis brilhavam agudos)

Perdão

esfregando a cara a limpar-se da cor

(pombos no vice-rei que lhe pintavam estrelas de cocó na barba)

confesso que me metem mais impressão os pretos que os aleijados ou os cegos que já os tive comigo de catavento do queixo a tactear os sons, devem escutar os finados à conversa na terra, estendem a mão de propósito na direcção errada

Onde estás tu minha linda?

e eu com a certeza de saberem em que sítio me achava por uma diferença no ar, conheciam-me em toquezinhos delicados, sorrindo

(qual sorriso, uma ameaça)

não a mim, a si mesmos, ia jurar que partes deles vivas e o resto mineral, a pele viscosa por exemplo e o coração estagnado, os pretos

(não inventam um remédio para acabar com os pombos?)

é diferente, falanges achatadas

(se me roçarem desmaio)

e dentes a imitarem postiços idênticos aos meus, se os tiro as costas curvam-se e o andar encolhe em passinhos custosos, eu da testa para baixo pregas que se repetem anulando a infância, a minha mãe, salgueiros, o homem nos salgueiros

Andei contigo ao colo pequena

e eu vestida de comunhão, que é da fotografia com as luvas, o terço e os sapatinhos novos, eu para o preto que ocupava o ar inteiro a admirar a Santa e a jarra

Não tarda um mês sou um trapo

e ele no canto oposto da colcha no cheiro grosso que os perfumes não tiram instalado sobre a própria barriga numa atitude de sapo, adivinhava-se que dezoito anos porque ímpetos de cachorro, gestos que não lhe pertenciam por enquanto, pertenceriam mais tarde em lugar de subtilezas de cego à procura

Onde estás tu minha linda?

entretinha-se a dobrar a colcha sem dar fé que a dobrava e eu estendida na cama porque pagou para isso apesar da impressão que metia

(Vai com ele tem paciência)

descontente com o meu peito, as minhas coxas, comigo, o desconforto na espinha que tratava se tivesse vagar e o preto sem tocar-me, sou branca, de narinas a crescerem de pânico prestes a engolirem-me e eu

Não

morava num Bairro entre Lisboa e a Amadora que não sei onde fica

(jurava ele)

trabalhava de servente

(jurava ele)

semanas antes da agonia a minha mãe veio aqui por uma esmola isto é cirandou no largo a perguntar de árvore em árvore aos que protegem as minhas colegas das injustiças do mundo, apareceu-me exagerando o manquejar com uma receita de pastilhas em nome de outra pessoa, a aldrabona

Não me emprestas umas moedas para o tratamento tu?

e o que me veio à ideia não fui eu à espera dela na igreja a voltar-me para o guarda-vento distraída das cerimónias de círio torto e a estearina a pingar-me na pele, o padre desceu do sacrário num rebuliço ofendido

(tenho cinquenta anos mas sou branca)

Não se dá as costas ao Jesus minha parva

e o que me veio à ideia foi

A minha mãe é isto?

uma mentirosa a querer enganar-me na morte como me enganou em vida

Ficas com a tua tia que eu venho visitar-te descansa

e demorou quarenta anos a chegar até mim não por amor

(de que me servia o amor?)

ou por saudades ou por

O que será feito dela?

mas para levar o que eu não tinha ou então este fio, estes brincos, a minha mãe a puxar-mos

(Vá para o diabo que a carregue mãe)

Com o fio e os brincos pagava a receita

(o homem nos salgueiros

Andei contigo ao colo pequena

vestida de comunhão de mãos postas e a minha mãe

Obedece)

eu a furtar-me a ela

Suma-se-me da vista senhora

e se não fosse tão velha e com tão poucos clientes havia de certeza quem tomasse conta de mim como as minhas colegas e a quem eu agradecida e de mala aberta aceitava caprichos e fúrias, vi a minha mãe ir-se embora amparada à muleta, talvez o joelho sem força ou o coração ou a espinha, decidi chamá-la

A sua receita de que é?

e nesse instante os meus sapatinhos novos, a autoridade dela

Obedece

o que escorreu de mim para a terra e portanto não chamei dado que o homem e a minha mãe me roubaram o que não sabia que tinha, e só muito mais tarde compreendi que tive, quando o preto me disse para ir viver com ele respondi

Aqui há um quarto nem que seja este quarto

porque desde os quinze anos que moro sozinha, a minha tia juntou-me a roupa numa caixa mal o marido começou a olhar-me, ficava na porta do cubículo onde eu lavava a loiça

Cresceste

isto na outra margem do Tejo e os pinheiros endurecidos de salitre quase a alcançarem a água, uma ocasião num deles dentro das fendas da casca um caranguejo que não me sai da cabeça, trouxe-o de regresso a uma espécie de lagoa que a vazante formava e o bicho a marchar nas patas estreitinhas obstinado, mecânico, desejoso da casca ultrapassando desperdícios e limos, ao regressar à loiça a minha tia que discutiu com o marido dado que as bochechas vermelhas entregou-me a caixa com duas ou três camisolas

Tens um autocarro às dez horas

pareceu-me ver o marido na cancela que se trancava com um gancho num prego conforme me pareceu ver o cãozito amarelo trotando para mim, a minha tia não irmã da minha mãe, do meu pai, quantas vezes me observava a coçar o cotovelo que era a sua forma de pensar, no fim de coçá-lo

A tua mãe

e interrompia-se como se a minha mãe eu, na caixa uma imagem de Santa Filomena embrulhada em jornais que ela meteu no fundo em memória do bocadinho do meu pai que provavelmente conservei por milagre em qualquer célula anónima, a minha tia nunca

O teu pai

a coçar-se, a minha mãe apenas, mal o autocarro começou a andar o marido e o cãozito minúsculos, a seguir as casas minúsculas e a seguir zero, ficou o caranguejo que detestava o Tejo em busca dos pinheiros, inabalável, lento, qualquer dia os animais do mar levantam-se à uma, aproximam-se da gente e comem-nos, a porção de noites em que sonhei com eles e ao acordar o que restava de mim era uma anémona para diante e para trás na luz da persiana, eu sem querer

Mãe

a aperceber-me que

Mãe

e a calar-me zangada, dê-me sossego, não me mace e aquele preto mais novo que os filhos que felizmente não tive sentado no canto oposto da colcha gordo, grande, vestido, a trocar os braços e a desculpar-se em silêncio ou não bem em silêncio porque de tempos a tempos escutava-o como se rezasse

Senhora

a mendigar na sua farda de espantalho para viver com ele eu que não tarda um mês sou um trapo, sou já um trapo que a pele das mãos não engana, falta de forças de manhã não nos músculos e nos ossos, mais fundo onde realmente estamos ocultos de nós mesmos, um caroço de sombra e um órgão aqui e acolá, os intestinos, o útero, a hipófise a trabalharem por inércia, um preto de dezoito anos de algibeiras redondas de notas

(em que sítio furtou o dinheiro?)

e uma dúzia de quartos

(O que não falta são quartos)

num Bairro de pobres que não sei onde fica nem lhe entendi o nome entre a Amadora e Lisboa, o preto de repente autoritário, adulto, sem se limpar da cor dele, ajeitando um pau igual ao dos miúdos mestiços no interior da camisa e eu a tapar-me com o lençol e a encolher as ancas, a minha mãe numa espécie de riso

Obedece

(disse-lhe que me deixe em paz mãe)

os salgueiros à minha volta e em lugar do vestido da comunhão e do homem

Andei contigo ao colo pequena

o preto que me tocou por fim e não na carne, mais fundo, onde realmente estamos, ocultos de nós mesmos, um caroço de treva, no caroço o marido da minha tia e o cãozito amarelo que se dissolveram no ar à medida que o autocarro acelerou e mais secreto ainda o que de mim na terra que não sabia que tinha, e mais secreto ainda uma espécie de nojo que me impedia de chorar

(uma pessoa a insistir sei lá quem

Não me emprestas umas moedas para o tratamento tu?)

os olhos incapazes de mirarem para dentro

(e se mirassem para dentro o que veriam?)

poisados nele à espera, pergunto-me se no caso de a minha
tia connosco me entregava uma imagem de Santa Filomena em
memória do meu pai e a minha tia preocupada

Não conheço o horário dos autocarros aqui

se calhar permanece no outro lado do Tejo a empurrar a
cancela dantes pintada de verde e hoje pálida suponho que se trancava com um gancho num prego, cobria os tampos de naperons, ia
piorando da ureia e o preto sem atentar nela não sentado, de pé a
impedir o vice-rei, ele pela primeira vez não

Senhora

pela primeira vez

Tu

a ordenar que me levantasse com o

Tu

sem que as feições subissem ou descessem degraus pregadas com força na cara

Tu

e o cheiro grosso que os perfumes não tiram, pior que um
aleijado ou um cego

(graças a Deus sou branca)

a filar sem medo do Inferno o dinheiro da Santa e a guar-
dá-lo nas calças, a esposa do dono da hospedaria ergueu-se da cadeira na entrada não a resmungar contra a gente, a estender-lhe a
mão

Cavalheiro

luzes isto é o candeeirinho de abajur trabalhoso para escrever os nomes no livro, uma das minhas colegas a entrar com um
cliente que se admirou no capacho

Aceitam pretos vocês?

e se calou de súbito a um sinal da esposa do dono ou do
sujeito que prejudicou o cérebro no boxe e resolvia os problemas, o
cliente a espalmar-se no peito

Não sabia desculpem

luzes no largo, no restaurante, nas montras, os bonecos da
loja de brinquedos que me dão medo à noite, quando menos espe-
ramos avançam um passo e desatam a torcer-se aos gritos conforme
os salgueiros se torciam e gritavam comigo, a minha mãe a avançar
um passo

Obedece

na rua não gritou

Obedece

pediu

Não me emprestas umas moedas para o tratamento tu?

tão cansada, tão magra, enxotava-me com o abano do fogão a mim que nunca a procurava

Se não fosse uma parva não tinhas nascido

não me lembro de ter nascido, lembro-me de bezerros, do poço, não tive uma criança no corpo e depois de se derramar na terra o meu sangue fechado, pode ser que no caso da minha mãe um homem nos salgueiros igualmente

Andei contigo ao colo pequena

não insistiu comigo, não tornou a aborrecer-me, cruzou o largo a mancar com a receita, mostrou-a a uma das minhas colegas que continuou a fumar, a um casal que não se interessou em ouvi-la e foi remando para a igreja onde mártires atrozes feitos de gesso e pau sofriam em latim prestes a uma palavra que iria libertar-nos quase pronta nos lábios puríssimos e para castigar-me não a pronunciavam, queriam-na para eles os egoístas a proibirem-me o Céu, a minha tia levava-me à missa e os mártires aprovando

Muito bem Georgete

mas se eu os fixava impacientavam-se comigo

Não queremos saber de ti não tens pais

as túnicas iam perdendo majestade, faltavam dedos nos pés, lembro-me de um rato a trotar no altar e do sacristão jogando para o lixo um apóstolo quebrado, o preto espiolhava as travessas a observar os carros, a ponta do que trazia na camisa surgiu num intervalo de botões e reparei que dois canos

Temos de arranjar um automóvel senhora

tão diferente do que esfregava a cara para se limpar da cor alisando a carapinha, o que não daria para ser branco como eu que nunca havia dado nada, tardes inteiras espremida na cinta, nas ligas e nem um cliente

Queriducha

apetecia-me mudar de roupa, dormir, de vez em quando uma palpitação nas costelas, achava

Vou morrer

tentando adivinhar como seria morrer e de que forma a vida sai de nós e por onde, tive uma colega que faleceu num ai, trucla, os olhos abertos continuaram vivos até lhos descerem com dois dedos e só então o amuo dos cadáveres

Que autoridade têm vocês de me obrigarem a ir?

não estou segura que as pessoas nos caixões não respirem, se nos chegarmos escutamos ideias que crescem e se desfazem e julgo que visões antigas, salgueiros, um azedume que comanda

Obedece

e a gente a rezar os discursos do catecismo, não a visitei no cemitério porque se me perguntasse pelo irmão não saberia dizer, o preto experimentava as portas dos carros com um arame e um cartão de plástico, o cheiro grosso mais forte com o suor e a pressa

(Aguentarei o teu cheiro?)

e os braços que trocava tão rápidos agora, o movimento instantâneo dos gatos que não caminha, escorrega, alonga-se a palma e partiram a cirandar nos muros, por qual pessoa me perguntaria a minha mãe se eu com ela ou não perguntava por pessoas, propunha

Para os tratamentos filha

a manquejar mais ampliando a doença, uma furgoneta desfez a curva devagarinho numa esquina onde tabuleiros de hortaliça e relento de melões, o preto levantou a camisa e o pau transformou-se numa espingarda sem que eu entendesse como

(como se transforma um pau numa espingarda preto, quero aprender a fazer milagres ensina-me)

apresentou-a ao condutor segurando-lhe o colete

(eu não disse que um gato?)

a prevenir

Depressa

um branco

(desde que o conheci seja o que for na minha cabeça a repetir a cada passo

Sou branca

não tenho um colchão em que deitar-me mas sou melhor que tu sou branca)

um branco gordo e grande como ele, de charuto barato apagado na orelha e um dente quase horizontal não sei se em cima se em baixo, os parentes que digam, a impedir a mandíbula de fechar, não se fechou quando o preto lhe bateu com a parte da espingarda que não tinha os canos numa anca, no peito, na têmpora porque um osso estalou, não se fechou ao inclinar-se para diante agarrado aos tabuleiros, não se fechou ao tentar segurar o preto que lhe bateu nos pulsos e os pulsos inertes, não se fechou quando não sei quê na boca, acho que a língua demasiado vermelha, gengivas demasiado vermelhas, as bielas de quem ressona na garganta e o branco a soltar-se dos tabuleiros alongado no chão, um braço comprido, um braço curto, as mãos independentes dos braços e cada dedo independente dos restantes

(devem ter gasto dúzias de braços e mãos para o fazerem assim)

o preto retirou-lhe o charuto da orelha, puxou a porta a acendê-lo

Entra senhora

indo e vindo no fumo a esfregar a cara na esperança de se limpar da cor dele e nisto o charuto sem que as feições subissem ou descessem degraus pregadas na cara com força

Tu

as sobrancelhas, a boca e eu menos branca que coisa a diminuir os ombros sem me atrever a falar, dava-me medo, assustava-me, se as minhas colegas me encontrassem arredavam-se de mim

Ficaste preta, mulher?

a minha tia a enxotar-me para a cancela com o dedo

Se adivinhasse quem eras

e eu não de autocarro para Lisboa, a pé, se calhar foi por ser preta que a minha mãe me entregou, descobriu quando nasci virando-me para um lado e para o outro

Tive uma preta eu

e portanto compreendem-se os salgueiros, o homem, a gargalhada dela

Obedece

ou seja

Quem vai incomodar-se, é preta

e este cheiro de raízes que principia a ser meu, crianças a troçarem-me batendo com colheres em latas como sucedeu à mestiça que havia no largo, estacavam em frente dela às caretas rasgando-lhe a blusa

Mulata mulata

e a mestiça

(às vezes entregava-lhe uma esmola e ela introduzia-a sob saias e saias numa bolsinha de pano)

a fugir o mais rápido que conseguia na maneira de correr que a gente tem sob a chuva, dobrados, sem pescoço, não protestava, não os ameaçava, devia pensar

Abrigo-me nesta porta ou naquela

onde as crianças a desencantavam e lhe jogavam pedras

Mulata

e ela dava-me ideia que

Perdão

ou

Desculpem

e a conformação, a vergonha, eu com vontade de dizer às crianças

Não lhe roubem a bolsinha

a dar-me conta hoje que não era pela mestiça que o dizia, era por mim, a dar-me conta hoje que era de mim que mangavam

Mulata

a furgoneta travessa acima e o branco sob os tabuleiros com os braços desiguais e as mãos tortas, uma das crianças um atiçador de fogão em lugar da colher e da lata, a mestiça diante do atiçador

Perdão

e quando os vizinhos descobrirem o sangue esferas de colar roto de passos que fugiam, a furgoneta com um terço pendurado no espelho e numa prateleira conservas e um frasco de bagaço tudo a aparecer e a ir-se embora de acordo com o fumo do charuto ora vivo ora ausente, um segundo largo, a avenida em cujo extremo para além de guindastes o rio

(e do interior do charuto

Onde moro o que não falta são quartos

não sei se para si mesmo ou para mim criando uma certeza que não tinha, distinguia o terço em que cada Ave Maria uma continha de plástico, os Pais Nossos separados, maiores e não transparentes, de lata, eram os Pais Nossos que declaravam

Onde moro o que não falta são quartos

porque o preto calado, gordo, grande, com um atiçador na barriga, a chegar e a partir à cadência do fumo)

a avenida em cujo extremo para além de guindastes o rio e para além do rio a cancela que se trancava com um gancho num prego, o marido da minha tia e o cãozito amarelo, se ao menos me deixassem lavar os pratos no cubículo ou me consentissem a entrada na horta de manhã quando as folhas recentes a nascerem da noite e eu com nove ou dez anos, não cinquenta, a pensar

Não pode acontecer-me mal sou nova

e apenas as pessoas muito idosas se transformam em retratos e somem da memória

(Aquela acho que a minha avó aquele acho que o meu tio em Inglaterra)

não eu que estou aqui, falam-me e respondo, hei-de ter uma fita no cabelo e marido, a propósito de marido o da minha tia a beliscar-me o pescoço

Andas a escrever o teu nome com a cana?

de voz numa ondulação adormecida e a minha tia a indignar-se na janela

(antes de alcançar o rio quase junto dos guindastes a furgoneta desviou-se para norte enquanto as conservas escorregavam e o preto

Não tens fome senhora?)

a minha tia a indignar-se na janela

Arménio

ao mesmo tempo que o marido se me evaporava do pescoço e cessei de existir, nem um retrato meu na cómoda e por conseguinte quem me garante que fui algum dia, o preto dezoito anos e eu cinquenta, mais velha que a mãe dele

(a partir de que altura desisti de escrever o meu nome com uma cana na terra?)

e não tarda um mês sou um trapo, se o marido da minha tia me encontrasse não falava comigo e a minha vida sem cenas, tomámos um quarteirão de operários em que não habitava ninguém a não ser retratos em cómodas, um dos faróis principiou a vacilar, apagou-se e a parte de Lisboa da metade em que eu estava apagou-se com ele, na janela da minha tia a cortina que queimei ao engomá-la com o buraco cerzido para um lado e para o outro e é desse modo que hei-de retê-la pelos séculos dos séculos porque serei velha a eternidade inteira, um feixezito de ossos

(Não me emprestas umas moedas para o tratamento tu?)

a mancar nas redondezas aceitando que me maltratem, o resto da viagem cabanas desmanteladas com cães em redor, o preto jogou a furgoneta contra umas figueiras bravas

Deixamo-la aqui

enquanto um casal de corujas bicava as figueiras à cata de lagartas, erguiam-se a pique transportando um frenesim esverdeado consigo

(Não me matem vocês)

e as crias aposto que num pedaço de muro aguardando-as, no sítio dos meus tios nem corujas nem mochos, gaivotas que punham ovos na areia, se me aproximava dos ovos aí vinham elas aos gritos sujas de palhas e algas, juram que as gaivotas asseadas e mentira, gostam de alcatrão, de porcarias, o preto desenroscou a tampa do depósito de gasolina e enfiou-lhe trapos

Não te chegues senhora

labaredas não amarelas nem vermelhas, verdes e ele

Fazemos isto aos carros

umas explosões, uns fedores, borrachas que se dobravam não amarelas nem vermelhas, cinzentas, pegou-me no pulso para me escoltar ao Bairro entre calhaus e papoilas, uma barraca, cinco barracas, dúzias de barracas

(Onde moro o que não falta são quartos)

sobras de vivendas, ruelas, o cheiro grosso dos pretos

(comigo a insistir

Sou uma branca velha

até não ter a certeza de ser branca de facto)

que nenhum perfume disfarça e continua na roupa ainda que a lavemos de maneira que o cheiro se tornou o meu cheiro também

(comigo a insistir

Sou uma preta velha

até ter a certeza de ser preta de facto)

nós a desequilibrarmo-nos no meio de poeira de tijolos e esqueletos de andaime, ele de novo a trocar os braços e a desculpar-se em silêncio ou não bem silêncio, de vez em quando uma reza

Senhora

a esfregar a cara cheio de anéis na ilusão de se limpar da cor, tão hesitante, tão tímido, suspeitava-se que muita gente

(os mártires da igreja que o sacristão abandonava no entulho das traseiras?)

e não vi nem uma estátua quebrada

(o marido da minha tia desfez o meu nome com a sola e deixei de ser eu)

excepto as corujas a fitarem-me como me fitavam os postigos e a noite, perguntei

O teu quarto?

por me ter garantido que no lugar onde morava o que não
falta são quartos se calhar com uma Santa e uma orquídea numa
jarra igual à hospedaria do largo e

Cavalheiro

e

Madame

e as feições dele não pregadas à cara, a descerem um degrau com receio de mim

Acolá

ou seja uma barraca com sacos de areia de que nasciam
ervas a proteger a entrada

(se tocasse nos ovos as gaivotas bicavam-me)

e o garoto do chupa-chupa acocorado à nossa espera de
pistola nos joelhos sem olhar para nós entretido com um avião de
brinquedo a que se dava corda e zumbia, dúzias de telemóveis, apa-
relhagens de música, estojos de ourives e o cheiro dos pretos, o meu
cheiro de preta, esfreguei a cara na esperança de me limpar da cor
e a minha mãe

Obedece

o marido da minha tia e o cãozito amarelo seguiam-me da
cancela mas a cortina sozinha

(arranjei uma prega para esconder o defeito e a prega para
cá e para lá a despedir-se de mim)

ele

Não disse que não faltavam quartos senhora?

no canto oposto da colcha a sorrir-me e eu a sorrir-lhe sem
querer junto dos salgueiros, não velha

(Andei contigo ao colo pequena)

de vestido da comunhão e sapatinhos novos sem me im-
portar que roubasse o que não sabia que tinha e escorreu para a terra
enquanto o avião do garoto continuava a zumbir.

Nunca gostei de morar neste Bairro onde passei o tempo a dizer
Vou-me embora
a decidir
Vou-me embora
de coisas arrumadas na caixa que a minha tia me entregou
na cozinha
Tens um autocarro às dez horas
enquanto a cortina cerzida não parava de acenar e o cãozito
amarelo
(dávamo-nos bem os dois)
a roçar-me os tornozelos sem entender coitado, faz-me falta
uma criatura que me atropele de entusiasmo nem que seja um rafei-
ro sem nome e não compreendo a razão de não lhe darem um nome,
escrevi não sei quantos com o lápis das contas
(onde as letras não ficavam, ficava a língua negra de lamber o bico de carvão)
olhava o cãozito e olhava os nomes a compará-los e como
nenhum em mais de vinte se parecia com ele desisti, a minha tia
chamava-lhe
Esse bicho
o marido da minha tia calado e eu uma palavra que me
envergonha dizer e portanto não digo, se dissesse a quem interessava
não é, a palavra secreta que guardei para um homem até ser velha e
pelo andar da carruagem continuará comigo depois de velha, um
enguiço que me não larga como o vestido da comunhão e os salgueiros, à falta de melhor sempre a gastei com o cãozito vá lá mas
dentro de mim, escondida, nem o animal a soube conforme o homem se o tivesse havido não saberia e no caso de me escapar da boca
o que me dava em paga era uma atitude de estranheza
O que quer esta hoje?
ou em lugar de

O que quer esta hoje?

a fingir que não percebia

Desculpe?

ao passo que o cãozito não fingia fosse o que fosse, roçava-me os tornozelos, ladrava para as cobras, aceitava, pelas minhas contas morreu há séculos talvez de líquido nos pulmões como o cãozito antes dele que o veterinário

Abate-se isto?

auxiliou com uma pastilha, ficámos de palma na boca à espera e passados segundos

(um minuto?)

o focinho apesar de igual diferente, não consigo explicar mas diferente, o cão outro cão e o nosso cão onde

O nosso cão senhor doutor?

de maneira que por ser outro não me fez diferença que o cremassem no forno, não me ralava a quem pertencia aquele gás e aquele pivete a torresmo, ralava-se a minha tia que se enxugou no lenço para que o médico pensasse

Está a sofrer a pobre

e não sofria nem meia, nunca sofreu pela gente, uma pessoa que diz

Tens um autocarro às dez horas

que raio de alma é a sua, a minha tia a enxugar-se no lenço e o marido a estalar falanges, do homem nos salgueiros que não merecia a palavra secreta não me ficou nem rastro e quem me garante que ele não uma palavra secreta por seu turno, hei-de escrever nomes e compará-lo com os nomes com receio que encaixem ou antes, menti, sem receio que encaixem, conheço de ginjeira o nome que serve e não o escrevo descansem, se o escrevesse mesmo tapando com a espádua quem me aceitaria depois, o cãozito antes deste cãozito dilatado na cesta indiferente à comida a tentar respirar, chamávamo-lo e abanava a cauda uns centímetros, notava-se a intenção de caminhar para nós, uma pata a esticar-se, a desistir e pronto, espero não lhe tornar a ver os olhos que se transtornavam de horror

(os meus qualquer dia transtornados de horror e não consintam que desapareça ajudem-me, faço tudo o que quiserem, arranjo-lhes dinheiro, trabalho no largo, aceito os cegos cujos dedos apesar de eu despida continuam a despir-me

Minha linda

impeçam-me de arder)

o forno não parou de trabalhar quando saímos da clínica, escutavam-se os assobios das chamas e bolhas de gordura ao passo que se um mestiço morre neste Bairro entornam a pessoa no vazadouro ou fica semanas num talude até os insectos da terra a levarem com eles, passei o tempo a dizer

Vou-me embora

a decidir

Vou-me embora

e a tentar convencer o preto a vir-se embora comigo, ele no canto oposto da colcha não com receio de mim, com receio dos garotos

Não podemos senhora

enquanto o do chupa-chupa brincava com o avião sem se incomodar connosco e o preto a medir-lhe a pistola nos joelhos

A senhora não fala a sério Miúdo

à medida que o avião de folha e agora que estou sozinha sem nenhum preto nem nenhum catraio a aguardar a chegada da noite pego na caixa, largo a caixa e ignoro o motivo por que não parto daqui, percebo os mulatos nas barracas, oiço a lentidão da chuva nos telhados desfeitos e o sangue a tropeçar-me no corpo na preguiça da água derramada que escolhe o seu caminho nas tábuas a impedir que a palavra secreta, a única que me resta, se evapore com ele, não permito que a oiçam porque se a ouvissem eu mais sozinha ainda, nunca gostei deste Bairro com a Polícia à espera nas figueiras bravas, pergunto-me se sinto a falta do preto a trocar os braços

Senhora

e julgo que sinto a falta do cãozito amarelo

(o do forno castanho, sacudiu a cauda uma vez a informar

Estou aqui

e dava-se fé da amizade, do esforço, observou o veterinário e não se zangou com ele, observou a gente e então sim, aquilo que me apavora, o que não aceito, o horror)

da cancela que se trancava com um gancho num prego e é tudo, um cãozito e uma cancela bastam, a esta hora no largo as minhas colegas

A velha?

não, a esta hora no largo as minhas colegas

Qual velha?

conforme esqueci a Ruça que se enforcou no quarto número onze, pagou a conta muito alegre a explicar

O cliente não quer que o vejam comigo entra depois sozinho

com um penteado de cabeleireiro e uma saia nova, o dono da hospedaria entregou-lhe a chave e escutou o assobio feliz nas escadas, dizem, não sei, que nas tardes em que a esposa na consulta dos ossos a chamava ao escritório, a Ruça continuou a assobiar que se percebia no rés-do-chão juntamente com os passos até um baque como se uma queda ou isso e o assobio interrompido a meio de uma nota, a impressão de cortarem a música com uma navalha, de golpe, a esposa do dono da hospedaria de feições todas juntas no centro da cara largou o crochet e levantou-se da cadeira

Depressa

de ossos elásticos, estupendos, sem precisar de consultas, as sobrancelhas, o queixo e o nariz giraram num remoinho e sumiram-se na boca

Depressa

a alcançarem o quarto antes da gente como se não houvesse degraus

(uma ocasião acompanhei o preto)

isto uma mulher mais idosa que nós, uma doente de tornozelos imensos que a boca engoliria, a boca, não ela, a insistir

Depressa

e nós a girarmos na sua cara e a sumir-nos um a um, as minhas colegas, os clientes, o dono da hospedaria, eu, quem não se sumiu foi a Ruça pendurada no espigão do armário, ao mencionar a Ruça não é da pessoa inteira, é das pernas suspensas que falo, gostaria de ter o cão no meu colo a fim de o proteger do horror e não fui capaz, os pulmões dele os meus pulmões, a cauda que cedia pertencendo-me a mim, uma das minhas colegas

(uma ocasião acompanhei o preto)

persignou-se, o dono da hospedaria escorregou de si mesmo

(ele sim, doente)

a segurar-se ao vazio que o não segurava e sentou-se na cama, se a minha tia connosco apontaria o espigão

É tua amiga essa?

a pensar na minha mãe e a desgostar-se comigo, deu-me ideia que a Ruça o assobio sempre, os mesmos passos no tecto, um júbilo sincero e eu sem resposta

O que é uma mulher?

talvez a palavra secreta que qualquer dia direi

Que coisa é ser mulher?

se ao trancar uma cancela trancássemos a vida inteira mais o vestido da comunhão e os castigos do Altíssimo e nos tornássemos por exemplo uma folha a diminuir na água até nem as nervuras sobrarem, não me vou embora deste Bairro porque não sei se existo desde que estou sozinha e nenhum preto

Senhora

uma ocasião acompanhei-o com os miúdos mestiços a uma vivenda em Sintra e não à noite, de dia no inverno quando escuro às três horas, flores monstruosas escarlates e lilases derramadas dos muros e nós não mestiços nem pretos

(eu preta no meu cheiro de preta porque aquilo que havia em mim de branca perdi-o)

escarlates e lilases também, cochichos escarlates e lilases, discussões escarlates e lilases gestos escarlates e lilases ruas que se perdiam em quintas, pórticos de madeira, grades, a vivenda quase no topo da serra

(se a Ruça no meu colo confiaria em mim como o cãozito confiava?)

em que o mato mais denso e o mar demasiado longe para poder senti-lo, sentia as nuvens baixas e a humidade do vento, tenho a certeza que a Ruça não estava morta quando a deitámos no chão porque falava connosco ou não sei quê no estômago que a esposa do dono da hospedaria lhe secou na manga, se eu fosse minha tia não me mandava embora de modo que continuava no cubículo a preparar o jantar, um dos miúdos não mestiços, escarlates e lilases

A moradia ali

a quatro quintos da encosta, uma parte no interior do nevoeiro e o sótão e o terraço livres, palmeiras anãs a indicarem a piscina ou seja uma alameda de saibro em que uma máquina de cortar relva de dentes para cima

Não te chegues que eu mordo

(tentei convencê-lo de caixa já pronta a vir-se embora comigo e o preto a trocar os braços no receio que nos escutassem dispensando a minha voz com a mão

Não podemos senhora)

perto da vivenda um triciclo onde um dos garotos mestiços se instalou

É meu

e como uma das rodas bloqueada o impedia de andar lançaram-no contra um olmo e nenhum eco derivado ao nevoeiro nenhuma cor excepto o escarlate e o lilás e o escarlate e o lilás a desmaiarem por seu turno

(qual o motivo que não entendo de não partir daqui?)

até que apenas penhascos, silhuetas e ruínas de movimentos, o que talvez verei do meu caixão um dia, o preto um tijolo numa das janelas e os caixilhos quebrados em silêncio

(um ninho de cegonha desceu da chaminé em placas grossas de lama)

como acontece nos sonhos quando uma onda termina e o corpo se divide em mil estilhaços mudos, os garotos escarlates e lilases entraram na vivenda pelos caixilhos quebrados e sofás, tapetes, uma pessoa não escarlate nem lilás, branca

(há quanto tempo não sou branca eu?)

maior que eles, do tamanho do preto, a correr, uma pistola, duas pistolas, outra pessoa a correr, um louceiro desmoronado sem que lhe tocassem, um dos garotos mestiços

(já não escarlates nem lilases, mestiços de novo)

a correr igualmente

(que até a mim metem medo eu que pensava ter perdido o medo conforme perdi tudo menos a palavra secreta que nem ao homem nos salgueiros diria, não sorriem, não falam, passam sem me verem e no entanto apesar das espingardas um deles a brincar com cafeteiras e paus levantando para mim um sorriso de desamparo que disfarçava logo, cãezitos amarelos prontos a vacilar de ternura comigo sabendo que se lhes pegasse ao colo primeiro consentiam e depois livravam-se do colo antes que um soluço ou um pedido infantil e matavam-me)

devia ter-me ido embora do Bairro apesar do preto a limpar a cor das bochechas

Não podemos senhora

mesmo que não me recebessem no largo

Tão velha

e tivesse de acocorar-me no adro da igreja a rezar aos mártires que o sacristão jogava no lixo

Já não serves barbudo

com o tachinho das esmolas ao lado ou me aceitassem na
hospedaria para arrumar quartos de lenço na cabeça tratando as
minhas colegas por

Menina

e elas para os clientes

Foi sempre um trapo coitada

se calhar a minha mãe para a minha tia

Guarda-me aí esse trapo

eu em lugar do autocarro das dez horas no lixo também até
não se notar o gesso da pele e um dos garotos mestiços a correr na
vivenda ofendido por me desejar o colo a transir-se de amor

Não me deixe

todos os garotos mestiços a correrem na vivenda e navalhas
e facas, por um instante pensei que não navalhas e facas autênticas,
de borracha ou papelão incapazes de cortarem, uma mulher no alpendre e eles não lhe ultrapassando a cintura a saltarem em torno

(enquanto aquecia a comida o cãozito amarelo saltava-me
em torno)

fingindo que a rasgavam com instrumentos de criança,
perseguindo-a, mordendo-a, para além das navalhas e das facas
um martelo e o polícia para mim ou metade para mim e metade
para o bloco

Espere aí espere aí um martelo?

derivado ao martelo, não às navalhas e às facas, a mulher

Por favor

ao contrário da esposa do dono da hospedaria as feições
não todas juntas na boca, a escaparem-se para fora e a boca não
lábios, não língua, um espaço de gengivas

Por favor

eu incapaz de entender se era uma adulta a divertir-se com
gaiatos fazendo que morria num exagero de caretas e espasmos

Faleci

(o polícia a suspender o bloco

A divertir-se ou a sério em que ficamos amiga?

sessenta, sessenta e cinco anos, calculo mal as idades quando as não sinto a esfarelarem-me e a vesícula Virgem do Carmelo a vesícula, o polícia nhã nhã nhã, insistente, tê-lo-ei visto alguma tarde no largo a avaliar-nos uma a uma decidido a discutir preços e horários e no quarto, tenho a certeza, exigências, manias

Tome este cinto mãezinha)

ou morria de facto e eu nesta dúvida apesar da omoplata ao léu e da bota que cessava de andar e desanimava nos ladrilhos, a mulher, uma segunda mulher, um homem que os tiros da espingarda desabaram numa cascata de peças, aí estava o mindinho, aí estava a barriga, a quantidade de bocados de que somos feitos senhores e o relógio de pulso a abolir num instante o que nos separa da noite, se o da cozinha da minha tia parecido as estações galopavam a despedir-se da gente

Não há vagar desculpa

e eu aos dez anos com netos

(o polícia de gatas na secretária sobre fotografias, rascunhos

Tome este cinto mãezinha)

uma vivenda em Sintra em janeiro, flores escarlates e lilases, derramadas dos muros e nós não mestiços nem pretos

(eu preta no meu cheiro de preta porque aquilo que tive em mim de branca perdi-o)

escarlates e lilases, a segunda mulher escarlate e lilás a segurar o cabo de uma chave de parafusos que trazia na espinha embatendo no guarda-fato e roupas caras demais para a minha caixa ao acaso no chão, um dos garotos escarlates e lilases apanhou-a com uma tesoura escarlate e lilás e uma nódoa escarlate e lilás a arredondar-se na blusa, o polícia entre mim e o bloco

Tome este cinto mãezinha

e o ponteiro do relógio de pulso numa febre de pressa

Repita

antes que o director ou o chefe o desviassem para trás e me mandassem

Repita

de modo que o polícia

Repita

em lugar de

Tome este cinto mãezinha

sobre fotografias e rascunhos, tome este cinto, esta chave de parafusos, esta tesoura, esta espingarda mãezinha, o relógio círculos e círculos enquanto ele

Mãezinha

e ao acabar as mãos na cara, o desgosto

Espeto-te a chave retalho-te

o dinheiro somado duas vezes, uma última nota a escapar-se dos dedos

Para te esqueceres de mim

e ao fechar a porta ele a calçar as meias olhando-me sobre a testa como se a testa óculos enquanto os garotos escarlates e lilases iam trazendo pratas, gravuras, um cofrezinho de bronze, o preto na jaula dos cães com a pistola e nem os disparos se ouviam, percebiam-se garupas lançadas contra os ferros que a tampa do nevoeiro calava consoante a serra calada, eu calada, o polícia de mãos na cara

Porquê isto do cinto não compreendo porquê

e não seria capaz de lhe pegar ao colo durante a pastilha, notava-se uma humidade nas flores escarlate e lilás a pingar das corolas, se eu tivesse uma ferida a humidade que não caía, misturava-se nas folhas, o preto não apenas a pistola, um pedaço de coleira

Senhora

gordo, grande, vestido sem olhar para mim, o polícia de bloco parado e num cubículo próximo difícil de orientar dado que a voz se deslocava um sujeito

(não a minha tia

Tens um autocarro às dez horas)

a ralhar, fotografias do preto, dos mestiços e das mulheres na vivenda, de uma bomba de gasolina com cruzes a tinta

(não escarlate, não lilás)

um plano do Bairro com cruzes igualmente e a minha fotografia sob a fotografia do preto ou seja uma velha que demorei a reconhecer de cabelo ainda pintado de loiro e ainda branca pareceu-me, mais nova que eu e no entanto sem um fulano que a protegesse e de vez em quando

Boneca

de barriga para cima na hospedaria do largo a fumar, tocava-lhe e ele

Chega

sem necessidade de me afastar o braço que se afastava sozinho até não ocupar espaço algum, eu mais perfume, mais rendas, os brincos que o dos penhores me emprestou por o acompanhar ao armazém onde inclusive periquitos e caixões que me tiravam o ânimo, o dos penhores

Não sabes fazer melhor que isso?

e eu com vontade de jurar

Não é culpa minha senhor é culpa das urnas

porque no forro de cetim era a minha pessoa que se deitava e na almofadinha da nuca as minhas madeixas que eu via, os periquitos a medirem-me do bebedoiro de loiça

Não sabe fazer melhor que aquilo?

caminhando de joanete em joanete descontentes de mim, além dos periquitos e dos caixões animais empalhados, um raposo, um esquilo de avelã nas patas oferecendo-a à gente, máquinas de escrever da época dos cartagineses na ânsia de um dedinho capaz da carta que há tantos anos desejo

(se lesse o meu nome num envelope eu radiante)

notava-se que os periquitos pensavam por um esforço do bico, anunciavam aborrecidos ora neste poleiro, ora no de cana

Não sabe fazer melhor que aquilo

brincos que não valiam um chavo e no entanto tão lindos, derivado aos brincos eu mais alta, jeitosa, o homem nos salgueiros orgulhoso de mim

Andei contigo ao colo pequena

esse pelo contrário a tocar-me e era eu que fugia apetecendo-me ficar, não necessitava que a minha mãe

Obedece

eu obedeço senhor, a palavra secreta quase a sair e não vinha, não tentei impedi-la, foi ela que não quis, um dia destes quando menos espere solta-se-me da língua e entrego-lha, a seguir aos salgueiros o barulhinho da água, ia dizer que o mar e não o mar, a lagoa e no entanto mesmo com o barulhinho do mar

(da lagoa)

era o silêncio que ouvia, a cortina cerzida silêncio, o cãozito silêncio, eu na cama em silêncio a descobrir-me crescer, o meu corpo mudado e o marido da minha tia a amarrotar-me o pescoço, o dos penhores satisfeito apesar de eu na urna em que não tarda me fecham e a cortina cerzida a baloiçar sem fim

Acabaste

comigo a fixar a avelã do esquilo cujo rabo se desplumava poeirento, percebiam-se arames, não ossos, à superfície da pele e o polícia não

Tome o cinto mãezinha

a avaliar-me as coxas, os rins

Desde que mora com os pretos tem perdido carne amiga

os brincos afinal com óxido e um pedaço de solda seguran-do as volutas, colocar uma página no rolo da máquina e escrever-me a mim mesma, a mulher

Por favor

escarlate e lilás no alpendre, não já de pé, deitada e os cães um descanso, a vivenda com o escarlate e o lilás das flores nas paredes, no soalho, na toalha de mesa que alguém prendeu e soltou, o miúdo do chupa-chupa entretido com uma boneca desencantada na copa a ves-ti-la e a despi-la preocupado com um dos membros de pasta acho eu

(não, um material que não conheço)

que se desprendia do encaixe, trouxe-a para o segundo dos automóveis furtados

(dois automóveis furtados)

sem ligar à gente e nisto deu por mim e arrumou-se em caracol a limpar a pistola, nunca lhe escutei a voz, só o avião de folha a zumbir, se julgava que eu dormia acocorava-se na colcha quase a pegar-me nos pés, ele uma palavra secreta só nós dois se calhar que o envergonhava dizer

Mãe

(eu que não tenho filhos, não tive filhos, não me apeteceu ter filhos)

se o senhor consentir que ele se vá obedeço ao que me man-dar prometo, guio-o no Bairro, digo onde os mestiços habitam, entrego-lhos, não suporto escutar ao sair do veterinário

não suporto escutar ao sair da Polícia os assobios das cha-mas e as bolhas de gordura, eu a fingir que dormia e o Miúdo a tomar conta compreende, escondia-me dinheiro na mala prateados e com o dinheiro um cartãozinho

Mãe

a tal carta de um estranho que há tanto tempo desejo e eu radiante, colocava-me na coberta cavilhas de granada, rebuçados, balas, emprestou-me o avião

Podes ficar com ele dez minutos senhora

e as mãos menos de metade das minhas a correr transportando um martelo

(o polícia metade para mim e metade para o bloco

Espere aí espere aí um martelo?)

por causa do martelo, não das navalhas e das facas, a mulher no alpendre

Por favor

e o miúdo que não lhe ultrapassava a cintura a fazer de conta que a rasgava com instrumentos de criança que não prejudicavam ninguém

(ao aquecer a comida o cãozito amarelo sem me fazer mal é claro, nunca iria fazer-me mal, as patas dele, os dentinhos)

perseguindo-a, mordendo-a e a mulher de que não tenho pena, era o meu filho senhor, como podia ter pena, se for necessário pedir desculpa peço mas não tenho pena, a mulher

Por favor

e ao contrário da esposa do dono da hospedaria as feições não na boca, sobrancelhas, queixo, nariz, um sinal reparo agora, não dei pelo sinal

(não aprova que não consiga ter pena?)

a escaparem-se cara fora e a boca só gengivas

Por favor

eu incapaz de entender se era a sério ou uma adulta a divertir-se com catraios imitando que morria

Faleci

e a piscar para a gente, o polícia a estender-me o bloco entre fotografias e rascunhos

Tome este cinto mãezinha

não, o polícia ia adiantar que viúvo

Em que ficamos amiga?

e eu nesta dúvida apesar de uma bota que cessava de andar e se desanimava nos ladrilhos, isto não no Bairro onde vocês nas figueiras bravas assustados com os texugos que se assustam convosco, uma vivenda em Sintra em janeiro, sempre escuro nas folhas monstruosas de que não me ensinaram o nome nem as pessoas que as plantaram lhes arranjaram um nome porventura secreto, não

Mãe

um desses em estrangeiro dos livros, flores escarlates e lilases, derramadas dos muros desbotando do nevoeiro para nós e a gente não mestiços nem pretos

(ao tempo que sou preta, há momentos em que não concebo haver tido outra cor)

escarlates e lilases, cochichos escarlates e lilases, discussões escarlates e lilases, gestos escarlates e lilases, os seus por exemplo

Este cinto mãezinha

calçadas que se perdiam em quintas e nas quintas gansos que lhes ouvíamos os gritos e portões que aumentavam

Não queres entrar tu?

a devorar-nos como as urnas nos devoram, a vivenda quase no topo e a esposa do dono da hospedaria sem os óculos do crochet de maneira que tranquilizá-la

Não é a Ruça sou eu dona Ester

nada se pendurou do espigão juro, estamos todos aqui, os mestiços, eu, o cãozito amarelo, a minha tia, este senhor da Polícia, não aconteceu seja o que for descanse, um homem sem importância nos salgueiros, a minha mãe

Obedece

e eu a ondular um aviãozito de folha para entreter uma criança acocorada no estrado

(não uma cama, um estrado com uma coberta em cima)

quase a dobrar-se-me no colo de focinho a cheirar-me, qualquer coisa a formar-se na boca que o intimidava exprimir e ele a roubar-me o avião e a afastar-se na mecha, quem sabe se um autocarro às dez horas e um cãozito a diminuir numa cancela antes que me consentissem tocar-lhe, não gosto deste Bairro, passei o tempo a dizer ao preto

Vou-me embora

e a tentar convencê-lo a vir-se embora comigo e hoje que estou sozinha esperando neste sítio a chegada da noite pego na caixa, largo a caixa e ignoro o motivo

Não podemos senhora

porque não parto daqui, oiço a lentidão da chuva nos telhados desfeitos, o sangue a tropeçar-me não no corpo

(acabou-se-me o corpo)

na preguiça da água derramada que escolhe o seu caminho nos intervalos das tábuas e suponho que dei o espírito ao Criador visto que nem uma das minhas colegas

A velha?

o largo mudado, prédios novos, comércios, a hospedaria uma sucursal de Banco ou um retroseiro ou um notário, não há cegos à procura

Onde estás minha linda?

numa busca vagarosa, morri há séculos no momento em que o polícia quando um guarda me acompanhou à sede

Quer falar-nos de quê?

a não acreditar, a franzir-se, a copiar o meu nome

(não o nome secreto, o meu nome)

a voltar a página ao contrário e a mostrar-me o nome

É assim que se chama?

e o preto que podia ser meu filho e talvez fosse meu filho, sou preta, se fosse branca a minha tia não

Tens um autocarro às dez horas

o preto sem coragem de censurar-me

Senhora

a olhar os agentes com medo dos texugos nas figueiras bravas, nos cactos, o preto antes de cair

Senhora

à medida que caía

Senhora

e eu sem me afligir

(deveria afligir-me?)

a contar-lhe isto a si.

E agora que o senhor já não precisa de mim e diz a um guarda que me leve à entrada pode escrever o seu relatório esquecido de se empoleirar na secretária

Tome este cinto mãezinha

ou seja a solicitar sem palavras continuando sentado e apesar de sentado na realidade de gatas e à beira das lágrimas, os dois olhos um olho

Sou muito mau castigue-me

com uma única pálpebra, não a de cima, a de baixo em cuja bolsa o remorso se escondia, isto é não escondia, notava-se uma aguazinha, esmague-a na palma como as crianças fazem e limpe-a na camisa onde secam as nódoas de remorsos anteriores, o medo de dormir derivado aos bichos que lhe furtavam as vergonhas e a sua mãe de repente nua ao seu lado, um corpo enorme que o mastiga e devora, o senhor à medida que desaparece

Mãe

e afinal ela debruçada para o alguidar a esfregar, a sua mãe e o seu pai enormes, nus, que resmungavam

(não resmungos mas serve)

tirando-se bocados nessa fúria dos rafeiros com os cadáveres dos patos e o senhor da porta a espiá-los, o seu pai a dar por si ainda de dentes de fora e a recolher os dentes, a boca da sua mãe também sem dentes, mole, tão incompreensível sem roupa, a libertar o cinto do seu pai das presilhas na mesma gana com que tirava bocados e nem o arcanjo Gabriel à cabeceira o ajudava, não merece a pena rezar, devo ter pecado, pequei, pormenores de repente importantíssimos, uma fenda no solitário, o naperon a esfiar-se, a fenda e o naperon nas vozes tirânicas com que se dirigem à gente

Vais para o Inferno pecaste

sempre que pecamos uma alma do Purgatório condenada, talvez do seu avô ou do seu padrinho que antes de falecerem jogavam gamão no limoeiro de colete com corrente, lhe ofereciam medronho apesar da sua avó

Querem matá-lo?

(estou a inventar tudo acho eu, não foi assim de certeza)

e o seu avô a agitar o medronho na teimosia dos velhos aos quais falta quase tudo desde a infância aos molares

Um golinho não faz mal a ninguém rapaz bebe

(estou a inventar tudo de uma ponta à outra)

a seguir a beber um braço que flutuava separado do resto, não o senhor inteiro, o braço com tonturas e sono, vontade de fechar os olhos, deitar-se e as couves a dançarem de maneira que experimentou dançar com elas para que as couves desistissem, o seu padrinho cheirava a valeriana derivado ao nervoso, espumava na igreja na altura da hóstia, o Diácono abençoava-o em latim

Vade retro, Demónio

e o seu padrinho a entornar-se no banco pasmado de visões

Estive no Limbo com os meninos sem baptismo

não, o seu padrinho sem pensar nos meninos a interromper o gamão

Olha o teu neto a dançar

e a sua mãe com o cinto ela a quem faltavam os bocados que o seu pai arrancou, um cotovelo, as tripas

(continuo a inventar)

gordíssima

(o enfermeiro

Ponha-se a pau com o colesterol dona Beta)

de nádegas a gelatinarem, coxas a gelatinarem, as imensidões dos peitos a gelatinarem desencontrados

(era isto que ela guardava na blusa e transtornava os homens, tiravam o pé do pedal da bicicleta e apoiavam-se no chão a seguirem-na pasmados)

a sua mãe a pegar no cinto pela ponta sem fivela

Eu já te mostro bandido

e as almas do Purgatório gratas na esperança que Jesus as poupasse

Obrigadinha dona Beta

de modo que no largo escolhia sempre a mais forte, a maior

Tome este cinto mãezinha

e agora que já não precisa de mim, diz a um guarda que me leve à entrada e pelo caminho mais guardas, um cheiro não sei onde

(não do preto, não meu)

que se dilata e definha pode escrever o seu relatório tranquilo, acho que sou capaz de me ir embora do Bairro, pegar na caixa em que tantas vezes peguei e carregá-la não decidi para onde, a casa da minha tia de cancela que se trancava com um gancho num prego e na qual nem o cãozito hoje em dia, todos os rafeiros cremados, pode ser que um fragmento de cortina em que o cerzido se desvaneceu a baloiçar solitário, a macieira sobre o poço ou macieira nem vê-la que o mundo não é eterno e em lugar da casa e do quintal

(do quintal não há dúvida, a capoeira, os legumes)

ervas, eu

Em que sítio ficaria a casa?

e incapaz de encontrá-la, no lugar da paragem do autocarro das dez um sujeito com uma bengala

(o homem dos salgueiros?)

a vasculhar a terra em busca de tesouros, não

Andei contigo ao colo pequena

o receio que eu vasculhasse com ele e o roubasse e a bengala a ameaçar-me de longe, eu no Bairro com a caixa e se a estendesse ao da bengala

(hipótese a considerar: o sujeito o marido da minha tia?)

recusava sem uma mirada sequer

(ou o homem dos salgueiros e a palavra secreta a espalhar-se-me na boca, há-de permanecer comigo quando não passar de cinzas de forno)

eu parada no Bairro a descansar numa pedra, o que não falta aqui são pedras não contando cabras, texugos e crianças descalças, o marido da minha tia

(pareceu-me)

a beliscar-me o pescoço e não o marido da minha tia claro, não acredito que lhe belisquem o pescoço hoje em dia dado que não se interessam por ti conforme garantia o padre a sacudir-me o vestido da comunhão na igreja e pingos de estearina na minha pele, nas mangas

Julgas que a tua mãe vem cá?

96

acredito que me olhem como os do Bairro me olhavam cuidando-me branca eu que não era branca nem mestiça nem preta, era escarlate e lilás, do mesmo modo que não falavam comigo, arredavam-se, quando ele não estava no seu canto do estrado lançavam no quarto

(Onde moro o que não falta são quartos)

para chamar quarto àquilo, bichos mortos, canecas, uma ocasião um tiro e a panela a animar-se e a tombar consoante tombarei partindo o colar que me resta mal a pastilha me encontre o coração, comprei-o não sei onde a um vendedor ambulante, conta a verdade, não mintas

(o veterinário para o empregado

Tira essa porcaria à cadela que idiota um colar)

o dos penhores ofereceu-mo

Guarda isso depressa

já doente, mirrado, antes que a filha na cave

Papá

(o empregado não lhe desenroscou o fecho, puxou-o)

na última ocasião em que visitei os caixões e dessa feita não dois periquitos, um a empinar no poleiro solenidades de viúvo, o dos penhores pela primeira vez encostado a uma urna

Não te incomodes não posso

(lembro-me da sua cara senhor Vargas)

eu com pena a tentar mesmo assim e não podia de facto, que é da sua reacção senhor Vargas, uma costura do hospital na barriga, um sorrisito não pegado aos lábios a navegar entre o nariz e o queixo, de quando em quando um molar e a língua a certificar-se

Notam-se os molares não é?

de ideia concentrada nos molares, o dos penhores vaidoso

Não me caiu nem um

abrindo a goela a exibi-los e lá estavam todos uns a seguir aos outros, magníficos, ao passo que eu quatro ou cinco calculando por cima mas disposta a ajudar

Em que caixão quer que o deite senhor Vargas?

em lugar das cinzas no forno e do seu corpo a arder, um colar num pacotinho

Esconde-me isso depressa

sem me deixar experimentá-lo com receio da filha, fiquei com aquilo na mão a passar-lhe o dedo de leve e a verificar-me nos espelhos das montras, o veterinário para o empregado

Tira essa porcaria à cadela que patetice um colar

o empregado a puxá-lo e nenhum reflexo de mim, foi pena senhor Vargas não o ter ajudado a escolher o caixão, não queria que acabasse no forno, acho que gostava de si, se quiser incomodo-me e há-de poder prometo, deixe-me ser um esquilo a entregar-lhe uma noz, ouvi dizer que não sei quê nos intestinos todos traçados por dentro, não o líquido nos pulmões do cãozito, a apodrecer somente, lembro-me do molar de quando em quando e da língua a certificar-se, nunca lhe caiu nenhum que inveja, console-se com isso, morre capaz de arreganhar e lá vinha o sorriso a construir-se a custo, a quantidade de energia caramba de que os lábios precisam, vou-me embora do Bairro antes que me incendeiem o quarto

O que não falta são quartos

umas garrafas de petróleo, uns desperdícios, um pneu a arder porta adentro a achatar-se na parede, as pessoas não

Senhora

embora eu de colar, eu um mártir que se dilui nas traseiras, São Roque, São Cirilo, Santa Maria Egipcíaca

(tenho mais de reserva, São Luís Gonzaga, São Sandálio)

o dos penhores

Não posso

e árvores para os outros na rua, lâmpadas à noite, uma infinidade de dias

O que fez aos seus dias senhor Vargas?

o dos penhores nas escadas a indignar-se com as pernas

Não se mexem vocês?

e quase não se mexiam procurando aguentar o tronco sem vértebras que desistia no casaco, a doença a traçar-lhe o peito depois de lhe traçar as tripas, empreste-me o lenço tia a fim de o apertar na minha mão de branca

(serei branca de novo?)

o dos penhores num suspiro custoso

Dei-te um colar bonito

ou seja contas verdes estriadas de castanho salvo a mais pequena amarela, a rapariga que veio à loja entregá-lo usou-a para substituir uma das verdes perdida, ao receber o dinheiro e a cautela

Só isto?

sem recolher as notas e a voz do preto na sua voz, o mesmo cheiro grosso

Não nos deixam ir embora senhora

não dormia comigo, dormia numa manta no sobrado enquanto o avião do Miúdo zumbia, se acordava sentia-o espreitar-me e avião algum, nós dois, a inquietação das galinhas na rede, agitações de penas, descolar de caliça, os salgueiros que me acompanhavam desde a infância

Andei contigo ao colo pequena

e não cresceram no Bairro, buscava-os entre as cabanas e a água da lagoa ausente, quando muito um sapo que parecia haver perdido os óculos e se esforçava por se entender com o mundo num tufozinho de juncos, visitei o dos penhores no hospital e olhou-me de uma distância de quilómetros embora a meio metro de mim de maneira que tinha de gritar-lhe na orelha derivado ao espaço

Quer que eu seja o seu esquilo quer uma avelã minha?

e em lugar do sorriso uma contracção trabalhosa

Não vale a pena esforçar-se senhor Vargas

na esperança que eu julgasse que me tinha entendido, há pessoas que à beira do fim se preocupam connosco, o preto por exemplo

(nunca fui o seu esquilo)

ao atirarem sobre ele

Senhora

junto às figueiras bravas não rancoroso, submisso, a trocar os braços mais depressa à medida que as pistolas disparavam, um ou dois passos sem rumo antes de se amontoar no apeadeiro vazio e talvez as minhas colegas o escutassem no largo, interrompessem os clientes

Não sentes?

os clientes a imobilizarem-se não acabando o trabalho e o que sentiam eram memórias remotas e falanges a enganarem-se na lição de piano, não as deles, as da vizinha com totós que emigrou para o Panamá com a família, não tornou a Lisboa e os clientes à espera passados quarenta anos, as minhas colegas a desviarem-nos do piano

Deve ser fantasia minha não ligues deu-me a impressão que um preto

mas a vizinha dos totós a separá-los, se calhar é artista de concertos e os clientes para as minhas colegas

És artista de concertos tu?

entravam na hospedaria demorando-se em cada porta à procura da música ou de uma vizinha de totós que lhes acenasse das teclas, ordenavam às esposas corrigindo-lhes o penteado com o desenho das mãos

Um dia destes arranjas o cabelo assim

e pediam silêncio de indicador ao alto encantados por um bolero inaudível, agora que o senhor já não precisa de mim e diz a um guarda que me leve à entrada acho que sou capaz de me ir embora do Bairro, não pego na caixa, o que me importa a caixa, roupas de trabalhar no largo que não torno a vestir e o bibe de escola para os clientes idosos, um deles trazia a chupeta

Põe isto

e debruçava-se a bater palmas

Vais sorrir vais sorrir

o que eu quero que saibam antes que a pastilha me cale é que apesar de tudo

ou seja antes que a pastilha continue a calar-me e da pastilha ao forno quanto tempo me resta, cinco minutos, dez, sinto a cauda que se ergue e desiste e uma das patas que não consegue avançar de modo que tenho de escrever depressa o que falta se é que pode chamar-se escrever ao que faço, eu à espera do preto no apeadeiro conforme a Polícia me ordenou e tantos insectos nas plantas, tanto restolhar de lagartos, sementinhas que voam, peludas

(inclusive nos salgueiros recordo-me, a minha mãe

As sementes

o homem

As sementes

e não gratos por as verem, assustados)

à procura ignoro de quê poisando-me na gola, na orelha, na saia para se soltarem continuando a rodar e à direita de mim os agentes visto que nenhum corvo nos cactos, o dos penhores não se despediu no hospital

(ter-me-á visto ao menos terá visto as sementes?)

preocupado em durar uma hora, o empregado do veterinário para o veterinário

Outra pastilha senhor?

os corvos dava por eles no Bairro em grandes bandos irados e as sementinhas em maio e junho a cambulharem nos becos (na lagoa a seguir aos salgueiros, pensava

Acabou-se

e flutuavam outra vez)

portanto eu no apeadeiro a ouvir a sombra das figueiras bravas que aumentava no chão, não comprida, a subir-me pelos joelhos e a seguir na cintura

(será o efeito da pastilha que começa e derivado à pastilha as alucinações que a agonia nos traz, os parentes antigos

Vamos levar-te connosco

a apontarem o caminho para o fundo da terra e no fundo da terra uma sala de cadeiras de mogno e mesinhas de três pés onde criaturas idosas excitadas de nos verem

Não paraste de espigar)

a sombra das figueiras ou a sombra dos corvos, as sementinhas sem sombra galgando a colina, as minhas colegas

Adeus velha

a patrulharem o largo a vigiar os clientes, um cãozito amarelo que enxotei com uma pedra

Não vais morrer de novo

(as criaturas idosas tamborilavam nas mesinhas

Onde é que isto vai terminar mana o que a catraia espigou)

e então o preto mais novo que os meus filhos eu que nem no balde da parteira os tive, foram-se todos nos salgueiros aposto ou a água da lagoa avançou um passo e cobriu-os, o preto a surgir da oficina

Senhora

(se tivesse tido um filho ocupava-se de mim?)

e os corvos a prevenirem que bem os escutava no pinhal

Toma cuidado rapaz de

asas a estalarem

(haverá corvos no mar?)

baralhando as sementes

(se sobrasse tempo e não me sobra tempo dissertava sobre os corvos, passei meses na companhia deles, sei onde aprendem a balir, onde adoecem, o que pensam da gente e o motivo de não gostarem de nós)

e olha as copas das figueiras a avisarem-no também, olha o vento, qualquer coisa em mim, estou em crer que a minha voz embora a pastilha me impeça de falar e me dissolva os mecanismos

(não há corvos no mar)

da memória ao ponto de quase perder a palavra secreta

(não a perder, a palavra)

eu no apeadeiro pelo que restava da voz

Toma cuidado

e o preto a dar fé e a puxar a espingarda do interior da camisa agradecido

Senhora

eu uma espécie de remorso ou antes não remorso, um avião que me zumbia no ouvido, um dos agentes nos cactos e o preto a perguntar antes de largar a espingarda não decepcionado comigo, não disposto a abandonar-me

Foste tu senhora?

na minha companhia porque onde morávamos o que não faltava eram quartos, sujidade, trastes mais velhos que eu, os brancos sem se chegarem à gente

Os macacos

a norte do Bairro, no lado oposto às figueiras em que começava a chuva de agosto, cheia de luz, não triste, centenas de colares no gênero do meu a escorrerem e o dos penhores a designar-me a chuva

Esconde isso

antes que a filha

Papá

o dos penhores

Esconde a chuva depressa

e eu arrumando-a na mala, um cemiteriozinho num campo de nogueiras, cinco ou seis túmulos de navegadores ou missionários ou astrónomos da corte que as raízes levantavam, em que sítio estarão o da minha mãe, do meu pai, onde ficará o meu, o veterinário a palpar-me as artérias e a dobrar-me uma pata

Já deve ter espichado a cadela

e eu cega, percebi o preto a avançar para mim ele que nunca avançou para mim, respeitava-me, uma tarde chamei-o

Anda cá

e estendeu-se ao meu lado vestido a engraxar os sapatos nas calças e a limpar a cara, não um agente, dois agentes, três agentes, um dos mestiços a espreitar da oficina, o dos penhores a insistir

Esconde a chuva depressa

e eu de mãos estendidas a correr entre as gotas, perguntei
ao preto

Não tiras a roupa?

e ele a fechar o casaco e a apertar a gravata de coração peito
fora, ao desistir no apeadeiro o coração parou, se ao menos um comboio me transportasse consigo não me ralava para onde, a aldeia dos
meus avós no norte, o Canadá, o Japão, o veterinário ou o polícia a
palpar as artérias do preto

Pronto

como comigo daqui a nada

Pronto

ou seja o empregado do veterinário ou um dos agentes a
retirar-me o colar ou a retirar-lhe os anéis e a colocá-los nos dedos,
eu de mala aberta a recolher a chuva a fim de não perder as contas
dado que o dos penhores

Não percas as contas

e não perco senhor Vargas, ao ir-me embora do Bairro levo
o colar descanse, hei-de emprestá-lo às criaturas idosas excitadas de
me verem

Não parou de espigar

e não parei de espigar sou tão grande, quase todos os pla-
netas cabem em mim, o padre a obrigar-me a ajoelhar diante dos
seus mártires terríveis por lhes faltarem membros, feições, se a Santa
da moldura não lhe respondia aos pedidos a minha tia voltava-a
contra a parede

Ficas aí a penar

sem lhe atender às desculpas

Só me pedes o que não sou capaz

ou

Há alturas em que Jesus não me liga fiz o que pude palavra

mas os mártires do padre não numa pagela, estátuas e por
conseguinte autênticos, com gotinhas de sangue no peito e barba
de pau, escutava-se o caruncho a traçar os intestinos do senhor Vargas e os deles, o sacristão desiludido

Estes nem uma cura de cacaracá conseguem

o padre convicto que conseguiam

Andas a calar os teus pecados confessa

sem que eu segredasse que pecava nos salgueiros, mesmo
hoje se me perguntarem não sei, havia as rãs, o mar

não o mar, a lagoa, o mar mais tarde se a pastilha consentir, com uma ponta de sorte

(não vou ter sorte)

hei-de escrever do mar, os mártires de nariz no tecto

Deus não se preocupa com a gente

e até ao dia de hoje continuou sem se preocupar com eles ou comigo, o que fez por nós contem-me, não tenho dó do senhor Vargas ou do cãozito amarelo ou da mulher

Por favor

na vivenda de Sintra, tive dó do miúdo do avião

não tive dó do miúdo do avião, ainda que fosse meu filho não me inquietava com ele conforme não me inquietava com o que descia do meu corpo e me deixava oca, não posso ter dó porque me esvaziaram de mim e do dó, eu uns carvõezitos no forno e as sementinhas a ultrapassarem o Bairro e a desaparecer no pinhal, o ruído que me chega é a cancela da minha tia a bater, a bater, o preto de que não tenho dó

Onde moro o que não falta são quartos

e quarto, mantas e tachitos que não serviam amigo, arruma os tachitos que não servem, pensando melhor não sou preta, sou branca, o preto de que não tenho dó ao meu lado sem engraxar os sapatos nem limpar a cara na palma até que dois agentes o introduzam no forno ou o despejem numa imitação de lençol a que chamavam lençol e não era um lençol e o embalem no carro para que o veterinário deles

Para quê cremá-lo?

(eu sem parar de espigar)

o embalem no carro e o preto não uma pessoa, um macaco, o polícia virou-o com a coronha e embora lhe faltasse metade da boca ele

Senhora

conforme um cão

Senhora

o cãozito amarelo

Senhora

não um latido

Senhora

embalaram o preto no carro e não consentiram que me aproximasse eu que não tencionava aproximar-me, mandaram-me com as espingardas

Aí parada, você

não senhora, você, para os brancos você e o mestiço que espreitava da oficina sumiu-se porque os arbustos ramalharam mais distantes de nós, um dos agentes seguiu-o com a pistola e eu

Gasta pólvora com uma doninha amigo?

de modo que a pistola a apontar para mim, a ficar um momento e a sumir-se no bolso, as criaturas idosas com poeira nas rendas

Onde é que vamos parar se ela espiga desta forma?

e então percebi que me despejavam na imitação de lençol a que chamavam lençol e não era lençol, a branca velha que morava com os pretos com uma faca no umbigo como se fossem eles e deixamo-la aqui, durante a época do largo dormia num buraco em Alcântara e as enchentes ofereciam à muralha o que jogamos fora, mobília de traineira, caçarolas rotas, cabazes, se estivesse no buraco em Alcântara uma noite qualquer uma dor neste sítio, a minha tia

Que tens tu?

não a minha tia é evidente, eu para mim

Que tens tu?

e a dor a ir-se embora e a voltar, como se chama esta dor, o que se passa comigo, o braço esquerdo, a perna esquerda, o tornozelo que me falta, a mão apoiada num rebordo que me falta também, uma noite qualquer eu a desistir de espigar, onde estão as canoas de pescar marisco na margem, em lugar das canoas a minha dor que chega e um arrastar do corpo na direcção da porta, julgo que um arrastar do corpo e falso, eu caída no apeadeiro à medida que as balas e o preto

Senhora

de casaco de espantalho a escorrer-lhe do lombo, o polícia não disse ao guarda para me levar à entrada, enganou-me

Você ajuda-nos com o preto fá-lo chegar às figueiras e eu ajudo-a depois

esquecido de se pôr de gatas sobre fotografias e rascunhos oferecendo-me o cinto

Tome o cinto mãezinha

ou a bater-me com ele entre lágrimas despeitado comigo

Porque me trocou por um preto?

e não são espingardas nem pistolas, é o cinto da mesma maneira que não são tiros no braço e na perna

(e afinal era isto, tiros, imaginava que doente e tiros, imaginava que sozinha e tanta gente comigo, o que a velhice engana senhores)

e vai daí as sementinhas, os corvos e eu nem um lamento, ou um pedido, se a chave de parafusos e navalhas e martelos eu nem um lamento também, todos os mestiços do Bairro à entrada das casas sentados em cabazes, tijolos, na minha caixa que não cheguei a levar

(o estojo de maquilhagem, soutiens)

alheados das sementes, pareceu-me que a água da lagoa a espigar

(e as criaturas idosas num fervor pasmado

Não parou de espigar)

e em vez de água figueiras e cardos, o polícia a colocar o cinto

Os mestiços hão-de enterrá-los descansem

dado que os macacos se enterram uns aos outros, é da natureza dos bichos cavarem com as unhas sem entenderem porquê, esses instintos deles, o polícia a colocar o cinto de mistura com a última lágrima

Mãezinha

e um carro que parte, largámos o local assinalado no mapa por intermédio de uma cruz, que substituo por uma cruz mais cuidada às 23h43 (vinte e três horas e quarenta e três minutos), largando os cadáveres segundo as instruções recebidas no apeadeiro antigo em que dantes uma balança, um relógio e o fiscal com a bandeirinha

(a guarita do fiscal nos buxos)

onde desde há anos nem um comboio para amostra no caso de se chamar apeadeiro a um casinhoto em que besouros, gafanhotos e um texugo por vezes ou um casal de texugos visto que os gritinhos da fêmea

Por favor

no lugar da bagagem, não, visto que os gritinhos da fêmea a correr sob as trevas

(o que se passa contigo que te desnorteias, baralhas?)

que o orvalho, os insectos e outros factores de erosão como o tempo e o calor sem mencionar a inevitável putrefacção da matéria que é o destino do que existe, erodir-se e perecer, destruíram, no objectivo de conseguirmos a intimidação dos restantes suspeitos a partir deste momento em número de 6 (seis) tendo permitido que um deles nos observasse à distância sem qualquer iniciativa de contenção da nossa parte e o que me apetecia era uma estação de serviço na volta de Ermesinde que me trouxesse paz, a minha filha a esticar as cobertas e os 3 (três) prédios lá fora mais a 1/2 (metade) direita de um outro à esquerda e os 2/5 (dois quintos) da esquerda de um último à direita, adivinhar o número de palitos do restaurante e por uma vez na vida acertar, contá-los um a um pensando

Enganei-me

e afinal 26 (vinte e seis) realmente e portanto a telefonista da clínica não

Estou cheia de trabalho desculpe

esses murmúrios que nos exaltam por dentro demorando-se na gente

Apetece-lhe sábado?

e apetece-me sábado, não calcula o que me apetece sábado, largámos o local às 23h43 (vinte e três horas e quarenta e três minutos) para o edifício da Sede deixando o Bairro 1º de Maio onde as raças inferiores desprovidas de alma se acomodavam nas suas tocas, diante dos faróis a arrepiar-se um coelho

(ou a minha filha a gatinhar para trás?)

à espera

Mata-me

e não a voz da telefonista, a minha voz

Que tens tu?

se ao menos um cãozito amarelo no outro lado do Tejo por quem pudesse interessar-me e de quem pudesse gostar, que se me dobre nos pés ou caminhe ao meu encontro a tropeçar de entusiasmo nesses murmúrios que nos exaltam por dentro demorando-se na gente

Apetece-lhe sábado?

e no sábado hesitar na camisa, decidir-me pela creme, observar-me ao espelho, verificar que no colarinho um risco do ferro e largá-la na cama onde a camisa escorrega em vagares de afogado

(quantos afogados não vi no meu trabalho de pálpebras cosidas pelos peixes e crucificados nas rochas?)

compará-la com as outras, corrigir com água quente o risco que não ficou corrigido, aumentou e apesar de aumentado

tornar a vesti-la com o nó da gravata mais largo a disfarçar, barbear-me duas vezes porque uma aspereza na bochecha, ao
dissolver a aspereza a navalha escapou e um tracinho de sangue que
demora a secar, os sapatos dos domingos que me apertam os dedos,
a água de colónia que de início não cheira, funguei e não cheira e de
repente cheira às flores dos enterros que me dão azar, enjoam
    (terei ficado no apeadeiro como eles?)
    com as flores dos enterros sou outro, não eu, interessar-me
Quem és?
    e o mover da boca assimétrico, mais sardas do que tinha
    (eu semelhante ao meu pai a observar a chuva, por uma
unha negra não
    Paizinho
    nós que não conversávamos, para quê, você meu pai e aca-
bou-se, a minha mãe
    Foi-se embora o primeiro e ficou o segundo que sina)
    um caroço na pálpebra que mal o topei desatou a comi-
char, ocultei o tracinho com um pedaço de creme e o tracinho
presente, o desencanto da telefonista
    Você é assim que maçada
    de modo que ficar na cadeira, fechar os olhos, não ir, le-
vantar-me da cadeira e sentar-me de novo às 18h08 (dezoito horas
e oito minutos) e neste momento os pretos a sepultarem os pretos
como se faz às vitelas doentes, como me sepultarão a mim que não
tenho família
    (a minha filha em Ermesinde
    Suma-se)
    uma vala que se disfarça e adeus, o último pacote de bolos
intacto na mesa por quanto tempo ainda, procurar as chaves vaci-
lando entre a porta e a cadeira e o tracinho da barba já não vermelho,
pardo, trancar as janelas, dar uma volta às torneiras, certificar-me
do gás, interromper-me a meio das escadas com a impress, com a
certeza de esquecer não sei quê, revistar-me de mãos abertas carteira
óculos lenço e continuar a descer, o parquezinho, a esplanada, a
ourivesaria onde a senhora forte coloca os taipais e o marido
    Mais para cá
    que vida, o que me espera antes que a aorta se desregule e
rebente, concentrar-me na aorta que me engana
    Trabalho como deve ser descansa

conforme me enganaram na Polícia durante mais de 30 (trinta) anos

Informam-nos da Central que a promoção está quase

e enquanto está quase eu com medo das cobras nas figueiras bravas escoltado por agentes com metade da minha idade

(menos de metade da minha idade)

e de aortas saudáveis que se riem de mim mãe, repare nas expressões, tratam-me por

Senhor

e a espreitar do

Senhor

desdém deles

Esse palhaço velho

esse palhaço velho ao qual a velha do preto tão ridícula quanto ele e com quem devia ter casado

(se não fosse o que era a gente casava-se um dia)

convenceu a demorar-nos sei lá quantas horas no meio dos arbustos, as sementinhas descansavam-nos na roupa antes de flutuarem para oeste e os corvos bicavam-nos sem cessar os ouvidos

Estejam descansados que o preto vai passar por aqui não contando sapos, lacraus de cauda em riste

Hás-de ficar cego com o veneno

e a má língua dos parentes sob a terra a desfazerem em nós, não

Não paraste de espigar

qual

Não paraste de espigar

o que lhes interessa que espiguemos, ameaças, profecias

Os bichos atacam-nos

na sua inveja dos vivos, o meu avô tenho a certeza que a aguçar a foice de garrafa no bolso

Já tas conto rapaz

a desequilibrar-se no baú e a resmungar no chão e o palhaço sem dar pela foice claro, perfumado, de gravata catita, todo triques o cretino ao encontro sabe-se lá de quem, aos sessenta e três anos não reparam no que fazem preocupados com a aorta, o palhaço a suspender-se um momento para corrigir o enchumaço do ombro pedindo

Tome este cinto mãezinha

e não pegam no cinto, o palhaço esquecido de onde ia, esquecido da telefonista

(seria uma telefonista?)

esquecido de tudo principalmente do vento nas figueiras que permanecerá connosco até ao fim do mundo, o palhaço com um parafuso a menos seguro que o esperavam, que uma dama qualquer

(nenhuma dama, ilusões)

Apetece-lhe sábado?

(tão agitado)

a embelezar a melena com um mindinho de ourives, por que motivo o conservaram na Polícia, não lhe entregaram um cheque e o mandaram embora

Vai-te embora palhaço

e por causa dele a gente a secar toda a noite amassados, doridos, cabeceando nas estevas

(ainda se fossem estevas, cardos)

enquanto num bosque de salgueiros não um bosque de salgueiros, alguns salgueiros, não exageremos, uma criatura de avental

Obedece

e um homem

Andei contigo ao colo pequena

a emergirem de rumores de lagoa, a palavra secreta finalmente dita que se soltava

Pai

e os corvos a despedaçarem-na logo com os bicos enormes

(nunca os vi tão grandes)

um vestido da comunhão barato com o veuzinho às três pancadas, um círio que se apagava e recomeçava a arder mas fugidio, incerto e a velha do preto a calar-se escutando a palavra, os lábios dela

Pai

suspensa no apeadeiro

Pai

e nisto o preto a subir a vereda acompanhado pelo zumbido de um avião que os corvos laceravam de modo que nos levantámos dos cardos

(o palhaço bem podia ter escolhido outro lugar mas cardos, entreguem-lhe um cheque, mandem-no embora

Reforme-se

ansioso por rasgar-nos nos picos)

de modo que nos levantámos dos cardos enquanto a velha do preto

Pai

para os fragmentos de carril, as giestas

Pai

o Bairro 1º de Maio a 50 (cinquenta) metros se tanto, talvez 80 (oitenta) aceito

galinhas, mestiços, cabritos e ela numa exaltação de reencontro

Pai

segura que ninguém os separava

Pai

que para sempre

Pai

que não havia morte

Pai

ela à medida que caía

Pai

e o palhaço parquezito adiante com o seu tracinho de sangue e o risco do ferro na camisa a trotar nos sapatos apertados a caminho da mulher amada.

Não é o Bairro que me complica com os nervos, habituaram-me desde o princípio a lugares assim e quando digo habituaram-me falo do meu pai e de tempos a tempos uma mulher ou outra

(lembro-me da magrinha de cabelo vermelho a levantar a saia convidando

— Olha

e o que via era uma espécie de poço negro a assustar-me)

que nos ajudava nas feiras, se demorava uns dias na camioneta com a gente não perto de mim, ao fundo

— Pára com as cócegas que me matas

e se ia embora a arrastar a mala insultando-o, não imaginava que malas pequenas levantassem tanta poeira, o meu pai sentava-se comigo no estribo por onde subíamos para a cabine a apertar-me o joelho

— Não vás na conversa das mulheres têm fios desligados

esquecido delas como se esquecia de tudo, quantas vezes não voltou a buscar-me

(eu em lágrimas no terreiro vazio)

com o tubo de escape trambolhando nas pedras

— Não vás na minha conversa também que por via das mulheres os meus fios desligaram-se

mal dei pelo poço negro comecei a fugir, a magrinha de cabelo vermelho para o meu pai

— Por acaso não saiu maricas o teu filho?

e devo ter saído porque aos dezoito anos me deitei com uma cigana e o corpo não respondeu, a cigana a observar-me as partes mexendo-lhes de leve

— Andas doente?

acabou por me fechar uma pata de coelho na mão

— Dá sorte

e se calhar deu sorte mas o que senti depois foi um cansaço envergonhado que os carrilhões de uma igreja aumentaram a encher-me de outonos, até hoje fecho a pata de coelho na palma, a minha esposa

— O que é isso?

eu a fingir-me espantado apertando mais o feitiço

— Nem sabia que o tinha

e a mesma vergonha e o mesmo cansaço, não me peçam que olhe, felizmente não há carrilhões na vizinhança, um ou outro grito no escuro lá fora derivado a um tiro ou ao vento e não é o Bairro que me complica com os nervos, nunca vivi melhor que isto, é o meu enteado horas a fio a passar-me rente à cara um avião de lata, a magrinha de cabelo vermelho voltou passados meses com a mesma mala e a mesma poeira só que não saias levantadas nem

— Olha

no fundo da camioneta a discutir com o meu pai visto que não

— Pára com as cócegas que me matas

eu com a ideia no poço negro

— Tome cuidado pai

a certa altura recriminações, depois recriminação nenhuma, o vento, ainda pensei que sinos e não sinos, silêncio, o meu pai

— Pega aí

e ajudei-o a arrastar as pernas da magrinha de cabelo vermelho para a cerca dos leitões levantando mais pó que a mala à medida que a afastávamos da nossa tenda de ourives, sentámo-nos no estribo da cabine e o meu pai a apertar-me o joelho quando a Guarda chegou, esclareceu-os a arrumar os estojos

— Tinha fios desligados

e foi-se embora com eles, ao contrário das outras vezes não tornou a buscar-me mas uma destas semanas, é uma questão de tempo, aparece por cá e seguimos com o meu pai aos piparotes ao mostrador desafiando um ponteiro

— Isto terá gasolina?

para a vila seguinte em que leitões e sinos, imagino-o a fazer cócegas à minha esposa e a minha esposa contente

— Pare com as cócegas que me mata senhor

enquanto o meu enteado todo zumbidos me passa rente à cara um avião de lata e eu a fingir que não noto, o miúdo mesti-

ço, a minha esposa mestiça, os primos mestiços em cada canto do
Bairro

(acasalam entre si como os bichos)
sumidos em gretas, furnas
(exactamente como os bichos)
ou depenando noitibós na rua
(até escaravelhos comiam garanto)
enquanto um aleijado os rondava com a muleta
— De quantas plumas se precisa para termos um
pássaro?

quer dizer aproveitava os restos, bico e patas, juntava-os e
tinha um bicho só dele a dar e dar ao pescoço à cata de migalhas
— Sou dono daquele
se o meu pai connosco examinava a minha esposa sentado
nessa cadeira como no estribo da cabine
— As mestiças têm fios desligados?
ou a interessar-se pelos corvos que não pertenciam a ninguém subindo a prumo órfãos de um renque de faias desejosos que
o aleijado os construísse
— A asa esquerda onde está?
com os dedinhos de artrose e os corvos orgulhosos
— Somos dele pertencemos-lhe
o aleijado não mestiço, preto, conversava com as lagartixas
a furar o cimento com pregos, assava grilos num pau, quando a
Guarda levou o meu pai a camioneta sozinha no terreiro da feira
que umas luzes de galos à noite em quintas invisíveis
(existiriam as quintas ou não mais que galos na escuridão
vazia?)

iam pintando de silvos de maneira que até uma mulher
comigo mesmo com poço negro e tudo eu aceitava
— Obrigado
desde que me livrasse dos galos que se calhar o aleijado da
muleta fizera, e deixou nas herdades
— Agora ficam aí
mais os perus e os frangos
(quem completou os mestiços?)
não é o Bairro que me complica com os nervos, nunca vivi
melhor que isto e a pata de coelho auxilia, é o meu enteado a chegar antes da manhã, mais novo que eu quando ajudei o meu pai a

arrastar a magrinha de cabelo vermelho para a cerca dos leitões, o meu pai

— Os leitões chamam-lhe um figo

e não lhe chamaram um figo nem meia que fios desligados e poços negros dão medo, dizia eu que é o meu enteado a chegar antes da manhã que me complica com os nervos, a espingarda sob um taco do chão onde mais espingardas, pistolas, um machado de talho que se o meu pai o usasse e estendesse os pedaços ao aleijado da muleta para fabricar uma pessoa

— Quer uma magrinha de cabelo vermelho?

continuava desacompanhado, da minha mãe não sei, se pudesse perguntar

— Onde a meteu você?

em que baldio de feira no qual os carrilhões da última missa

(lá voltamos aos carrilhões que chatice)

que pinhalzito, que arbustos

(a minha mãe seria a magrinha de cabelo vermelho?)

a unha do meu pai no mostrador a animar o ponteiro

— Isto terá gasolina?

(não acredito que fosse a magrinha de cabelo vermelho, a minha mãe não diria

— Olha

uma que não conheci de certeza)

e não tinha, a camioneta estendia-se sobre si mesma a anunciar num suspiro

— Não tenho

de modo que roubávamos a gasolina dos outros chupando um tubo, eu tonto com os vapores

— Senhor

e os outros lá para trás a jogarem-nos pedras, a minha mãe penso que viva a tocar-me no ombro

— Cucu

numa das travessas do Bairro e que exagero chamar Bairro a paredes que se cavalgam sobre quintalecos e velhas a fumarem cachimbo à roda de um cabrito dividindo-lhe as tripas, a minha mãe com elas sem

— Cucu

não me vendo por mais que eu

— Senhora

(por que razão me comovo ao falar, palavras que se turvam, uma mudança no queixo, quase acrescentava que lágrimas se as tivesse provado, não sei)

por conseguinte o Bairro, eu, a minha esposa que tampouco me via

(tirando a magrinha de cabelo vermelho quem me viu até hoje?)

ocupada a despir o filho que mesmo de pistola tinha medo do escuro, notava-se pela forma como esquadrinhava as sombras a apontar

— Acolá

apertando contra si o avião de lata porque o lugar onde morávamos cheio de vozes, uma delas de mulher mais distante que as outras

— Por favor

enquanto comigo era a magrinha de cabelo vermelho a encorajar-me

— Olha

e não olhava claro, Deus me livre de olhar, escapava-lhe, a minha esposa

— O que foi?

e eu com vontade de um avião de lata que me protegesse dos murmúrios das árvores, aí estão elas enquanto escrevo esta página

— Que tonto que tonto

e o meu pai distraído, se lhe chamasse a atenção continuava aos piparotes à agulha no desejo do mostrador a percorrer tracinhos

— Estou cheio

só depois dos tracinhos a mão no meu joelho

— Não te rales com as árvores têm fios desligados

e tudo calmo à volta, troncos e ervas, nem um repique de sinos, não é o Bairro que me complica com os nervos, é a Polícia a espiar-nos, de vez em quando um automóvel nas figueiras bravas, homens à paisana e um velho de sessenta anos a distribuir-lhes cactos

— Tu neste sítio tu nesse

nas imediações do apeadeiro onde um repuxo de lírios que nunca me troçaram pelo contrário, entendiam

116

— Entendemos-te rapaz

ao passo que um gordo e um menos gordo, esses fardados e de bivaque levaram o meu pai aos encontrões

(eu de manivela na mão incapaz de defendê-lo)

não me levaram a mim, eu para o meu enteado

— A Polícia

e ele entretido com o avião sem se inquietar com os homens, de tempos a tempos um tiro dispersava os corvos e o aleijado da muleta que passou metade da vida a colá-los a coxear danado

— Larguem-nos

de perninha defeituosa a que sobrava calça dançaricando inerte, não chegou ao apeadeiro, rodopiou duas voltas e desceu devagar ao longo da muleta, provavelmente o que se passou com o meu pai sei lá onde

(a magrinha de cabelo vermelho a bater-me no ombro

— Cucu

não a magrinha de cabelo vermelho é lógico só que de tanto me apetecer uma mãe e na verdade para que quero uma mãe até a consentia a ela)

e eu à espera do meu pai mesmo assim certo que havia de encontrar o caminho do Bairro não pelo lado das figueiras bravas e dos cactos, por cima o eucaliptal e a pedreira mas quem me garante que a Polícia não na pedreira, no parque de campismo à saída da Amadora ou na auto-estrada com raparigas nos marcos quilométricos a acenarem à gente vindas de África no acabar da guerra

(se a magrinha de cabelo vermelho

— Cucu

abraço-a?)

a muleta acabou por cair, ficaram pássaros sem patas nem cauda e nenhum preto a terminá-los, há alturas em que pergunto se me faz impressão viver no meio de mestiços que não vivem comigo, cirandam no Bairro com uma terra muito maior que esta

(não tenho ideia como seja)

a encher-lhes os olhos, meses eternos, chuvas desabaladas e em lugar disso casas que não chegam a casas, uns cartões, umas placas e velhas a que não chamo

— Mãe

e se chamasse

— Mãe

não respondiam, nunca respondem, aceitavam conforme aceitam a agonia e a noite, ei-las em torno do cabrito a fumar, dividem os intestinos numa reza com menos letras que a nossa, princípios de sons e consoantes compridas, a Polícia matou há semanas dois colegas do meu enteado, o que não conseguia falar e o gordo dos anéis que morava com uma branca tão branca quanto eu

(não a minha mãe nem pensar)

o gordo para a branca

— Senhora

ninguém os trouxe das figueiras bravas de modo que ficaram com os gafanhotos e as doninhas

(dava-se pelo cheiro de início de manhã, a seguir o dia todo e a seguir cheiro algum)

e os cães vadios que nos invejavam a criação a escaparem-se, aproximávamo-nos e um desvio antes de crescerem de novo trotando em círculo como os mestiços que não se dava por eles a não ser no momento em que se achavam connosco de bala prestes a sair da espingarda, detinham-se escutando um idioma de raízes que não consigo decifrar à medida que a unha do meu pai experimentava a gasolina

(a branca tão branca quanto eu cheirava no apeadeiro da forma que hei-de cheirar um dia e pergunto-me se derivado ao cheiro a magrinha de cabelo vermelho me sentirá nos cactos)

penso que o meu enteado um cão vadio, aí está ele de costelas ao léu, acocorado na sala

(sala!)

e embora na sala

(porque insisto que sala?)

acocorado no passeio da rua não reparando nas loiças e nos tachos em torno

(dois tachos, minto, uma caçarola e um tacho)

pronto a levantar-se se os colegas lá fora

(não precisam de sinais, comunicam com o olfacto)

a pegar na pistola a reunir-se a eles, deixava-me dinheiro nos bolsos

(eu feito parvo com as notas)

um brinco mais caro que os do meu pai, verdadeiro e o avião de lata poisado ao contrário na mesa, se lhe agradecia apequenava-se com um chupa-chupa embezerrado, surdo, calculo que a pensar no pai dele conforme penso no meu, vi o retrato de um mestiço com a minha esposa na gaveta dos talheres e não se distinguiam as feições

(há séculos que não distingo as feições do meu pai, quero lembrar-me e por mais que me esforce não me vem à memória, por fim lá arranjo um esgar mas não é aquele de certeza, um tom de voz que não corresponde e desisto, chega uma altura em que não temos senão ditongos sem significado, pai, mãe, essas tretas, o que eu não dava por um compadre, um sobrinho, um dia destes fabrico um pombo ou um corvo a que chamarei meus, pensar na magrinha de cabelo vermelho talvez console, experimenta, recordas-te do corpo e do modo como te chamava

— Olha

podias ter gostado dela, deves ter gostado dela, gostaste dela, diz

— Mãe

o que perdes com isso e pode ser que não acordes à noite por via de soluços distantes ou próximos em qualquer ponto

que ponto?

do Bairro, soluços, cicios, murmúrios, que te transtornam, as pessoas do Bairro no apeadeiro uma a uma, qualquer tarde tu e contigo texugos, besouros, arbustos que não repetem o teu nome, o perderam e de que serve exaltares-te, descansa)

não se distinguiam as feições, distinguia-se o sorriso e aqueles dentes que eles têm gengivas fora e se calhar na garganta e nos brônquios e me faltam a mim, parece que o esqueceram nas figueiras bravas há anos e se o procurar quando muito torrões, o ventinho a chamar não pelo meu nome, por

— Tu

ou assim e compreendemos que o

— Tu

se nos destina porque uma pessoa que não somos nós diz por nós dentro de nós

— Sou eu

grato por o conhecerem, não me desprezam que bom, estou vivo, nem as velhas hão-de sobrar aposto, sobra um cabrito no Bairro vazio, uma corda de estendal entre dois ganchos onde se enrolam trapos e então é possível que a camioneta do meu pai comigo com os seus estojos de arrecadas e uma mulher, não a magrinha de cabelo vermelho

(quantas mães terei tido?)

na cabine ao seu lado, a camioneta a buscar-me, a não me achar, a ir-se e os polícias nas figueiras disparando sobre ela, a unha do meu pai mais devagar no mostrador, a camioneta a baquear para a esquerda, a ultrapassar o graveto, a deter-se de banda e o meu pai a escorregar da porta aberta, o nariz, o cigarro, um cotovelo que não termina de cair, eu pela primeira vez a observá-lo de cima, pensava que muito maior que eu e você diminuto, a cinturinha, as pestanas, escrevo meses depois

(anos depois?)

de sair do Bairro, acho creio presumo tenho a certeza que meses, dois, oito, quinhentos para onde não habitam mestiços nem figueiras e se me detiver a escutar o passado descubro episódios de quando fui criança, uma desconhecida que me dava de comer, a mesma onda contra um pontão de greda, uma mulher a exibir não sei quê

— Olha

comigo a pedir-lhe

— Espere

tentando colocar os anos por ordem, aquele em que atentei na minha esposa por exemplo falta-me, não foi no Bairro não conhecia o Bairro e se não conhecia o Bairro em que lugar, tenho noção de uma casa mas que casa, de uma criatura perto de mim em silêncio e de uma pele negra que me dava medo roçar e a seguir as águas fecham-se e perco-a, os brancos

— Uma mestiça que tolice

a minha prima a abanar-me

— Se me visitares com ela ponho-lhe o comer na tigela dos cães

e a minha esposa de gatas na cozinha ou trancada na varanda enquanto os meus tios

(à custa de tentar lembrar-me a cabeça melhora, apresento-vos a minha prima, os meus tios, por este andar vai-se a ver e uma família enorme)

não a deixando aproximar-se

— Não tens vergonha tu?

surgem de mil pontos cardeais, atenciosos, íntimos

— Cá estou eu cá estou eu

e ao darem pela minha esposa

— Não tens vergonha tu?

olhos cegos e no entanto vendo, palavras letra a letra, pesadas duras terríveis, duvido se palavras

— Não tens vergonha tu?

o que herdámos de África macacos que nos mentem, nos roubam, e a gente

— Por favor

antes de ficarmos de bruços, a gente

— Por favor

ao ficarmos de bruços e chaves de parafusos, navalhas, vertemos o comer na tigela dos cães como ela gosta, sabe lá de copos e talheres, estendem-nos

estendem-nos a palma atrás das grades aos crocitos, vais ter filhos pretos pendurados de cabeça para baixo das sanefas, uma sorte que a Polícia nas figueiras bravas, se o teu pai sonhasse, se a tua mãe

(a magrinha de cabelo vermelho?)

sonhasse

(quem era a minha mãe?)

voltavam cá cima para te meter na ordem, o aleijado da muleta

— Sou dono desse pombo não o matem

e era de mim que falava, consertava-me um músculo com vimezinhos e guitas, ensinava-me a voar desta esquina àquela não consentindo que eu morresse

— Toma cuidado

de mangas abertas a amparar-me

(o aleijado o meu pai, por que razão não o aleijado o meu pai?)

conforme não me apetece que morra, não se chegue ao apeadeiro amigo, largue o corvo

— Sou dono daquele corvo

que se levanta dos ciprestes, a Polícia

— O preto

um tendão no pescoço a bater, a parar e já não é dono de nada, terminaram os corvos, hei-de pegar numa espingarda sem que o meu enteado note ocupado com o receio do escuro, chegar-me pela quinta do marquês onde a mula atada a uma argola custosa

de adivinhar se viva, a mim dá-me impressão que defunta, se tivesse
tempo picava-a com uma cana
— Mexes-te não te mexes?
a ver a reacção, reagindo sim senhor e não reagindo faleceu
o que nem sempre é exacto, eu por exemplo não reajo, atravessem-me
com uma chave de parafusos e não pio, fico parado sem prestar atenção
e no entanto vivo, o meu pai a distrair-se do mostrador da gasolina
— O que se passa contigo?
e não se passa seja o que for, sou assim, o aleijado da muleta não
— O que se passa contigo?
aceitava-me, nunca falámos de resto, quando muito ele
— Branco de merda
e eu mudo a concordar, pego numa espingarda sem que o
meu enteado repare, chego-me pela quinta do marquês de estufa
(a minha prima a sacudir-me mais o braço
— Autorizas que te falem assim?)
coberta por trepadeiras cinzentas
(a fantasia que o mar nas redondezas mas será autêntico o
mar?)
um dos agentes
— Ali
(terá secado?)
e estalos de culatras ao mesmo tempo que uma sereia de
quartel de bombeiros, o mundo em movimento excepto o mar que
não havia, pratos a estilhaçarem-se, velhos gonzos que giram
(os gonzos hão-de girar sem repouso, quem vem, quem
parte, quem está ali a espiar-me, quem são vocês que não se orgulham de mim, me reprovam?)
a magrinha de cabelo vermelho não a rir-se, a sério
— É a última vez que me olhas
pinçando-me o queixo para me obrigar a fixá-la à medida
que eu ajudava o meu pai a arrastar-lhe as pernas, as madeixas eno-
doavam-se de terra não já vermelhas, escuras, uma careta de mofa
— É maricas o teu filho?
e a minha precaução em que se não descalçasse nem per-
desse o broche, ficasse intacta na vala a entender-se com os vermes,
deve ter secado o mar, sobram as máquinas de costura ferrugen-
tas que passajam a espuma e charcozinhos de sal, o meu enteado

morreu ontem comigo, há muitos meses mas ontem mau grado os
meus avisos, preveni-o das figueiras e ele a zumbir o avião de lata,
lá estava o apeadeiro e a por assim dizer campainha dos grilos ou
seja um raspar de metal contra metal conforme o balir dos corvos
metal e os pombos metal, o metal das figueiras que estremeciam,
cessavam e ao cessarem

(um cortiço de abelhas?)

a morte do meu enteado e a minha morte connosco, não
sei escrever decentemente, dividir por alíneas, esclarecer as pessoas,
auxiliem-me vocês que sabem e mandam em mim, se o aleijado da
muleta perto

— Sou dono desse branco não matem

mas o aleijado roupa que os ossos desertaram e portanto
bocadinhos de pássaros oblíquos nas copas, a minha esposa

(imagino se teria vergonha dela e um silêncio ofendido

— Não tens vergonha tu?

olhos cegos e no entanto vendo, letras uma a uma pesadas,
duras, terríveis, imagino se as letras

— Não tens vergonha tu?)

a minha esposa à espera não se compreende de quê, as
atitudes que não se compreendem dos bichos e dos pretos provavelmente à espera de nada que a morte não os preocupa, sentem o que
não sinto, escutam vísceras que não oiço e a surpresa dos médicos

— Dois fígados?

os mestiços não choram porque o mecanismo das lágrimas
não nasceu com eles que vantagem, dividem tripas no seu idioma
de consoantes compridas, janeiro e nem uma promessa de chuva,
as figueiras bravas sem galhos e os polícias arrepiados nos cactos,
os mesmos desde que comecei a escrever se é que pode chamar-se
escrever ao que faço, já garanti ser uma voz que dita umas ocasiões
tão depressa que não a acompanho e outras silêncio horas a fio e eu
de bico no papel

— Então?

enquanto vozes mais miúdas que salvo uma frase ou outra

— Vertemos o comer na tigela dos cães como ela gosta

ou

— Filho

ou então sou eu a empreender que

— Filho

me escapam, janeiro o último mês que recordo, se me dessem a escolher teria preferido o outono por causa do cheiro das maçãs na gaveta da roupa a embalsamar o quarto de doçuras amáveis mas qual gaveta e qual quarto se não morei em nenhum, morei no Bairro mas numa espécie de cave, um postigo junto ao tecto em cujo caixilho um muro com aranhas e musgo e sobre nós fardos, passos, gente

(por enquanto não polícias)

que se diria seguir-nos pelo modo como nos atentava nos gestos, de tempos a tempos uma galinha que nos seguia também ora com um olho ora com o outro, nunca os dois, surgia no sítio da porta, estacava de pulso no ar a exaltar-se

— Não tens vergonha tu?

e ia-se embora de calças arregaçadas até ao joelho franzida de zanga

(o mar secou não tornarei a este assunto)

a conspirar com as colegas que as topava a arredondarem o peito e a gaguejar nos poleiros

(hoje que destruíram o Bairro onde estão as galinhas?)

creio

(os texugos jantaram-nas?)

creio ter escrito que o meu enteado morreu ontem juntamente comigo, há muitos meses mas ontem

(aí está a voz a ditar-me)

preveni-o das figueiras bravas e ele como resposta o avião de lata a zumbir, raspar de metal contra metal conforme o balir dos corvos metal e os pombos metal

(a voz muito rápida, não consigo copiá-la)

o metal das figueiras fervia e parava

(quem as obrigaria a desfalecerem dobrando-as para nós?)

e mal cessavam abelhas mas talvez não abelhas, não há abelhas em janeiro, libelinhas, besouros e libelinhas e besouros não, só na primavera quando as larvas principiam a romper transparentes feiíssimas

(mais devagar por favor)

os polícias a falarem de nós

(não consigo copiá-la)

um sapato num seixo, mangas que roçavam

(mangas que roçavam ouvi)

124

e cinco guardas, contei-os, quer dizer como não caminhavam depressa tive tempo de contá-los, cinco, perdão, seis, perdão, sete, o sexto e o sétimo, dantes grafava-se séptimo, próximos do apeadeiro onde o que sobrava de uma arrecadação se aguentava a poder de músculo, mais um ano e desistiria sem ruído consoante as desgraças nos sonhos ou dissolvia-se no iodo das recordações que se a gente

— O que querem daqui?

desaparecem com receio das pessoas e nós com pena

— Podiam ter ficado um bocadinho senhoras

a certeza

(séptimo é boa)

que não se atrevem a voltar, não falam, talvez regressem quando dormimos e encontre a magrinha de cabelo vermelho

— Olha

não, a magrinha de cabelo vermelho

— Filho

e pela primeira vez eu a olhar, pode ter a certeza mãe, a olhar, o aleijado da muleta acabando o seu corvo, o meu pai de que perdi a ideia, hei-de reconhecê-lo se o vir, a apertar-me o joelho na mão

(uma palma muito menor que dantes ou o meu joelho grande)

eu satisfeito com a mão e o cheiro das maçãs na gaveta da roupa de volta

— Onde arranjaram as maçãs paizinho?

alguém que me levava ao colo

(para onde?)

a cantar, uma perdiz de faiança a que o aleijado da muleta não poderia acrescentar uma pena de tão natural, uma boneca de bochechinhas redondas na almofada

(prefiro séptimo a sétimo)

e se tivesse vagar o que eu dizia da boneca amigos, pegava nela, abraçava-a

(não é o Bairro que me complica com os nervos é outra coisa, depois conto)

imagens que começavam a precisar-se, eu para a minha esposa

— Não notas?

(hei-de referir-me a ela um dia)

alguém que martelava lá fora, não tiros que percebo de martelos e tiros, a pessoa que martelava deixou de martelar como se observasse o resultado afastando-se um passo e aperfeiçoava um pormenor martelando de novo, não a magrinha de cabelo vermelho e eu surpreendido que não a magrinha de cabelo vermelho, outra mulher para mim

— Chega aqui

fumos de caçarola, ervas ao lume a ferverem e nenhum polícia nos cactos, ninguém morto, o meu pai a guiar a camioneta que alívio, vamos viver para sempre como a perdiz e a boneca, o que a gente ainda é capaz de desejar-se que incrível, temos a certeza que não e coisinhas a dançarem por dentro, semelhantes a pingentes de lustre quando se abre a janela, o meu enteado com o avião de lata a zumbir, o silêncio do Bairro e no silêncio do Bairro mais vagaroso que o tempo já de si vagaroso

(não telheiros, casas, não travessas, ruas, os correios, uma igreja, o dentista, quase o cheiro das maçãs na gaveta da roupa)

a outra mulher que repetia o meu nome ou um nome qualquer que se tornava meu, foi meu desde o início, o único que tenho, a levar-me consigo para umas traseiras de quintal onde um regador amolgado, uma nespereira, o sol e eu sem medo

(de quê?)

as figueiras bravas tranquilas, o ventinho sereno, a outra mulher comigo junto ao tanque e a certeza que não ia cair, eu não nos arbustos sem ossos, aqui sentado e o mar de regresso

(não secou o mar, séptimo, séptimo)

a voz a ditar-me o que escrevo agradada também, não era o Bairro que me complicava com os nervos, era a ideia de mata-rem-me e não matam, um martelo não tiros visto que percebo de martelos e tiros a compor a cerca

(fingimos que uma cerca não te alarmes)

lá fora, o meu enteado a poisar o avião e a sair com a espin-garda, ao tentar preveni-lo a mulher que me levava

— Deixa-o

não a magrinha de cabelo vermelho, outra que sabia o meu nome

— Chega aqui

de modo que tão natural eu com ela, se as galinhas me es-piarem da porta não ligo, se a minha esposa se levantar volto a cara, sinto a perdiz de faiança a inchar e a boneca na almofada, hei-de encontrar uma pistola sob o taco do chão sem que o meu enteado dê fé, chego-me pela quinta do marquês de estufa enredada em trepadeiras sujas, se houver agentes

(e não há agentes, ninguém morre garanto)

a designarem

— Ali

(ninguém morre)

se houver agentes, é uma hipótese, fechos de segurança, culatras, gatilhos antes do disparo

(não há disparos também)

de mistura com uma sereia de quartel de bombeiros, o mundo inteiro em movimento meu Deus

(a perdiz e a boneca intactas)

gonzos que giram e no girar dos gonzos quem chega, quem parte, quem está a um canto a fitar-me

(a magrinha de cabelo vermelho, o meu pai, os polícias?)

quem são vocês que não se orgulham de mim, me abandonam, reprovam, quem descobre

— Ali

se o aleijado comigo viria a tropeçar na muleta apoiando-se nos troncos, tomando esse calhau, largando-o, procurando-o sem o encontrar e à medida que procurava

— Sou dono do branco não o matem

mas o aleijado roupa que os ossos desertaram e portanto pássaros oblíquos nas copas, o meu enteado no apeadeiro e eu

— Não

a minha esposa no caso de me perguntar se tinha vergonha dela

— Tens vergonha de mim?

os olhos cegos e no entanto

os olhos cegos e no entanto vendo, letras uma a uma sem relação entre si, pesadas, duras, terríveis, interrogo-me se letras e não letras, não faço ideia o que seriam mas não letras senhores, a minha esposa não letras

— Tens vergonha de mim?

à espera vá-se compreender de quê, assuntos que não se explicam dos bichos e dos pretos provavelmente à espera de nada visto que nem a morte os agita, sentem o que não sinto, apercebem-se de vísceras que não escuto e os médicos ignoram

— Dois fígados?

não choram porque o mecanismo das lágrimas não nasceu com eles, dividem intestinos de cabrito no seu idioma de consoantes compridas isto em janeiro e não chuva, figueiras bravas sem galhos e suspiros de borracha de sapos, não é o Bairro que me complica com os nervos, nunca vivi melhor, não conheço a perdiz de faiança, não conheço a boneca, não há pes

desculpem este soluço, não há pessoas nem objectos que comecem a mexer-se, não há alguém a martelar lá fora, a cessar de martelar observando o resultado e aperfeiçoando um pormenor a martelar de novo, há uma mulher, não a magrinha de cabelo vermelho e eu surpreendido que não

não é que doa, não dói, eu surpreendido que não doa e a magrinha de cabelo vermelho que levantava a saia

— Olha

não dói, levantava a saia

— Olha

e o que não era um poço negro

não sou capaz, a assustar-me, outra mulher

— Chega aqui

que me leva, um sapato que escorrega, se equilibra, prosse-gue, um dos meus joelhos

(não bem paralisado, mais fraco)

no chão, nenhum joelho no chão, eu de pé quase direito, eu direito eu quase direito com a mulher nas traseiras do quintal

(o sossego do Bairro, não é o Bairro que me complica com os nervos)

um regador, uma nespereira e nenhuma aflição, nenhum medo

(de quê?)

eu junto ao tanque de pedra e a certeza que não vou cair onde caíram o preto gordo e a velha, onde o meu enteado caiu, on-de o aleijado da muleta

— Sou dono do branco

e a minha cauda, as minhas patas e as minhas asas intac-tas, eu intacto, o mar de regresso e embora de dia tantas luzes no mar, não reflexos, luzes, tantas

estamos quase, não custa, tantas luzes no mar, eu com a
minha esposa
    (hei-de falar-vos dela)
    e o martelo em silêncio, a gente os dois sentados
    (nunca mais volta o martelo)
    e ela ou a mulher o meu nome de modo que respondo
    — Estou bem
    e não é difícil, não custa, estou bem e sorrio.

De maneira que não havia muito mais a fazer: deixar o Bairro aos polícias, aos corvos e aos pombos para que o dividissem entre si conforme as velhas dividiam intestinos só que não existiam velhas nem cabritos, existiam becos desertos e a tralha ao acaso das pessoas que fogem, uma cafeteira sem tampa que não cabe no saco, uma moldura a pingar do seu prego e os agentes a vasculharem sombras nas casas, um deles encontrou o avião de lata, certificou-se que os colegas ocupados a derramarem petróleo nas sombras e em vez de zumbir com o brinquedo guardou-o no bolso, para além das sombras criaturas doentes e frangos, apertem-nos entre os joelhos nos lugares onde moram puxando-lhes as penas, metam-nos numa caçarola, experimentem com o garfo e comam-nos enquanto os corvos

— Somos de quem agora?

em busca de donos que não tinham nos quintais, os polícias apontavam-lhes a mira

— Os corvos

e eles a balirem órfãos entre as figueiras bravas e as faias

— Tomem conta da gente

à medida que as barracas ardiam, comam as barracas consoante comeram os frangos, bom proveito, as enxergas, os trastes, uma toalhinha por exemplo

(há-de haver toalhas limpas)

aquele jarro de esmalte sem bico a que o aleijado da muleta não teve tempo de dar asas e não serve de nada

(há-de haver raízes lá dentro contra o mau olhado e a icterícia)

e comam-nos a nós que vos espreitamos de longe de mistura com umas bagagens, uns fardos, a minha esposa prendeu os talheres numa guita e os garfos patas de pombos amarradas com força, o retrato do mestiço na gaveta a esta hora queimado, acaba-

ram-se-lhe os sapatos, o chapéu, a gravata, a quantidade de vezes
que peguei no retrato com ganas de perguntar
— Como eras?
de partilharmos lembranças, conversarmos e uma careta na
película que se divertia comigo
— Que quer este?
se calhar espingardas sob um taco também, porque casei
com a tua esposa diz-me, julguei que uma preta fosse diferente da
magrinha de cabelo vermelho e enganei-me, as mesmas saias que se
levantam e não a boca dela, as saias
— Olha
eu com vontade de fugir, eu para mim
— Sou adulto
se ao menos soubesse fazer cócegas e risos no fundo da
camioneta, dentinhos ralos
(não lábios, não bochechas, dentinhos ralos)
e um rebuliço de mantas, era o meu pai que mandava
— Gaiteira
e elas a obedecerem-lhe
— O que te apetece hoje?
se pudesse encostar-me ao seu cheiro, não aos corpos, ao
cheiro que não me dava medo, ao coração que ao dilatar-se e encolher-se me dilatava e encolhia consigo, arredondem-me como se ar-
redonda a lágrima no lenço e eu preso às suas pálpebras agradecido,
um horizonte de pestanas a convidar-me
— Dorme
enquanto o meu pai panelas que chocalhavam, uma ocasião um pé descalço junto a mim com aquele dedo enorme a tactear, a encontrar apoio num caixote e a mulher
— Pára com as cócegas maroto
num arquear de dobradiças, julguei que caíam parafusos e
não, um púcaro a rolar e ao deter-se a mão no meu joelho
— Têm fios desligados
devia gostar de mim você
(gostava de mim?)
porque eu inteiro na mão, sou o seu pombo ou o seu corvo
senhor, acrescente-me o que me falta, levante-me o mais alto que
conseguir onde ficam as copas e largue-me, a minha esposa cá em
baixo

— Sabes voar tu?

e sei voar qual a dúvida, subo dos choupos, demoro-me num intervalo de cactos e desço a pique nas figueiras bravas à procura de bagas, o meu pai orgulhoso de mim

— É meu filho

e abandonou-me embora acenasse no meio dos sujeitos da Guarda de fato dos domingos, penteado

— Descansa que já venho

barbeou-se na camioneta depois de pedir aos guardas

— Um momento

e alisou a roupa na esperança que o juiz o aprovasse da sua cadeira de bispo cercado de cónegos de advogados

— Um cavalheiro elegante e bem apresentado sim senhor

não se lhes percebiam os olhos, percebia-se a importância pela dignidade dos óculos, o meu pai para os guardas e lá estava uma seta que dizia Pinhel

— Só um momento amigos

ou dizia Gouveia ou dizia Mangualde, terras densas, eucaliptos, penedos, uma viúva de lado num burro com um feixe de lenha e o ponteiro da gasolina no tracinho vermelho, a camioneta empurrava-nos um contra o outro, trocava-ños de posição e no instante em que ia pegar no volante enxotava-me para o meu lado

— Não sabes guiar

até que menos saltos na estrada

(Mangualde 5 kms)

e o meu pai a palpar o chão entre os pedais

— A garrafa não está aí por acaso?

eu a palpar por meu turno encontrando um desses tubos com que as mulheres de lábios em bico (terão sido corvos dantes?) pintam sangue seco na boca

(Mangualde 5 kms e um velhote a tossir fumo num triciclo de inválido com as perninhas chochas a dançaricarem no ar)

o sangue da magrinha de cabelo vermelho não coagulado, húmido, o meu pai

— Só um minuto amigos

(uma seta que dizia Pinhel, ia-se a ver e Pinhel insignificante, granito, vitelos e uma menina descalça abraçada a um cântaro)

a aperfeiçoar as abas a fim de que o juiz com os seus mantos solenes o aprovasse da cadeira de bispo

— Um cavalheiro elegante e bem apresentado sim senhor embora me desse a impressão

(Pinhel tão triste em novembro)

que uma das mangas a descoser-se do ombro, os sujeitos da Guarda acotovelaram-no com a coronha

— Vai melhor que um marquês o saloio

Pinhel tão triste em novembro como se o mundo habitado por avós enfermos e a menina sumida num portal, o paralítico cruzou-se comigo a dançaricar no selim, em lugar da buzina uma pêra de borracha nos seus uivos de pato

(— Davam-lhe gosto uns patinhos amigo?)

corvos e pombos a caminho da noite, se tiver ocasião heide voltar a Pinhel na esperança que a menina por lá mais o cântaro e sopros de algeroz perto dela, a manga descosida incomodou o juiz

— Não é um cavalheiro enganei-me

e os óculos dos advogados opacos, vontade de contar-lhes

— Não passa de um ourives ambulante desculpem-no

voltar a Pinhel

(Mangualde mais afastada que 5 kms, não sei onde para além das acácias)

e o cheiro dos pretos, não havia pretos na Beira, o cheiro da serra, a magrinha de cabelo vermelho consertava-lhe a manga pai para quê matá-la já viu, há episódios que ao longo do tempo não se despegam da gente, comigo é Pinhel e a menina nem sequer loira ou bonita, o que não falta nesta terra são crianças vulgares, porquê uma miúda sem interesse embalsamada em mimosas, lá vai ela com o cântaro e de calcanhares sujos

(nem sei o teu nome)

a sumir-se no portal e o que não percebo da existência de súbito percebido e tão simples, uma seta quebrada que anunciava Pinhel e aí está, quebrada quer dizer com o vértice a mostrar o chão, as nossas mãos ao mesmo tempo no tacho do almoço, a do meu pai a expulsar-me

— Guloso

e por instantes eu uma mulher que se ia embora a arrastar a mala de sombrinha apertada no braço apesar de chover, o punho da sombrinha uma cabeça de gato a que faltava uma orelha, o punho de outra um chinês de marfim que não cessava de rir-se

(de que te estás a rir?)

Mercília Alice Antónia Beatriz

(duas Beatrizes a que coxeava e a que não)

Helena, não me lembro qual delas tinha um alfinete na gola em forma de laçarote que se prendia com um gancho

(ficavam os buraquinhos)

e o meu pai empenhou como empenhou a caixa de pó-de-arroz da segunda Beatriz e uma terrina consertada com agrafes e enrolada em jornais, logo que a camioneta se desconjuntava nos valados a dona desenrolava-a à pressa

— Graças a Deus não partiu

o meu pai entregou-lhe os jornais sem a loiça de volta dos penhores

— Tirei-te as razões de te assustares agradece

e a cara da mulher de súbito deserta tirando os olhos a ocuparem tudo ora nos jornais ora nele, o meu pai

(a única coisa importante é a seta a indicar Pinhel meio coberta por moitas, pensa-se na seta e compreende-se o mundo)

— Não estás aliviada ao menos?

e uma mala a ir-se embora na feira sob a chuva enquanto os jornais se dissolviam num charco, quando acabaram de dissolver-se a mulher não existira, vi-a na paragem do autocarro encolhida contra uma árvore, só olhos porque a terrina a seta de Pinhel dela, não mais que olhos e cega, o meu pai a apertar-me o joelho

— Tem fios desligados a ingrata

nuvens em Manteigas, em Seia, com o dinheiro da terrina o meu pai comprou uma carteira que por pouco não era de pele, tinha uma parte transparente para os retratos da família na qual uma artista em fato de banho que não chegou a andar connosco nas feiras, o meu pai

— Se soubesse da gente vinha a correr garanto-te

passando o polegar na artista que levantava os caracóis da nuca a atiçar-nos, pergunto-me se levantaria as saias também

— Olha

nos intervalos de sufocar de risinhos lá atrás

(um pé descalço a chegar-se a mim e a partir)

a sombrinha dela um gato ou um chinês, possuiria pechisbeques como as outras

(um broche, uma terrina)

preciosidades que uma mãe ou uma tia

— Ficas rica pequena

e o calendário de parede com uma paisagem suíça a testemunhar aquilo

(no caso da menina de Pinhel crescer e não cresce, não permito, tornar-se-ia como, não consigo imaginá-la a trotar no inverno, impediria o meu pai de lhe empenhar fosse o que fosse

— Não consinto que a roube

colocava-me entre os dois

— Foge para o teu portal menina

e talvez fugisse com ela, mais tarde ou mais cedo eu sim crescia, não podia levar o resto da vida aos trambolhos numa camioneta enquanto o meu pai nos comia as moelas

— Guloso

e tinha de ir não era?)

a terrina com flores estampadas e uma moeda para dar sorte no fundo

(— Tornaste-te milionária garota)

se inclinar a orelha no sentido dos anos defuntos escuto-a deste lado para aquele segundo as fracturas do alcatrão, o fato de banho da artista prateado e o umbigo branquíssimo, não mestiço, deixámos o Bairro aos polícias, aos corvos e aos pombos para que o dividissem entre si conforme as velhas dividiam intestinos de cabrito só que não havia velhas nem cabritos, havia agentes a vasculharem sombras e o que sobrava eram criaturas doentes, não criaturas, mestiços, o que sobrava eram mestiços doentes e frangos e o que interessam mestiços doentes sem utilidade nenhuma, apertem a goela dos mestiços e dos frangos nos lugares onde moram, puxem-lhes as penas, metam-nos numa caçarola, experimentem com o garfo e comam, acabando de comer derramem petróleo nas cabanas, peguem num fósforo

(como em África não era, exactamente como em África)

e o Bairro tão negro quanto os mestiços, fantasmas de empenas, carvões

(oxalá a seta continue)

e os corvos em busca de donos que não tinham

(o aleijado da muleta caía como sopa no mel neste instante)

nos quintais, nas chaminés, nos telhados, os polícias a apontarem-lhes as miras

— Os corvos

que baliam entre as figueiras bravas e os choupos

— Somos de quem agora?

nas lamúrias dos animais a que não atendemos, éguas coelhos perus enquanto as mulheres do meu pai iam-se embora caladas, ficava um embrulho de jornais e acabado o embrulho a chuva somente, os ciganos recolhiam os leitões picando-os com varas, no caso de haver lágrimas nos bichos e não estou certo que haja os leitões açambarcam-nas todas ao passo que a minha esposa e o meu enteado

(o tal mecanismo que não nasceu com eles)

nem uma para amostra, picando-os com uma vara nenhum protesto, calam-se como as figueiras bravas se calam, folhas de cobre e o vento a tinir entre as bagas, se dissesse à minha esposa

— Morremos todos aqui quando a polícia vier

continuava à espera e se a tivesse conhecido em Pinhel era ela quem abraçava o cântaro a fitar-me, o meu pai procurou-a no espelhinho e a camioneta a descair na berma

— Não era uma mestiça?

(a mesma camioneta em que um dia me visitará a compor-se no peitilho isto é chapas soltas, peças que se desprendem, sufocos

— Tu matas-me

e passos desesperados que se escapavam à chuva, não concordava que empenhasse o cântaro nem a seta nem Pinhel

— Não empenha Pinhel você

nem Mangualde 5 kms nem Gouveia nem a nascente do Mondego ou seja um fiozito entre rochas e um milhafre num intervalo de copas a espiar lagartixas e cobras

— Proíbo-o de empenhar o milhafre você)

a minha esposa à espera e amanhã os polícias de novo, o Mondego ínfimo na serra, por vezes nem frio, aguadilhas a separarem-se do musgo e em Coimbra enorme

(não enorme, as peneiras que enorme)

com uma ponte por cima, nunca entrámos em Mangualde onde os irmãos da magrinha de cabelo vermelho saíram da loja de fazendas a ameaçar o meu pai de maneira que 5 kms sempre, na hipótese de uma bicicleta na estrada o meu pai tirava a caçadeira da bainha a perguntar

— O que têm os teus irmãos contra mim?

um dos irmãos magrinho e de cabelo vermelho, o outro baixo e o pai careca à frente a retirar cartuchos do cinto sem acertar com os canos

— Furo-te todo malvado

a magrinha de cabelo vermelho a tentar beijá-lo

— Senhor

mais pessoas a assomarem da loja de fazendas, do tanoeiro que limpava uma colher no avental

(se o encontrasse reconhecia-o)

do café, o careca empurrou a magrinha de cabelo vermelho que não levantava as saias nem oferecia

— Olha

segurava a blusa rasgada a lamuriar-se, o careca afastou-a com a bota

— Não me trate por pai

o meu pai, não o dela, recuou para a camioneta a medi-los com a caçadeira um a um e os do café suspensos enquanto um cachorro se aproximava a ladrar de focinho no chão, a caçadeira demorou-se na magrinha de cabelo vermelho ocupada com a blusa

— Não vens?

e ela sem um dos sapatos a navegar para a gente, demorou uma eternidade repetindo a fungar

— Pai pai pai

galgou o estribo

(o tornozelo semelhante ao dos santos no quadro da igreja somente ossos, tendões)

passou sobre os assentos e desapareceu nos estojos, ao es-preitar para ela diminuiu a um canto receosa de mim toda ângulos, arestas

— Senhor

(se levantasse a saia não me assustava um pito, afastava-a com a bota

— Não me trate por pai

dava-lhe ordens

— Cozinha

proibia-a de sair da camioneta nas feiras condenada a vi-giar as tendas por um retalho de lona

— Quem julgas que és?

pode ser que em momentos de fraqueza cócegas de vez em
quando num rebuliço de mantas, ela grata e Mangualde não 5
kms, mais distante que a Holanda que ninguém sabe onde fica,
talvez um pontinho no mapa entre a Índia e o Peru, a nascente do
Mondego extinguir-se-ia sem mim, nenhuma aguadilha a separar-
se da pedra e nenhum ruído no musgo, o que esqueci com a idade
caramba, lugares sentimentos pessoas, fica Pinhel com a menina, o
cântaro e o princípio de um adeus no portal)
        a minha esposa à espera e amanhã polícias de novo entran-
do-nos em casa a maltratar-nos
        — Pretos
derrubando-nos os trastes
        — Ninguém se mexe daqui
a vasculharem sob o taco
        — Onde pára o teu filho?
        sete ou oito agentes e um senhor de idade com eles a liber-
tar o cinto, o meu enteado tão pequeno quase em Pinhel fitando-
me num portal onde uma buganvília grisalha
        (o cheiro de Pinhel não me abandona, fica)
        e o chupa-chupa, o avião, em Mangualde 5 kms o cachor-
ro galopou com a gente até se apaixonar por um cone de silvas onde
um esquilo ou um mocho e a rastejar para ele tal como eu rastejaria
para a seta
        — Fico sem nada se ma roubam
        as velhas em torno dos cabritos entre barracas defuntas, pom-
bos inacabados a enganarem-se nas copas em busca de grãos, vendo
melhor a minha esposa apenas, a magrinha de cabelo vermelho
        (ajudei a puxá-la)
        junto à cerca dos leitões
        (Mangualde 5 kms, conhecer-me-ão lá passados tantos
anos?)
        o senhor de idade remexia no único armário que tínhamos
no qual chávenas, pulôveres, biscoitos
        — Onde pára o teu filho?
        o teu filho a assaltar bombas de gasolina, automóveis e vi-
vendas em Sintra com os outros mestiços e a mulher no alpendre
        — Por favor
        até que a chave de parafusos, o martelo, a pistola, um
gato ferido a avançar nas patas dianteiras a pedir não sei quê mas a

quem, onde pára o teu filho que não o encontrámos no apeadeiro a que faltavam bocados e o relógio e o balcão e apesar disso, ia jurar, um comboio, quer dizer o vapor dos travões na chegada, não o encontrámos no apeadeiro com o aleijado da muleta ao qual os corvos mostravam uma pata ou o recheio da cauda

— E nós?

o aleijado a repreender os polícias do que faltava nos pássaros

— Não há consideração?

e os polícias completamos os corvos não completamos os corvos, porções de nuvens por acabar igualmente enganchando-se numa azinhaga, cabanas que o fogo esquecera e os pretos remendavam com zinco e cartões, os polícias para a minha esposa

— O teu filho em que sítio?

janeiro e a migração dos tordos do norte, aí estão eles nos baldios a gritarem

(a minha esposa não grita, eu não grito, a magrinha de cabelo vermelho gritava

— Senhor

e o careca a enxotá-la

— Não me trate por pai)

com os tordos ouriços, toupeiras, os inquilinos do cemitério que se deslocam sob a terra

(a magrinha de cabelo vermelho entre eles?)

convencidos que a gente os auxiliava

— Sobrinhos

os polícias para a minha esposa

— O teu filho em que sítio?

e o meu enteado não em Pinhel com a menina, o meu enteado com os colegas à procura de um automóvel servindo-se de dois dedos de arame e um cartão, pensei que ele no apeadeiro ou nas figueiras bravas, avisei-o

— Cuidado

e enganei-me, foi-se embora pela rua da Brandoa em que não pretos pobres, brancos da Roménia chegados com os tordos, que país este foda-se, os polícias na cave pegada à nossa juntamente com estrondos de alumínios e antes dos corpos que desistiam um mestiço

— Não

e mais alumínios, mais corpos, um tiro, o meu enteado
e os colegas ponte fora num automóvel roubado para a banda de
Almada, não oito como dantes, seis, a praia da Costa da Caparica
onde após maciços de espinhos casais de homens nos chorões que
separam as dunas da enchente, não vou referir-me às ondas para
quê e poupo-lhes a descrição do mar, apitos de barcos, essas gaitas,
o que interessam os barcos
(interessa-me Pinhel)
o meu pai de calças dobradas a chamar-me
— Não me digas que tens medo de afogar-te
compreendia-o não por o ouvir, pelo desprezo
— Não me digas que tens medo de afogar-te
quando era ele que tinha medo de afogar-se sem coragem
de um passo e mergulhar, não eu que cavava buracos na areia e
no fundo da areia mais areia e no fundo da mais areia mais areia
ainda, não acaba que monótono, anémonas às vezes, pedrinhas e
uma casca de caranguejo oca, não me venham com a léria do mar
e em compensação não lhes contarei que em criança e tal e coisa etc
quando em criança qual mar, ajudava o meu pai de feira em feira
no meio de fruta música bêbedos de quem o chão se desviava
— E agora?
punham o calcanhar à confiança e mal o calcanhar pisava
adeus, os bêbedos sem acreditarem
— Que coisa
procurando comprovar-lhe de gatas a solidez com as palmas e as caras perplexas acerca dos bêbedos, tudo o que quiserem
mas não insistam com o mar, as praias da Costa da Caparica onde
os casais de homens nos chorões, viam-se carros num talude, um
restaurante a cavalo no Atlântico de que se distinguiam as mesas,
chapéus de sol cuja lona ia estalando nos varões
(não tiros por enquanto, as espingardas dos polícias sim
mas a caçadeira do meu pai não disparou em Mangualde 5 kms)
o meu enteado e os amigos a passearem nas dunas não
como passeiam as pessoas, como passeiam os animais
(dizem que os pretos animais não sei, pergunto-me se a
minha esposa um animal, há alturas em que me parece querer falar
e não fala, detém-se à beira de uma frase e vai-se embora continuando comigo, se me interessasse
— Onde foste?

mesmo respondendo não conseguia compreendê-la de tão longe, na Bélgica ou no Sudão)

o meu enteado e os amigos a passearem nas dunas e não tordos, areia e no fundo da areia mais areia e no fundo da mais areia mais areia ainda

(— Não me digas que tens medo de afogar-te)

não se percebia o meu pai

— Não me digas que tens medo de afogar-te

nem a magrinha de cabelo vermelho a assoar-se na camioneta, na boca, não nas palavras

— Senhor

nem um som garanto e contudo

— Senhor

não apenas a boca, o tronco inteiro

— Senhor

e o meu pai a designar os carvalhos da berma

— Queres que te largue acolá?

via-se parte do restaurante fechado com uma luz no interior a acompanhar os mestiços de janela em janela conforme nas casas abandonadas que nos segue de um reposteiro invisível, uma ou outra árvore de que não conheço o nome cavando na areia com a fúria das raízes, desculpem repetir mas mais areia e no fundo da mais areia mais areia ainda, a árvore só ossos

— Não acaba o trabalho?

a desesperar-se com o vento que as figueiras bravas aceitavam e os mestiços para cima e para baixo nas dunas, o mar com que não vou perder tempo numa atitude de escuta e não tenho medo de afogar-me nem da magrinha de cabelo vermelho

— Olha

tenho medo de ficar no Bairro com os corvos a que falta recheio a gritarem-me em torno, um casal de homens de mão dada entre o restaurante e a bóia dos náufragos e os mestiços acuando-os devagar, um dos homens deu por eles, disse não sei quê e levantou-se calculando a distância para o restaurante fechado onde a lâmpada os observava das traseiras agora, uma onda maior que as restantes subiu ao longo da praia quase até aos polícias

(quase até aos mestiços e à gente)

deteve-se um instante

— Continuo não continuo?

decidiu

— Não continuo

começou a descer levando o mundo com ela e o homem
que se levantou a lutar com a camisa onde a pontinha dos dedos
assomou por fim, não todos, um ou dois e o homem assustado

— Os meus dedos?

a palpá-los com a outra mão, a encaixá-los na palma e a
curvá-los devagar

— Serão meus?

visto que sem relação com os de dantes, o homem a experimentar o queixo mas demasiada força como os dedos de um
estranho e portanto sacudi-los

— Não são meus

(o aleijado da muleta conseguiria consertá-los com guitas
e cola?)

os mestiços a dez metros a observarem o casal, uma onda
mais pequena e sem dúvidas

— Não continuo

trouxe o universo de volta e ninguém atendeu, milhares
de ondas idênticas desde o princípio da Bíblia, o que importava
aquela, o segundo homem vestia-se também e o da camisa para o
amigo

— Reparaste nos meus dedos tu?

uma restolhada de patas e verificando melhor um papel
sem destino desses que o vento enxota uma pergunta baixinho

(de qual deles?)

enquanto o senhor de idade a adornar para mim como se
apanhasse o papel acenando aos agentes

— Na Costa da Caparica onde?

e o papel a escapar-se, os mestiços três deste lado e três
desse mudos, quando o meu pai mudo inquietava-me

— Sente-se mal você?

e os olhos para dentro a estudarem-se, um suspiro nas pálpebras que se fechavam

— Não

e quando se descerrarem quem vai aparecer no seu lugar
pai, as mesmas feições e não ele, um sujeito que não conheço a
afirmar

— Não me sinto mal

142

casais de homens não nas primeiras praias, nas últimas onde as dunas se alteravam consoante as marés, se estivesse com eles cavava um buraco na areia e no fundo da areia mais areia e no fundo da mais areia mais areia ainda da mesma forma que no fundo do medo mais medo e no fundo do mais medo uma voz

(não sendo da minha mãe de quem seria?)

— Estou à tua espera há séculos

no caso de os agentes partirem neste momento do Bairro encontravam os mestiços não falando entre si porque embora juntos dava ideia que cada um sozinho, uma pistola, uma chave de parafusos, um martelo ou nada disto, um cigarro que diminuía e crescia, ao crescer sobrancelhas, cabelo e a seguir escuro outra vez, nunca houve sobrancelhas nem cabelo, o homem dos dedos

— O que querem os pretos?

os dois confundidos de tão juntos e os dedos que não serviam pendurados

— O que faço com eles?

salvo o polegar que se encolhia e esticava não logrando exprimir-se, deduzia-se que um conselho mas que conselho, o que pretende o polegar, portanto os mestiços, o casal de homens e o que não perdera falanges um passo no sentido do que ele julgava o automóvel e automóvel nem meia, enganou-se com o pânico, no sentido do restaurante fechado cujos chapéus de sol iam estalando, estalando e a lona quase a soltar-se reparem, a lâmpada trocou de caixilho para os vigiar melhor e estacou, lá estava ela a empalidecer entre mesas, o do polegar ajustando a camisa

— Querem dinheiro vocês?

(quando o meu pai mudo debruçava-me para ele não alarmado, curioso

— Vai falecer senhor?

uma tarde vi morrer uma cobra primeiro a torcer-se e depois toda mole

— Vai falecer como as cobras senhor?)

e os mestiços nem um gesto, o meu enteado a lamber o chupa-chupa pensando no avião de lata e um dos colegas a traçar círculos com um pau, os agentes alcançaram Lisboa, nenhuma estação de serviço, nenhuns arbustos, o senhor de idade a respirar no pescoço do que ocupava o volante

— Tome este cinto mãezinha

do que ocupava o volante

— Depressa

depois da última praia uma espécie de aldeia, casinhas num declive onde a chuva ia aumentando os sulcos, uma criação de perus a ofegarem no seu losango de rede e em baixo uma nódoa translúcida, não mar, o dos dedos olhou em torno numa esperança de gente e o amigo a tirar a carteira do bolso e a esconder o anel no sapato, o mestiço que riscava a areia avançou por favor e o homem do anel numa voz que se desequilibrava

— Querem dinheiro vocês?

não uma pergunta, uma resignação medrosa, o nozinho da garganta

(um peru?)

a dilatar-se e a minguar, demasiados caroços na papada vermelha, esconda-se na rede e talvez se salve quem sabe, o dos dedos

— João

como se fosse chorar e não

— João

um soluço que chamava

— João

se o aleijado da muleta na praia compunha-lhe a garganta e um

— João

aceitável, um nome, afinava-lhe os preguinhos e ele de pé, com força

— João

mas o aleijado da muleta de bruços no apeadeiro deixando o universo sem dono, o nozinho da garganta

— João

esses hálitos dos sonhos que não chegam a começar, se retraem, um segundo mestiço a andar de viés, o da pistola ou do martelo

(uma pistola de criança que não fazia mal a ninguém)

mais vagaroso que o primeiro e não mestiço, branco, o homem dos dedos

— Vai fazer-nos mal você?

satisfeito que branco, não há problemas com os brancos, são o mesmo que nós, diz-se-lhes uma frase e entendem, pode-se argumentar, convencê-los, a duna da esquerda diminuiu enquanto a da direita aumentava

(até onde?)

a lâmpada do restaurante apagada e por conseguinte as mesas impedidas de ajudar, o automóvel longíssimo, antes de o alcançarmos apanham-nos e de que me serve o polegar, o homem com o anel no sapato morava com a madrinha num prédio sem elevador no meio de móveis de luto e a cada ano o terceiro andar mais alto, o que estes degraus crescem que mistério, a inquilina do segundo dava com ele no patamar

— Cansado?

a pensar que o cansaço só das pernas e engana-se, cansaço da minha madrinha preocupada com as artroses, de mim, das fotografias que me censuram

— Não tens juízo menino?

do que gostava de contar às pessoas e não sou capaz, eu para o branco não para os mestiços, quem perde tempo com mestiços

— Quer dinheiro você?

não vocês, você

— Quer dinheiro você?

e resposta nenhuma, buzinas distantes, uma espécie de faróis e não faróis, uma escama de mar que as ondas arrepiam, chega até nós, vai-se embora, num dos retratos a minha avó na poltrona de doente com o gato no colo, lembro-me da minha madrinha alimentá-lo com uma pipeta, o senhor de idade indignava-se no carro já com a ponte à vista e um reboque no qual se distinguiam cabeças de gado

— Nem amanhã lá chegamos

um dos focinhos empardecido e os restantes castanhos, uma garupa, uma cauda

— Nem amanhã lá chegamos

e talvez não chegassem de facto, quantos atrelados mais, dez, quarenta, trezentos, quantas camionetas do meu pai à nossa frente ou seja a magrinha de cabelo vermelho, o rebuliço das mantas e um pé a tocar-me e a desaparecer logo

(a magrinha de cabelo vermelho não minha mãe)

— Não me faças cócegas que me sufocas

Mangualde 5 kms

(e eu para a minha mãe

145

— Não me trate por filha)

a menina de Pinhel

— Adeus

ela que não falara antes e eu supunha não falar

— Adeus

não a sumir-se no portal, a mirar-me, e no instante em que

— Adeus

os mestiços e o branco em torno dos homens, vendo bem os brancos tão selvagens quanto os outros, pensava que não e enganei-me

— Quer dinheiro você?

e em vez de falar comigo a rir-se, não um sorriso, a rir-se, a erguer a pistola e a rir-se, um dos colegas a imitar-nos

— João

e a rir-se igualmente

— João

de joelhos também como se fosse morrer, esses hálitos dos sonhos que não chegam a começar, se retraem, porque vim aqui hoje que camelo, esta praia, este sítio, este mar que principia a doer-me

(porque me dói o mar?)

em vez de permanecer entre os móveis de luto e a minha avó na poltrona

— Não tens juízo menino

não uma poltrona normal, uma poltrona imensa e aquele gato horrível

(quando se espreguiçava as patas só unhas)

até defunta me persegue você e o seu desgosto

— Não tens juízo menino?

e não me mace, largue-me, de quando em quando a lua consoante o vento e os relevos do céu, depois não lua, depois lua e se lua mais névoa, um ritmo confuso nas marés, flores moribundas acolá

(pelo menos parecia que um renque de flores moribundas mas se calhar verdes e nem sequer flores, um homem estendido como eu não sei)

os mestiços não me pediram o anel nem dinheiro nem este casaco que me custou um balúrdio, rodearam-nos apenas, um dos agentes para o senhor de idade

— Dez minutos

embora não com o atrelado de gado ou a camioneta do meu pai a impedi-los, a unha no ponteiro

— Tem gasolina isto?

Gouveia a meio da serra a inclinar-se coitada, não pediram o relógio nem o anel nem dinheiro nem o casaco de antílope com adereços de prata

(pechisbeques santa paciência não)

cinco mestiços e um branco e não chave de parafusos nem martelo, uma pistola de brinquedo acho eu e um avião de lata, os pretos não podem fazer-me mal que tonto, uns ganapos magrinhos, ordenei-lhes

— Desapareçam

e eles a obedecerem que remédio, têm complexos da gente, todos os dedos comigo, a minha avó ausente

(depois da pipeta o gato manso, que é das unhas?)

a minha madrinha que adormeceu na sala a oscilar no sofá, a respiração dela cheia de seixos, de vidros, o doutor xaropes

— Uma colherzinha de manhã e à noite dona Mécia

e o pulso numa almofada a tremer, adivinhem quem se instala a um canto a recortar as actrizes do jornal desejando ser como elas e a colá-las num caderno com o nome por baixo, quem espreita os operários a recolherem tapumes sem a esmola de um soslaio para mim e os mestiços cada vez mais próximos a rirem-se, os mestiços

— Vão fazer-nos mal vocês?

— Querem dinheiro vocês?

os mestiços

— João

um soluço de troça a que chamavam

— João

como se o soluço um nome, esses hálitos dos sonhos que não chegam a começar, se retraem conforme as ondas se retraem, a areia se retrai e não areia, o vácuo, nós de carne e no entanto a certeza que uma tesoura nos recorta, nos cola no chão e depois de colados nos alisam com a palma conforme eu endireitava as actrizes no caderno da escola, o senhor de idade que um dos agentes chamou

— Um casal de borboletas repare nos adereços deles

o senhor de idade

147

— Não são melhores que os mestiços descansem

e deu-me a impressão que quase manhã, que manhã, essa claridade de radiografia que antecede a manhã, deu-me a impressão que um dos agentes

— Não há uma manta por aí para cobrir estes tontos?

deu-me a impressão que os operários a fitarem-me não com desejo de mim, não o soslaio que eu queria, uma espécie de repulsa, deu-me a impressão que me entornavam numa padiola, uma maca

— Saiu pesado este

enquanto a minha avó

— Não tens juízo menino?

percorria o gato com a ponta dos dedos numa carícia sem fim.

Nasci aqui, sempre morei aqui, os meus pais e o meu filho faleceram aqui e portanto sou daqui e não saio daqui mesmo que o meu
marido continue a insistir que até os corvos se foram e os defuntos
deixaram de perguntar por nós no baldio onde os enterramos às
escondidas a seguir ao que sobeja de uma capela de quinta, nunca
mais

— Como vais?

— Como te sentes?

nunca mais o que aos sete ou oito anos me namorou na
escola e umas febres levaram a aproveitar a conversa das ervas em
agosto

— Tenho pensado em ti

e eu a reconhecer-lhe a voz

(não uma voz de adulto claro uma voz de criança)

apesar de se calar de imediato envergonhado, corria mais
depressa que os outros que era a prova de que namorávamos, ninguém corria tão depressa do correio ao café do indiano e chegando
ao café quase me sorria

(não se atrevia a sorrir)

de modo que eu quase a sorrir também ou seja a sorrir
também apesar de séria, as minhas colegas indecisas

— Estás a sorrir não estás?

e foi tudo, só muito depois do funeral e eu mulher há meses arranjou coragem

— Tenho pensado em ti

isto no verão, no inverno silêncio preocupado com o fato
novo à chuva, ficavam os outros mortos mais antigos na terra

— Como te sentes?

— Como vais?

a quem o frio não assustava, quantas sombrinhas abertas
lá em baixo, quanto cachecol e frieiras nas juntas, não sei se gostei

do meu namorado, não sei se gostei de pessoa qualquer na vida, acho que não gostei de ninguém, sou sozinha, às vezes penso que um garoto a correr do recreio ao café do indiano na esperança de eu contente e mentira, os meus pais faleceram antes do meu filho nascer e não sei se gostei deles também, se calhar perguntam

— Como te sentes?

— Como vais?

mas não acredito que a minha mãe

— Tenho pensado em ti

sei que não saio do Bairro mesmo que a Polícia ou os restantes brancos nos matem todos, aliás os corvos não se foram embora dado que um alargar de asas nos choupos que o aleijado da muleta remendou e uma paz de nuvens onde os cisnes remam em março, a minha mãe parava à entrada de casa de mão horizontal nas sobrancelhas a vê-los e em bicos de pés como se partisse com o bando, logo que o céu ficava limpo de nuvens e cisnes a mão ao longo do corpo e qualquer coisa nos modos

(a minha mãe gorda

— Na tua idade era um pau de virar tripas sabias?)

a dizer não sei quê

(— Apetecia-lhe voltar a ser um pau de virar tripas senhora?

ela de repente magrinha e nessas alturas dava-me ideia que por um triz não crescemos juntas)

sem que eu fosse capaz de consolá-la por não gostar de ninguém, sentava-me num tijolo que era a minha maneira de fugir-lhe isto é eu não a jeito, a contar as formigas que se cumprimentavam ao cruzarem-se entre uma fenda e um seixo, eu no arame do parque de campismo a assistir aos estrangeiros que jogavam às cartas em cadeiras de lona

— Porquê tão loiros vocês e eu mestiça?

uma ocasião atiraram-me dinheiro sem interromper a partida, agachei-me para descobrir as moedas na erva confundidas pelo brilho com latas e gargalos, mostrei-as ao meu pai e o meu pai

— Andas na pouca vergonha com os alemães?

a roubar-mas, trincava-as e não dobravam, trazia-as para a luz

— Quanto darão por isto?

mas não teve tempo de gozar as moedas visto que de repente a testa oblíqua e ele a borbulhar tolices, a minha mãe distraída pelos cisnes e eu com ganas de correr as vezes que fossem precisas entre o recreio e o café do indiano, não, entre a casa e as figueiras bravas até que o meu pai melhorasse

— Aguente um bocadinho enquanto corro e cura-se

e ele a bascular no chão, a minha mãe que regressava dos cisnes furiosa com a gordura tomando-o como testemunha

— Não era um pau de virar tripas eu?

ofendida por o meu pai não lhe dar troco quando o meu pai unicamente capaz de

— Como te sentes?

— Como vais?

no fundo do baldio a seguir ao que sobeja da capela da quinta, esse interesse pela gente feito de inveja e zanga dos finados, vozinhas amargas que se alteram connosco

— Porque continuas viva?

seguros que lhes ficámos com o baú ou as galinhas

— Tiraste-nos

e decididos a abraçarem-se a elas num ímpeto de posse esmagando a criação sem dar fé e patas e penas a espernearem ao acaso, a minha mãe desconfiada do meu pai a declarar à cautela sem se atrever a tocar-lhe

— Não me esmagues deixa-me

um pau de virar tripas outra vez quando lhe nasceu o gânglio no pescoço, esperámos a manhã inteira na consulta da Amadora no meio de suspiros e varizes e o relógio na parede às voltinhas

(dúzias de voltinhas pareceu-me)

porque a empregada

— Vocês pretos no fim

o médico atendeu-nos na porta já de sobretudo sem se demorar na minha mãe, demorou-se em mim e os olhos mudaram, deu conta da empregada a indignar-se

— Uma preta

que bem lhe entendia o silêncio e os olhos apagaram-se outra vez

— Não vale a pena tratá-la

voltou-se nas escadas só que dessa feita não a empregada ele mesmo

— Uma preta

assim que ele mesmo

— Uma preta

por instantes o meu pai

— Andas na pouca vergonha com os doutores

e a sumir-se de novo sem pensar em mim, estávamos em maio porque as figueiras bravas botõezinhos que nunca chegam a flores, vão secando nos galhos, de início rosados depois escuros depois nada e as figueiras eriçadas de espinhos, a minha mãe à medida que o pescoço aumentava

— Fui mais bonita que tu sabias?

a detestar-me por ser um pau de virar tripas sem doença no pescoço e continuar viva, fique com o médico se lhe der na veneta senhora não quis sempre um branco que a fizesse sentir branca e a tornasse branca, espiava o meu pai despeitada

— Porque não és branco tu?

sem que o meu pai a escutasse porque não pronunciava as palavras, escutava-a eu que falava a mesma língua que a sua, você para o médico

— Não fui sempre gorda senhor

e portanto não se acanhe visite-o na Amadora

— Na idade da minha filha era mais bonita que ela

leve-o consigo não tenho

(— Tenho pensado em ti)

não tenho pensado em si vou esquecê-la

(não compreendo o motivo de não a esquecer)

e não saio do Bairro mesmo que o recreio e o café do indiano não existam

(apesar de não existirem hão-de existir para sempre aí estão eles reparem)

e não me vejam correr, suponho que a minha mãe continua a detestar-me passados tantos anos derivado a que não pergunta como me sinto no baldio

(pode ser que

— Porque não sou branca eu?

— Porque não somos brancos todos?

— Porque não moramos em Lisboa porque nos tratam mal porque não temos dinheiro?)

são outras vozes que oiço, finados de antes do meu nascimento num português de pretos porque somos pretos e não temos um lugar que nos aceite salvo figueiras bravas e espinhos, se contasse das vozes ao meu marido por mais que se inclinasse para o chão

(e inclinar-se-ia para o chão coitado)

não entendia senão o vento nas ervas

(o meu marido branco e inveje-me por isso também, não um doutor, não uma pessoa importante mas uma pessoa importante visto que branco, apetece-lhe o meu marido senhora?)

de modo que não defunto comigo quando a Polícia nos matar, o meu marido na crença que o aleijado da muleta regresse não para consertar os pássaros, para nos consertar a nós com cordéis e pauzinhos

(— Não admito que os matem)

e o meu filho acolá a zumbir o avião de brinquedo, penso que é o último dia porque não sei quê nos corvos que se despede da gente

(— Vamo-nos embora chau)

o namorado da escola a insistir no meu nome, eu

— Não te assustes vou indo e o meu marido

— Não oiço

conforme eu não ouvia a minha mãe nem as velhas acocoradas em torno como se fosse um cabrito cujos intestinos dividiam

(e era um cabrito cujos intestinos dividiam)

a entregarem-lhe mensagens para os defuntos, não te esqueças de cumprimentar o meu avô, a minha irmã Emília que tome cuidado com os fritos, onde deixou a tesoura senhor Lucas que não dou com ela na gaveta, eu interessada

— Como é morrer diga lá?

só o lugar no travesseiro e ela no baldio a distribuir recados

— A sua neta manda-lhe cumprimentos tio Jerónimo

proibindo fritos a uma vesícula melindrosa ou a vasculhar gavetas

— Onde pára a tesoura?

muito se ferve sob a terra amigos e as barracas queimadas, os frangos nos arbustos e os cães nos moinhos do Paiã a tentarem regressar aos quintais, há alturas em que me interrogo se estou viva

— Estarei viva?

e não sei responder, estará vivo o meu filho eu que não gosto de ninguém e ignoro o que gostar significa, o namorado da escola que não repita

— Tenho pensado em ti

visto que não penso nele, limito-me a informar um sujeito de cachimbo

— Cumprimentos da sua neta senhor

aconselhar uma criatura que escama peixe num beco

— Acautele-se com os fritos

e abrir cómodas por uma tesoura que não sei como é e se calhar enganaram-se, uma turquês ou um alicate esquecidos, antes do meu marido outro marido, não branco, mestiço e melhor vestido que os brancos a demorar-se em mim o dobro do tempo do médico, mexia-me sob a roupa seguro de lhe pertencer eu que não pertencia a ninguém, quando muito à erva de setembro que fala comigo e ele sem ligar à erva, não morava no Bairro e não me disse onde morava, em Lisboa talvez como os ricos, ele rico, acariciava-me no peito, na cintura, nas costas e eu dentro de mim

— Porque não corres em lugar de carícias?

visto que aquilo que os namorados fazem é correr mais depressa que os outros, acariciava-me comigo a indagar

(— Andas na pouca vergonha com os mestiços?)

a indagar

— O que é que eu sinto?

e não sentia fosse o que fosse salvo intestinos mornos de cabrito, experimentava com a palma e mornos, intestinos de cabrito ou os meus, não os intestinos que as velhas dividiam, os meus que o mestiço dividia e o cheiro do pântano onde o sangue tombava, mais o cheiro do sangue que o cheiro do pântano, os corvos a gritarem nos choupos

(não gritos, balidos)

— O sangue dela no pântano

e lembrei-me dos estrangeiros do parque de campismo a jogarem às cartas

— Porquê tão loiros vocês e eu mestiça?

bocas loiras, cabelos loiros, ademanes loiros e eu escura

— Porquê eu mestiça?

a descobrir moedas confundidas com latas e gargalos, eu sozinha na casa dos meus pais com a lâmpada acesa e sem deixar de fixar a lâmpada até que não sozinha, a lâmpada no tecto e eu não na cama, com ela, qual de nós duas se acendia e apagava, tantos cacos a ferirem-me por dentro quando o mestiço me achou e a minha mãe no baldio da capela

— Fui mais bonita que tu

comparando-se no espelho a transbordar do vestido, foi mais bonita que eu senhora descanse

— Fui mais bonita que tu e o teu pai era feio

foi mais bonita que eu e o meu pai era feio tem razão não se exalte, repare nele a guardar as moedas, a calcular-lhes o peso, a trincá-las

— Quanto darão por isto?

e então compreendi que uma coisa em mim visto que os ossos cresciam, o corpo gordo da minha mãe substituiu o meu corpo e a lâmpada no tecto a censurar-me

— Andas na pouca vergonha com pretos?

calando-se ao saber que os polícias o mataram à entrada do Bairro, o mestiço de bruços fora do automóvel, melhor vestido que os brancos, mais fino, os sapatos caros entre os sapatos baratos deles, um dos polícias pisou-o e a boca aumentou ao comprido da bochecha rasgada em que um molar de oiro que lindo, a cara não mestiça, vermelha, penso que não de sangue e vermelha, a marca da sola no queixo vermelho, as velhas que dividiam os intestinos do cabrito com um alguidar, uma toalha e cochichos de reza semelhantes aos arbustos

não, mais fortes

não, semelhantes aos arbustos

— Tenho pensado em ti

leques de verga não leques, abanos de fogão a espalharem grãozinhos de brasas, ciscos negros, poeira até que a boca do meu filho ao comprido da bochecha, vermelha, digo meu filho e não compreendo a palavra filho como não compreendo a palavra mãe nem a palavra pai, compreendo minha mãe, compreendo meu pai, não compreendo mãe nem pai, minha mãe é uma mulher a vigiar os cisnes demasiado gorda para se ir embora com eles, meu pai é um homem a bascular no chão e eu a que conta formigas entre uma fenda e um seixo, pedir aos polícias que as não pisem

— Não pisem as formigas

e eles

156

— Formigas?

enquanto os cisnes se sumiam um a um sobre as nuvens

(minha mãe é uma mulher gorda

— Fui mais bonita que tu sabias?

quase à beira das lágrimas ao comparar-se comigo, não me comparo com o meu filho porque não tive filho, tive cacos a ferirem-me por dentro e um choro que as velhas embrulharam em panos, olhei a cara vermelha pisada, a do mestiço com os polícias a troçá-los pelo rasgão da bochecha e respondi

— Não quero)

às vezes

às vezes encontrávamos três ou quatro pombos enredados nas faias batendo as asas em vão, o aleijado da muleta dava-lhes corda, avançavam uns metros e afundavam-se de novo com uma das patas quebrada, se pudesse corria mas o recreio da escola um deserto de piteiras e o café do indiano alicerces calcinados do fogo enquanto pensava quem ajudará os cisnes agora, lembro-me de um deles num telhado e eu

— Vai escorregar

os rafeiros de gula acesa cá em baixo e escorregou de facto, tentou firmar-se com as unhas e o bico, eu

— Vai olhar para mim vai chamar-me

e não olhou para mim nem chamou, desceu as placas de cartão que umas jantes impediam de escorregar por seu turno e não apenas os cães, as velhas dos cabritos, os vizinhos, os polícias nas figueiras bravas nauseados da gente

— Repara no que comem os pretos

se o cisne fosse capaz de zumbir como o avião de lata que o polícia levou conseguia, não tenho saudades do mestiço, não tenho saudades do que chamam meu filho e não é meu filho, são cacos que doem por dentro não gosto de ninguém, nunca gostei de ninguém, de que me servia gostar, o meu marido levou meses a espiar-me, primeiro não dei conta e ao dar conta

— Quem é este?

descobria-o nas figueiras bravas e se por acaso passava com um balde ou assim baixava a cabeça, não melhor vestido, não rico, só anos depois me falou de uma menina em Pinhel que não se sabe onde fica

(existirão Pinhel, o portal, as mimosas?)

e de uma mulher de cabelo vermelho levantando as saias
a ordenar

— Olha

só anos depois me perguntou qual das duas eu era

— Qual das duas és tu?

eu que não passo de uma mestiça, uma preta e não conheço a vida dos brancos, conheço corvos e cactos e botõezinhos que
não chegam a flores, servi em casa de um viúvo e não me importava
que os olhos dele a demorarem-se em mim nem que mexesse sob
a minha roupa uma vez que nenhum caco me aleijava, eu intacta,
escutava a erva de setembro que conversa comigo e ele tal como os
outros sem entender a erva

— O que tens tu?

quando era a erva que conversava, não eu, eu à procura de
uma lâmpada acesa para fixar a lâmpada e o viúvo a cuidar que eu
não no tecto, com ele, ofereceu-me um anelzito e de imediato o
meu pai na salinha entre potes chineses

(chineses?)

que oscilavam a cada passo no soalho

— Andas na pouca vergonha com o viúvo?

a verificar a porcelana e eu

— Não os tire senhor

o viúvo a fechar o álbum dos selos designando-o com a
lupa

— Era o teu pai?

numa vozinha a quem custava ganhar carne e a impressão
que a voz não saía dele mas dos potes, que a verdadeira voz, enorme,
me destruiria se falasse e então os cacos do mestiço e do meu filho
não apenas na minha barriga no meu sangue inteiro, ao mencionar
o viúvo aparece o meu marido a observar-me como a menina de
Pinhel o observava a ele

(vê-se o princípio da noite nas figueiras, não ainda a alteração da cor, o silêncio)

e o meu marido

— Dá licença?

como se um branco nos pedisse licença, dizem

— Chega aqui

dizem

— Tu

e ele

— Dá licença?

não vestido de polícia, vestido de ourives ou seja vestido de pobre, trabalhava nas feiras onde leitões foguetes música, sempre achei que criaturas como nós a protestarem no interior dos leitões, aquelas fungadelas, aqueles choros ao matarem-nos, a tigela para o fígado e os leitões

— Não

não ruídos de bicho, eles

— Não

e pestanas transparentes com lágrimas autênticas, a minha mãe aprisionada pelas velhas incapaz de mover-se e todavia mesmo que nem um som e nem um som realmente a minha mãe

— Não

(se me concedessem umas horas contava isto melhor)

a recuar na almofada permanecendo ali

— Não

quer dizer uma cara postiça diante da gente e a cara verdadeira onde a não alcançava

(não tenho tempo e faz-me pena não ter, queria que vocês soubessem)

— Não

a camioneta do meu marido de molas quebradas e estojos sob uma manta lá atrás onde roupa velha, filigranas, trabalhava nas feiras do norte, Carregal do Sal, Santa Comba, Mortágua, sítios que não conheço e não imagino o que sejam

(imagino: milhafres e leiras)

uma magrinha de cabelo vermelho com ele

(a mãe?)

mulher alguma com ele porque as mulheres

— Olha

ele sozinho, ao entrarmos em casa o meu filho

(não tenho filhos nem era um filho meu que as velhas me entregaram, era um desconhecido que recebi como um desconhecido

— És um desconhecido

e ele a brincar com o avião calado)

a levantar a espingarda e a desistir da espingarda, a minha mãe invejosa de mim

— Hás-de ser gorda também

sem atender aos cisnes selvagens para norte lá em cima, mais alto que no último outono onde as armas dos polícias os não alcançavam, alcançam os corvos e a gente, não alcançam os cisnes a caminho da fronteira numa espécie de silvos

(de balidos)

e não me maçava não os tornar a ver

(se houvesse oportunidade contava isto melhor)

os colegas do meu filho à espera na rua e o meu marido atrás deles convencido que uma menina num portal de Pinhel, estou a dizer como foi, não o diria à Polícia, o senhor de idade que mandava nos agentes

— Como foi?

e eu moita, o casal de homens na Costa da Caparica

— Querem dinheiro vocês?

e o meu marido a vigiá-los não preocupado com os homens preocupado com o meu filho

(não tenho filhos)

percebiam-se as figueiras bravas e o parque de campismo deserto em fevereiro onde um empregado varria sobejos, deixei de servir no viúvo quando uma criatura girou a nesga da porta

— Não te queremos aqui

o olho esquerdo do viúvo enorme com a lupa, o outro olho pequeno, não se demoraram em mim, não mudaram, a criatura a mostrar um dos potes quebrado

— Preta

e o

— Preta

comigo a descer as escadas

— Paga o que quebraste preta

eu que não quebrei nada, a criatura irmã do viúvo ou afilhada, se por acaso me tocasse não a sentia também, sentia a erva de setembro e ela sem entender a erva

— Preta

pode ser que nem irmã nem afilhada, viúva por seu turno e um anelzito igualmente, não quebrei nenhum pote senhora e o olho enorme, não os dedos, quase

— Anda cá

quase

160

 — Tenho pensado em ti

como o meu namorado da escola que umas febres levaram
a aproveitar a conversa das ervas para falar comigo e eu a reconhecer-lhe a voz não de adulto embora tivesse crescido sob a terra, uma
voz de criança

 — Tenho pensado em ti

 (não gosto de ninguém acho eu, não tenho a certeza e portanto não acreditem em mim, pensando um momento se calhar
gostei dele)

 e talvez na esperança de tornar a ouvi-lo é que não saio do
Bairro mesmo que o meu marido insista que até os corvos se foram
e nem um arrepio nos galhos, os parentes dos defuntos deixaram de
nos entregar recados para a capela da quinta

 — Como te sentes?

 — Como vais?

 e os fritos e a tesoura e os cumprimentos deles, a Polícia a
apontar à gente sem que eu oiça as culatras

 (porque não oiço as culatras?)

 mas pode ser que a minha mãe

 (aliás há corvos que não se foram embora derivado a uma
ondulação nas faias, cinco ou seis corvos bastam-me, não necessito
de mais, consertados pelo aleijado da muleta, perfeitos)

 à entrada de casa a ver os cisnes, a chamar-me para o jantar
e não gorda, palavra, bonita, você bonita mãe, mais bonita que eu,
você magra, não um pau de virar tripas mas magra, havemos de ter
potes chineses, um álbum de selos, lupas, o meu pai a demorar-se ao
encontrá-la e os olhos dele a mudarem, nas figueiras botõezinhos que
chegarão a flores, não engelham antes, não secam, o meu marido levou-me um domingo à Costa da Caparica e um restaurante fechado

 (pareceu-me que desde sempre fechado)

 chapéus de sol a estalarem ao vento, um casal de homens e
o meu filho e os colegas numa árvore que lutava com a areia

 (em pequena existia uma magnólia no Bairro com folhas
duras que se enrolavam nos pés)

 um dos homens a dar por eles, o outro homem deitado, o
homem de pé falou com o homem deitado e o homem deitado de
pé a vestir-se, os chapéus de sol numa plataforma sobre estacas e
não entendo as ondas nem o que pretendem de mim sempre a pedir
qualquer coisa

(se soubesse o que era dizia)

no interior do meu sangue no género dos cacos que me rasgavam, feriam, o mestiço feriu-me, o não meu filho feriu-me, o olho do viúvo enorme na lupa não chegou a ferir-me, a criatura

— Preta

e eu para o viúvo

— Não se inquiete que não me feriu senhor

a minha mãe contava-me às vezes

(— Engordei tanto não foi?)

do mar no Lobito que tal como Pinhel

(Mangualde 5 kms)

não imagino onde fica e o pai dela branco ao seu lado

(— O meu pai quase ruivo)

vingada por derrotar-me a mim que não tive pai nenhum

— Ao menos tive um pai branco tu não

tive um mestiço a borbulhar tolices, eu com ganas de correr as vezes que fossem necessárias entre o recreio e o café do indiano, não, entre a casa e as figueiras bravas sem polícias

(nunca gostei de ninguém)

até ele melhorar

— Aguente um bocadinho enquanto corro e cura-se

a minha mãe com o pai quase ruivo no mar do Lobito

— Se tivesses conhecido o Lobito

maior que a Costa da Caparica e o meu pai branco ao meu lado todo atenções, mesuras, havia quem garantisse que eu branca também

(toda a gente garantia que eu branca também e eu branca)

escureci ao engordar e tornei-me mestiça como vocês que sina eu que nunca fui mestiça antes do teu, antes do teu pai, nunca fui mestiça antes de ti, se não tivesse perdido os retratos vias que eu branca como os brancos a sério, quase ruiva afianço-te, o cabelo castanho, os olhos até engravidar claros, verdes ou azuis e se tenho os olhos assim foi por tua culpa larga-me, por culpa do teu pai

— Diz à tua filha se não era branca eu

e para mais este Bairro de defuntos a enervarem a gente com a sua conversa nas ervas

— Como te sentes?

— Como vais?

162

— Tenho pensado em ti

e falso, não pensam, hei-de partir com os cisnes, deixar-vos enquanto diminuo o travesseiro e as velhas para mim

— Cumprimenta o meu avô não te esqueças

— Recomenda à minha prima que se acautele com os fritos

— Onde pára a tesoura que desapareceu da gaveta?

a dobrarem-me papelinhos na mão recomendando-me ao ouvido

— Não os faças esperar

a calcularem a distância entre esta cama e o baldio da capela

(nunca escutei nenhum sino)

perguntando umas às outras a indicarem-me com os leques

— Achas que falta muito?

a abrirem o meu vestido de noiva nas ancas e nas costas para que coubesse nele, colocaram-me a grinalda à banda na cabeça e as flores de laranjeira bolorentas

— Supus que tivesse emagrecido com a doença e não emagreceu olha-me isto

a mim a quem criaram numa vivenda a sério com rosaschá em torno que se adivinhava o perfume, empregados que não moravam com a gente e eu odiaria que morassem, moravam nas cubatas com os seus panos do Congo e o seu cheiro e a tua avó com eles, não nos entrava em casa, não

— Filha

ao dirigir-se a mim, a tua avó

— Menina

sem se chegar é evidente

— Menina

uma preta descalça não uma branca como eu e na qual o meu pai não reparava um minuto, uma ocasião dei por ele intrigado

— Quem é?

procurando-a na memória, não a descobrindo e esquecendo-a, nós na praia do Lobito ao fim da tarde e ele não menina, ele

— Filha

a minha filha com um feirante numa praia de maricas e um casal de homens ao fundo, essas camisas cor de laranja, essas calças justinhas, se o meu pai desse com a minha mãe

— Quem é?

procurava-a na memória, não a descobria e esquecia-se, a mim descobriram-me os polícias no Bairro

— A avó do miúdo aquela preta ali

ou na areia do Lobito transparente sem fim ou numa duna da Costa da Caparica, não me lembro ao certo, pode ser que um restaurante fechado em cuja esplanada guarda-sóis desbotados a estalarem ao vento uma lâmpada a seguir-nos de janela em janela e por um instante cuidei que a lâmpada o meu pai sem me reconhecer

— Quem é?

e não acredito

— Quem é?

porque no caso de o meu pai ele de imediato, mesmo no escuro

— Filha

e não preciso dos cisnes porque é o meu pai quem me levará do Bairro

— O lugar de uma senhora não é no meio dos mestiços

conduzindo-me para os quarteirões de brancos onde me pertence estar, não estas cabanas, estes bules rotos, estes pombos sem asas, não eu na cama

(num colchão sobre pranchas)

não eu num colchão sobre pranchas, não isto, o médico para a empregada

— Esta branca quase ruiva passa à frente dos outros

e os olhos a demorarem-se em mim e a mudarem mexendo-me sob a roupa com a gula dos dedos, não de sobretudo, de bata, não a ir-se embora, a ficar

— Vamos curá-la num minuto sossegue

e eu sossegada porque me vou curar num minuto e nenhuma febre, nenhuma dor, boa, o médico a dar contigo sem se interessar por ti

— É sua criada a mestiça?

de forma que aquilo que recordo é o meu pai comigo na areia sem fim do Lobito

(não é maneira de falar não tinha fim mesmo)

e na areia do Lobito não palmeiras, um casal de homens que começam a vestir-se com receio de nós, não, com receio das espingardas da Polícia nas figueiras bravas ou do meu neto

(não tenho netos mestiços)

ou do filho da minha criada mestiça a avizinhar-se com os colegas e eu indiferente porque não me dizia respeito conforme não me dizem respeito estas velhas a dividirem-me os intestinos, curvadas em círculo num beco qualquer, o que me diz

o que me diz respeito é a onda que nasce em África aumentando devagar

(não preta, branca)

até chegar à gente cobrindo-nos os pés, os tornozelos, o peito, trepando peito acima a ocultar-nos a cara e permanecendo que tempos parada sobre a gente como um lençol final.

Não percebo a sua pergunta nem o que querem que eu diga, não sou uma infeliz sem vergonha nas esquinas por dinheiro ou por vício e tão pouco percebo porque me tratam assim visto que me não pareço com elas na miséria, na roupa, nos modos, sou uma senhora casada, tenho marido, um filho para educar e um emprego sério, no caso de não me acreditarem procurem os vizinhos e toda a gente lhes conta que tenho um emprego sério, larguei o Bairro aos dezasseis anos não por estar grávida de um branco, não insistam nisso, mas derivado a arranjar emprego em Lisboa e não me lembro de quase nada, lembro-me do meu irmão que não andava nem falava na altura aos gritos no caixote do berço com uma boca tão grande que se nos aproximássemos nos engolia a todos, a minha mãe a afastar-me

    Cuidado

    para eu não rebolar lá para dentro, ao calar-se os olhos do meu irmão ralhavam-me

    Hei-de contar às pessoas onde é que vais à noite

    mais crescidos que os meus e eu com medo, lembro-me de algumas ruas, algumas casas, a estrada que julgava ir para Sintra e de repente o vazadouro a cortá-la, do outro lado do vazadouro as oliveiras sempre nítidas, mesmo sem lua nítidas, mesmo com chuva nítidas, se não as tocássemos podíamos tocar-lhes, se tentávamos tocar-lhes arredavam-se da gente, covas nos troncos onde lagartos e mochos e os lagartos e mochos não meus amigos, já lhes agradecia se não me ameaçassem com bocas como a do meu irmão e me engolissem

    Havemos de contar às pessoas onde é que vais à noite

    do outro lado do vazadouro um automóvel de luzes apagadas à espera, chegava ao automóvel e os estofos desertos, o que é feito do homem, tê-lo-á apanhado o meu pai e o corpo de garganta aberta no chão, galos de quinta que eram a fronteira do mundo, para além dos galos o planeta acabava e nenhuma igreja nenhum café nenhuma música na rádio, o homem surgia afinal vivo, experimentei-lhe a garganta e não sangue, o meu pai de navalhinha na algibeira a dormir, quase não falava com a gente desde que a manga esquerda sem braço por culpa de uma trave que se soltou do guindaste na obra e na minha opinião foi o meu irmão que o comeu ou se calhar a trave e o meu irmão dividiram o encargo, esta parte para ti, esta parte para mim, o homem não me esperava no interior do automóvel por receio da manga acho eu, escondia-se num pedaço de muro ou no tractor abandonado com um dos pneus para cima ainda capaz de girar, empurrava-se um bocadinho

(não era necessário força)

e ele voltas e voltas enquanto o homem

Vens sozinha?

e eu voltas e voltas com ele não no automóvel, nos buxos, disse-me

Ficamos com a criança e vens viver comigo em Lisboa

e não Lisboa, o Seixal isto é quintas ao abandono algumas com as vedações depenadas, barcos nos pântanos do rio entre os juncos e o lodo

(um cavalinho de carrossel solitário que não tentava nadar, baloiçava com as ondas as narinas pintadas)

e uma mulher branca como ele consigo, morava numa rulote a que acrescentou um alpendre no qual se sentava a olhar a enchente e ao dar por mim enxotou-me com o nariz na direcção de Setúbal

Não me maces agora

a minha filha a soltar-se à medida que o pneu ou a cabeça a girarem de novo e o pântano com ela, pássaros pernaltas que devoravam óleo velho de mistura com tripas de peixe, eu

Não me aceitam no Bairro e vou perder a criança

surpreendida por me inquietar com a criança que o meu pai

Se não te portas como deve de ser mato-te

mataria

(quanto não dava você para lhe restituírem o braço senhor?)

a mulher a estender roupa na corda não exaltada, indiferente, a maré ao encher quase afogava os barcos, o cavalinho sob os limos a aguardar que descesse

Daqui a horas vou baixar tem paciência

os pássaros mudavam para o telhado do hospital

(tinha escrito hospital mas ninguém nas janelas)

e quedavam-se numa empena a fitar-nos, assemelhavam-se ao meu pai no modo de dobrar o pescoço e servirem-se da boca, se quisessem podiam tornar à obra onde os não aceitavam, o que mandava nos operários a retirar o fósforo das gengivas e a estudar-lhe a ponta

O que faço com um maneta?

deram com o meu pai a meio caminho do parque de campismo

(o cheiro das madressilvas tão forte)

sem que se escutasse o tiro, uma das orelhas desapareceu porém os dentes

Sou teu pai

intactos e não insista que é meu pai, deixe-me em paz senhor que não o ouvem já, não me despedi do homem no Seixal

(parecia-me que um carrinho de bebé nas traseiras da rulote mas se calhar enganei-me, um fardo, uma mala)

despedi-me do cavalinho de pau que ganhou vida com uma onda, encabritou-se, sumiu-se, o cheiro da madressilva acompanhou-me o funeral inteiro e a minha mãe a vigiar-lhe o queixo pronta a escapar-se num salto, o meu irmão com três ou quatro anos nessa altura, mais claro que eu, corria atrás dos besouros com uma pedra, sepultavam os defuntos no baldio da capela antes que os brancos

Na nossa terra não

de forma que a pá trazia um joelho com calça ou um pedaço de véu e empurrávamo-los calcando com as solas, eu a assistir de longe para evitar que me dissessem

Não pertences aqui

e acabei por ficar sozinha diante de flores e vasos que os cães dispersavam sem consideração pelas almas

(teremos alma nós pretos?)

no caso de um texugo acolá, a minha mãe a espiar-nos à minha filha e a mim não de luto porque na altura do acidente vendemos a roupa aos ciganos para os tratamentos e ela a pensar que bem sei que pensava

Porque não te vendi?

as notas de pagar a renda que lhe entreguei caídas e nem o aleijado da muleta faria um pombo com o dinheiro, os cabritos que as mastigassem porque provam de tudo, alumínio, calhaus, grilos e se não fosse por respeito ao meu pai abria-lhes a barriga e apanhava-o não tornei a ver a minha mãe

(conforme não tornei a ver o cavalinho e para ser sincera tenho mais saudades do cavalinho, estará no Seixal a constipar-se com as ondas?)

que continua no Bairro isto é paredes de gesso com uma placa em cima

(várias placas em cima e em cima das placas uma máquina de costura avariada a segurá-las)

disse-me várias vezes a mim mesma furiosa com o Bairro e comigo

Apesar de não me tornar branca não apodreço neste sítio

capaz de deitar fogo ao vazadouro ou enforcar um pombo se o apanhasse a jeito e derivado aos meus esforços sou uma senhora casada, tenho um emprego decente, vivo num lugar de brancos com dois quartos, marquise, vizinhos como deve ser

(um deles notário, uma pessoa de respeito, um doutor)

nenhuma máquina de costura a fixar o tecto e pelo menos não me chove na cabeça se é isso que os preocupa com as vossas perguntas, o notário recebe aos sábados uma rapariga vestida de árvore de Natal ou seja dúzias de adereços que piscam e brilham pendurados dos ramos e um perfume espanhol que demora a sema-na inteira a desvanecer-se

(não desvanece)

da escada, fecham a porta com duas voltas da chave que se torce na lingueta em desconfortos de insónia e mal a chave sossega a árvore de Natal numa vozita pontuda

Seu doido

no meio de corridinhas, perseguições, sons que tombam, o notário nos intervalos do rebuliço

Amarra-me

e depois de mais sons que tombam uma vergasta ou assim, a vozinha pontuda

Está a magoar-te boneco confessa que magoa

ruídos de tacões, protestos, silêncio, a seguir ao silêncio uma torneira

Vou curar-te os dói-dóis

a árvore de Natal despedia-se no patamar enfiando não sei quê na malinha e o notário sem gravata, risonho, ele que nos outros dias não cumprimentava nem sorria, com marcas vermelhas na cara, à segunda-feira a irmã trazia-lhe a roupa lavada, dava um jeito nos móveis

São algemas não são não tens vergonha tu?

e o notário a tossir

(como diabo o carrossel foi acabar no pântano?)

a minha mãe continua no Bairro sem corvos nem pombos onde as figueiras bravas maiores e a maldade dos cactos a crescer, vocês nas figueiras bravas e nos cactos e no entanto mesmo que soubesse onde moro não me procurava aposto

Não tenho filhas em Lisboa tenho só este filho

não me perdoou o homem nas oliveiras do caminho de Sintra e decidiu que morri quando é ela que morre e em morrendo que espaço no baldio para a minha mãe se ao primeiro golpe na terra

Como te sentes? Como vais?

Tenho pensado em ti

e essas fantasias dos pretos, o notário pausado, grave, com a sua pastinha de testamentos e escrituras, no caso de eu

Seu doido

a procurar-lhe

(os outros bichos do carrossel, as girafas, os elefantes, defuntos?)

algemas nos bolsos

A senhora não anda boa pois não?

a sobrancelha competente, o casaquito impecável, não o

Amarra-me

um timbre gordo de relógio de pêndulo, uma palavra para a direita, uma palavra lenta para a esquerda, o ponteiro dos minutos eructações dignas no mostrador trabalhado

A senhora não anda boa pois não?

e eu a pensar será verdade a árvore de Natal, a hesitar

Inventei?

nenhuma chave que rebole de insónia na fechadura e nem um prato que tomba, uma paz sem torneiras ou tacões ou protestos, o pêndulo do relógio a distribuir palavras deste lado e daquele, no instante de imobilidade antes de regressar ao centro

A senhora não anda boa pois não?

(preocupam-me sobretudo os elefantes)

e se o notário diz

Senhora

não vou contrariá-lo que sabe de códigos e leis, não diria

Senhora

(e por aí se nota)

às infelizes nas esquinas por dinheiro ou por vício e portanto não entendo a razão de me tratarem assim, a violência, as ameaças, este banco sem costas

(por que carga de água os pântanos me perseguem, não o homem, não a mulher, não a promessa não cumprida

Ficamos com a criança e vens viver comigo em Lisboa

a evaporação dos pântanos a cochicharem de leve)

eu que nunca estive na Polícia nem me pegaram nos dedos sujando-os numa almofada de tinta para lhes imprimirem a marca nestes cartões impressos, não vivo no Bairro há uma porção de anos e que sei eu de miúdos e tiros, tenho um emprego sério, um marido, uma filha e a perder tempo na esquadra há seis horas, pronto, vá que seja uma hora, a perder tempo na esquadra há uma hora enquanto as minhas colegas onde está onde não está e as clientes à espera, não me atirem com o meu irmão que o deixei de boca aberta no berço decidido a engolir o mundo, mal dei por ele no funeral sem engolir fosse o que fosse que os apetites passam, corria atrás dos besouros com uma pedra e hoje que cresceu e se lhe foram as corridas não sonho em que se ocupa, julgo que anda nas obras à espera que uma trave se desprenda do guindaste e lhe esvazie a manga que o destino dos pobres é perderem bocados até não sobejar senão fome e a

(expliquem-me o motivo de não me livrar dos pântanos)

mãozinha estendida

Uma moeda sócio

por vezes nem fome, só a mãozinha estendida, exactamente o que não fiz no Seixal, fui-me embora sem bulha, tenho a certeza que a mulher a entender-me sem deixar de ocupar-se com a corda dado que uma das pernas lhe saltava, caminhei cada vez mais depressa praticamente a trote

(a trote)

até ao poste da paragem na marginal em que também pântanos e ilhotas de garças a protegerem os ovos e não chorei à medida que caminhava

(à medida que trotava)

não chorei no poste, não chorei no autocarro, fiquei de palmas na barriga à espera e a minha filha cá dentro sem chorar também, um jardinzito num largo, umas quantas garças a mudarem de ilhota e camionetas de carga sob nuvens de chuva

(tão magrinhas as garças)

se eu tivesse adivinhado consentia que o meu pai te abrisse o pescoço com a faca ou entregava-te à goela do meu irmão e sumias-te

Ficamos com a criança e vens viver comigo em Lisboa

eu com dezasseis anos a fiar-me nele e o mais idiota é que a gente não muda, continuo a acreditar nas pessoas só que não tenho uma barriga onde poisar as palmas, ficam a abanar desamparadas de maneira que seco os olhos antes que o choro se lembre de me estragar a vista e a pensar que se começa não sou capaz de detê-lo, basta lembrar-me do cavalinho do carrossel por exemplo e aí está ele pronto a lutar comigo

Apetece-me sair

eu a impedi-lo

Não sais

e portanto não julguem que cedo ainda que me obriguem a este banco uma semana com a cortina da janela a proibir-me Lisboa, talvez uma garagem porque ecos de motor, eu a apertar os dedos em cartões e a responder a perguntas cujo sentido me foge sobre o meu irmão e o Bairro enquanto o cabeleireiro

(quem me compensa disto?)

vai perdendo fregueses não mencionando o jantar por fazer e o meu marido desejoso de me escutar junto ao capacho em busca da chave na confusão da carteira que vocês vasculharam descosendo-lhe o forro e desordenando-a mais como se eu uma infeliz de rua que se trata como lixo ou uma ladra que nem como lixo se trata por mais que insista não saber do meu irmão desde o meu pai no parque de campismo e uma ferradura de dentes

(não feições, dentes apenas)

a desafiarem a gente amedrontando as velhas, o patrão do meu pai não nos procurou porque não se procura a família de um preto que não sabemos como se chama ou se tem nome até, nem se cumprimenta essa gente, não raciocinam, não sofrem, se calha acertarem num trabalho pedem desculpa

Perdão

tenho a certeza que o meu marido me aceitou porque não tinha uma família a censurá-lo

Essa?

e a proibi-lo de ver-me não mencionando o pavor dos vizinhos o encontrarem morto uma semana depois pelo cheiro que saía entre o soalho e a porta sem sacramentos nem um espírito compassivo a velar, o empregado do Registo Civil chamou-o à razão apontando-me a caneta

(andei de carrossel uma vez na feira da Amadora e ao passar pelos meus pais nenhum deles me acenava)

Quer casar mesmo com ela?

(ficavam rígidos no medo que eu caísse, de quando em quando a minha mãe um pulo em frente e o meu pai a segurá-la, os restantes pais esses sim adeusinhos vaidosos)

o meu marido a olhá-lo, a olhar-me, a recuar diante da caneta e a olhar-me de novo, um sempre-em-pé abanava na secretária e carimbos usados, humidade, papéis, uma voz no corredor

Teófilo

o

Teófilo

trazia-lhe sei lá porquê lembranças penosas, o meu marido encolhido na camisa de coração num pingo e um

Sim

de condenado, o

Sim

quase um cadáver

(o seu?)

erguido à manivela de líquenes de poço soltando musgo palavra, eu com vergonha dele e de mim a apertar as flores ao seu lado e o sempre-em-pé a divertir-se à nossa custa em lugar de aquietar-se, o aparo da caneta raspava a sua unha e o empregado do Registo Civil a fazer que não num vagar conformado

(ao abandonar o cavalinho a minha mãe espremia-me contra si certificando-se que eu viva)

assinei depois de uma cruz a lápis, o meu marido e o empregado admirados que eu soubesse escrever

Sabe escrever imagine-se

e eu a insultá-los a ambos com os junquilhos que desde
então não lhes aguento o perfume, se pretendem esbanjar dinheiro comigo ofereçam-me camélias, rosas, crisântemos de caixão até
que os suporto calada mas por amor de quem lá têm poupem-me
os junquilhos que me recordam o sempre-em-pé a troçar-nos, ao
chegarmos a casa entornei-os no balde, fechei a tampa e embora de
tampa fechada o perfume a pegar-se ao vestido que me aparentava
a uma boneca de dedinhos redondos decidida a estrangular fosse
quem fosse

Adeus

se me dá na telha abrir o armário dou com o vestido e o

Sim

do meu marido a emergir do poço desfigurado, mole, ao
invés do notário nunca me pediu

Amarra-me

aguenta-se no sofá a enfiar comprimidos sob a língua e a
pastorear as vísceras numa atenção de rebanho, cada víscera o seu
badalo pronto a tinir

Não funciono

especialmente o coração com tendência a emigrar do peito
porque o coração compreendes, o meu marido um cavalinho de
madeira a dissolver-se no pântano, uma tarde dei com o doutor em
voz baixa

O cheiro da sua esposa não lhe mete impressão?

e compreendi o motivo de examinar a palma depois de me
cumprimentar, os doentes a recusarem-no

Tem mãos de preto você

e desejei que o médico uma girafa de carrossel a partir com
o Tejo dado que no inverno as ilhotas de garças submergem num
rufo, ondas de desperdícios e barro a alcançarem Algés e de Algés
para o mar, na parte que me toca não perdi a esperança de achar no
meio das garças o pai da minha filha

(Ficamos com a criança e vens viver comigo em Lisboa)

de garganta aberta para que não torne a mentir e vocês
todos com ele, o senhor e os seus colegas e insistências, crueldades,
quantas vezes preciso de jurar que não sei do meu irmão e não voltei

ao Bairro, esqueci-o, figueiras bravas, cactos, o cemitério no baldio sempre a dialogar connosco

Como te sentes?

Como vais?

a fingir-se interessado e não interessado, invejoso que eu viva, não conheço bandos de garotos nem espingardas nem pistolas, tenho uma filha para educar, um marido cujo rim ou cujo baço badalam

Não funciono

e ele estendido para o xarope a entorná-lo no pijama, era a mim que o empregado do Registo Civil devia chamar à razão apontando-lhe a caneta

Quer mesmo casar com ele?

e eu encolhida atrás do ramo

(não me ofereçam junquilhos)

de ânimo num fio e um

Sim

de condenada, o

Sim

quase um cadáver

(o meu?)

erguido à manivela de líquenes de poço soltando lodo palavra com vergonha de mim mesma e dele, setenta e oito anos e a boca a mover-se que tempos antes de conseguir uma frase e a continuar a mover-se depois da frase acabada, eu para o meu marido

Disseste alguma coisa?

e a boca num discurso silencioso de sobrancelhas juntas antes de cochichar

Tu

imobilizando-se não por haver terminado mas porque um fusível se queimou ou uma mola a romper-se, enfio-lhe um comprimido sob a língua e passados momentos uma ruga anima-se, uma segunda ruga contrai-se, a mão inicia um gesto em tropeços de roda dentada e a boca de volta, que sorte

(se pretendem gastar dinheiro comigo ofereçam-me camélias, rosas, crisântemos de caixão até que os aguento nas calmas mas por amor de quem lá têm poupem-me os junquilhos que lhes)

cada vez mais depressa na esperança de uma frase

(não suporto a tristeza)

e portanto podia ocupar-me da minha filha que também é gente e do ferro de engomar cuja resistência dá o pio e nos deixa a casa às escuras, no mistério das trevas o inquilino de baixo a queixar-se da esposa, a esposa tachos na bancada

Ordinário

e um estrondo no quarto que sobressalta os pardais, a seguir à resistência e ao estrondo e ao inquilino mais manso

Ordinária é você

o badalo do rim do meu marido a tinir

Não funciono

e eu de móvel em móvel a remar para ele, creio tê-lo encontrado depois de esmagar o tornozelo na cómoda até dar fé de ser o galgo de loiça

(simpatizo com o galgo)

a quem dou o comprimido, desligo o ferro da ficha que me desequilibra ao ceder após dúzias de manobras na complicação da cozinha onde tantos panos em pregos, tanta tábua de engomar, tanto frigorífico e fogão a impedirem-me mais populosa de tralha cuja inércia me enfurece que os rios chineses de juncos, acerto de fósforo em fósforo

(sepultando os pauzinhos no bolso)

no contador da luz, postigo em que inutilidades, facturas, um relógio de pulso que julgava perdido

(confesso que nem tudo é mau na existência salvo os junquilhos, claro)

e com a luz uma vastidão de azulejos, o escuro enchia o mundo de coisas e não consigo entender a rapidez com que as tira da mesma forma que se acordamos de noite troca os compartimentos da casa a marquise no vestíbulo, a porta da rua onde até há horas o baú e a gente a colocar os objectos nos sítios

(tu aqui tu ali)

vacilantes de sono, felizmente o meu marido continuava no sofá com as suas frases mudas e os seus

Tu

que murchavam, o badalo do baço

Afinal funciono

o galgo de loiça endireitava-se com o comprimido

(que mal terei feito aos junquilhos para me tratarem assim?)

na intenção de retirar as patas da base e assentar-mas no peito, há momentos em que me interrogo se não seria mais feliz no Bairro já que insistem no Bairro apesar dos miúdos que o senhor afiança assaltaram bombas de gasolina na auto-estrada do norte, a minha filha e eu onde nenhuma víscera a chamar-me e nenhum cavalinho de madeira meio náufrago no pântano ou a desmaiar no sofá, nós duas sem problemas, ela a correr atrás dos besouros como o meu irmão fazia e eu a dividir intestinos de cabrito com as restantes velhas acocorada em círculo em rezas africanas que nunca estive em África, perguntei à minha mãe faz muitos anos

Como é a África senhora?

e a minha mãe imediatamente, de golpe, sem esperar um segundo

Cala-te

incomodada com a pergunta ou incomodada comigo ou incomodada com África não sei de modo que eu

Não gosta de África senhora?

e a minha mãe a sacudir-me ela que nunca me sacudia

Cala-te

um nervo na garganta à beira de rasgar-se

Cala-te

(não me ofereçam junquilhos deixem-me estar assim)

no fim de contas pode ser

(quem me afiança que não?)

que África igual ao Bairro ou seja figueiras bravas, cactos, a magnólia do largo a fabricar corolas o melhor que pode e a sereia da fábrica de tecidos que eu julgava abandonada a anunciar as três

África é isto senhora?

e a minha mãe já não

Cala-te

tão distante de mim, ainda que trotasse dias a fio não chegava ao pé dela, não acredito que tenha sido então que a perdi, quando foi que a perdi, o meu pai sei, no momento em que o braço se lhe transformou em manga mas você não entende, cuidava que a gente uma com a outra mesmo não tornando a ver-nos, há-de lembrar-se de me afastar do meu irmão

Cuidado

não fosse a boca engolir-me, me fazer as tranças, se

(é complicado contar isto)

seguir-me até às oliveiras do caminho de Sintra a pensar
que eu não a via e eu a escutar-lhe o cansaço e o vazadouro, os galos
onde acabava o mundo e nenhuma igreja, nenhum café, nenhuma
música no rádio, tão escuro e apesar de tão escuro acho que você ali,
estou a inventar, não se preocupe, você

Cala-te

e é tudo, você apenas

Cala-te

zangada comigo, não gostávamos uma da outra pois não
excepto na tarde em que desci do carrossel e você a certificar-se que
eu viva, somos dois cavalinhos de pau à espera da maré ou badalo
de um rim

Não funciono

mesmo sem lua as oliveiras nítidas, mesmo com chuva nítidas, os galhos querendo dizer não sei quê, uma vontade de companhia parecia-me, as oliveiras perto e longe, se as não tocávamos
podíamos tocar-lhes, se tentávamos tocar-lhes a morrerem aos poucos, covas nos troncos onde lagartos, mochos

Havemos de contar às pessoas onde vais à noite

você a sacudir-me

Cala-te

você não

Como te sentes?

Como vais?

sobretudo não

Tenho pensado em ti

você

Cala-te

mas diga-me como é África tenha paciência, sobram-nos
umas horas se tanto antes de nos separarmos de vez, daqui a nada
falarei do meu irmão a estes brancos

(se lhe pusessem diante do nariz o perfume dos junquilhos
aposto que concordava comigo)

daqui a nada eu sem força e quem me auxilia com a colher
de xarope para que não manche as almofadas, quem dá atenção à
minha boca a mover-se que tempos antes de conseguir uma frase
e continuando a mover-se depois da frase acabada, o cavalheiro da
Polícia quase encostado à minha orelha

Repete

os agentes a escreverem com as unhas dos aparos que me raspam por dentro e eu oca como depois de a minha filha nascer porque não era apenas ela que saía de mim, era o homem na rulote do Seixal

Ficamos com a criança e vens viver comigo em Lisboa

e a minha cabeça não voltas e voltas, tranquila, o corpo separado ao meio que tardava a unir-se, e a desconsideração dos agentes

(sou uma senhora casada)

que não cessa de ofender-me, ameaças que não me preocupam, comentários que não me dizem respeito, o que me diz respeito é você

Cala-te

se lhe pergunto de África espalmando-se-me na cara para me impedir de

Como é África senhora?

e a fugir de mim, lá vai você Bairro adiante para o café do indiano, espero que se tenha casado de ramo de junquilhos para se enjoar com o perfume e um sempre-em-pé a troçá-la, uma voz no corredor de escriturário ou contínuo não interessa

Teófilo

não, que em lugar de

Teófilo

pronunciava o meu nome, o meu pai apertadinho no casaco a amedrontar-se com o empregado do Registo Civil

Querem casar-se os pretos

porque os pretos não se casam, emparelham-se na época do cio, unem-se aos guinchos um ao outro e ao fim de um par de semanas de se arreganharem os dentes afastam-se como a minha mãe se afasta sem me explicar África

Cala-te

por instantes a sombra dela na sombra da magnólia

(pétalas duras, de cortiça)

e depois a sombra sozinha, direita nas paredes ou alongada no beco, homens descalços e não polícias, mestiços, crianças num charco onde uma rã

(de onde virá a rã?)

fumo nas placas de zinco e a minha mãe para o fumo

Cala-te

e o que haverá em África senhora que transtorna a memória, vi no cinema gente nua, bicharada, cubatas e não senti fosse o
que fosse, se tocasse no ombro da minha mãe

África é igual ao cinema senhora?

talvez que não

Cala-te

talvez que no silêncio

(o dos pântanos a cochicharem de leve)

talvez que no silêncio dos pântanos a cochicharem de leve
um cavalinho de carrossel, não me esprema contra si, não me olhe
dessa maneira, largue-me, sou uma senhora casada, tenho marido
apesar do meu marido um badalo no rim, tenho uma filha para
educar e um emprego sério, não me fui embora aos dezasseis anos
por não gostar de si ou estar grávida de um branco, fui porque arranjei trabalho em Lisboa e você

fui porque arranjei trabalho em Lisboa e não me passou
pela cabeça que você se importasse, quando enterraram o meu pai
nem uma pessoa connosco, só os corvos nas faias que o aleijado da
muleta não consertaria mais e portanto os corvos não a prumo a
reconhecerem a gente, sem leme, escuto-os enquanto me viro para
o sofá porque me deu a impressão de chamarem-me ou seja uma
boca a mover-se que tempos e o meu nome talvez, de mistura com
o nome não um protesto, um apelo

Não funciono

o

Não funciono

um cadáver erguido à manivela de líquenes de poço a soltar
lodo palavra, com acanhamento de mim e portanto tranquilizá-lo

Já passa

e depois de passar sentar-me à sua beira de testa nas mãos
não digo que para chorar, porquê chorar, nenhum motivo para chorar, a testa escondida nas mãos para não me ver a mim mesma.

Nunca descobri como o meu irmão fazia mas começava por sentir uma espécie de diferença na casa e não sei explicar isto, a minha filha e o meu marido continuavam a dormir e os cheiros não mudavam, não mudavam os móveis, não mudava eu, as flores quietas elas que à mínima presença um frenesim de caules, a tampa da terrina, tão melindrosa, calada, um cano a suspirar no interior da parede

   (só não suspiram quando uma pessoa chega, aborrecem-se
   Que quer este?)

e no entanto um arrepio que não sou capaz de definir e uma pergunta que nem pergunta era, mais ou menos o que se passava no meu corpo há imensos anos no Bairro quando acordava a meio da noite, dava com a manga vazia do meu pai a ressonar ao meu lado

   (se calhar o resto do pijama vazio e então perguntava se tenho pai ou apenas um nariz que se agita e funga)

apercebia-me das figueiras bravas, da chuva, da minha mãe sei lá onde zangada comigo

   Nem respeito me tens

e eu à beira das lágrimas apequenando-me mais, a culpar-me não entendia de quê

   Mãe

com os picos dos cactos a atravessarem-me a barriga, portanto começava por sentir uma espécie de diferença na casa, o tal arrepio, a tal pergunta, a certeza que as coisas embora as mesmas

   (esta tulha, este garfo)

com um apelido que eu desconhecia, não tulha nem garfo, não faço ideia do que se tornaram nem de como vos chamar, uma diferença na casa, e no ar à minha volta e no entanto tudo idêntico senhores, levantava-me da sala não dando conta que me levantava, isto é a cabeça não dava conta, os pés sim e no fim do escuro uma pessoa a aguardar-me, não o homem do vazadouro

Ficamos com a criança e vens viver comigo em Lisboa

nem o cavalinho do carrossel, um novelo negro no negro da cozinha em que o brilho de metal do fogão me acalmava

Estás em casa não te assustes

a mandar embora o meu pai, a zanga da minha mãe

Nem respeito me tens

e o Bairro ou seja um aluno entre o recreio e o café do indiano e um cabrito num declive de rochas, no fim do escuro o tripé em que arranjava o peixe cada vez mais nu poisando em mim o seu olho

(onde estaria o outro?)

numa meditação comprida e o meu irmão com quinze anos hoje em dia encarrapitado no banco sem que tivesse ouvido a fechadura ou os passos, abria a porta com um arame e deslocava-se entre os armários sem roçar no soalho ele que eu deixara de boca aberta a engolir-me ou a correr atrás dos besouros jogando-lhes pedras, a minha mãe

Nem respeito

e perdia-a, não desapareça senhora faça-me companhia um instante, voltei ao Bairro não nota, varro-lhe o chão, trago-lhe água no balde, o cavalheiro da Polícia

O que te entregava ele conta lá

não por você, por tu

Conta lá

e não entregava nada garanto, o que havia de entregar, ficava ali a fitar-me imitando os corvos do princípio do inverno sem coragem de voarem, se subíssemos aos troncos não fugiam da gente de bicos tenros, com febre, o aleijado da muleta surgia com um escadote e enfiava-lhes migalhas na goela

Vamos lá

consoante eu para o meu irmão

Já comeste?

e o meu irmão no banco sem se impacientar comigo

Nem respeito me tens

indiferente ao homem e aos pântanos do Seixal, derivado aos tufos de caniços não se distinguia Lisboa, o cavalheiro da Polícia a molhar o dedo porque um grãozinho no tampo

O que te entregava o teu irmão conta lá

no vagar de quem sonha ou se esqueceu de nós, a estudar o grãozinho e a livrar-se dele esfregando-o na calça para despertar pouco a pouco

Conta lá

(o empregado do Registo Civil

Quer casar-se com ela?

a perseguir-me com a caneta e a caneta um focinho que começava a morder-me

Quer casar-se com ela?)

o meu irmão na cozinha com as folhas da marquise nas costas, não me entregava nada, demorava uns minutos a franzir-se na luz e nisto acabou-se a diferença na casa porque o banco deserto, não me apercebi da fechadura nem de gente na escada, espreitei da janela e ninguém na rua excepto fachadas, árvores, a minha silhueta longuíssima no passeio fronteiro

(árvores não choupos)

meia dúzia de garotos no automóvel de um vizinho acelerando na esquina a derrubar um contentor e daqui a instantes cães vindos sei lá donde agitando os quadris, expliquem-me em que sítio moram que não damos por eles, não um cão nem cinco, dúzias, centenas, olha um ruço pelado a uivar às chaminés, os pretos chamavam-nos com restos de frango

Bonito bonito

matavam-nos com um sacho e lá iam as velhas a tropeçar nas saias brandindo tesouras, tenazes, o cavalheiro da Polícia

Estás a desviar a conversa madame

por tu e por madame quando eu uma senhora casada com um emprego sério e uma filha, não uma galdéria de esquina a receber clientes por dinheiro ou por vício, afirmo que eram cães, não cabritos, que a gente comia, se falasse nisso à minha mãe ela

Cala-te

a esconder a caçarola de mim, o meu irmão ia e vinha como lhe dava na gana e os miúdos que desconheço quem fossem

(como podia saber se me vim embora do Bairro aos dezasseis anos amigo?)

no arco da garagem na paciência dos pretos, aguentam dias sem espreitar o relógio alheados do tempo, aqui são os cães que não se adivinha em que lugar habitam e no Bairro os miúdos, o aleijado da muleta

Malvados

porque lhe perseguiam os corvos com os casacos a pingarem em torno e calças enroladas, farejavam os brancos da Amadora e tornavam ao Bairro com carteiras, colares, o cavalheiro da Polícia a achar mais um grãozinho e a conversar com o grãozinho

E depois?

tinha mulheres de calendário na parede ele que apostava não ter mulher nenhuma, um jantarzinho de fruta, o abandono da roupa e além das mulheres de calendário com nomes estrangeiros, Elsie Samantha Belle

(uma delas de Pai Natal e neve a fingir que se notava logo)

ordens de serviço, diagramas, os olhos do cavalheiro mais órfãos

(não vai pedir-me que o abrace pois não?)

a treparem do grãozinho até mim

E depois?

quando não era

E depois?

que lhe apetecia dizer era

Fica comigo

era

(e eu quase com pena disposta a consolá-lo

Tem quem trate de si?

a imaginar-lhe a caixa do correio cheia de prospectos, o pijama ao contrário enrolado no chão e uma embalagem de leite esmagada sem dar conta reparou?)

era o cavalheiro a apanhar os olhos das bochechas e a colocá-los no sítio

Podíamos ser amigos se não fosses mestiça

perdão enganei-me era

Poupa-me as tuas histórias e conta o que nos interessa madame

talvez uma esposa à espera dele quem sabe, a casa em ordem e a caixa do correio vazia, uma filha

(um filho?)

um filho professor de ginástica ou engenheiro de computadores, nenhum olho bochecha fora a endurecer para mim

E depois?

comigo a pensar no cavalinho que adornava no lodo, o meu irmão não tem dias certos

(as mulheres do calendário tão lindas, contentava-me em ter unhas iguais)

para visitar-me tal como os cães não têm dias certos para nos invadirem a rua, experimente colocar os agentes nos andaimes daquela obra acolá, tombe um contentor com o automóvel de um vizinho e pode ser que ele venha de mistura com os cachorros, provavelmente chegam do jardim onde fica a estátua do santo e no qual prédios sem varandas nem quartos, escadas que se interrompem numa confusão de tralha, uma tarde um coelho

(não uma ratazana um coelho)

de que distingui as orelhas num sofá rasgado

(uma direita e outra torta)

antes de sumir-se de vez, qual o motivo de não procurar o meu irmão como fez aos colegas no Bairro ocultando-se nas figueiras bravas à medida que eles cruzavam o apeadeiro sem pombos que os protegessem dando sinal de vocês e então uma rajada ou duas, alguém a desistir de gatas e pronto, acabaram-se as diferenças na casa sem que os cheiros ou os móveis mudassem, volta e meia o badalo do rim do meu marido

Não funciono

e daí a minutos peças que começavam a ajustar-se ganhando velocidade e ele a funcionar que sorte, se pusesse o mindinho na palma da minha filha apertava-o logo, não me lembro de a ver interessar-se por caramelos, bichos de conta, brinquedos, encostava-se à cómoda à espera que lhe entregasse o dedo, ela minúscula e eu grande e por instantes gémeas

(no caso de poder ficar dessa maneira durante anos sentia-me bem)

se houvesse corvos do outro lado dos caixilhos enquanto desejava que o Tejo crescesse as suas águas castanhas até a rulote do Seixal naufragar e o homem que me enganou a partir na corrente, eu

Não me enganas mais

o cavalheiro da Polícia sacudiu os grãozinhos quase a apertar-me o pulso, não quase, a apertar-me com força

O que interessa a tua vida madame?

e aí está o que digo, a desconsideração, o desprezo, por madame e por tu como as infelizes das esquinas e a minha mãe a concordar

Nem respeito me tem

não lhe interessa a minha vida, interessa-lhe o meu irmão nesta casa comigo sem que a fechadura ou o soalho previnam

O mestiço

ou seja uma sombra no banco da cozinha menos espessa que a das plantas nos vasos, uma rapariga a engomar no prédio diante do nosso, poisava o ferro vertical no apoio metálico, a avaliar a temperatura com cuspo e o cuspo a ferver, aperfeiçoava a fita que lhe prendia o cabelo e endireitava-se a palpar as cruzes empinando a barriga, conheci o meu marido na esplanada perto do cabeleireiro a puxar do sobretudo em operações complicadas

(primeiro a agenda, depois o corta-unhas, depois um lápis, depois tanta tralha)

o tubo de comprimidos para açucarar o café

(o corta-unhas no chão de forma que novas operações complicadas com as falanges a palparem às cegas até o empregado ordenar

Espere aí

e entregar-lho numa facilidade de joelhos e vértebras que o surpreendia à medida que o meu marido se empurrava osso a osso contando-os a certificar-se que todos

Cento e um cá estão eles

na cadeira)

e sempre um ou dois comprimidos fugidos do tubo em círculos na mesa a bulirem-me com os nervos e portanto uma tarde apanhei um deles, depositei-o na chávena onde desapareceu na rapidez de um calhau num poço e foi assim, os agentes sem escreverem maçados comigo, um deles no género do homem do Seixal, a mesma altura, as mesmas expressões, os lábios a agruparem-se só do lado esquerdo ao falar levando o nariz consigo e o resto da cara ocupado em assuntos diferentes, como era de ver foi logo esse que imitou o cavalheiro

Estás a desviar a conversa madame

e a tenda que prolongava a rulote e a mulher a pendurar roupa de volta não mencionando a minha decepção e o meu espanto, as coisas em que acreditei em nova que tolice

(acredito hoje em dia?)

eu na mesa do meu marido

(não por dinheiro embora algumas moedas se me pegassem à mão e não conseguisse descolá-las)

a fim de impedir que os comprimidos me bulissem com os nervos, a tirar-lhe o tubo do sobretudo e a ajudá-lo, o empregado

Já caçaste o velhote

(as moedas chegavam à minha carteira e desprendiam-se sozinhas, que engraçado, sem que eu entendesse a razão)

o viúvo um andarzito de cortinas de crochet e a esposa doente anos a fio numa clínica derivado a um problema nos cérebros, o meu marido de luto antes do falecimento dela, com fumo no braço e tudo mas mal cuidado, com nódoas, não era o que ele tinha que me interessava, era a angústia que me davam os comprimidos a girarem sem descanso no tampo e eu

Vão cair

deslocava pela casa solas pesadas e sonoras num ritmo de escafandro, eu

Que queres tu?

e o escafandro a mirar em torno perplexo com o tubarão de conchas e a aguarela a tentar reconhecê-los sem os reconhecer

Serão meus?

a cara rodava para mim e ultrapassava-me porque eu não existia, existia uma pergunta vinda de um ponto que não localizava e ele para a pergunta

Não sei

e quando o meu marido

Não sei

foi a primeira vez que me apercebi do meu irmão no arco da garagem com os restantes miúdos, casacos e calças de palhaços, chapéus demasiado grandes desencantados sabe Deus onde

(num deles uma boquilha de cachimbo entalada na fita)

a cobrirem os olhos que me pergunto se teriam e sapatos azuis e cremes de bailarinos de teatro, um dos miúdos com um chupa-chupa de pauzinho que não diminuía nunca, as pessoas do quarteirão desviavam-se deles trocando de passeio, os faróis dos automóveis levavam-nos e traziam-nos colocando-os no lugar conforme eu faço quando limpo os bibelots a guiar-me pelas marcas do naperon, lembravam-me o cavalinho que as marés poupavam,

já não persegues os besouros do cemitério mano à medida que
o pai

Como te sentes?

numa voz que devia ser forte e chegava sumida, tínhamos
que pedir às moitas que se calassem para lograr percebê-lo, a mão
que restava a procurar-nos

Tenho pensado em ti

sem que eu acreditasse que pensava na gente dado que não
me recordo de se preocupar connosco, acomodava-se na lancheira
a maldizer o guindaste e a palpar a manga na saudade do braço,
se a cauda das lagartixas torna a crescer porque não o cotovelo a
acrescentar-se ao ombro, o meu marido abriu uma gaveta pegan-
do numa colher ao acaso intrigado, encontrou-me antes de me
perder

Onde desencantaste isto?

e interrompeu-se porque uma glândula

(o pâncreas, a próstata)

Não funciono

de pálpebras perdidas remoendo memórias, a vacina contra
o tétano que infectou, uma gralha a articular com esforço

Boa tarde coronel

uma viagem de comboio a Espanha e duas noites numa
pensãozita em Badajoz com o quarto de banho do corredor sempre
ocupado e quando finalmente livre nem chuveiro sequer, um tubo
que comunicava directamente com os esgotos

(escutavam o centro do rio a chamá-los)

e um maço de facturas num prego de que não se atreveram
a gastar nenhuma, Espanha afinal a mesma coisa que isto, becozi-
tos e comércios acanhados, vieram com um prato que dizia Mérida
e se lascou na viagem, lá está ele numa armação de ganchos e de
cada vez que lhe passamos perto sobressalta-se a anunciar

Daqui a nada quebro-me

com um bombeiro que é um apito de barro

(sopra-se numa saliência da base)

à esquerda, demorei a achar-lhe as economias metade
numa lata da despensa e metade no interior de uma pantufa, o
meu irmão recusou-as do vértice do banco

(foi a única frase que lhe escutei até hoje)

Não preciso

digo o meu irmão mas provavelmente as plantas, hortên-
sias, jacintos, caules repolhudos sem nome, o empregado a contar as
notas e a dobrá-las no lenço não acreditando em mim

Só?

dei-lhe um relógio e não acreditou no relógio também

Qual oiro?

a estudar-lhe a marca e o meu marido no sofá sem dar por
nós, de tempos a tempos o badalo do rim

Não funciono

(acompanhado pelo sobressalto do prato espanhol que se
apiedava dele, no balcão da pensãozita miniaturas de todas as bandeiras da Europa e um cartaz de tourada a desfazer-se)

o empregado

O que foi?

a apanhar a roupa no medo que o meu marido viesse à
cama ameaçá-lo, o meu marido

(sou uma senhora casada)

a cumprimentar o prato

Companheiro

e por instantes a expressão dele alerta e eu a pensar

Perdoa

por quanto tempo vão continuar no Bairro a matar-nos
vocês, troncos cobertos de parasitas, lagartas que iam estragando
os ramos, ao chegar à idade da escola já não havia escola, havia
parte do edifício e no recreio ervas, ensinar o quê a mestiços se não
aprendem nada salvo a roubar os brancos e portanto a Polícia que
remédio nas figueiras bravas, botõezinhos que não chegam a frutos,
desfazem-se num pozito cinzento, as velhas para mim

Não os comas

dado que provocam doenças nas mulheres e a matriz lhes
cai, as crianças viram demónios à noite a galoparem sem descanso
no caminho de Sintra em que depois do vazadouro o automóvel do
homem e não Lisboa

(Vens viver comigo em Lisboa)

hortazitas se a minha mãe adivinhasse do empregado

Não respeitas ninguém tu

e o meu irmão no banco da cozinha sem censuras nem
reparos, parecia-se comigo acho eu

(não parecia)

parecia-se com o meu pai acho eu no alheamento e no silêncio, não exigia nada, não pedia nada, o empregado não sentiu a diferença na casa nem que mudassem os cheiros, continuou a estudar o relógio

Qual oiro?

duvidando de mim e a rapariga que engomava ausente, de início miúdos e a seguir cães quando o contentor do lixo

(nenhum contentor do lixo desta feita)

quando o empregado tombou e de imediato os cachorros a espalharem o que havia dentro, ou seja as notas do meu marido e o relógio de oiro, o empregado buscou-me cá em cima na marquise, não me encontrou, desistiu, encontrou o meu irmão no banco a acenar-lhe a manga vazia como se o meu irmão

Pai

apesar de calado, navalhas e o empregado a esquecer a marquise e a esquecer-se de mim conforme me esquecerei um dia, só não esqueço o Seixal e o cavalinho do pântano, as navalhas dos miúdos vestidos de palhaços

(se ao menos a palma da minha filha me apertasse o mindinho)

nos casacos exagerados e nos chapéus antigos um deles com uma boquilha de cachimbo na fita, faltavam os saxofones que tocam no circo e me amolgam na alma a lembrar o que sou, o calcanhar do empregado encolheu-se e desistiu ou seja não um calcanhar porque um calcanhar vive, uma mancha na camisa que a fieira das árvores anulou e nisto o meu irmão na rua com os outros palhaços, um automóvel a acelerar na esquina e vocês nas figueiras bravas que tolos, no Bairro só velhas e a minha mãe entre elas

Não respeitas ninguém

o rim do meu marido

Não funciono

desviou-me do Bairro, se calhar não passo de uma infeliz de rua parada numa esquina e se a minha filha me apertasse o mindinho sentia-me melhor, gostava que o meu pai

Tenho pensado em ti

no baldio da capela, hei-de voltar pelo caminho de Sintra onde ninguém dá por nós e acocorar-me no cemitério com as velhas à espera dos maridos

Como vais?

191

e nem o eco de um som, texugos creio eu e um armazém ao longe, conheço tão bem tudo e por mais que jure que não

(quantas vezes jurei que não, desde os dezasseis anos que juro que não)

pertenço a este sítio que horror onde faltam marquises, a certeza que o meu irmão

(o que eu não daria para não escrever este relato)

mandou os palhaços matarem o empregado a fim de não ter de matar-me e a sombra na marquise

Puta

dissolvida nas folhas, perdão, a sombra muda, foi o prato espanhol ou o cano que suspirava no interior da parede a insultar, devia morar no Bairro com a gente a quem pertenço, não neste sítio de brancos, o tempo que demorei a desenhar o meu nome

(demasiada força na caneta e o aparo torcido)

no Registo Civil apertando o ramo de flores cujo laço se desfez e ao tentar consertá-lo fugiu-me, o meu irmão não me entregava fosse o que fosse senhor, o que havia de entregar, trabalhava julgo eu

(todos os pretos roubam)

roubava julgo eu, diz-se que todos os pretos roubam conforme roubo o meu marido, visitava-me apenas, tomava conta de mim e é engraçado que um palhaço que mal aguentava consigo tome conta da gente, nas traseiras da casa uma praceta de amoreiras mirradas e houve alturas quando chegava ao peitoril para sacudir o tapete em que dava com o meu irmão num quadrado de relva

(não quadrado de relva, um quadrado de terra)

com a boca do berço capaz de engolir o que se chegasse a ele, nunca lhe peguei ao colo nem lhe meti o mindinho na palma

Não me comas os dedos

agachava-me a ver os corvos e as nuvens entontecida pela zoada dos grilos e de repente uma aguazinha em mim e eu mulher, o homem no meio das oliveiras

Ficamos com a criança e vens viver comigo em Lisboa

cor de cinza e amarelas, defuntas, raízes de que se erguiam calças ainda

(os joelhos dos mortos?)

lembro-me de fragmentos de camisa e botões de punho oxidados, a minha avó a animar brasas com um pauzinho, não caminhava como nós, caminhava como se fizesse parte do chão ou fosse um prolongamento dele, um arbusto, um caule e uma calma no sangue inteiro que a minha mãe não tinha, o fumo do cigarro dela não acabava nunca, um dia disse

Não tenho força

aparafusou um lenço na cabeça, deitou-se e percebemos que partiu porque o fumo do cigarro interrompido, a minha mãe da porta

É preciso arranjar uma tábua para a levar ao baldio

pusemos-lhe uma toalha em cima

(sobravam as sandálias)

a protegê-la das moscas e acabou-se, nem

Como te sentes?

nem

Como vais?

a garganta apertada, o meu pai apanhou o cigarro e ficou a palpar a manga vazia, a minha mãe guardou a toalha para quem se despedisse a seguir e mal o meu pai jogou fora a ponta nunca tive uma avó, nasceu em África, recebeu a minha mãe de um mulato

(Ficamos com a criança e vens viver comigo em Lisboa)

queixava-se

Que sítio tão pequeno

de olhos cheios de campos e aldeias embora suponha que a miséria idêntica, gente descalça, cabras, via o meu irmão na praceta escoltado pelos palhaços e os agentes no prédio em que a rapariga poisava o ferro e se endireitava a massajar as cruzes, não interrompa o trabalho, prenda o cabelo na fita, enquanto continuar não nos sucede mal, vi um armário tapado por um reposteiro de listras e em cima do armário animaizecos de pau, um crocodilo, uma rena, uma vaquinha

(sente-se acompanhada pelos bichos é isso?)

e os agentes com a rapariga porque metade de uma cara a espreitar, o meu irmão na ponta da alameda sem ninguém consigo, um miúdo de três anos, não de quinze, que corria atrás dos besouros e espantava os corvos

Não façam mal à minha irmã

como se calhar com o empregado

Proíbo-o de lhe fazer mal

quando nem ao desrespeitarem-me e por madame e por tu me fazem mal descansa, não sou uma infeliz de rua, tenho uma filha para educar, um emprego, um marido que neste momento se levanta sem que o ampare e avança soalho fora na direcção da cozinha apesar do pâncreas e do rim a badalarem em uníssono

Não funciono

a boca a mover-se antes de conseguir uma frase e continuando a mover-se depois da frase acabada, aproximei-me para escutá-lo mas tão baixo que coisa, devia pensar na energia da viagem a Espanha numa época em que tratava de si sem ajuda, comia sem ajuda e as palavras chegavam não necessitando de trazê-las, eu

Perdoa

mal dando conta que

Perdoa

preocupada com o meu marido e ele

Não me toques

teimando em deslocar-se

(o quarto de banho sempre ocupado na pensãozita de Badajoz e o meu marido para a esposa de que nem o retrato conheço

E agora?

faleceu completamente como falecerei completamente espero, livrem-me de ser um joelho no baldio

Tenho pensado em ti

eu que não penso em criatura alguma tirando o cavalinho sem tinta nas crinas que a enchente acabará por arrastar)

o meu marido a sacudir o cotovelo afastando-me de si

Não me toques

e eu não por tu, por senhor, mais vagarosa que ele

Não lhe toco descanse

uma pastilha sob a língua a compor o coração que baloiçava entre as orelhas e as têmporas, o que se passa com as minhas pernas que desobedecem digam-me, a pensãozita de Badajoz e toda a santa noite através das paredes insultos, discussões, música no restaurante ao lado e a minha esposa

Virgem Santíssima

o meu marido a entrar na marquise encalhado na arca de cânfora sem acender a luz, o som dos passos diferente ao mudarem do sobrado para os ladrilhos e ele uma névoa conforme o meu irmão uma névoa ao empoleirar-se no banco, os polícias na rua e os palhaços acolá junto à retrosaria, o homem do vazadouro não parava de olhar-me, não olhos aliás, dois bichos que me proibiam de fugir e eu presa neles

Sim

quando não era

Sim

que me apetecia responder e no entanto

Sim

de corpo aberto a alargar-se para os bichos

Sim

as coxas à sua volta sem perceber que eram minhas, era eu quem

Sim

o meu marido atracou na marquise apesar do pâncreas que gritava

(não um badalo, um grito)

Não funciono

do estômago, do rim, os polícias tenho a certeza que em toda a parte e os palhaços junto à retrosaria ou ao quiosque fechado, os candeeiros engrossavam o escuro impedindo-me de ver

(quando faltou a luz na pensãozita de Badajoz uma vela num pires colada pela própria estearina a amontoar-se em redor do pavio e o meu marido e a esposa imensos nas paredes, cada gesto inchado e as vozes muito menores que os gestos

Estás aí?

espantados com o tamanho de si mesmos, sem compreenderem a língua, saudosos de casa)

impedindo-me de ver o meu irmão entre as figueiras bravas

não, impedindo-me de ver o meu irmão a largar as amoreiras de ideia no prédio, o meu irmão no caixote do berço e eu com medo dele

Vai abrir a boca e comer-me

as pistolas dos agentes e a pistola do cavalheiro que me desconsiderava a tratar-me por madame e por tu

Aqui tens o fim da tua história madame

como se eu uma infeliz das esquinas em lugar de uma senhora casada, educo a minha filha, trato da minha casa, trabalho, o empregado satisfeito comigo

Caçaste o velhote

não ligue ao que eu disse, enganei-me, as minhas colegas preocupadas e as clientes à espera para diante e para trás nas revistas enquanto a minha bata

(sempre quis usar tranças mas o cabelo não dá, dois dias depois de desfrisado volta a enrolar-se que seca)

no cabide com as luvas de tingir no bolso e o meu nome bordado

(bordei-o com linha roxa e ficou bonito não foi?)

no mesmo vagar torto com que assinei no Registo Civil, o empregado

Atenção à caneta

na altura do primeiro borrão que apagou com uma espécie de cola

Põe o nome mais abaixo se és capaz de repetir

e desta feita sim nenhum borrão

(quase nenhum borrão)

e as letras umas sobre as outras porque não havia escola, havia parte da construção, ervas

(um bocado de escorrega?

nenhum bocado de escorrega, a caixa de areia em que se caía e nos entrava nas meias)

a sala de aula sete ou oito barrotes e um mapa desbotado em que Portugal um risquinho, para quê gastar com mestiços, não aprendem senão a roubar os brancos que para isso servem, o dinheiro do meu marido na despensa e no interior de uma pantufa e eu com pena dele

Perdoa

nunca me desrespeitou, nunca me tratou mal, somente

Não me toques

com a boca a mover-se na marquise que tempos antes de conseguir uma frase e continuando a mover-se depois da frase acabada, uma diferença na casa que não sei explicar porque não mudavam os cheiros nem os móveis nem mudava eu e no entanto uma pergunta que nem pergunta era, mais ou menos o que se passou há imensos anos no Bairro ao acordar a meio da noite e a manga vazia do meu pai a ressonar ao meu lado

(se calhar o resto do pijama vazio e então perguntava tenho pai não tenho pai ou tenho só um nariz que se agita e que funga?)

dava conta das figueiras bravas e da chuva, da minha mãe sei lá onde a designar o meu marido

Nem consideração tens por ele

que se debruçava da marquise observando o meu irmão a correr para nós como aos três anos atrás dos besouros com uma pedra na mão, a aperceber-se dos agentes e depois, é natural, um contentor que tomba, não ele, por que carga de água ele, um contentor que tomba

(conhecia-se que um contentor pela tonalidade do som, o meu irmão não faria um barulho assim ao cair e corvos e pombos e cactos e a miséria do Bairro a tombarem também)

de forma que me juntei ao meu marido sem que o meu marido

Não me toques

a aceitar-me

(no balcão da pensãozita de Badajoz todas as bandeiras da Europa e uma vela num quarto sem luz que não parava de arder)

o meu marido e eu debruçados para a zona do passeio onde o contentor tombou

(penso que um ruído metálico porque a espingarda guardada na camisa tombou com o meu irmão mais os canos, o gatilho, a culatra e as partes que não sei como se chamam de que as espingardas são feitas)

os agentes a conversarem uns com os outros, o cavalheiro que me desrespeitava a telefonar do automóvel e o meu marido e eu lado a lado

(pela primeira vez lado a lado)

a recuarmos para dentro a fim de não assistir à chegada dos cães e neste ponto despeço-me, talvez volte noutro livro não sei.

Claro que é mestiça e portanto má rês, apontem-me um preto como deve ser, trabalhador, honesto e por mais que se esforcem não encontram nem um, conheci-os de ginjeira em África e aqui, em África até que a revolução os tornou donos do que nós fizemos e eles destruíram num instante matando-se uns aos outros e aqui para onde nos acompanharam nos barcos a guinchar-nos à volta

Senhor

tão maltrapilhos como dantes e lambendo-nos as mãos numa esperança de dono visto precisarem que tomem conta deles para não morrerem de fome a mastigarem raízes e a catarem piolhos à entrada das cubatas de modo que cá os temos a norte de Lisboa enchendo as quintas abandonadas onde restos de palacetes de fidalgos que ninguém sabe quem foram e tijolos e zincos e os pretos lá dentro com uns cabritos, uns patos, vielas nascidas da acumulação de barracas, no meio das barracas faias que persistem conforme persistem manjedouras de estábulo num muro e velhas acocoradas continuando a catar-se, não já

Senhor

a acenderem fogueirinhas com sobras de mobília enquanto os netos em bando na Amadora com manias de branco vestidos como uma caricatura de nós que ninguém de bom senso se atreveria a usar a menos que pretendesse ser tomado por um louco ou um chulo e portanto que podia eu esperar da mestiça, não casei com ela armado em parvo, percebi logo no café mal se sentou à mesa no pretexto de apanhar os comprimidos do que a casa gastava, antes dos comprimidos uma semana a conspirar com o empregado e na cabeça dela, tão certo como se estivesse escrito por fora, terá dinheiro não terá dinheiro, nos segredinhos do empregado a resposta mais clara do que se gritasse os velhos têm sempre dinheiro o problema é que se tornam desconfiados com a idade e escondem-no num buraco da cama onde podem contá-lo à noite e sentir-se milionários, ao fim de uma dúzia de dias esbarras nas moedas e pronto, apesar de compreendê-la melhor que ela imaginava fui-a deixando vir porque desde o falecimento da minha esposa o apartamento acinzentou-se e não era a questão de ter sido melhor antes

(não acinzentou-se, uma palavra que não encontro e talvez descubra mais tarde, entristeceu também não, se tiver vagar penso nisso, o que não falta são verbos)

era que em vez de outra tosse a acompanhar-me escutava o eco da minha

(tossir sem companhia desanima e o acinzentou-se a comichar-me, oxalá o emende)

e depois coisas pequenas que parecendo que não contam, a caixa de costura com embutidos de madrepérola, um creme para as mãos sem tampa e o avental em poses de enforcado, disse à mestiça

Experimenta o avental

e como ganhou vida com ela

(acinzentou-se não presta)

e me ajudava a arranjar-me posto que os dedos me escapam permiti que ficasse apesar do cheiro que têm, sentia-a palpar-me as meias e verificar o colchão mas pelo menos no regresso do cabeleireiro deitava a filha que passava o dia inteiro encostada à cómoda a fixar-me

(gostava que lhe metêssemos o mindinho na palma para a fechar com força)

e servia-me o jantar, com o início da noite o cheiro mais denso que o dos raposos no cio, roçava-me sob os lençóis com o pé e não o rim, o corpo todo com vontade de responder e a lamentar

Não funciono

no verão quando o calor me anima e não sei quê por dentro, folhinhas novas ou partes que julgava haverem desistido deslocando-se sob um vento secreto entregava-lhe o mindinho para que o fechasse na palma como a filha e fechava, não me incomodava que fosse mestiça nem me incomodava o cheiro, o pé roçava-lhe no pé e o pâncreas mudo, dúzias de vísceras a empurrarem-se em encontrões vagos e nem um sino a alarmar-me, os cinquenta anos de volta e se me apetecer corro, barbeio-me sem me cortar, a placa dos dentes não me fura as gengivas e não somente o pé, o nariz a respirar-me o nariz em cócegas amigas, através das persianas uma febrezinha nas árvores e eu tipuana, eu galhos, a rapariga que engomava ajeitou o cabelo e o ferro vertical no apoio metálico, eu quase um ferro vertical no apoio metálico, acho que eu um ferro vertical no apoio metálico, quais cinquenta anos, quarenta, trinta e sete e a estearina a transbordar do pires, a vela da pensão de Badajoz a apagar-se, a música do restaurante emudecida, eu um fuminho que diminui e se extingue, uma gota transparente cristalizou no rebordo e acabou-se, os anos acumularam-se com a sua inércia injusta enquanto me perguntava

Porquê velho?

Porquê tão velho eu?

Quem me tornou tão velho?

à medida que pedaços do que fui se afastavam de mim, por exemplo a comadre de uma tia que me pegava no queixo

Bicharoco mais lindo

o montinho de penas do pintassilgo morto no chão da gaiola ou seja trapos redondos, um casal que passou a dançar

(a minha esposa e eu?)

não me prestando atenção

É um velho não ligues

e porquê velho, porquê tão velho, porque me tornei tão velho, a rapariga da janela dobrava lençóis no tabuleiro esquecida do ferro e ao esquecer-se do ferro esqueceu-se de mim, a minha boca moveu-se que tempos antes de

Não me esqueça

e continuou a mover-se depois da frase acabada, terminaram as palavras, terminaste tu, ninguém te ouve e no entanto cuidas-te acompanhado porque o casal regressa e a mulher

(a tua esposa?)

a espreitar sobre o ombro do homem

(o teu ombro)

Esse velho

mesmo que conversem sobre ti não é sobre ti que conversam, o teu pai mudou-te de posição no colo e não ouves, ouves o eixo da carroça e a asma da mula, lembras-te do gosto do vinho quente na língua, uma criatura que não distingues

(não a tua mãe, a irmã da tua mãe talvez)

Dá-lhe vinho quente para a varicela coitado

quando não é varicela que tens, é o pavio da pensão de Badajoz mirrado, a estearina fria no prato, a tua esposa

Quero voltar para casa

e qual casa se faleceu e assisti ao funeral, faleceu se falecer são pás de terra numa tampa vazia, o Jesus de latão e os ornatos que não verei nunca mais, inclusive o casal a dançar já perdeste, não perguntes por ti, deixei de sentir as cócegas no nariz, os braços desistiram e o meu sangue em repouso, se a mestiça perguntar

O que se passa?

não o pâncreas nem o rim, o corpo inteiro

Não funciono

a mover os lábios e o que posso dizer senão insistir em movê-los até que palavras de novo

Não funciono

o empregado a quem a mestiça obedecia

Já que caçaste o velho apanha-lhe o dinheiro

e a rapariga da janela à espera, o ferro de engomar não no apoio metálico, horizontal na tábua incapaz de responder consoante eu incapaz de responder, se me colocarem o mindinho na palma, não importa qual, o da filha da mestiça, o da mestiça, o de uma parente que me visita às vezes com azevias e o entusiasmo que comprou juntamente com as azevias

Então?

não aperto com força, distraio-me, vontade que me instalem no sofá a olhar a parede sem olhar a parede ocupado com o badalo do rim

Não funciono

ou a minha prima para a mestiça a pegar-me na mão largando as azevias e o entusiasmo na mesa

Adormeceu?

tentando não cair do colo do meu pai derivado aos sacões do assento cada vez que uma cova

Não permita que eu caia

e loureiros cujas copas me embalam dos dois lados da estrada, o cheiro do meu pai e o cheiro da mestiça combinados, tenho o dinheiro na lata da despensa e na pantufa aos losangos, pensei que me serviria para voltar ao que fui e não serve, não preciso das notas, podem levá-las os dois, a minha parente para a mestiça sem me largar a mão

Você falou com o doutor?

a pele dela quente

(não, fria)

deve ter-se comovido porque a pele dela fria

(uma ocasião apanhei uma rã num charco, gelada)

um defeito no indicador que tentava esconder exibindo-o mais

(partiu o osso na bomba da água aos seis anos)

não parti osso nenhum e no entanto o meu corpo

Não funciono

deviam parti-lo outra vez para endireitar a falange porém logo que viu o martelo garras imensas no braço do enfermeiro

Largue-me

e derivado a isso o indicador em anzol que me repugnava tocar, a minha parente a dar-se conta

Meto-te impressão?

a rapariga da janela voltou à tábua de engomar com um cesto de camisas, que me recorde nunca ninguém a acompanhá-la e dei por mim a perguntar porque diabo não foi ela em lugar da mestiça a auxiliar-me com os comprimidos que rolavam na mesa atendendo a que as brancas sempre nos roubam menos, não têm que gastar dinheiro a vestir de caricaturas nossas a família dos su-búrbios e lhes atarraxarem dentes de oiro no queixo e enquanto o rim badalava e os loureiros a deslizarem de ambos os lados da car-roça a porta de entrada abriu-se e fechou-se e a voz do empregado a despir o casaco

Onde puseste o velho?

instalado sem vergonha onde a minha esposa se sentava antes da doença não mencionando o irmão da mestiça no banco da marquise à noite e ela

Que queres tu daqui?

fazendo-me pensar na minha mãe para o meu pai de co-dorniz depenada na mão ao descermos da carroça

O que bebeste hoje?

a impedi-lo de desatrelar a mula e a prender no curral, a última imagem que conservo do meu pai é a forma como me olhou ao ir-se embora sem sair da cama

Não me dás uma mãozinha?

cada vez a reparar menos em mim não deixando de fitar-me até não necessitar da minha mão para nada, a mula desinquie-tou-se no curral

Não lhe deste uma mãozinha?

e dado que o meu pai se foi embora pensei

Se calhar está na horta

fui conferir os legumes e ninguém sachava, a água na calha da rega reflectia as nuvens

(metade das nuvens)

e pardais com uniformes de farrapos bicando os tomateiros, a minha mãe de regresso do poço mirou-me continuando a andar e a imagem dela, não ela, alterada na calha a estacar de repente, largou o balde que se entornou no chão, passou por mim a correr

(tanto quanto uma mulher gorda era capaz de correr a pisar a fila de batata nova em que trabalhou toda a semana)

achei-a à cabeceira a ralhar-lhe

O que bebeste hoje?

e uma guinada mais forte da mula

(essa sim podia ter dado uma mãozinha)

a ajudá-la a entender que se tornara viúva e eu a reparar-lhe nas pernas com dó, não são as pessoas inteiras que me interessam, são bocados, a curva das costas, os malares, na minha parente o sinal do lábio

(o sinal do lábio para a mestiça sem me largar a mão

Um mês ou dois e apaga-se)

e na mestiça já que falámos nela o modo como pegou nos comprimidos e os devolveu ao tubinho, na minha esposa não o sorriso, os ângulos da boca que se dobravam a fim de escutar melhor as vozes do passado, teve um namoro antes de mim, um tropa emigrado no Brasil, até há cinco ou seis anos todos os Natais um ananás numa caixa, quando o ananás se interrompeu experimentei picá-la

O ananás não veio?

e ela a atrasar o fogão, deu-me ideia que uma gota no punho e ao notar que a espiava o punho a exagerar

Entrou-me uma poeira na vista

ou uma poeira nas duas vistas porque as pálpebras grossas, no Natal seguinte a minha esposa suspensa do correio desde a campainha lá em baixo, alegre quando passos nos degraus e desiludida mal os passos no andar de cima, não queria que eu comesse o ananás, queria-o onde pudesse enternecer-se com ele

(no prato chinês do louceiro)

a recordar um cabo de farda, achei uma carta ou duas na gaveta dos papéis de embrulho

(as mulheres adoram guardar lixo porquê?)

parágrafos difíceis que a tratavam por menina e postais com ursinhos de cabeças unidas, o maior de laço azul e o pequeno de laço cor-de-rosa, extasiados e estúpidos, ao mostrar-lhos a minha esposa a esfregar dúzias de poeiras

Foram os meus pais que mandaram

ela órfã, criada por uma avó e sem conhecer mais criaturas do seu sangue de maneira que eu à mesa

Traz cá o ananás

que acabei por ir buscar enquanto os sapatos da minha esposa se esmagavam um ao outro, retalhei-o com o cutelo da carne, estendi-lhe uma fatia

Não te apetece?

e a cada golpe a minha esposa a tremer sem que se distinguisse entre a perna direita e a esquerda, eu de fatia no garfo e ela a sumir-se no quarto a apertar o guardanapo no queixo desejando-me o fim, tive de mastigar o ananás sozinho eu a quem os ananases repugnam até não sobrar senão a casca demasiado dura para as minhas gengivas

(garanto que tentei)

e o repuxo de palmeira que trazem no alto e enquanto mastigava ouvia o ralo do lavatório a engolir litros de ursinhos, obriguei-a nessa noite a entender-se comigo

Não me digas que a enxaqueca voltou

com o lábio a morder-se na almofada e os braços parados, sentia-a detestar-me no escuro amarrotando a fronha ou isso, à época não a tábua de engomar no prédio diante do nosso, um casal de senhoras de idade que ensinavam violino, os arcos notas falhadas que me bicavam a alma e ainda hoje relaciono com o sabor do ananás, quando o doutor me informou na clínica que faltava pouco

Os pulmões desistiram compreende?

levei-lhe um num cesto e mesmo sem pulmões e incapaz de esfregá-la a poeira regressou à vista, faleceu às voltas com ela de ideia no militar que lhe passava na rua às continências, não em mim, no momento em que o doutor aconselhou

Converse com a sua senhora a ver se o reconhece

uma careta que a enfermeira designou de agonia e qual agonia, raiva, a paga que recebi por trinta e oito anos a alimentá-la e a vesti-la, rasguei os ursinhos sobreviventes e ordenei à mestiça que lhe usasse a roupa, a mestiça diante dos cabides e eu a mover os lábios à espera que a voz se resolvesse e desta feita não se resolvia

Põe essa tralha tu

não calculando que uma poeira me entrasse na vista também e eu a esfregar

(tanto quanto conseguia esfregar fosse o que fosse)

com o punho e a errá-la, o casal que dançava rodopiou por nós comigo de cabelo preto e risca ao meio e a minha esposa a gargantilha que me jurava ter-se perdido em Espanha na pressa de acabar a mala e desconfio que enterrou de propósito no colchão, um mês do meu ordenado jogado aos passarinhos enquanto conservava na gaveta em precauções de tesouro cartas e postais que não valiam um traque, a mestiça estudava-se no espelho ajustando a cintura com dois dedos em pinça e a filha a seguir-nos na sua mudez secreta, ganas de me pôr inteiro na palma para que me apertasse com força, de modo que nenhum rim badalasse nem uma poeira no olho, fugi com a bochecha

(felizmente ainda fujo com a bochecha, felizmente uma fracção minha obedece)

antes que a mestiça ou a minha esposa um beijo supondo que eu acreditava simpatizarem comigo, a primeira trinta e oito anos a pensar num soldado e a segunda a encafuar-me em casa

(Onde puseste o velho?)

tudo o que apanhava na rua e a dividir o meu dinheiro com eles, a minha parente abandonou-me a mão para aceitar uma sopa

É capaz de durar um ou dois meses o pobre

na Beira morava na casa depois da nossa e queria ser veterinária, a mãe a compor-lhe os botões não te mexas palerma

Veterinária

coleccionava caracoletas e minhocas em caixas de fósforos alimentando-as de migalhas e acabou no tribunal a carregar processos sem minhocas no bolso, dormia num quartinho alugado onde talvez caixas de fósforos com bichos só que não tinha migalhas para lhes entornar dentro, restava-lhe uma troça antiquíssima

Veterinária

e um céu amargo no janelico fechado, ao partir o amargo ficava connosco e o irmão da mestiça a dar por ele no instinto dos pretos

(até um osso enterrado farejam)

atrás dos vasos de plantas no seu casaco absurdo

(e as guinadas do tempo e as migrações dos cisnes)

com o que parecia uma espingarda debaixo da camisa sem mencionar os compinchas insignificantes também

(farejando-me a mim?)

no arco da garagem

(medem os sons com as orelhas independentes uma da outra ou alongam os focinhos num frenesim de espera)

enquanto a mestiça me servia o almoço e por momentos eu ao colo do meu pai a caminho da eira e a cauda da mula a acompanhar a garupa, lembro-me de pinheiros com as taças de resina nos troncos, não me lembro do falecimento da minha irmã nem do meu pai a ameaçar Deus com a caçadeira que nem uma rola assustava, a colher da mestiça à espera que eu engolisse o puré

Não engoles?

e a boca aberta depois de a mover durante horas como antes das palavras, o empregado

(um caixãozinho branco, disseram-me)

É para hoje que ele come?

e a colher mais depressa a sujar-me, se ao menos alguma coisa no meu corpo nem que fosse um músculo sem importância ou um tendão que não usamos trabalhasse

(um caixãozinho branco?)

em lugar dos badalos das vísceras por toda a parte a tocarem, o empregado a escutá-los

Não vai morrer esse velho?

estendido como a minha irmã num caixãozinho branco com um pano na cara, porque não afastas a colher e me deixas em paz, imagino que suspeitas mais dinheiro escondido num azulejo da cozinha ou num ladrilho do chão, apercebo-me de ti a bater no rodapé com a vassoura e a desprender a moldura do quadro onde Jesus num barco tranquiliza um lago, se calhar o que tenho entrega-o aos pretos que o gastam num ai em inutilidades vistosas e ao contrário de muitos não digo que não sejam pessoas, talvez sejam pessoas, digo (a minha mãe a torturar a esfregona

Sonhei esta noite com o teu pai calcula)

que o melhor era mandá-los para o sítio onde nasceram a catarem-se à entrada das cubatas e o irmão com dó de mim na marquise a acrescentar a sua sombra à sombra das plantas, a minha mãe a designar não sei quê antes da porta do quarto

Olha ali o teu pai

e por mais que me esforçasse não atinava com ninguém salvo a noite a crescer nos meandros da vinha e o desassossego da mula a esfregar-se na manjedoura

(depois do funeral o meu pai não se mexeu da cova que eu saiba)

a minha mãe a apertar-me o braço

Ali

e afinal um vinco na parede ou uma respiração de cortina, sobravam no armário os sapatos da minha irmã e arrumava-os lado a lado a sonhar com um indício de vida onde vida nenhuma, incapazes de andar apesar das fivelinhas, das solas, a minha mãe a vasculhar a arrecadação

Ia garantir que a tua irmã

se a mestiça a chamasse vinha logo do túmulo ajudar no dinheiro

Aparecendo-te a minha filha avisa

viveu com a minha esposa e comigo a suspender-se de braços abertos na despensa, a gente

O que foi?

ela a fingir que corrigia uma tigela ou um boião

Nada

e no entanto um adeus à socapa

Não te preocupes eu volto

multiplicando dedos no vazio, devia acreditar que eu guardava o dinheiro sabe-se lá onde juntamente com a filha, ao chegarmos da pensão em Badajoz a minha mãe na cama e entendi que se desinteressara dos defuntos porque as feições ocas, arrumámos a bagagem no guarda-fato e encaixámos as malas no topo do armário antes de telefonar à agência, ao contrário do que esperava o dono não um homem, uma criatura que tratou a minha mãe como uma encomenda postal, só faltou pesar a urna na balança, aplicar-lhe carimbos e expedi-la de comboio para o Céu algures no fim da linha da Beira, tenho pena de não existirem comboios nesta parte da cidade para lhes ouvir as chegadas e agora dá-me a impressão que o meu rim em silêncio e as vísceras distendidas, amáveis, seja o que for na rua

(uma camioneta, pessoas)

que não adivinho o que é, o irmão não no banco da marquise, lá fora, um sujeito na janela da rapariga que engomava a espreitar para baixo e a mestiça a remexer-se, se eu

se o meu pé no seu pé acalmava mas o ferro horizontal na tábua, poisado, os lábios a moverem-se

(a tentarem mover-se)

sem um cochicho para amostra, queria dizer que vocês

não

queria dizer que tu

também não

queria dizer que me sinto melhor, capaz de erguer-me, ir embora não a escorregar do colo do meu pai na carroça vendo a estrada que falta entre as orelhas da mula e dos lados uma capela, choupos, eu sozinho e os comprimidos que girem à vontade no tampo, caiam ao chão, se percam, pode ser que consiga descer as escadas, atingir a praceta e sumir-me, fiquem com a minha mãe, a minha irmã, a mestiça, o dinheiro que não há atrás de um azulejo onde somente reboco, o pâncreas aguenta, o coração aguenta, os joelhos deslocam-se e a filha da mestiça encostada à cómoda a perder-me, se me apertares o mindinho e trouxeres as pastilhas de colocar sob a língua consigo tal como a mula tão idosa, de cascos a falharem na última subida, conseguia chegar, o meu pai com uma varinha de cerejo

Depressa

e dos lados da carroça não uma capela nem choupos, a vila, o chalé do major com os canteiros de zínias lacerados pelos gatos e as palmeiras doentes, a mula erguia a cabeça e os olhos brancos do esforço sem pupila nem íris, tive uma enciclopédia de Medicina em dois volumes com desenhos que não sei onde pára em que os mistérios se explicam, lá vai a minha perna esquerda a ceder e a aguentar-se e a jarra numa vénia deixando-me passar

quando o meu pai bebia não tropeçava em nada porque os móveis a respeitarem-no até se despenhar no chão, eu à espera que o relógio de pêndulo em pedaços e o relógio intacto, no mostrador boizinhos numa colina que iam perdendo o verniz e um pastor de barbas, por cima do número seis

(nunca vi um seis tão perfeito)

o orifício de dar corda com uma chave que se tirava da gaveta da base e subia os pesos com o óxido das correntes a amarinhar a custo atravessei o soalho no fim do tapete e o sofá distantíssimo, a mestiça

(claro que é mestiça e portanto má rês)

debruçada da marquise para a banda da esquina, livrávamos a mula dos arreios e ela nem comia, a tremer, moscas nas feridas do lombo, dos quadris, da barriga, quem me tornou tão velho, ainda ontem conforme dizia a minha mãe que não se habituava ao tempo

Ainda ontem nasci

e eu parvo, ainda ontem nasceu, ainda ontem os meus rins calados

(ainda ontem que tolice)

ainda ontem

(Boa noite mãe)

ao ir pagar ao escritório a criatura da agência a fazer contas num livro com a ajuda de uma maquineta de que saía um papel que se enrolava, enrolava e ela conferia com o lápis, a criatura a levantar o lápis

Espere

não tão idosa quanto eu pensava, quase sem rugas no queixo e a curva do pescoço ia escrever que a excitar-me mas excitar exagero, a curva do pescoço com cabelinhos molhados porque calor, porque agosto e a ventoinha parada

(lembro-me de você, mãe

Ainda ontem)

um Cristo como na escola, a marmita do almoço e o molho quase tão duro como a estearina da vela em Badajoz de gotas transparentes suspensas do rebordo que se quebravam num estalinho

(porquê ainda ontem se para mim foi há séculos?)

uma pinta na orelha, riscos paralelos onde as unhas coçavam e o lápis não

Espere

(ainda ontem)

a corrigir a conta, o ferro de engomar vertical no apoio metálico enquanto a rapariga ia ajeitando a fita e a dona da agência mal lhe acariciei a espinha

Que é isto?

a alterar-se na cadeira metade dos olhos nos óculos e metade fora, a metade nos óculos cheia de pestanas, a outra metade sem pestanas, normal, até hoje não decidi qual das duas

Que é isto?

fotografias de carros funerários e anjinhos com lágrimas de estearina no rebordo da bochecha, as minhas botas, não sapatos de presilha

A tua irmã

a lutarem com as corolas nos vasos mais as caninhas e os arames que sustentavam aquilo

(ainda ontem eu nova e agora o meu filho a coxear no andarzito onde mora com os badalos das vísceras a prevenirem sem que possa valer-lhe

Não funciono)

a criatura da agência

Que é isto?

e não era honesto responder

A sua espinha excita-me

porque não excitava, outro verbo que de momento não sei, se falasse da rapariga que ajeitava o cabelo e do ferro de engomar no apoio metálico a metade fora dos óculos

Perdão?

um homem martelava num pátio e nos intervalos do martelo um segundo homem a rir imitando o empregado que troçava de mim

Esse velho

tantas recordações incluindo a caneta de prata que me ofereceram ao reformar-me do emprego e a mestiça levou, gravado na caneta Homenagem da Gerência eles que olhavam por cima se me abotoava

Boa tarde

a cumprimentá-los, tinham de certeza um depósito de Homenagens da Gerência destinadas a cretinos como eu e ao entrar em casa não reconheci a mobília

Pertence-me?

quarenta anos a habituar-me aos tarecos e no interior de
mim

(Ainda ontem etc)

E agora?

uma pergunta que não era pergunta, era um esforço de horas desocupadas que se ia estreitando, estreitando, no fim das horas a morte e um último badalo que não podia ouvir, o empregado do Registo Civil

Quer casar mesmo com ela?

sem consciência que não se tratava de casamento, tratava-se de procurar que a noção da morte me deixasse um momento ainda que fosse uma mestiça e portanto má rês, uma preta de dentes de oiro

(no caso um dente de oiro somente)

vestida como uma caricatura dos brancos, mas roupa colorida que ninguém de bom senso se atreveria a usar a menos que pretendesse ser tomada por uma louca ou uma pega

(havia um ninho de pegas no pomar dos meus pais a gritarem e não lhes quebrei os ovos por receio que me cegassem com as unhas, se interrogasse a mestiça

O meu dinheiro?

cegava-me com as unhas)

a criatura retomou as contas do livro de olhos nos óculos enquanto as marteladas no pátio mais fortes

Faça o favor de sair

e o ferro não vertical no apoio metálico, ao comprido da tábua numa lentidão resignada, um dos carpinteiros à porta com a serra na mão e ela à medida que o lápis continuava a somar

Deixa-o ir é velho

de forma que me pergunto quem me tornou tão velho eu que não era pessoa de me alterar assim, as minhas botas na marquise onde a mestiça se debruçava no sentido da esquina e na esquina um homem, três homens, um cavalheiro quase da minha idade com o badalo do pâncreas a tocar num automóvel entre uma camioneta e um reboque, a filha que nunca me fechou o mindinho na palma e porque diabo me fecharia o mindinho na palma visto que não preciso de nada encostada à cómoda a seguir-me, uma ocasião dei por ela junto à minha cama e passou-me pela cabeça que se lhe entregasse o mindinho e é óbvio que não entreguei a minha vida diferente, as pegas nasciam dos ovos quase nuas, molhadas, a alongarem a membrana da goela à cata de insectos, o irmão da mestiça contornou os arbustos e a princípio não me apercebi dele derivado a um anúncio cujo brilho multiplicava triângulos no chão

(recordas-te do brilho dos triângulos na igreja impressos nas estátuas dos mártires?)

e a seguir um garoto no seu casaco de saltimbanco a arrastar-se no passeio e o chapéu com uma boquilha de cachimbo na fita, não visitava a irmã, visitava-me a mim, a criatura sacudiu-se na cadeira a retomar as contas retomar as contas retomar as contas e as marteladas no pátio mais fortes

Está à espera de quê para sair?

movi a boca que tempos na ideia de conversar com ele e as palavras negavam-se ou antes continuava a mover a boca como se as palavras já ditas e o irmão da mestiça a entender, a criatura para o carpinteiro que aguardava com a serra na porta

Deixa-o ir é velho

e por me ter entendido o empregado um contentor a tombar, o automóvel de um vizinho a ultrapassar a esquina galgando o lancil e no dia seguinte ou dois dias depois ele no banco de novo continuando a entender os lábios que se moviam sem som porque se me acabaram os sons, as vísceras incapazes de um apelo, só os pés prosseguiam ou nem pés, sapatos como os da minha irmã nos degraus, a criatura

Coitado

e nem uma

(o brilho dos triângulos que desaparecia e voltava consoante o anúncio se apagava ou acendia e ao acender-se o que chamariam o meu corpo eu que não tinha corpo, era outro corpo que levava com brilho de triângulos igualmente)

a janela acesa e candeeiros a que partiram as lâmpadas, um dos homens, de pistola, a aconselhar-me da entrada do prédio

Vai-te embora

(o meu pai a largar a garrafa no aparador e as canelas que sobejavam do pijama não gordas como a barriga, magríssimas)

parecido com a criatura

Faça o favor de sair

ela que me devia ter convidado a sentar, conversar comigo, entusiasmar-se, também viúva aposto e em cada divisão objectos desnecessários

(um parafuso num cinzeiro, uma caixa de pó-de-arroz com uma ninfa)

ramificando a solidão, os vizinhos sem protestarem comigo

Não leve a mal mas uma preta dá má reputação ao prédio isto é um desabafo de colega

a minha mãe tão contente quanto os vizinhos

Pelo menos é branca

e na rua para além do homem

Vai-te embora

e dos outros homens voltados para o parque onde o toldo da esplanada recolhido e as cadeiras e as mesas contra a vitrine através da qual se percebiam mais cadeiras e mesas um pilar de espelhos em que nenhuma vibração a não ser as bagas das tipuanas na rua a nascerem um instante desvanecendo-se logo, um gato a pular de um contentor que não tombara ainda, a criatura a cuidar-me, não uma mestiça do norte de Lisboa, quintas abandonadas, ruínas, as minhas botas quase no quadrado onde dantes malmequeres do parque, o irmão da mestiça que rodeava um tronco a parar, a boca recomeçou a mover-se-me à medida que andava, um dos homens para o sujeito quase da minha idade

E o velho?

o velho de pastilha sob a língua ora um passo ora outro, o casaco de palhaço e as calças a sobrarem das pernas, o rim

Não funciono

sem que eu o atendesse porque não estava ali, estava ao colo do meu pai divertido com as orelhas da mula, a criatura cuja espinha me excita

Espere

o ferro vertical no apoio metálico e a última coisa que notei foi a filha da mestiça a fechar-me o mindinho na palma proibindo as pegas de me cegarem com as unhas e juro que não me importava que me cegassem com as unhas porque na janela diante da nossa a rapariga aperfeiçoava o cabelo e a vela da pensão de Badajoz ao apagar-se trouxe consigo um casal catita

(a minha esposa e eu?)

que se afastou a dançar.

Nunca pensei, palavra. Nunca pensei estar sozinho, tive sempre a
certeza que iam tocar a campainha ou chamar ao telefone

(ao fim de três ou quatro vezes atendo a fim de que julguem que eu ocupado na outra ponta da casa e não ocupado, à
espera)

tive sempre a certeza que iam tocar a campainha ou chamar ao telefone, interessar-se por mim, entrar, e nunca pensei que
ninguém chame ao telefone, ninguém entre. Há alturas em que
levanto o aparelho e torno a poisá-lo porque me assusta a mudez das
coisas que produzem ruído muito maior que a das coisas caladas
como o silêncio do despertador a ameaçar

— Daqui a nada começo
embora tenha rodado o botão

— Só começas às sete
e ele às onze ou às quatro a insistir

— Daqui a nada começo
de maneira que rodo o botão para as onze ou as quatro
dado que não suporto a espera até o relógio se esvaziar de gritos,
deixar de ameaçar-me

— Daqui a nada começo
e eu por umas horas em paz fixo-o e não apequena os olhos
como os bichos antes de saltarem tornou-se um objecto inofensivo
a que não ligo por não me fazer mal ao contrário dos espelhos onde
de repente apareço a fitar-me

— És tu esse?
acusador, perplexo, o telefone estremece nas minhas costas
e ao voltar-me acalma-se de novo sem um único som, no fim do
corredor um tremó a estalar, vivo cercado de inimigos ecos cicios a
crueldade de um pingo em que torneira contem-me, percorro-as
uma a uma e elas inocentes nos seus bicos cromados

— Eu não fui

as laranjas da fruteira demasiado redondas para serem honestas comigo o ramo de flores das colheres de pau no cilindro de loiça forçando-me a vigiá-las na esperança que não se enervem comigo, um sapato junto à cama

— Não me ligam nenhuma

e tudo isto a exaltar-se aos domingos quando fico em casa com eles, repare-se na cama desfeita em que estilhaços do meu corpo, um braço, um joelho, se demoram modificando os lençóis, verifico o joelho e o braço e estão comigo e ali

— Quantos sou?

uma das calças do pijama ao contrário a escorregar do colchão quase a roçar o sapato e no entanto parada

(parada?)

a recriminar-me

— Fico assim toda a vida?

tantas perguntas ressentidas comigo, à mulher-a-dias que não lhes presta atenção, têm respeito, obedecem, a mim sem respeito algum, acusam-me e falam, o sol na parede a meio da manhã por exemplo

— Esta falha não vês?

onde daqui a pouco é uma questão de tempo, uma formiga a inventar caminhos para o ângulo do tecto, uma moldura oblíqua de propósito, a nódoa de leite que esfrego com o pé e vai secando no chão, derivado ao pé não já nódoa um traço e o calcanhar pegajoso, molho um dedo na boca e no passo seguinte o traço não de leite, de cuspo, os cinzeiros e os bibelots que a mulher-a-dias adepta da simetria distribuiu por tamanhos dos dois lados do cão de cerâmica e me apetece desarrumar sobressaltando-os num uivo a certeza da minha morte aumenta o uivo transtornando o silêncio do despertador avisando

— Daqui a nada começo

sem um botão que me permita rodar os ponteiros para números distantes e adiá-la, em que parte minha se esconde, nos pulmões, no esófago e uma manhã um pinguinho de sangue no lenço ou um desconforto ao engolir, a morte

— Ora cá estamos nós

e não ainda uma dor ou um cansaço, um peso, a mão a verificar as costelas e o corpo a convergir para a mão que não encontra o peso e se acalma, durante o resto da manhã os pulmões perfeitos, nenhum desconforto ao engolir e de súbito quando a calça do pijama não ao contrário, direita sobre a colcha, o desconforto regressa e desta feita um esboço de dor, uma queimadura insignificante mas nítida, um começo de aperto e eu a virar-me para dentro à escuta, a palma não somente nas costelas, no pescoço, no estômago, no pescoço o gânglio de uma infecção antiga num dente

(num dente?)

e uma mancha rosada no umbigo de súbito importante

(de onde virá esta mancha?)

o facto de descobrir que a mancha derivado à fivela do cinto alivia-me uns segundos, deixa de aliviar-me ao perceber que o cinto mais acima, um volume do lado esquerdo que surge e se apaga, levanto-me para procurar melhor e volume algum embora a queimadura sim, o aperto, tusso na ideia de comprovar se mais sangue, aproximo os óculos do lenço e não sangue, com a ausência de sangue o peso evapora-se, forço a tosse e em vez do pinguinho um frio e o peso logo abaixo do esterno, a morte

— Cá estamos nós

por enquanto oculta sob gordura, músculos e todavia a crescer, embrulhá-la no rolo de papel da cozinha, jogá-la no caixote cuja tampa se abre num salto irritado calcando o pedal com a biqueira e a morte esconde-se mais no interior de mim, dou conta do meu esqueleto feito de ossos horríveis e um queixo desarticulado a abanar, o telefone chama numa vozinha

(de quem?)

pronta a consolar-me talvez a que desejei perdida nas espirais de baquelite e apesar de desejá-la não atendo

— Deixa-me

o telefone zangado

— Sou eu

e acabo por emudecê-lo desprendendo-o da ficha, não me incomodes que preciso de estar a sós com a minha morte a habituar-me a ela e a ter pena de mim surpreendido que tão directa, tão simples, médicos a conversarem numa linguagem cifrada que me não diz respeito e por me não dizer respeito não existo, existem as análises, sou uma pasta com algarismos e um tubo na goela a remexer-me lodos

— Está quase

o perfume de um deles que me derrota e ofende cheio de
meses e anos e eu semanas senhores a gravata sob a bata amarela
com pintas

(tão elegante a gravata)

que me observa com pena

— Eu continuo e tu não

o sujeito do espelho no caso de me deter a fitá-lo

— O que tu mudaste caramba

por causa de um peso que me visitou há instantes, se repetir a minha idade não acredito, quarenta e cinco anos querem dizer
o quê e querem dizer acabaste, o pingo da torneira em qualquer
ponto da casa e sou eu que tombo no lavatório, no chão, percorro
os compartimentos e não me descubro deitado ou então a mulher-
a-dias varreu-me anteontem, entornou-me num saco juntamente
com os restos de comida e as embalagens vazias e sujeitos de luvas
transportar-me-ão à noite para os esgotos do rio onde os ponteiros
do relógio demasiado distantes não afligem as pessoas, nenhuma
hora que me acorde, nenhuma tábua que estale, nenhum sapato
junto à cama ao abandono, de lado, o que sucederá a esta casa,
quem ocupará no meu lugar o intervalo dos móveis, no viaduto os
mesmos carros em círculo monótonos, daqui a pouco dez e vinte e
seis, dez e quarenta e um, onze e o cão do andar de baixo a raspar
no linóleo enquanto a dona lhe prende a trela à coleira, se tiver sorte
não morro, inventei o peso, o desconforto, a dor e já não preciso de
sorte porque não vou morrer mesmo que o espelho insista

— O que tu mudaste caramba

quem se rala com a opinião de um espelho e nisto o meu
pai a verificar a língua no espelho queixando-se do fígado, quando
era criança invejava os pontinhos da barba ao acordar, a minha pele
não picava, serei rapaz a sério, a gravata do médico no meu armário
com as outras, a do casamento do meu irmão, a que comprei ao
absolverem-me no julgamento e por conseguinte eu cheio de meses,
de anos, o espelho a concordar a contragosto

— Pode ser

desconfiado de mim e eu dele, o sol distrai-se da falha à
medida que sobe

— Nem me lembro dela

ocupado com o tapete de que endireito uma franja à medida que engulo de mão pronta a amparar e não necessito da mão,

estou curado, lá anda o indicador na poeira da estante, com a mulher-a-dias antes desta escrevia o nome inteiro incluindo o arabesco
do fim e o resultado era o nome a brilhar e o dedo grosso de pó o
meu irmão esse doente a valer aos suspiros de tubinho na laringe ou
seja não suspira é a boca, é o tubinho a queixar-se uma foca a ladrar
na garganta e o meu pai para mim
    — Não está pálida a língua?
    a cara dele enorme cheia de cicatrizes proíbo-o de me im-
pressionar, afaste-se, a língua um desses moluscos com ventosas que
as ondas largam ao ir-se e se contraem, dobram, tentamos voltá-
los com uma caninha e enrolam-se na cana, qualquer coisa neles
que pulsava a parar, a cara do meu pai fechou-se com o molusco
a remexer dentro, diminuiu, foi-se embora, a minha madrasta tão
alarmada quanto eu
    — Parece um coiso do mar
    desde então observava-o à mesa pronto a saltar da cadeira
com receio do coiso e felizmente não o coiso, peles que inchavam,
gengivas, o meu pai um mecanismo complicado a trabalhar em
desordem, segmentos apertados, outros lassos demais e outros va-
cilando fora do sítio, a foca do meu irmão emitiu uns arrancos
e recomeçou a ladrar, a minha cunhada foi-se embora com um
colega do emprego e a foca guinchos, uma nádega tentou erguer-
se e desistiu à medida que as narinas se iam cerrando vencidas,
custou-me despegar-lhe a madeixa da testa, no apartamento
um tacho a arrefecer no fogão e cruzetas vazias, foi ele quem me
apresentou
    (a minha cunhada visitou-me depois do funeral reclaman-
do o andar
    — Sempre nos demos bem tu e eu)
    quem me apresentou os mestiços
    (e não tive outro remédio senão concordar porque sempre
nos demos bem é verdade, aconteceu uma ocasião ou duas depois
de casarem, o meu irmão em Espanha a vender jóias e o sofá aconchegado, uma notícia do jornal lida a meias, os anéis no meu braço,
a coxa alargou-se e dei por mim a experimentar a coxa, os anéis não
no meu braço, nas costas, eu
    — Não
    ela
    — Claro que não

ao mesmo tempo que os anéis me desabotoavam, nós atentos ao girar da fechadura e não teve importância palavra, se o meu irmão continuasse vivo dizia-lhe olhos nos olhos que não teve importância, porquê negar-lhe o andar)

foi ele quem me apresentou os mestiços no tal sofá aconchegado

(não lemos uma notícia a meias)

— Um trabalho interessante

onde se me afigurou que uma nódoa a acusar-me e o meu irmão desatento da nódoa

— Um trabalho interessante

a mim que nem o escutava a tapar a nódoa com a perna e a espreitar sob a perna, a minha cunhada espreitou igualmente, deu conta, trouxe uma caneca de água morna e uma escova, enxotou-me com o leque da mão

— Dás licença?

e de cócoras entre nós a beliscar-me à socapa diluiu o pecado, quem excepto o meu irmão não se exaltaria, pergunto, com o movimento das nádegas, se te apetece o andar fica com o andar desde que volta e meia batas a palma na almofada de ramagens

— Senta-te aqui espertinho

e eu a sentar-me num embaraço contente quais pulmões, qual esófago qual desconforto ao engolir

(apareceu-me neste segundo uma moinha nos rins a que não vou dar troco, continuo vivo e a cara do meu pai enorme, esconda a língua pai, não faleceu do fígado, foi uma veia do cérebro que rebentou sabia e despenhou-se de banda uma morte santa sem focas nem tubinhos agradeça a Deus o cuidado)

retomando a conversa

(e peça-lhe em meu nome que me reserve um destino parecido)

quais pulmões, qual esófago, qual desconforto ao engolir, o relógio

(uma veia e já está, que beleza)

que se derrame em gritos se é isso que pretende, o sapato junto à cama que se revolte à vontade, a Polícia que me prometa

— Colabore connosco e colaboramos consigo

educados, amáveis, o que é isso ao pé dela com uma alça fora do ombro e o cordão do pescoço aos pulinhos, se tiver opor-

tunidade hei-de falar do meu contencioso com as alças, a minha
cunhada aos pulinhos também desencontrada do cordão, faltavam-
lhe dentes atrás e daí o mastigar de ovelha que não era delicadeza,
era a falta de dentes tentei examinar os alvéolos
— Mostra a boca Silvina
enquanto ela
— Espertinho
sem que o girar da fechadura nos inquiete visto ter con-
tribuído com uma pá abundante quando a minha altura chegou a
seguir ao padre e antes dos amigos, agradece-me o auxílio de uns
quilos de terra para o teu descanso mano livre de advogados e juízes
e sem te aborreceres com o telefone, as costelas, os pingos, a percor-
reres as torneiras até descobrir atónito
(gosto de atónito)
ser uma lágrima solitária
(atónito, atónito)
que devias ter chorado há séculos por um sofrimento
antigo
(um berlinde que te roubei e julgaste perder, um palhaço
que me cumprimentou a mim e não te cumprimentou no circo a estender a luva ao menino seguinte, o canário que embora alimentado
a colherinhas amanheceu feito embrulho e tu a soprar-lhe as penas
— Acorda)
que patetice adiar os desgostos em vez de os gastar de imediato, ainda hoje choro um pião que me quebraram e respondi a
apanhar os bocados
— Não tem importância
com uma risca vermelha e uma risca amarela, como não
hei-de lembrá-las, à risca amarela faltava-lhe tinta mas a vermelha
excelente e meu Deus a importância que tinha, eu de pá no ar e a
minha cunhada escondida num jazigo com flores numa fita preta
(não amarela nem vermelha, preta)
esperou que a gente se afastasse para as depositar sobre as
nossas escoltada pelo colega do emprego mais pequeno que ela que
de si não era grande e tão bem proporcionado que daria gosto com-
prá-lo, se me pertencesse decorava a cómoda com o homem rema-
tando-o com um chapelinho de canção tirolesa, caminhava ao lado
da minha cunhada ora evaporado nos choupos ora luzidio ao sol em
passinhos precisos

(tudo nele era preciso)

evitando os canteiros, foi o meu irmão quem me apresentou os mestiços e a minha madrasta para o meu pai a escapar-se da língua

— Parece um coiso do mar

de modo que ele a estudar-se sozinho enquanto a veia pela calada lhe cozinhava o epílogo, se eu adivinhasse perguntava

— Dói-lhe a cabeça pai?

uma veia no centro dos miolos a conspirar em segredo

— Rebento hoje ou depois?

e o meu pai convencido que o fígado o meu irmão num cochicho apesar de só nós dois em casa porque os relógios seja qual for a importância que se dão a si mesmos não contam

— Uns garotos mestiços

uns garotos mestiços fora de Lisboa e passando a Amadora, a estrada de início e caminhos depois, figueiras bravas e cactos aguardando a minha pá de terra a fim de desaparecerem de vez

(deu-me um certo prazer aquele meu gesto agrícola, não me importava de visitar o cemitério e repeti-lo com a vantagem adicional de encontrar o colega da minha cunhada miniatural, completíssimo, se não fosse o problema de me haverem acabado os irmãos)

barracas de africanos, cabritos, galinhas, aqueles trambolhos deles que não são os nossos trambolhos, mais pobres, mais alegres, em veredas sumárias ou esquemas de veredas

(esquemas de veredas)

onde crianças etc, não perco tempo com embriões, um prolongamento para a esquerda onde um garoto de espingarda com um fraque de terça-feira gorda a levantar-se de um calhau seguindo-nos

(há uma fotografia minha mascarado de Gato das Botas no Carnaval do Ateneu com a data escrita pela minha madrasta num aparo de grossos e finos e por baixo o local histórico e um borrão no fim, Carnaval do Ateneu, o que recordo melhor é ter feito chichi, nervoso de ser gato, na vestimenta alugada e o dono do guarda-roupa a estender ao meu pai as calças com garras na ponta que me atrapalhavam a marcha exigindo indemnizações

— Não me diga que não fede a amoníaco

no meio de dúzias de Mosqueteiros, Belas Adormecidas, Polegarzinhos e Valetes de Paus e uma senhora de idade espessa de lutos solenes a emendar a um canto numa tristeza que se pegava um Almirante rasgado)

a seguir ao garoto de fraque no sentido de Sintra um vazadouro com oliveiras

(sugiro que não percamos tempo em detalhes embora uma digressãozinha não caísse mal nesta página, as oliveiras descritas ao pormenor, cor, textura, tamanho e por aí adiante, o tom do céu, as nuvens, que pintor não teria eu sido se a minha família estimulasse)

um segundo mestiço de sete ou oito anos com uma pistola no colo preocupado com um chupa-chupa e um avião de brinquedo e a cem metros do garoto um telheiro entre carvalhos o meu pai para o do guarda-roupa

— A mim não me cheira a nada amigo

a senhora de idade cortou a linha com incisivos demasiado agudos para um luto tão denso e de repente nos olhos dela o desdém pelo falecido

— Um idiota

e a minha madrasta pasmada, o dono do guarda-roupa encaroçou-se de pulsos e dei por uma menina de tranças nas imediações da porta que dizia Atelier a rolhar a boca com o polegar

(há-de ter filhos nesta altura e varizes e desgostos ou seja para simplificar o que chamamos vida)

o dono do guarda-roupa subiu o meu pai pelo pescoço sem que o coiso do mar da língua se queixasse do fígado

(não pensei que o cérebro lhe estalasse um dia apostei oitenta por cento no fígado mas umas vezes ganha-se e outras vezes perde-se)

— Está a brincar comigo você?

no telheiro mais uns tantos mestiços prosseguindo a seu modo

(Sinaleiros Marqueses Limpa-Chaminés)

o Carnaval do Ateneu

(faltava-lhes a data e o borrão)

e debaixo de serapilheiras ou o que chamo para simplificar serapilheiras

(os carvalhos um sonzinho alegre e já que estamos com a mão na massa interrogo-me se os choupos incomodam o meu irmão sob a lápide, no que me diz respeito e amigo dele como era mandei-lhe a terra com a força aumentada pela lembrança da minha cunhada e a bem da saúde da fechadura)

electrodomésticos, telemóveis, antiguidades, a nuca do dono do guarda-roupa aumentou no colarinho

— Você diz que não paga por isto não é ouvi você dizer que não paga por isto

a agitar o Gato das Botas com as orelhas de feltro e as unhas de plástico, não ganhei qualquer prémio, ganhei um diploma de menção honrosa de que a minha madrasta recusava separar-se apertando-o no peito, abrimos as traseiras da furgoneta sem que nenhum mestiço ajudasse com o peso

(se a campainha da rua tocar e a minha cunhada

— Sou eu

na voz distorcida do rapaz da lavandaria ficava melhor?)

o meu irmão entregou as notas ao que zumbia um avião de brinquedo subindo-o a pino, se mo emprestasse um minuto agradecia porque a infância pega-se, a minha madrasta encaixilhou o diploma com o escudo do Ateneu e um espaço para o meu nome que se esqueceram de preencher e o meu irmão pediu-mo ao casar-se para enfeitar a sala, passados tempos só o prego em que o penduraram sobrava, passados mais tempos nem o prego existia, uma gota de ferrugem

(ignorava que a ferrugem líquida)

a roer a parede

(se a campainha tocar e eu

— Sou eu

na voz distorcida do rapaz da lavandaria a minha cunhada ficava melhor?)

e de regresso do telheiro o esófago e os pulmões na mira de uma distracção nossa

— Voltámos

e aí está o motivo dos santos não sorrirem na igreja, sorrirem de quê e depois no seu caso nem pulmões, nem esófago, mortes macacas, na melhor das hipóteses cabeças em bandejas, leões no coliseu, pedradas, o que é preciso sofrer para ter direito a um altar que espiga e há quem lhes exija bom feitio imagine-se eu que não sou santo que bom feitio posso ter quando as vértebras sustentam um corpo que por vontade dele se unia à foca do meu irmão a ladrar sob as lajes, lá viemos os dois do mau cheiro dos

pretos esparvoando galinhas, trancámos a furgoneta no armazém
à noite supondo

(pobres ingénuos mentecaptos)

que ninguém na avenida excepto uma ou outra mulher

(confesso ter sucumbido com resultados variáveis a encan-
tos mercenários mas quarenta e cinco anos, mas sozinho, mas o
telefone que não toca inclinam a perdoar-me)

no dia seguinte o galego e o sócio

— Materialzinho decente?

(ficou-me na memória a que chamavam Dita a contar antes de começarmos a história de uma cicatriz na bochecha e por via
da cicatriz ia perdendo gás que o problema do sexo visto em pro-
fundidade é uma questão complicada, publicam-se estudos sobre
isso)

enquanto o sócio calculava a mercadoria e fazia somas num
livro, um adepto da precisão aritmética que verificava as parcelas
desenhando estrelinhas na margem e eu a sentir a Dita lá fora, a
cicatriz escura e eu sem gás algum

— Não me dispo

não em voz alta que não sou pessoa de ofender, calado à
procura de estratégias para me despedir sem pagar deixando no
quarto uma criatura que massajava os tornozelos tão aborrecida
quanto eu

— Vamos lá então

com a factura da electricidade ou a renda na ideia, tê-la-
iam mascarado de Gato das Botas num Carnaval remoto e a cara
do pai dela enorme inquieto com o fígado

— Não está pálida a língua?

à medida que uma veiazinha escondida nas meninges lhe
preparava a cama, só faltava um irmão, uma cunhada e uma dificuldade em engolir, os polícias para mim

— Você dá-nos uns palpites e a gente esquece o armazém
não viemos aqui prejudicar os brancos

a estola da Dita com o que parecia traça, alguém fechou as
cortinas e estou sozinho no escuro a repetir

— Mãe

dado que a minha mãe faleceu ao ter-me e mentira, desejava que se apiedassem conforme desejava que o médico

— Não há problema senhor

faleceu ao ter o meu irmão cinco anos depois ou nem isso faleceu já o meu irmão gatinhava, lembro-me dela grávida a escutar o rádio batendo o compasso com o pé e logo a seguir doente

(os polícias compinchas desejando o meu bem

— São coisas nossas não se inquiete não prejudicamos os brancos)

a levantar-me o queixo de cobertor no colo

— És um homem sabias?

e eu sem picos de barba espantado com ela ao mesmo tempo que a Dita no colchão

— Não consegues?

e não consigo, envelheci, repare como a boca me foge e se caísse na asneira de abri-la um desses coisos do mar que se enrolam nas canas a ameaçarem a gente, um sapato de lado, o outro sapato perdido

(lá voltamos nós ao princípio, à campainha, ao telefone, à mudez das coisas que não produzem ruído muito maior que a das coisas caladas, vide páginas atrás marcando esta com o dedo e retomar o texto a seguir)

se descobrirem as peúgas agradeço que me custa baixar-me, tudo endurece e se esfarela, os polícias a sacudirem-me o braço

— Não te faças de inválido

levas-nos de furgoneta ao telheiro e não te importas com o resto, não suspeitas, não vês, a Dita a ajustar a saia com a cicatriz da queimadura vermelha viva, zangada

— Não me largas aqui sem pagar a eternidade em que me esforcei contigo

eu que preferia a minha cunhada

— Espertinho

mesmo com a fechadura a girar sobretudo desde que o meu irmão coitado metido na pá de terra que espero suficiente para impedi-lo de subir até nós e falo não importa de quê a adiar a confissão de ter respondido aos polícias que sim, mais concretamente, que é uma fórmula que me agrada, ao fulano tão inútil quanto eu, com os mesmos rins impossíveis de dobrar e prestes a uma fractura sem glória que os ossos vão perdendo substância que mandava nos outros embora os outros o troçassem como sucede comigo, aliás se não fosse obrigado a trabalhar estava na província com uma cana de pesca ou a jogar dominó sob um olmo talvez com a Dita na cozinha a apurar o almoço e depois no verão instalado num balde ao contrário sem pensar

(pensar em quê se a memória se foi?)

seguindo os rebanhos com os pastores e tal, que conversa, o meu irmão o triplo da minha inteligência ao poupar-se desgraças deste género ou seja anos e anos à espera ignorando que se esperava, convencidos que não se esperava fosse o que fosse e no entanto aguardando a altura de nos vestirem o fatinho da arca nas suas alfazemas e nos seus celofanes, o quarto saturado do cheiro da lixívia e dos fritos do velório e os vizinhos à entrada de fato também só que não o da arca a limparem as solas no capacho que apesar de tudo a morte, faço-me entender, compreendem, o que mandava a animar-me

— Temos de ser uns para os outros

isto é entrego-lhes os pretos, acabo com o meu negócio e sou livre de pedir esmola nas escadas das igrejas visto que não nasci mulher para lavrar a avenida e se nascesse mulher e ao ponto a que cheguei com tanto inverno no lombo que freguês me escolhia, o que mandava a avaliar uma espinhazita da pele

(este relato contraria-me, dava sei lá o quê para que me encarregassem de uma história diferente, o que mandava preocupado com a espinha a palpar o centro e a levantar logo o dedo)

— Acabado o serviço a gente esquece-o você esquece-nos e pronto nunca nos encontrámos

que me soou a fim de namoro embora dois ou três automóveis a seguirem a furgoneta pelos caminhos do Senhor na direcção da Amadora, eis o parque de campismo sem turistas e um empregado a cortar relva com uma foice ou tesoura, mais tesoura que foice e não vislumbro a razão de as confundir, eis o Bairro e crianças a olharem-nos sem reparar em nós na distracção dos retratos, se abordamos uma fotografia

— Você quem foi?

estranham, quando muito sem deixarem de fitar-nos

— Esqueci

e o bosquezito de figueiras bravas em que a minha morte se oculta principiando não nos meus interiores, entre folhas e cactos eu convencido que a salvo e vai-se a ver uma culatra que se puxa e um gatilho que dispara não será em casa a verificar as costelas nem num corredor de hospital com os doutores a passarem tão distraídos quanto os retratos não me vendo sequer, será junto a um apeadeiro vazio com uma muleta nos degraus e corvos incompletos em cima, o telheiro que servia de arrecadação aos mestiços num lugar onde se adivinha a serra de Sintra, um volume a seguir a uma lomba, se dependesse da minha vontade falava em pormenor da serra e não depende, tive lá uma tia num rés-do-chão húmido a escapar-se da gente como um bicho, ouvia-se um ratar de biscoitos na penumbra o meu pai

— É a tia

e talvez fosse a tia ou um gato vindo das trevas para se afogar de novo, a única frase que lhe escutei foi

— Vão-se embora

antes do biscoito recomeçar o seu trabalho num fundo de armário, já na rua distinguíamos uma oscilação de cortina e pronto, se calhar acabando-se os biscoitos ratava o tapete ou o sobrado até levar sumiço ratando sempre nos alicerces do prédio e inclusive sob os alicerces nos quais argamassa e pedregulhos até que um domingo essa espessura que anuncia ausências e os espelhos em cujo estanho

(o que mandava)

éramos parte das nódoas, a crueldade de um pingo em qual torneira digam-me, todas as casas se parecem a começar pela minha, o que mandava

— O telheiro dizes tu?

a distribuir os agentes, sou um Gato das Botas denunciando os colegas do Ateneu, Sinaleiros, Limpa-Chaminés, Marqueses, faltava a menina de tranças na porta que dizia Atelier a rolhar a boca com o polegar, hesito sobre se continua menina ou da minha idade hoje em dia, filhos, varizes, desgostos o que chamamos vida, o brinco que se deixou no lavatório, desapareceu no ralo e o canalizador a assinar a factura

— Diga-lhe adeus madame

o empréstimo a treze por cento ao banco e depois se vê, que penhorem, o que mais há aqui a penhorar de resto, o telheiro encafuado nas árvores e um bando de garotos mestiços que não encaravam a gente, andavam-nos à roda a farejar e não menciono os texugos e a minha tia que ia ratando calhaus, mestiças mais velhas que eu se possível e sou levado a crer que possível a aquecerem sopa em latinhas, portanto os agentes ao longo do telheiro e eu na furgoneta à espreita dos mínimos sinais do corpo

(morro não morro)

pesos, desconforto, fraquezas, eu por estranho que pareça com saudades do lugar onde moro, a certeza que iam tocar a campainha ou chamar ao telefone, preocupar-se comigo

(há-de existir não sei onde quem se preocupe comigo, a minha cunhada, a Dita, a Dita julgo que não)

entrar, um vizinho, um amigo

(não acredito que não haja um amigo)

auxiliando-me a esquecer a minha morte até que a manhã de outro dia de forma que não dei pelos tiros, dei por um mestiço ou uma doninha a correr, os corvos ora longe ora perto e depois longe e perdi-os, a minha mãe a levantar-me o queixo

— És um homem

e a trancar-se no interior de si mesma que se sentiam os fechos não apenas corridos, a soldarem-se, no seu caso foi o meu pai quem agarrou na pá ou antes ajudaram o meu pai a agarrar na pá e despejaram-na por ele enquanto na caixa de madeira um som oco sem pessoas de modo que procurei a minha mãe na cama e não estava como não estava no quintal ou na copa

— Onde se meteu senhora?

apenas um frasco de perfume barato desrolhado e a camisa de dormir nos lençóis, o mestiço que corria parou, tentou um gesto para mim e arrependeu-se do gesto, um trabalho interessante de facto, tinhas razão mano, levamos a mercadoria, pagamos, entregamos a mercadoria ao galego, recebemos o dinheiro e em cinco ou seis meses a nossa existência melhora isto é um tubinho na garganta e uma foca a ladrar, o meu irmão ao princípio

— Não estou igual a uma foca a ladrar?

mais saudável que eu mais forte e no entanto a segurar-me o ombro sem mostrar a língua a perguntar do fígado

— Não estou igual a uma foca a ladrar?

quando éramos catraios a gente os dois

é difícil, desculpem, quando éramos catraios

(serei capaz?)

a gente os dois íamos à praia com a minha madrasta em agosto ou setembro na altura das mimosas, a minha madrasta de perna ao léu enquanto procurávamos cascas e pregos na areia às vezes um barquito à vela e a bóia dos socorros a náufragos, o meu irmão abria uma cova na esperança de após meia dúzia de palmos (não consegues e na avenida ninguém salvo um ventinho sem rumo que me aumentava a aflição

— Não consigo)

alcançar a Austrália e por pouco, dois ou três centímetros no máximo, não alcançou, não me ralavam os centímetros, ralava-me

(o mestiço baixou-se para apanhar a espingarda deu a impressão de desistir e foi-se endireitando como se os rins os meus rins e os ossos os meus que o óxido colou, se caíres sobre a espingarda é fácil, aponta para mim, fixa-te melhor, dispara e não apanhou a espingarda nem se fixou melhor nem disparou, a boca não sei quê que não fui capaz de escutar)

a minha madrasta conversava com um preto no toldo junto ao nosso num timbre mais agudo que em casa e o riso dela

(nunca a tinha ouvido rir porque a sua alegria pertencia ao género mudo, conheço pessoas assim, acontece-lhes uma coisa boa e amolecem em lugar de agitar-se, derramam-se numa cadeira incrédulas, deixam de escutar-nos, sofrem, quando foi do diploma do Ateneu por exemplo apertou-o a repetir

— Eu eu

e a desviar-se de nós para não lhe vermos a emoção)

aleijava-me, o mestiço encostou a bochecha à espingarda

(— Vai adormecer

calculei)

um dos sapatos de bailarino sacudiu-se e murchou, a cara murcha por contágio e a boca não a meio da cara

(o resto das feições nos sítios certos bravo)

a deslizar para o chão enquanto o riso da minha madrasta me ia rasgando, rasgando, o meu irmão a abandonar a Austrália

— O preto

(terminarei a minha prosa?)

o meu irmão a abandonar a Austrália

— Vês o preto?

não um mestiço, um preto que ninguém perseguia, o cheiro, os modos de cão, julgava que a minha madrasta uma senhora normal incapaz de tocar-lhes e no meu caso era a primeira vez que um preto nas redondezas tirando o engraxador da barbearia curvado para as biqueiras dos clientes a assoar-se no pano do lustro e a agradecer as moedas

— Patrãozinho

a esse nunca dei por ele de pé, ora dobrado de sobrancelhas no cabedal ora a deslocar o queixo a mastigar a humildade

— Patrãozinho

e aproveitando a humildade o meu pai

— Não está pálida a língua?

de modo que quando o meu irmão abandonou a Austrália

— Vês o preto?

a minha madrasta não na varanda incomodada

— Parece um coiso do mar

no toldo com o preto que lhe espalmava a mão nas costas como eu a verificar os pulmões

(o corpo inteiro a convergir para a mão que não encontra o peso e sossega)

à medida que o riso da minha madrasta me lacerava mais de forma que daqui a instantes uma gota no lenço, daqui a instantes a difi

de forma que daqui a instantes a impossibilidade de engolir e tantas nódoas de leite, tantas falhas na parede, tanto relógio a esvaziar-se de gritos, daqui a instantes o telefone que estremece no fim do corredor uma prancha que estala, a crueldade de um pingo em que torneira guiem-me, percorro-as uma a uma e elas inocentes nos seus bicos cromados

— Eu não fui

as laranjas da fruteira demasiado redondas para serem honestas, o ramo de flores das colheres de pau no cilindro de loiça forçando-me a vigiá-las para que não se enervem comigo, daqui a instantes a Dita

— Não consegues?

daqui a instantes a minha mãe

— És um homem

antes de se trancar na almofada daqui a instantes o meu pai

— Não está pálida a língua?

não, a minha cunhada

— Espertinho

daqui a instantes a minha madrasta e o preto no interior do toldo e eu a ajudar o meu irmão com a sua cova na areia na certeza de num minuto alcançarmos a Austrália.

Se o meu irmão não alcançou a Austrália com a ajuda da minha pá de terra talvez me acompanhasse na época em que eu quarenta e cinco anos, que esquisito o tempo e a Polícia e os mestiços

(não vamos voltar ao início pois não?)

se o meu irmão não alcançou a Austrália não o saberei enquanto continuar relativamente cá em cima e verifico que continuo relativamente cá em cima por uma alteração nos objectos, a cara do meu pai

— Não está pálida a língua?

e a que propósito o meu pai ou os outros, pessoas que se cruzaram comigo ignoro onde moram e de súbito uma respiração na orelha e uma palma a reter-me

— Sou eu

sem que distinga qual deles não a Polícia, nem os mestiços, lógico, gente imprecisa, a mulher que encontrei num banco de jardim demasiado bem vestida para um banco de jardim sem olhar ninguém a insistir

— O que faço?

triciclos e árvores e aleazinhas à volta, a mulher no banco deu por mim e esqueceu-me

(custa a admitir mas esqueceu-me, a minha cunhada por exemplo não tornou a chamar-me)

foi andando no sentido do miradouro onde não o rio, o castelo

(aproveito para informar que a minha lembrança do castelo são ruínas e pavões a guincharem)

e perdi-a, terá sido ela quem

— Sou eu

em lugar da boca que hesitava

— O que faço?

e o

— O que faço?

a hesitar também, julgo que o galego

(para quê aldrabar, tenho a certeza)

que o galego e o sócio no passeio onde a claridade não chega a rondarem a casa, não se atrevem a subir as escadas contaste da gente à Polícia não contaste da gente à Polícia, a mão do sócio na algibeira

— Não confio em você

esperam que desça, saia e eu sem olhar ninguém

— O que faço?

o telefone no momento em que precisava dele mudo, a quantidade de coisas que me assustam amigos, cobras, cães e eu nem um pau sequer enquanto o meu irmão com dó de mim na Austrália, mal o preto se foi embora a minha madrasta debruçada para o buraco na areia

— Onde se meteram malvados?

e nós sem respondermos a cavar com as mãos, cava com as mãos no soalho e o galego perde-te consoante perdeste a mulher do jardim a qual de certeza, com a qual talvez e só com ela, um dia, não mudes de assunto, não fujas, uma mulher demasiado bem vestida para um banco de jardim que não reparou em ti

(quem repara em ti?)

se reparasse em ti não te via e se te visse enfadava-se, em certas alturas chega-te a Dita à memória com a qual de certeza, com a qual talvez e só com ela, um dia, cumplicidades, hábitos, a Dita a cozinhar para nós e eu a aboborar na cadeira, supérfluo é certo mas ali, nos dias de aniversário atenções, prendinhas e nas madrugadas em que a minha mãe

— És um homem

antes de se trancar na almofada e a veia do meu pai

(— Não está pálida a língua?)

— Rompo-me não me rompo?

nas madrugadas intermináveis, logo que os pulmões e o esófago, dedinhos cúmplices a sossegarem os meus, hoje ou amanhã ao descer as escadas porque mais tarde ou mais cedo descerei as escadas o galego a elevar-se nas suas molas de gordo

— Rapaz

mas o sócio de mão na algibeira

— Não confio em você

sem referir os mestiços que porventura sobraram, Limpa-Chaminés, Sinaleiros, Marqueses, há momentos em que se a pá de terra me cobrisse a mim em lugar do meu irmão agradecia, não sonhava com o regresso à superfície, continuava como a tia de Sintra a ratar, a ratar, a gente procurava-a

— Tia

e um halitozinho sumido

— Vão-se embora

a impressão que um gato e gato algum, o encolher das sombras que é a mesma coisa visto que nunca entendi se os gatos existem ou não passam de condensações do escuro a detalharem-nos numa curiosidade preguiçosa, os mestiços não na Amadora nem nas bombas de gasolina da auto-estrada do norte onde o que mandava nos domingos de Ermesinde

(as lâmpadas, os arbustos e tal, a certeza de eternidade que nos acompanha uns minutos para nos deixar mais órfãos como a mulher do jardim

— O que faço?

e em lugar de resposta um corpo que vai caindo, caindo e a gente que pensava existir para sempre a cairmos com ele)

os mestiços aqui entre as serpentinas e os balões do Ateneu, apresento-vos o presidente no estrado de chapéu de coco de papel a experimentar o microfone

— Não trabalha?

o indicador raspava e o microfone tempestades eléctricas, da origem das tempestades uma ameaça tremenda

— Já trabalha

os mestiços se calhar na sala se calhar no meu quarto

(herdei da minha mãe uma caixa vazia tirando uma chave que sempre me intrigou

— Para que serves tu?

e a chave calada)

onde um aviãozinho de brinquedo a zumbir

(o que havia de responder uma chave?)

a Dita de costura suspensa intrigada com o zumbido

— O que foi?

(há quantos séculos isto?)

não a mulher do jardim sem interromper costura alguma

— O que faço?

e em lugar de resposta um corpo etc, eu como se não a visse e não a via realmente nem à Dita nem a ela, habitua-te a estar só, aguenta, a pensar na minha madrasta com o preto no toldo e aí não zumbidos, o riso dela e pausas, não me venham com a história do barulho do mar, que barulho do mar, nem da foca na garganta do meu irmão

(ladraria mais tarde)

ele com saúde na areia, a conversa do preto gargalhadas e cochichos enquanto eu

— O que dirão os pretos?

pássaros das praias, não gaivotas, afi

(se um de vocês entender um preto dou-lhe um doce, pedem perdão, gaguejam)

lados, pequenos, bicando acho que lapas nos intervalos dos penedos e o farol num alto, começámos a trabalhar com o meu pai no

(de vez em quando um homem na varanda do farol, microscópico)

armazém

(via-se que nortada porque a roupa ia mudando de forma e dali a pouco feixes ao comprido das ondas em que uma ocasião um golfinho, um cachalote ou um golfinho, menor que um cachalote, um golfinho, ao mergulharem círculos brancos que deixam de ser brancos e a água lisa de novo, quem me garante que um golfinho e por essa ordem de ideias quem me garante que o meu irmão e eu, estou a fazer um livro, a mão escreve o que as vozes lhe ditam e tenho dificuldade em escutá-las, se as vozes ditam não é mentira, é tal qual, o meu irmão e eu ordenam elas e portanto ponho o meu irmão e eu a cavarmos um buraco, não, ponho o meu irmão a cavar um buraco e eu distraído com os pássaros, assim está certo)

começámos a trabalhar com o meu pai no armazém em Alverca, não no centro é óbvio, para a banda do rio embora não se visse o rio, dava-se conta do Tejo derivado ao cambulhar do gasóleo a sacudir o abeto que se aguentava nas traseiras e o meu pai tomado de amores pela árvore ele que não ligava às pessoas, a minha madrasta a abraçá-lo e o meu pai

— Larga-me

ajudava-o a resistir com fios e paus encorajando-o baixinho, se notava que reparávamos cuspia para as moitas irritado connosco

— Nunca me viram?

ou escondia-se no ângulo do armazém onde numa mesa calendários e o espelho de seguir as metamorfoses da língua, o meu pai a acarinhar o abeto da janela enegrecido pelo tempo que nos enegrece a todos, bibelots esperanças terrinas até nos transformar em cinza, a Dita se me visse a esta hora

— Tu cinza

eu cinza, a minha mãe cinza e o meu irmão na Austrália, mal lhe joguei a pá de terra desatou a cavar, o abeto enegrecido pelo tempo comigo consolando o meu pai

— Ainda lá está descanse

ainda lá está hoje definhado e teimoso, um dia pego numa serra e mato-o, se o meu pai defunto

— O abeto?

juro que não o oiço ou respondo

— Não sei

e ele que remédio a ir-se embora desconfiado de mim no fatinho da arca, ao fim da tarde chegavam camionetas por um beco entre fábricas onde trepadeiras, calhaus e um abandono de derrota, não os mestiços do Carnaval do Ateneu, brancos

(depois de o meu pai falecer a minha madrasta continuou connosco, às vezes vinha-me a impressão que o riso dela e o preto a segredar-lhe, entrava na cozinha

— O preto?

e a minha madrasta sem companhia a limpar o fogão olhando-me como os borregos incapazes de um movimento, um som, adivinha-se que tentam cumprimentar-nos e no entanto o queixo tomba e um fiozito demorado a baloiçar

deve pertencer aos pulmões ou ao esófago

já não tem muito tempo senhora ou seja há-de ter muito tempo depois)

brancos que nos deixavam caixotes, o galego e o sócio esses sim pela estrada

— Mercadoria simpática?

e o gasóleo do Tejo a empestar o armazém, a minha madras-ta não se recordava do preto, compreendia-se que um esforço coitada

— O preto?

surpreendida comigo a cara animava-se e pendia, não lhe saía uma frase

(sair-me-á uma frase?)

passado um ano nem o fígado nem uma veia não quiseram contar-me no hospital

(o galego)

o médico a poisar o estetoscópio

— Há pessoas que desistem

quer dizer deixam de limpar o fogão o galego para o meu pai

— São os teus filhos esses?

e o abeto depenado, o carro do galego de portas abertas sem desligar o motor, talvez partilhasse com o fulano que mandava o consolo de uma estação de serviço na auto-estrada do norte quando julgamos

(temos a certeza)

que ninguém nos recebe, habitantes de um mundo deserto em que arbustos ralos e luzes geladas, pergunto-me se no caso de um filho a minha vida diferente mas vem-me à cabeça que o meu pai dois na falta de um e de que lhe serviram contem-me à medida que uma traineira me remexia por dentro avançando ao mesmo tempo nas minhas tripas e no rio, o galego não dois filhos, uma filha e um genro farmacêuticos

— Quem é que julga que paga a farmácia?

a tirar fotografias da algibeira juntamente com a pistola como se fosse matá-los, a indignar-se com a pistola

— Um cangalho

a guardá-la e os retratos apenas que o galego sepultou com o desprezo do lábio

— Não fazem nada de jeito

enquanto o meu irmão e eu lhe enchíamos a bagageira de sacos, às vezes estátuas de igreja e os santos mais leves que eu supunha de madeira ou assim

(gesso?)

nos altares entre toalhinhas e velas com imensa gente a rezar-lhes afiguravam-se-me pesadíssimos e tão fácil carregá-los debaixo do braço, o galego

— Cuidado

no medo que lhes entortássemos a auréola, a traineira abandonou-me os intestinos avançando a mancar para a foz, o preto se fosse vivo a cair da tripeça, uma ocasião fomos com o meu pai receber uma entrega de barco e a água que se imagina azul parda, além da minha cunhada e da Dita outra mulher, um dos caixotes escorregou e perdeu-se, tudo se deslocava abaixo de nós num frenesim de berço, lembro-me de castanheiros na margem, umas empenas, hortas, no barco um homem numa espécie de torrezinha a manejar alavancas e quando digo tudo se deslocava abaixo de nós digo que tudo se entrechocava, vacilava e ameaçava desfazer-se, a outra mulher empregada num restaurante, esperava-a no pátio das traseiras onde uma lâmpada num muro a iluminar-se a si mesma não às coisas panelas de comida fermentando amarguras, o barco cheirava ao bolor dos armários em que roupa antiga grelava, Vila Franca a oscilar muito longe

(disseram-me que Vila Franca)

voltámos a terra a embater nos castanheiros e pela primeira vez na vida tive saudades do abeto conforme tive saudades de soalhos firmes e da casa eu que não gostava da casa, engraçado como o nervoso nos faz apreciar os sítios onde nem felizes nos sentimos, não este onde moro agora, o outro duas ruas antes sem o telefone e a campainha e os pingos

(se não for de nenhuma das torneiras de onde virão os pingos?)

aquele em que a minha mãe

— És um homem

antes de se trancar na almofada nunca pensei que as caras se aferrolhassem assim com tanta pressa de início e tanta imobilidade depois, o que mandava a tomar notas no telheiro

— Da próxima vez que te apanhar não perdoo

comigo a pensar nos mestiços a quem daria o primeiro prémio, ao Sinaleiro, ao Limpa-Chaminés, ao Marquês, o presidente a bater no microfone

— Já funciona esta bodega?

contagens de um a cinco e de cinco a um, soslaios furiosos ao encarregado do som desesperado com o mecanismo

— Não sei o que se passa

e curto-circuitos, chamazinhas, uivos, o presidente possesso

— É para hoje ao menos?

o avião de brinquedo não zumbia na erva, a outra mulher, insisto que o avião de brinquedo não zumbia na erva, a uma légua do telheiro o Bairro, vielazinhas, colinas, uma menina a quem a voz imensa assustava vestida de amazona em cima de um cavalo de pau principiou a chorar

— Tenho medo

a outra mulher

— Entra entra

os corvos no parque de campismo entontecidos com os tiros, a nossa furgoneta no pontão à espera e embora navegássemos para ele o pontão afastava-se, quer dizer aproximava-se afastando-se e espero que compreendam tanto mais que ao atracarmos continuava a afastar-se, a mãe da Amazona acenava-lhe de longe

— Espera um segundinho está quase

à medida que o cavalo de pau ia chiando rodas no estrado, o pontão de repente não a afastar-se, quieto, a furgoneta quieta, Vila Franca quieta, o sistema solar inteiro graças a Deus quieto

(já não era sem tempo)

excepto um cadáver de vitelo

(de pau também?)

que chegou à gente, se virou ao contrário e não rodas e portanto não de pau, autêntico, fiquei a olhar o quarto da outra mulher em busca de um bico onde pendurar a camisa, descobri que a fivela do cinto um orifício mais larga e agitei-me

— Engordei?

a palpar a barriga, no telheiro dois mestiços, um tão quieto quanto o pontão e o segundo uma foca na garganta que não ladrava como a do defunto limitava-se a fungar, aquela ma

o pobre

(e daí sei lá, depende como é a vida na Austrália)

neira de andar delas de mendigo de esquina puxando as ancas a rastejar para a gente a fim de aumentarmos a esmola

(o que fungava deu-me ideia que sangue, a boca e o nariz encaixados um no outro derivado às balas, não me perguntem se o nariz na boca ou a boca no nariz em primeiro lugar porque não sei e em segundo lugar porque mesmo sabendo nem pio, há assuntos que se falar neles fico abalado)

o Limpa-Chaminés ou o Sinaleiro a rastejar para a gente

(como será a vida na Austrália?)

cuidei que uma pistola e pistola nenhuma, foi a goela não o gatilho quem fez

— Pum

e com o

— Pum

mais sangue e a suspeita de ossos ou dentes, podia passear-se em Vila Franca que a terra não se afastava um centímetro, tudo alinhado, por ordem, ganhei a menção honrosa porque a mãe da Amazona a levou, o presidente desembaraçou-se do cavalo de pau com o joelho e o bicho foi andando mais as crinas castanhas e uma venta rasgada, pensei

— Vai cair

e deteve-se na beira do estrado com uma das rodas no ar, a expressão dos olhos dele e a expressão do mestiço a repetirem

(disse das figueiras bravas?)

— Pum

de cabeça ao chão embora o indicador continuasse a disparar, não Limpa-Chaminés nem Sinaleiro, um garoto cuja roupa se acamava no género das plumas dos mochos a desincharem-lhe em torno, o mestiço ou a amazona

— Tenho medo

e silêncio, quer dizer após o

— Pum

silêncio apesar do indicador um disparo e o peito a doer-me, a camisa na maçaneta à falta de cabide e pendurada na maçaneta não a reconheci

— Será minha?

tudo negro no quarto, a cama mais negra que o quarto incluindo os lençóis e as fronhas e a outra mulher mais negra que a cama, o presidente deixou de bater no microfone

— Já funciona que alívio

e então uma voz demasiado ampla

(interrogo-me se Deus)

a aterrar a assistência o que mandava experimentou o garoto com a coronha e desistiu do garoto, um corvo veio espiar-nos do parque de campismo e regressou a parlamentar com a família no que julguei uma acácia e admito que me enganei, um plátano, um freixo

(gosto das sementes dos plátanos que nos deixam um pozinho na mão)

a minha mãe

240

— És um homem

a trancar-se na almofada e eu para a outra mulher que não encontrava nas cobertas e no entanto ali

(onde mais podia estar?)

não acreditando na minha mãe

— Serei um homem de facto?

no instante em que um derradeiro

— Pum

quase um segredo que me atingiu no ombro, o que mandava

— Sente-se mal você?

sem reparar que o meu nariz e a minha boca encaixados um no outro derivado à pistola mas como derivado à pistola se o dedo deixara de dobrar-se misturado nos restante dezanove ou quarenta e sete no chão, às vezes ao abotoar-me dou fé que por me sobrarem me embaraçam os gestos e quanto mais dou fé mais se multiplicam desejosos de ajudar e que eu satisfeito com eles, ganas de responder que não necessito de tantos e não respondo, espero que diminuam por iniciativa sua enquanto o botão

— Vais ficar o resto do dia nesta dança?

se impacienta a tentar livrar-se da linha

(não conheço um botão que não tente livrar-se da linha e desprender-se)

e para cúmulo esta cara senhores que não se parece comigo

(da minha mãe, do meu pai, de um avô que não desiste

— Ainda cá ando meninos)

e à qual se dirigem como se fosse eu, a outra mulher que não me convencem não ter falado com a Dita

— Não consegues?

se calhar a cara errada também que um avô que não desiste a obrigava a usar, o pai da Amazona levou o cavalo de pau calculo que para o matadouro porque o animal se negava endurecendo as rodas no palco, ao espreitar da furgoneta o barco e o pontão desa-parecidos e no seu lugar um hospital, uns comércios

(o masculino de amazona é o quê?)

e ao pôr hospital a minha morte de regresso ou seja o des-conforto a engolir e a gotinha no lenço, uma constelação de tor-neiras que não cessam a enlouquecer-me de pingos, passo-lhes a

palma por baixo, aperto-as melhor, vigio-as, aí estou eu de mãos
nos joelhos dobrado para diante e em cada mão quinze dedos

(quando procuro acender a luz da cabeceira nem um, a
carrapeta foge e no entanto ao contá-los reúno oito ou nove)

com um ouvido nos pingos e outro no telefone e na campainha da porta, alguma coisa deve ter ficado na pistola que não
havia porque o peito e o ombro me doem a menos que peito e ombro
um prolongamento do esófago, se caminhar mais depressa

(não muito mais depressa um pouco mais depressa)

os pulmões nos olhos que se dilatam, o coração

— Vou falhar

e eu a sentir na rua o galego ou a Polícia e os mestiços a de-
sejarem que desça e a ver um cavalo de pau a caminho da foz que se
chega ao sofá, vira-se ao contrário, prossegue, o coração afinal não

— Vou falhar tem paciência

um indicador no microfone que me ensurdece de estrondos, eis o Gato das Botas no fato alugado

(quantos o usaram antes e depois de mim de orelhas espe-
tadas e a calcarem a cauda, o dono do guarda-roupa para a minha
madrasta

— Fica-lhe bem não fica?

se calhar um dos agentes no seu tempo Gato das Botas
também)

bigodes de carvão

(todos eles bigodes de carvão, quatro riscos de um lado, quatro
riscos do outro, olha a expressão do miúdo que engraçada Cidália)

a patinhar estrado fora com os seus setenta dedos ou oitenta e nove ou duzentos no azimute do telheiro ou da rua, quem
conhece a verdade decida, o Gato das Botas

— Tenho medo

(o masculino de amazona não sei)

ao longo do pontão a quem o rio ia polindo as vigas e o
indicador sem pistola cada vez mais demorado, o que mandava para
os agentes a apontar uma coberta

(uma lona)

— Levem esse também

não me experimentando com a coronha e para quê se faleci
há que tempos, não era Vila Franca que se afastava, era eu, a outra
mulher

242

— Vais-te embora?

na careta de dó que o meu irmão devia notar em mim quando o visitava aos sábados com uma palmadinha de trinta e três dedos sobre trinta e três dedos

(trinta e cinco no mínimo que o meu irmão sempre me ganhou em tudo, a minha madrasta às visitas

— O mais novo mete-o num chinelo

o que levado à letra se me afigurava absurdo porque sou pesado e grande)

uma palmadinha, corrijo, de trinta e três dedos sobre trinta e cinco dedos magrinhos

— Acho-te com melhor cor esta tarde

quando nem ele nem eu cor alguma, a preto e branco ambos e daí que a pergunta do meu pai

— Não está pálida a língua?

sem nexo para mim embora admita variantes no branco, felizmente a veia ao acabar-lhe com as interrogações solucionou o problema estava muito calmo à mesa e nisto o tronco prestes a elevar-se numa ordem e até aqui nada de insólito porque foi assim toda a vida só que não ordem, uma pausa de testa franzida, os braços uma presunção de voo que me lembrou as gaivotas no ninho sem penas, rosadas

(nós a preto e branco e as gaivotas rosadas)

a queda a arrastar a toalha incluindo o meu prato, a minha madrasta a arredondar os lábios antes do primeiro grito

(ignoro porque escrevo primeiro se foi o único que ouvi, devo ter lido num livro)

o meu irmão de gatas

— Paizinho

(que expressão detestável)

e eu encostado à parede desejando que o reboco me engolisse e não engoliu o egoísta, nunca pensei que os compartimentos se tornassem hirtos e tornaram-se, as cadeiras demasiado verticais, o aparador com a cunha de cartolina demasiado fixo e para ser sincero julgava que o meu pai menos frágil, não quase um mestiço no tapete de ramagens, quase o meu irmão antes da pá de terra

(trinta e cinco dedos magríssimos)

e a tranquilidade dos choupos no alto, uma cadela grávida foi-se embora varrida pelo cheiro das coroas, a minha em maiúsculas doiradas Saudade Eterna dado que a alternativa se referia a Vida Eterna, pergunta: porque diabo me atraso em detalhes, resposta: para evitar descobrir-me encostado à parede cuja inércia me rejeitava obrigando-me a ver, lá está o corpo no soalho e o meu irmão que incongruência

— Paizinho

o grito da minha madrasta mais pasmo que grito, recuso-me a mencionar a criatura da agência outra vez, as contas, o carpinteiro, a espinha, quase a esqueci com o tempo, o que permanece em mim é a minha madrasta de luto e o toldo na praia não preto e branco, azul e verde e o azul e o verde desbotados, mais saudades de cores do que cores propriamente ao ponto de se confundirem tornando-se cinzentas, o meu irmão ocupado com a sua cova e eu a espreitar os restantes toldos e os barcos

(um barco)

sem espreitar coisa alguma tal como hoje nem deste andar me despeço, distingo as chaminés sobre as cristas dos prédios e para lá das chaminés meia dúzia de varandas acesas em noites de insónia que se apagam uma a uma

(ou sou eu que adormeço?)

procuro-as de manhã e não percebo quais neste quarteirão monótono, o mesmo em que o meu pai, a minha madrasta e o meu irmão moraram e onde a minha cunhada que deixou de procurar-me continua, sinto-lhe o perfume de verbena

(como a minha avó e a minha tia da banda da minha mãe a cujas almas imortais talvez dedique se houver ocasião parágrafos enternecidos)

e eu a dar por ele e a rodeá-lo na teimosia cabisbaixa dos, ia meter cachorros e arrependi-me, dos animais em geral, sugiro que com ela sim, e não com a outra mulher ou a Dita me seria possível não penso que paz, que exagero, onde é que a paz é autêntica, mas de um rebuliço, digamos assim, sereno, uma infelicidade doce após o comprimido de dormir quando o passado e o presente se misturam em episódios sem relação ou cuja relação me escapa, anular o que não interessa, ao ponto que cheguei não importa o que anulam, eu um lastro de remorso que se desvanece

— Estás com melhor aspecto esta tarde

e a verbena em Portalegre senhores no alpendre da casa com o vento das montanhas a dispersar as folhas, a minha tia de enxoval na arca e a minha avó com as ervilhas, penso que não me ralavam as torneiras se estivessem comigo, a arca do enxoval mais baú que arca e a minha tia vagarosa, corada, a erguer a tampa um bocadinho

— Vês?

via uma espuma de rendas antes dela a fechar em manejos pomposos, um baú de couro com pregos onde a alfazema em lume brando, sentia-se a crepitação mesmo no quintal e na estrada, o relento da goma, o alastrar do bafio, a minha tia bafio sob o resplendor da verbena, Portalegre que seca com os seus novembros maldosos e um horizonte de penhascos a impedir o mundo, a verbena para ser franco enjoava-me e a minha cunhada não verbena aliás, uma essência estrangeira que se pegava às coisas, se tivesse oportunidade confessava ao meu irmão

— Aquilo da tua esposa era uma brincadeira não ligues

e a foca que lhe ladrava dentro a absolver-me, crescemos juntos, trabalhámos juntos, escutei-lhe os

— Paizinho

apanhei os pedaços de copo do chão, apanhei-o a ele inteiro sem pedaços

— Aguenta-te

e por consequência não há espaço entre nós para melindres, a foca a ladrar compreensiva, amigável

— Esquece isso

e portanto trinta e três dedos sobre trinta e cinco magríssimos com a minha cunhada a espiar-nos de esguelha e um soslaio cúmplice que por espírito de família recusei devolver, o meu irmão e eu vítimas de uma criatura que nos ultrajava a ambos, ultraje que palavra, dispensemo-nos de aumentar a importância do que não tem importância sobretudo na altura em que um de nós, na ocorrência o meu irmão mas a vida é um jogo de dados

— Hoje tu amanhã eu tanto faz a ordem que nenhum cá fica

na altura em que um de nós, felizmente não eu

(isso não lhe fiz ver)

falecia, sobre os trinta e três dedos os cinco da minha cunhada alguns dos quais se metiam nos meus e os apertavam

— Espertinho

comigo a corresponder por caridade na ideia de lhe atenuar o desgosto porque embora separados fica sempre qualquer coisa e a viuvez pesa, Portalegre que seca, o alguidar de ervilhas e as guinadas de verbena a perturbarem-me o sono, passados anos o meu irmão de Gato das Botas e nem uma menção honrosa ganhou, tive medo que o primeiro prémio ou o segundo, rezei uma Ave Maria para que Deus alerta e o Senhor na Sua divina Misericórdia e na Sua Justiça escutou-me, a menção honrosa para um Mosqueteiro, eu na plateia com a minha madrinha e o meu pai a aplaudir o Mosqueteiro e o meu irmão como se eu tivesse culpa, se necessitas de um culpado culpa Deus não me culpes a mim que nem com o indicador no microfone bati

— Esta chatice do som

a detestares-me no meio dos bigodes de carvão, o que mandava sem bigodes nenhuns

— Bigodes de carvão?

a ecoar para os agentes e as figueiras bravas

— Bigodes de carvão diz este

e como nem os agentes nem as figueiras bravas o esclarecessem a examinar-me numa desconfiança que crescia

(Portalegre calcule-se)

à procura da espingarda no estojo e a desistir da espingarda a aconselhar

(desta feita não um corvo a voltar do parque de campismo, três corvos de verniz)

à medida que caminhava na direcção do automóvel

— Some-te da minha vista depressa

de maneira que eis-me aqui meus amigos após as provações que a Fortuna me destinou

(não invoco o nome do Altíssimo em vão)

pronto a sair desta casa sem que o telefone me chame e a campainha toque, atento aos pingos das torneiras e à má vontade dos móveis e nem um som de água nem um estalo, o nirvana absoluto e o silêncio ia escrever que da morte mas não fui eu que morri, fui o que entornou a sua pá de terra e deu lugar ao padre que binoculava o relógio

(hora de almoço desculpa-se)

antes dos últimos responsos, eu mais interessado nos pintarroxos dos choupos e na minha cunhada atrás de um jazigo do que nas orações e nas bênçãos, algumas campas adiante da nossa

(por assim dizer)

outro punhado de pessoas em círculo e outra pá, provavelmente outro irmão, eis-me aqui meus amigos a verificar nas algibeiras o que um homem necessita para uma viagem comprida se calhar de anos, se calhar sem termo, a escolher no frigorífico um pacote de leite, a abrir-lhe um canto com a tesoura a seguir a cocar o prazo de validade

(ingerir de preferência antes de dezoito de agosto)

e a inteirar-me das virtudes em letras pequeninas para o lactente, o enfermo, a grávida e o idoso não esquecendo os desportistas, os que sofrem dos ossos

(osteoporose, reumatismo, deficiências de cálcio)

e a humanidade em geral, eu humano em geral a beber meia chávena

(quase dois terços)

pensando na hipótese de um jejum prolongado e a recolocar o pacote ao lado do queijo duro como sei lá o quê que só à machadada palavra, eu a certificar-me que tudo limpo, arrumado, a ouvir um pingo no corredor, a deter-me a escutar e como o pingo não se repetiu numa carícia ao reposteiro de plástico da marquise de que nem sequer gostava, peixinhos estampados, conchas idiotas

(não receemos as palavras, numa carícia admito)

despedindo-me dela, eu tal como o padre do meu irmão numa última bênção aos meus humildes pertences antes que terra em cima e acabou-se

(vai na volta ao acabar-se até da verbena de Portalegre terei saudades quem sabe, torna-se fácil dizer

— Portalegre que seca

com saúde e a mexer-nos, defunto é outra história)

de forma que aqui estou de sessenta e seis dedos estendidos a empurrar a porta que não empurrarei claro, fico no vestíbulo de gabardine nova no braço

(por nova entenda-se dois anos)

resolvido a fazer boa figura quando o meu irmão lá na Austrália se decidir a chamar-me.

A gente saía do Bairro sozinhos derivado à Polícia, um pelo parque de campismo, outro pelas figueiras bravas, outro pelo lado de Sintra, juntávamo-nos no telheiro e eu chegava sempre depois porque atravessava o palacete onde a erva mais alta e demorava que tempos a vasculhar os arbustos com a espingarda por medo das cobras que assobiam no escuro de mistura com o vento, o vento, asma e as cobras asma e guizos a sacudirem seixos parecia que na concha da mão, uma tarde morderam a minha irmã no berço

(vimo-las fugir entre tijolos)

de maneira que a minha mãe fez uma cruz com a faca no lugar da mordedura, bebemos o veneno e a minha irmã não morreu, ficou com a perna aleijada e se déssemos atenção ouvíamo-la coxear, o sapato bom uma pancada, o segundo sapato um pulinho, a minha irmã a engolir lágrimas à pressa sem engolir a raiva que nos tinha a nós que lhe bebemos o veneno que sabia a maçã velha, andei dois ou três dias a pensar

— Mal me chegue ao coração desfaleço

e a minha irmã de sapato doente suspenso a dizer muito depressa antes que o choro a impedisse

— Estão a olhar para quem?

trabalhava nos correios da Amadora e não entregava o dinheiro, procurei-lhe nos bolsos e vazios, se calhar enterrava o ordenado sem que eu achasse esconderijos nas tábuas, tínhamos um na parede e nem o canivete que roubámos ao meu pai lá estava, se descubro quem o levou dou-lhe um tiro, uma manhã segui-a e em lugar dos correios sentava-se na praça o dia inteiro a detestar as pessoas e a minha mãe para a gente

— Devíamos ter bebido mais veneno coitada

chegava a casa de noite, anunciava sem jantar

— Vou dormir

e lá estava ela acordada no escuro que se notava a coberta a torcer-se, um restolhar de zanga e em vez de

— Estão a olhar para quem?

pronta a fazer-nos uma cruz a canivete e a beber-nos por seu turno de forma que a gente acordados como ela até que a minha mãe me entregou a almofada

— É melhor seres tu

esperei que o meu pai a tropeçar na porta e a voltar atrás para esbarrar de novo gatinhasse a caminho do café onde julgo que cobras, se uma pessoa não se põe a pau devoram-nos, distinguia-se uma árvore lá fora cheia de guizos nas folhas como se dúzias de serpentes

(dúzias de serpentes a sério)

e nos intervalos do reboco as fogueirinhas das velhas, a minha mãe de cachimbo junto à janela e a janela oca, a coberta da minha irmã inchou e revolveu-se, deve ter-me notado porque se afastou de mim

— Estão a olhar para quem?

por momentos sentada no largo a massajar a perna e eu a vê-la de longe, ao apertar-lhe a almofada na cara, não se escutou a pistola e os dedos que me rasgavam a orelha deixaram-me, o corpo alastrou e diminuiu no seu canto, a minha mãe

— Coitada

eu

— Coitada

sobrava uma maçã no colchão ou antes a parte do meio difícil de engolir com os caroços pensei oferecê-la à minha mãe enquanto mastigava mas agora que podia dormir sem receio da minha irmã para quê oferecer-lha

— Se quiser fique com o canivete senhora

a fim de se proteger da Polícia, das cobras, o meu pai

— Acabaram com a inválida?

ao dar com a filha sob a almofada conforme daria com os da casa de Sintra se tivesse vindo comigo, no colégio onde me fecharam um amigo do vigilante procurou-o no recreio

— Tens pretos?

e nem o meu pai nem o amigo do vigilante me achavam porque eu no telheiro com os outros ou ainda não no telheiro, a vasculhar nos arbustos e a virar pedras ao contrário por medo das cobras, a maçã não descia a garganta, tentava e não descia, se a minha irmã comigo

— Estás a olhar para quem?

sabendo que embora a vasculhar arbustos eu a olhar para ela no esgoto onde a pusemos com a almofada pegada à cara e desordem da roupa, engoli a maçã para a ajudar a esquecer-se que a tinha e permanecer tranquila até às chuvas de inverno, se não nos ameaçasse da coberta ainda lá estava conforme ainda cá estou, o amigo do vigilante

— Quero esse preto aí

e o vigilante para mim

— Entra na lavandaria e cala-te

a Polícia não me mata antes de eu matar o amigo do vigilante primeiro

— Não disse que não doía rapaz?

ele de joelhos à minha frente e de casaco novo

— Perdoa

só o casaco existia e não sei se o matei a ele ou matei o casaco, quer dizer hei-de matar o casaco

— Não disse que não doía senhor?

os outros que lhe fiquem com o relógio e a carteira que a mim basta-me matar o casaco e as mãos nas minhas costas a ordenarem

— Quieto

uma espécie de pergunta mais pedido que pergunta de feições a dissolverem-se numa expressão de reza

— Não gostas?

de forma que matar-lhe as feições também, a expressão de reza escorreu-lhe da pele ao encostar-se ao termostato ou ao cesto das toalhas

— Vai-te embora

e a lâmpada no tecto enrodilhava-lhe a sombra no cimento mais viva que ele era a sombra quem

— Vai-te embora

e portanto matar a sombra que se quebrava a cada tiro eu para os pedaços que gritavam baixinho

— Não disse que não doía senhores?

um casaco novo, um doutor porque o vigilante

— Doutor

matar-lhe os óculos também para que deixassem de seguir-me, onde quer que me encontrasse os óculos

— Quero esse preto aí

não duros, gelatinosos a colarem-se a mim com uma espécie de alegria no vidro

— Esse preto

a mim a quem as cobras não aleijam a perna nem metem uma almofada na cara, não deixo, não voltava para casa como não voltava ao colégio porque no colégio mesmo com o doutor morto

— Quero esse preto aí

há dúzias de lugares no Bairro onde não suspeitariam que a minha irmã, a adega do palacete, os esgotos antigos e o meu pai

— Depressa

depois de taparmos a entrada dos esgotos com galhos ele de barriga ao léu a ressonar numa moita, o ressonar do amigo do vigilante igual no sábado em que me levou a uma casa de Évora e a minha mãe a afastar-me do meu pai

— Deixa-o

impedindo-me não um tiro, a navalha, e então compreendi que o meu pai não

— Esse preto

sem dar por mim conforme não dava com as portas ia tropeçando nelas, dava com o café onde tremia de frio a mostrar não se entendia o quê

— As aranhas

e aranhas nenhumas, talvez uns pombos, uns cabritos, uns ratos, o meu pai a exibir as costelas sem nada

— Esta aranha

a bater um calhau no peito na ideia de se salvar do bicho e a desinteressar-se do calhau porque outra aranha a caminhar-lhe nas calças ou no interior da camisa, a minha mãe e eu cobertos de aranhas e ele a remar para nós ansioso de ajudar

— Esperem

até despenhar-se na mesa a abraçar o que ele supunha uma garrafa vazia

— Não há garrafas pai

e então a abraçar-se à gente tratando a minha mãe por madrinha

— Ajude-me a levantar madrinha

251

na voz que devia ter tido há quarenta anos em África ou
já aqui, não sei, trabalhava nas docas, não trabalhava nas docas,
fingia que trabalhava nas docas ou trabalhava nas docas realmente,
acocorava-se num alguidar a insultar-nos
— Vocês
cheio de frases demoradas que não saíam ficavam em qualquer parte a moer, se nos topava erguia o mindinho a avisar-nos
— Vocês
preocupado com os barcos que partiam sem ele, na época
em que acertava com as portas levou-me a um sítio que cheirava a
óleo sob um delírio de pássaros onde água suja a dançar, a mesma
que nos esgotos enxotaria o que sobrava da minha irmã na direcção
do aterro e quando as hélices principiaram Lisboa inteira aos sacões,
vagonetas, gruas, sobras de chuva que resistiam ao verão como no
Bairro em julho e texugos, doninhas, dou por elas nas figueiras
bravas em que a Polícia nos espera galgando raízes, contámos os
agentes que não sonham que os contámos julgando que não damos
por eles, um dia perseguimo-los um a um aos quarteirões onde
moram e não vão acreditar ao achar-nos na sala como o doutor não
acreditou ao dar pela cadela de barriga aberta na cómoda, a água
das torneiras a correr no tapete e a pergunta na minha cabeça o tempo inteiro a fazer pouco de mim, não minta, fazia pouco de mim,
porque faz pouco de mim senhor confesse
— Não disse que não doía rapaz?
a pergunta que entreguei de volta enquanto lhe rasgava os
quadros a pensar na minha irmã coitada e na língua o gosto a maçã
que não tinha
(se tivesse uma maçã comia-a)
ajeitei a espingarda e a troça não parava
— Não disse que não doía rapaz?
e lá estavam as feições numa expressão de reza que lhe es-
corria da pele sem termostato ou cesto de toalhas para encostar-se
— Vai-te embora
o casaco novo
(outro casaco novo)
a gravata nova, o anel, um doutor porque o vigilante
— Doutor
de mãos não nas minhas nádegas, juntas, endireite-se, se-
pare as mãos, tenha modos, volte a exigir

— Quero esse preto aí

de óculos não duros, gelatinosos a colarem-se a mim sem uma espécie de riso lá dentro

— Esse preto

a lâmpada do tecto que lhe enrodilhava a sombra nos tornozelos mais viva que ele, era a sombra quem

— Vai-te embora

a esposa a recuar na direcção do piano com medo da cadela de barriga aberta ou de mim e a atitude de ambas igual, o mesmo focinho, as mesmas patas inúteis, o vigilante

— Que tal o preto doutor?

comigo a repetir sem me mover no sofá

— Que tal o preto doutor?

a sombra enrodilhada nos tornozelos que se quebrava a cada tiro e eu a perguntar aos pedaços que gritavam baixinho

— Não disse que não doía senhores?

até deixar de ver a sombra porque o doutor sobre ela não a agitar-se, tranquilo e eu a reforçar

— Quieto

eu

— Não gosta?

não aborrecido com ele, não aborrecido com a minha irmã, não aborrecido com os polícias que abandonaram o Gordo e o Miúdo no apeadeiro, porquê aborrecer-me, era assim, quando o meu pai faleceu também não me aborreci, era assim, talvez tenha pensado no mar que é chuva apodrecida no cimento e um guindaste a descer, não me rala o mar, não me rala estar morto, é assim, ficam as bombas de gasolina de que a gente dá conta antes de vê-las por uma claridade alaranjada, a mulher no tamborete do piano só uma pulseira numa espécie de adeus que não levei para que o adeus continuasse as despedidas até os vizinhos entrarem mal a água das torneiras a descer os degraus, se os outros comigo a chave de parafusos, a tesoura, eu a espingarda somente

— Apetece-lhe a sua cadela senhora?

a colocar-lha no colo sob um rodopio de pássaros onde água escura a dançar, a espingarda saltou sem que eu notasse o som e no entanto os adeuses da pulseira no soalho, o director do colégio

— Não obedeces à gente?

janelas com rede a impedirem o pátio

(percebiam-se lódãos ou árvores que a rede transformava em lódãos)

uma oficina de carpintaria onde martelei oito meses a mesma tábua acho eu, o psicólogo e os seus lápis de cor

— Desenha a tua família

as assistentes sociais que não iam ao Bairro, convocavam a minha mãe

— A sua filha?

e a minha mãe sem resposta porque a minha irmã com certeza que não no esgoto dado que foi mais a chuva e a lama, a minha irmã coitada que devia ter-nos deixado dormir

(quando durmo sonho que voo)

no aterro há que tempos, eu a acompanhar a minha mãe sem resposta igualmente e não nos tocávamos claro, por que motivo tocar-nos, no meu pai toquei com a vassoura para o obrigar a gatinhar mais depressa e a minha mãe não gatinha, a assistente social

— Não se beijam vocês?

como se servisse de alguma coisa beijarmo-nos, por um motivo que não entendo quase beijei a esposa antes de me ir embora

(quando durmo sonho que voo)

espantado com a pulseira no seu adeus sem fim, o porteiro levantou-se da secretária a chamar-me, desistiu de chamar-me porque notou a espingarda e a mão dele no telefone ou seja não poisada no telefone, a pairar, há folhas que se desprendem dos ramos e nunca alcançam o chão, recordo-me de uma primavera inteira março abril maio junho a vibrarem a dois palmos da terra, todos os dias pensava

— Terão caído?

e não caíram, amarelavam-se no ar e uma manhã perdi-as, o psicólogo, as assistentes sociais, a juíza que não perguntava fosse o que fosse, escrevia de tal forma que não lhe conheci os olhos, conheci-lhe o cabelo e a testa, a testa por fim

— Podes ir

o vigilante tão sem respostas quanto a minha mãe e não mestiço, branco

— É o preto que quer?

a pegar-me no braço e a levar-me consigo, quando durmo sonho que voo sobre o mar e o mar não são gruas nem caixotes, sou eu a correr na areia sozinho melhor que toda a gente e a rir-me, sonho que voo na Amadora e em Lisboa, desço entre duas nuvens, roço nos telhados, subo, chamo a minha irmã para voar comigo apesar do aleijão na perna e ela debaixo da almofada

— Não posso

o vigilante para mim

— Nunca mais te safas do colégio sabias?

de maneira que desapareço no bosque de faias a balir com os corvos e sem tocar nos ramos, a gente saía do Bairro um pelo parque de campismo, outro pelas figueiras bravas, outro pelo lado de Sintra, juntávamo-nos no telheiro e eu chegava sempre depois porque atravessava o palacete onde uma estátua de calcário

— Quero esse preto aí

(que vergonha beijar uma mulher)

e demorava que tempos a vasculhar os arbustos e a virar pedras ao contrário no medo das cobras que assobiam no escuro

(pode voar-se a sério, quer dizer uma pessoa normal?)

de mistura com o vento embora o vento asma e as cobras asma e os guizos a sacudirem seixos na concha da mão

(uma pessoa normal como o aleijado da muleta que consertava os pombos ou como eu por exemplo?)

e do telheiro à Pontinha à Venda Nova às Pedralvas ou então esperávamos num portal pelo que visitava um velhote e depois desde que a Polícia nos cactos a banda oposta do rio e a auto-estrada do sul, não parávamos na primeira estação de serviço nem na segunda de restaurantes apagados e um golfinho de metal cá fora que se enfiava uma moeda na ranhura e baloiçava para diante e para trás até se imobilizar num estremeço, os outros a cavalo no bicho e eu de dedo na falta de um dente a invejá-los, quantas vezes pedi que parássemos na ideia de experimentar o golfinho, introduzia, não gosto de introduzia, enfiava a moeda e lá ia eu aos encontrões sem olhar ninguém para não admitir que feliz, podia nas calmas passar a noite naquilo e se me pilhasse sem eles

(o golfinho e eu não precisávamos deles)

cantava, no coro do colégio durante a missa nem sonhar visto que o capelão

— És um cepo

colocava-me na última fila se prometesse abrir e fechar a boca sem me atrever a um som

— Se te atreves a um som oiço logo

a ondular um pauzinho diante da gente de sobrancelha em
mim e só ele e eu entendíamos

— Nem um pio

o golfinho à minha espera que se notava nos modos da
única vez que me aproximei um cartaz

Avariado

de modo que lhe desfiz a coronha no lombo

— Não te perdoo

o bicho emitiu umas faíscas e rebolou a censurar-me

— Que culpa tenho eu de me faltar uma peça?

enquanto novas faíscas e um parafuso a soltar-se dizem
que os golfinhos inteligentes e duvido, o da bomba de gasolina, o
único que conheci, não mostrou senão defeitos nem um

— Boa tarde

ou um

— Olá

essas tretas, na terceira estação de serviço um jipe da Guarda com o radar montado, divertia-me desenhar os meus pais com os
lápis de cor, não me divertiam os cartões às pintas e o psicólogo

— O que te lembra isto?

a chamar o ajudante

— Anda cá

o meu pai numa ponta a minha mãe na outra e eu sub-
sidiário, nulo, a designar-lhes a espingarda antes que lhes viesse à
ideia beijarem-me, preferia que baloiçassem até acabar a moeda, o
psicólogo para o ajudante a comparar o meu desenho com desenhos
de livros

— Viste?

quando não havia nada que ver senão pretos mal amanha-
dos, tortos, o meu pai de tempos a tempos

— O mar

de pensamento nas gruas, cem metros depois da auto-estrada as cabinas das portagens e indicações de cidades que não se
imagina onde ficam, não quero subir aos golfinhos, não me apetece
cantar, não estão vivos, morreram, em cada um deles o cartaz

Avariado

no bico ou então fingem-se mortos porque não me supor-
tam, no caso de um dos outros se interessar retiram os letreiros

— Estou morto para ele mas contigo baloiço

de maneira que devia matar toda a gente porque toda a gente me mente

— Quero esse preto aí

desprezam-me, o doutor a escorregar de si mesmo

— Vai-te embora

envergonhado dele e de mim

— Que tal o preto doutor?

e o preto e os outros nas cabinas da portagem sem espingardas nem pistolas, umas facas somente, a perseguirem os empregados lacerando-os, mordendo-os, as cabinas abertas, as caixas do dinheiro quebradas, dois dos empregados mulheres, o terceiro um rapaz de cabelo amarelo a remexer numa gaveta de moedas na urgência de quem aumenta uma vala com as patas da frente e uma das orelhas aberta

— Faço tudo o que quiserem faço tudo o que quiserem

o ângulo da boca também aberto e a camisola rasgada, um dos outros pregava-se-lhe ao pescoço com um canivete espanhol enquanto o avião de brinquedo zumbia na cabina vizinha e casas acolá numa dobra trepando-se, devorando-se e não casas, escaravelhos que batalham confundindo algerozes e antenas até uma única casa que comeu as restantes ficar de pé entre tijolos a lamber a cicatriz de uma varanda tal como as barracas do Bairro lutam entre si e nem um cabrito ou uma galinha sobejam, a gente que remédio abrigados nas caves escutando vigas que desabam e aparelhos de rádio a falar, a falar, nenhuma pulseira que se despeça numa espécie de adeus, sonho que voo, visito o sítio onde moramos, parto, regresso, as figueiras bravas vistas de cima quase bonitas palavra não obstante os espinhos

(não me apetece dizer isto mas há alturas em que se falassem comigo agradecia)

uma ocasião uma florinha azul por engano numa delas em lugar de caroços que enrijecem e secam, ao tocar-lhe ficou-me nos dedos e as árvores despeitadas comigo de onde um gato bravo saiu a bufar, não trotam desenrolam patas sucessivas e membros que não tinham nascem do corpo a substituir os antigos que vão perdendo na terra, pelo menos uma folha sem cair a primavera inteira garanto, quem a mantinha no ar, o rapaz de cabelo amarelo de queixo apoiado na porta a fitar-nos, não

— Faço tudo o que quiserem

de nariz no vidro de início embaciado e a seguir limpo

(a impressão que ele me chamava como a minha irmã às vezes, sempre que oiço o meu nome é a minha irmã não irritada comigo, nenhuma razão para irritar-se comigo conforme não me irrito seja com quem for, aceito)

e o cabelo amarelo madeixas inertes, uma das empregadas que escondeu a mala no interior da blusa passava contas de terço e a colega a bater-nos com uma escova a palerma, acertou-me na cintura, acertou-me no pescoço

— Não tenho medo de vocês

e continuou a gritar

(julgava ela que gritos e não gritos tinha de encostar a cabeça para ouvi-la como julguei que eu gritos e não gritos na primeira tarde em que estive na lavandaria com o doutor ou o ministro dado que o vigilante

— Senhor ministro

e pode ser que fosse a lâmpada do tecto que gritava por mim)

acho que continua a gritar passados oito dias presa à cadeira por uma chave de fendas ao passo que à minha mãe nunca a ouvi nem quando a Polícia veio e queimou a barraca

— O teu filho?

a impedi-la de fugir disparando na direcção do degrau, não lhes quero mal por isso, cada um faz o seu trabalho o melhor que pode e eu a assistir das faias a contar mais uma garrafa de petróleo, mais um pneu a arder e um ou dois frangos a espantarem-se cegos, vi a minha mãe galgando o que fora um muro sob os moscardos de julho e a desistir, uma das pernas continuou depois do corpo cá em baixo, o vigilante para o ministro quando nós na oficina

— Também temos um preto

e o que conservo não é ela, é o cheiro das faias e um ralo num tronco a impedir-me de escutar, se cairmos na asneira de tomar atenção aos silvos do planeta ensurdecemos de vez e tudo se passa num alheamento tranquilo, freixos, cheiros e insectos que se evaporam antes de podermos esmagá-los, o ministro

— Qual preto?

e as lâmpadas sempre acesas no colégio a confundirem as datas e as horas, uma campainha sem ligação com os relógios a exi-

gir acorda deita-te dorme, a minha mãe um frango cego que não se
espantava já e de que as penas eram um avental, sandálias pensei

— Vou chorar

e por ter pensado

— Vou chorar

deixei de pensar ou antes pensei

— De onde me veio a ideia de chorar?

de onde me veio a ideia de chorar como os brancos, apie-
dar-me como eles, indignar-me, o avô da minha mãe um branco
que morreu em África disseram-me eu que nunca fui a África nem
perco tempo com África, perco tempo com o Bairro, deixe-me em
paz senhor, um gosto que eu desconhecia não na boca toda, na língua, a humidade que os brancos juram ser lágrimas

(a minha irmã quase branca)

e atrás dos olhos chuva ou seja fios que desciam de maneira que não me vi a cobrir a perna da minha mãe com a saia, a
corrigir-lhe a bochecha, a penteá-la, depois do falecimento do meu
pai a minha mãe a espreitar os corvos sem espreitar fosse o que fosse
porque o Bairro lhe acabava nos limites do corpo, para além da pele
não existe nada e o que existe no interior da pele não me rala, não
sou fora de mim e o que sou em mim não o sinto, não senti os meus
filhos, cresceram-me no sangue sem me pertencerem, foram-se embora, adeus, a minha filha primeiro, quase branca

(estarei certa?)

a quem entreguei o que necessitava alimentando-a do meu
peito e pronto, o meu filho mais tarde e nenhum motivo para chamar marido ao meu marido já que não o escolhi, trouxeram-no um
domingo, a minha mãe

— Este

e eu sem olhar

— Este

a dar-me conta dele à noite a respirar ao meu lado e no lençol vizinho a minha família desperta, o meu marido não um nome,
este, enquanto os corvos baliam ou eram as faias que baliam ou era
a cama que balia e portanto nenhuma razão para chamar marido ao
meu marido ou dar nome aos objectos, frigideira, espeto visto que
os objectos não necessitam de nome, estão connosco como o cheiro
das faias ou um ralo num tronco vedando-me sentir

(e se sentisse o que sentia?)

enquanto o meu filho

(ponhamos que meu filho)

me cobre a perna com a saia, me arruma com mãos incapazes de arrumar e desarrumando-me mais, puxa-me o cabelo para o lado cuidando que me penteia e eu para ele

— Não chores

sem voz é evidente mas compreendeu que

— Não chores

porque a engolir mais rápido e o queixo a tremer, a boca aberta como a minha e essa humidade na língua

(— De onde me veio a ideia de chorar?)

o meu filho conversando comigo palavras que esqueci, encontrou uma flor azul nas figueiras e quando adormecia supunha voar, se continuássemos na casa instalava-me na cama e sentava-se no chão

(o vigilante para o ministro quando nós na oficina, doze ou quinze ou vinte não me recordo do número

— Também temos um preto

e o mestre de boné

(como seria sem boné?)

à nossa roda inquieto a procurar proteger-nos sem coragem de nos proteger, esfregava as palmas nas calças, pegava num formão, largava-o na bancada e perdia-o, tome o seu formão mestre não se apoquente sossegue)

a tomar conta de mim na crença de me salvar

(o mestre nunca sem boné)

dos cachorros que se detinham pingando fome dos beiços, o meu filho que não posso ver dado que me sepultou nos destroços da barraca onde a minha mãe a apontar o meu marido

— Este

aperfeiçoando a gravata sem aperfeiçoar a gravata e eu

— Este

o meu filho

(ponhamos que meu filho)

não já na portagem com os outros chegando a uma das aldeias de pescadores e hotéis ao comprido do mar que se parece com o murmúrio das faias só que mais ramos a dançarem isto é o mesmo vento cruzando a noite como quando o meneio das copas me cruzava o corpo, o meu marido

(ponhamos que marido)

trabalhava nas docas não me recordo dele no Bairro porque não me recordo dos homens, recordo-me da minha mãe não com as restantes velhas, sozinha, instalada num cepo a fumar, das nuvens decompostas sobre a terra decomposta na escuridão decomposta e se eu conseguisse dizer-vos e não consigo, se conseguisse dizer à minha mãe

— Mãe

(suponhamos que mãe)

talvez também ela sorrisse como fazem os brancos nas suas conversas de brancos a darem nomes a emoções e coisas, cadeira, tristeza, copo, fome, a minha mãe igualmente sozinha e ignorando que sozinha por não conhecer o que sozinha significa, somos pretos, vivemos como os coelhos e as toupeiras, fugimos de quem se chega à gente, temos medo

(não conhecemos quase nada mas conhecemos o medo)

e trotamos mais rápido que o medo a acocorar-nos num morro espiando o medo de longe, não medo de morrer, não temos medo da morte visto que morrer é o corpo mudar de sítio e já está, temos medo que o Bairro se desentenda de nós a enxotar-nos

— O que fazes aqui?

o meu marido trabalhava nas docas que não são o Bairro, são água, cheiro de gasolina e de ferro oxidado na água, quando era pequena veio um padre branco falar-nos de Deus e do Seu divino Amor e da Sua Bondade e de que me valem o Amor e a Bondade se não tenho alma, um barulho de palavras desprovidas de nexo, o que possui nexo são os utensílios ou os bichos sem necessidade que os digamos, não digo garfos, uso-os, não digo galinhas, degolo-as e chamar-lhes garfos ou galinhas não altera o que faço, o padre discursou sobre a alma também como se a alma uma coisa inventada por Deus como uma tigela ou um vaso de que só Ele entendia o valor, o padre

— A alma eterna

convicto que as coisas eternas conforme julgam os brancos, em quarenta anos o que vejo são as coisas gastarem-se e perderem o préstimo, tentamos manejá-las e não nos obedecem, terminaram como terminam os entusiasmos e os pratos e jogam-se no baldio das pessoas defuntas, a alma na certeza do padre um vaporzinho parecido connosco em transparente e sem peso, mentiu-nos sem vergonha

— O Paraíso é possível

e a gente a acreditar embora saibamos que não é possível, nunca foi possível e no entanto a recebermos a alma que o padre nos distribuiu a garantir que nossa

— Toma a tua alma minha filha

(ponhamos que filha)

e a gente não com ela num cabaz visto que a alma no Céu e portanto não nossa

(mal ma distribuiu roubou-ma fazendo-a erguer-se onde não a logro alcançar e não a logrando alcançar pertence ao padre ou a Deus não a mim o que me pertence são os garfos de que me sirvo e as galinhas que como, verdadeiras e portanto sem alma, não me engane senhor e o padre com dó da minha ignorância seguro do divino Amor e da divina Bondade

— A Graça de Deus há-de iluminar-te o coração minha filha

comigo à espera da recompensa ou do castigo e recompensa de quê e castigo de quê se não se recompensam ou castigam as coisas, o vapor some-se e é tudo e eu pertenço aqui como os lagartos e as corujas, não tenho alma, sou preta, ao sentir-se doente a minha mãe em lugar de deitar-se começou a andar no sentido do parque de campismo sem que nós

— Mãe

não devagarinho como as pessoas doentes, rígida e sem cair, quis correr atrás dela e os meus irmãos

— Não

de maneira que ocupei o seu lugar no cepo visto que enquanto eu no cepo a minha mãe não morria, continuava a andar e eu

— Por favor não pare senhora

os meus irmãos demoraram-se a jogar às cartas até ser noite no Bairro, os candeeiros da Brandoa acesos e o cachorro que a seguiu a voltar para casa cheirando a tigela, o meu irmão mais velho para mim a fechar o baralho

— Dá de comer ao animal

sem que topasse o vapor de alma nenhuma quanto mais da minha, se fosse branca topava

(a minha filha quase branca toparia?)

visto que para os brancos o Amor e a Bondade existem para negociar com Deus, quer dizer pintam-se de Amor e Bondade como os ciganos pintam as mulas com graxa a enganar os feirantes e calculo que Deus acredita, no dia seguinte não dei com a minha mãe no parque de campismo nem nas figueiras bravas em que o aleijado da muleta dava corda a um pombo nem no céu pregueado de março onde sinaizinhos de cúmulos e reflexos de lódãos ou seja traços de ramos, folhas

(o meu filho e os outros a medirem vivendas num sítio junto ao mar)

o que me faz presumir que a minha mãe caminha sempre entre o Amor e a Bondade dos brancos, uma preta com um chapéu de homem e a camisa da minha filha exagerada nas mangas, eu a pensar

— Vou chorar

e por ter pensado

— Vou chorar

cessando de pensar ou antes a pensar surpreendida

— De onde me veio a noção de chorar?

um sabor não na boca, na língua, humidade que se julga serem lágrimas e quais lágrimas, um desgosto atrás dos olhos, ao fundo, que pode ser chuva, os meus irmãos a conferirem as colmeias e o pombo do aleijado da muleta a experimentar em voozinhos cautelosos o arranjo da asa, o meu filho e os outros escolheram uma vivenda junto às ondas e galgaram a ladeirinha para o pátio da entrada à medida que o aleijado da muleta acertava o pombo firmando-lhe os grampos da cauda e o meu marido

(ponhamos que marido)

a respirar ao meu lado desistindo de procurar-me na manta, eu de acordo com a terra na cadência das raízes e dos legumes magrinhos que resistiam ao sol, eu de olhos abertos no escuro junto ao chão a que pertenço, a minha mãe trouxe o mestiço um domingo

— Este

e eu sem curiosidade por ele a aceitá-lo

— Este

tanto me fazem os homens, que me ralam os homens enquanto os corvos baliam ou as faias e os meus irmãos à espreita, eu com treze ou catorze anos e o mesmo peso de hoje salvo que nessa altura se o padre me falasse de Deus e do Seu divino Amor e da Sua Bondade talvez acreditasse ter alma e agora sei que não tenho, eu para a minha mãe

— Este

sem questionar

— Porquê este?

eu de acordo

— Este

de modo que a roupa dele na gaveta mesmo depois de nos queimarem a casa e o meu filho e os outros no interior da vivenda a passarem de janela em janela que os via nas cortinas consoante via um lustre, mobília, um homem a dizer não sei quê e um segundo homem a erguer as mãos devagar, nisto um avião de brinquedo a zumbir cada vez com mais força e ainda que existissem tiros e espingardas o avião de brinquedo ocultava-os o lustre com uma ampola fundida mais importante que as ampolas acesas, a única que me chamava a atenção porque um ângulo de sombra nas sanefas e no ângulo de sombra a minha mãe a afastar-se, quis chamá-la

— Mãe

dado que apesar de preta há alturas, não compreendo porquê, em que me faz falta uma pessoa comigo mesmo sabendo que se chamasse

— Mãe

não respondia, o homem das mãos erguidas esse sim a chorar, era branco, emocionava-se como os brancos e vai daí não me admira que o meu filho a levantar a navalha e um sabor que eu desconhecia não na boca, na língua, uma humidade, uma agitação, uma febre e atrás dos olhos chuva de maneira que não me via a mim, compreendi que me cobriam a perna com a saia, me puxavam o cabelo para o lado, diziam

— Mãe

e era eu a dizer

— Mãe

não acredito que o meu filho

— Mãe

por não lhe fazer falta uma pessoa com ele, era o balido de um corvo, era o vento nas faias, era um cabrito que cessava de hesitar no caminho e trotava, liberto, na direcção da noite.

Quando disse que queria viver comigo não acreditei e quando disse que queria casar comigo acreditei ainda menos porque os brancos que conheci tiravam o seu prazer de mim aos arrepelos, iam-se embora sem mais conversa e adeus mas este ficava a olhar-me cheio de palavras que se percebia nos gestos a dobrar uma ponta de lençol a fim de as impedir de saírem, eu a estranhar

— Que queres tu?

e os dedos dando fé da minha pergunta

— Não tenho coragem de contar-te

a coçarem o ombro e a regressarem ao lençol e na janela nem noite nem dia, um espaço que se desinteressava de nós, os olhos bichos acanhados de aflição e eu a responder-lhe os meus

— Oiço-te os olhos sabias?

que se esticavam nas patas farejando-me, isto não no Bairro, em Chelas ou a meio caminho de Chelas e Marvila, sapateiros, mercearias, alfaiates, não mencionando as palmeiras que estalavam

(julga-se que os nossos ossos e árvores)

o quarto onde o branco morava a cem metros da loja em que eu fazia limpezas e o ruído das palmeiras a acompanhar-me sempre, no inverno com a geada não me larga, no verão simpatiza comigo chamando-me baixinho, ainda bem que não as temos no Bairro a repetirem-me o nome e a idade

— Tens vinte e nove anos és velha

e a entrarem-me no sono lembrava-me do branco enquanto vertia os baldes no passeio e lá estavam os olhos desaparecendo e voltando e aqueles comércios em torno, de repente uma travessa a meio de uma fachada e no fim da travessa um navio, mal compreendiam que eu

— Um navio

uma casa ocupava o seu lugar e a travessa fechava-se, vinte e nove anos sou velha, tenho meia dúzia de galinhas numas traseiras de cave, nenhum irmão que tome conta de mim, nenhum primo sequer, quando uma das galinhas quase tão idosa quanto eu adoece as colegas atacam-na com os esporões, levanto por uma asa trapos de penas mais pesados do que imaginava, seguro-a com as duas mãos deixo-a cair desisto e o aleijado da muleta a verificar-lhe o mecanismo

— Já não tem peças que cheguem

conforme se calhar não tenho peças que cheguem, faltam-me molas, volantes, essas complicações dos relógios que atropelam o tempo a enxotarem as horas à força, ainda não é amanhã e amanhã nos ponteiros, acotovelam-nos no sentido do próximo mês

— Vamos lá

e a gente que remédio a apressar-se, o aleijado da muleta mostrava-me a galinha a indicar metais torcidos, fios

— Não tem remédio gastou-se

conforme não tenho remédio, gastei-me de maneira que mal o branco me disse que queria viver comigo não acreditei e ao dizer-me que queria casar comigo sem largar a ponta do lençol e as palmeiras a estalarem acreditei ainda menos, nasci em África e não me lembro de África, lembro-me de um homem comigo ao colo a correr

(que homem?)

embrulhada num cobertor, à volta da gente a suspeita que gritos, não sei quê no meio da rua a arder e uma criança com um ganso preso por uma corda ao pescoço do mesmo modo que se me levassem daqui não me lembrava do Bairro, cresci demais para me pegarem ao colo e nisto o homem de joelhos sem me largar no chão e os gritos mais próximos e depois de um intervalo onde os sons se apagaram nem um grito e cessou de existir

(o homem de joelhos penso que deitado, outra pessoa a levantar-me continuando a correr e no entanto o que me preocupa é o que será feito do ganso)

uma mulher a dar-me de comer nesta cave e a admiração das faias

— Quem será a mestiça?

posso não me entender com os outros mas entendo-me com as árvores, não tenho razão de queixa delas porque não atropelo o tempo puxando as horas à força

— Vamos lá

se por acaso um problema o aleijado da muleta afinava-as num instante com a almotolia e os rebentos a acenarem melhor, a que me dava de comer para uma senhora branca acompanhada por duas senhoras também brancas

— A gente fica com a órfã

e eu mastigando a ouvi-la só colher e só boca, acima da boca a mulher a desarrumar-me o cabelo com dedos que pensavam e eu atrapalhada com o caldo, tanto líquido, tanta carne, tanto grão que a língua procurava enumerar

— Sou órfã

contente de ser órfã porque ninguém corria nem ajoelhava na terra com uma expressão diferente da expressão de correr e metade do queixo a faltar-lhe e portanto órfã significava caldo e a colher a bater-me nos dentes significava estar quieta toda a gente tinha queixo e não me embrulhavam num cobertor, pareceu-me que antes de eu órfã a criança também de bruços no chão

(o que será feito do ganso?)

e no caso de tentar perceber se a criança realmente de bruços o tal intervalo onde os sons se dissolvem e nenhum vestígio de mim, a colher obrigou-me a engolir esses meses, uma bochecha que se apoiava numa coronha e alterava o feitio, uma camioneta sem pneus a descer de viés, logo que um branco comigo

— Olá

a criança do ganso regressa num caminho de acácias em que giram abelhas e ao despejar os baldes no passeio nem criança nem ganso, nós vivos, um barco na travessa e mal eu

— Um barco

a parede a cobri-lo, se pertencesse a este sítio não ligava e acho que pertenço a este sítio porque em África milhares de relógios sepultados que atropelam o tempo puxando as horas à força

(— Estamos no mês que vem não notas?)

o homem

(que homem?)

comigo ao colo sob a terra a correr, encha-me a boca de caldo senhora, não consinta que lembre, o que queria viver comigo

— O que foi?

e não te alarmes, esquece, são os prédios de Chelas sempre a mudarem de sítio oferecendo-me e tirando-me barcos e as palmeiras que estalam, somos a gente lá em baixo que os relógios torturam empurrando-nos para o sítio em que uma criança com um ganso preso por uma corda ao pescoço e hei-de saber finalmente o que é feito do ganso, onde está, como está e ao saber da criança e do ganso, ainda que de boca atrapalhada pelo caldo, saberei de mim, não acreditei que o branco quisesse viver comigo e ele no Bairro a indignar os corvos

— Agora trazes-nos este?

afigurava-se-me durante a noite que a seguir ao muro um navio, não os barcos de Chelas sob as palmeiras que estalam no interior dos ossos ao estalarem cá fora, um navio a sério em que resignações, tropas, África um navio a ancorar junto às figueiras bravas e ao palacete em cujos compartimentos sem soalho um homem

(que homem?)

continuava a correr

(o meu pai?)

e eu com a certeza que se não parasse de correr apesar das bochechas nas coronhas e dos canos voltados para nós conseguíamos, se eu para o que queria viver comigo

— Não pares

é possível que apesar de branco entendesse, possível que uma colher contra os meus dentes

— A fome que ela tem

a erguer-me do chão por uma asa e ao contrário do que garantia o aleijado da muleta houvesse peças que cheguem embora os pais dele para ele

(o meu pai um relógio

— Vamos lá)

— Onde desencantaste esta preta?

isto não no Bairro, num lugar sem mestiços nem gente deitada a gritar, o intervalo onde os sons se dissolvem cheio de automóveis em fuga e canhões e ruínas, a mulher que me dava de comer e nunca vira antes

— Olha a miúda acolá

a apanhar-me da estrada, porque não me acompanhou na tarde em que os pais dele

— Onde desencantaste essa preta?

a explicar-lhes que me desencantou perto de um homem

(que homem?)

deitado e sem queixo que não desistia de fixar-me incapaz
de me ver, uma galinha morta cuja asa por mais que me esforçasse
e esforçava-me não subia do chão, eu
— Pai
não nessa altura, agora, nessa altura eu a perguntar
— Que homem?
e veio-me assim sem dar conta passados tantos anos e provavelmente engano-me, não estava à espera que
— Pai
porque não
— Mãe
por exemplo, mas como pedir
— Mãe
a uma criatura pendurada de uma árvore com um pau es-
petado na saia, curioso o facto de os episódios que acreditamos
perdidos se agarrarem à gente, quando disse que queria viver comigo não acreditei e quando disse que queria casar comigo acreditei
ainda menos, o dono da loja onde fazia as limpezas
— Quantos anos tens tu?
e os anos que lhe confessava menos que os anos que tinha
porque os relógios me adiantaram a vida e portanto vinte e nove, sou
velha, eu no quarto de Marvila ou de Chelas apetece-te casar com
uma velha, apetece-te morar com um ganso de corda ao pescoço, o
dono da loja a mostrar o meu marido
— Conheces esse na rua?
e eu a fechar a porta e a espalmar-me na porta se tivesse
uma espingarda apoiava a bochecha à coronha, e matava-o a loja
uma única labareda e uma vaca surda de terror a galopar para nós,
em Marvila uma chaminé de fábrica mais alta que as palmeiras,
gostava de escrever que na chaminé cegonhas mas faltava à verdade,
gaivotas em outubro antes de começar a chuva, o dono da loja
— Não vales nada tu
a aleijar-me a barriga com a fivela do cinto, não interrompa
o caldo senhora obrigue-me a comer, se ficar com a órfã e a obrigar
a comer dor alguma, preocupe-se comigo mau grado esta variz, esta
ruga, pergunte
— A miúda não fala?
mal um preto falecia esperavam pela noite, pegavam-lhe
nos ombros e nos pés

(um ou dois a mexerem-se ainda)

e jogavam-no do navio, o dono da loja a arredar-se de mim enquanto um braço defunto ou uma ondulação de camisa desapareciam no mar

— Vai ter com o teu marido palerma

e era o seu braço ou a sua camisa que desapareciam para trás, submersos, a esposa de luto por um filho que sepultara há milénios, o jeito que me davam as cegonhas na chaminé, permanecer nesta página a ensinar-vos a engenharia de voar e os ninhos, distrair-me dos assuntos que pesam e a esposa de lenço amarrotado na mão, habitavam nos fundos da loja onde o retrato do filho cada dia mais sério, antes de se habituar à morte sorria e com o giro dos meses uma sobrancelha a disfarçar o susto

— Condenaram-me à moldura foi isso?

até a película amarelecer de nódoas dispersas coagulando numa única nódoa que o ocupava todo a apagar-lhe a voz a mãe punha flores como se as flores, a mãe punha flores numa jarrinha ou num pote, não, na caneca pela qual bebia em pequeno com um hipopótamo estampado na esperança

(como se as flores auxiliassem)

de o animar

(como se o hipopótamo auxiliasse)

de memórias saudosas e ele desiludido com as flores e a enervar-se com o hipopótamo

(terá gostado do bicho?)

— Deixem-me em paz

(se ao menos autorizassem uma cegonha, não peço mais, vinda da Amora a aproveitar os ventos não sei quê dentro de mim adoçava-se, hoje que sou velha a mínima agitação transtorna-me, cortaram uma das faias e dou-lhe pela ausência, se dependesse da minha vontade e aborrece-me que não dependa o mundo não mudava, suspendia os relógios sob a terra com um gesto de mão

— Calem-se

a impedi-los de conversarem com Deus que também trota em baixo e o aleijado da muleta a guardar uma chave inglesa

— Montes de volantes fora do sítio que a ferrugem destruiu não vale a pena pegar-Lhe)

o que queria casar comigo à minha espera na rua parecido com o filho do retrato e o dono da loja a troçá-lo enquanto a esposa diminuía no luto, as figueiras bravas sim mencioná-las porque são autênticas mas chegámos ao fim, tenho de estar no Bairro, é domingo, preferia que me tivessem posto no princípio do livro

— Pomos-te no princípio do livro descansa

para me poupar o que falta e não é um homem a correr comigo ao colo embrulhada numa manta entre paredes que tombam nem a mulher que me dava de comer

— A gente fica com a órfã

o que falta

(uma alusãozinha às cegonhas para me dar coragem ao menos?)

o que falta não vou contar numa lufa-lufa perdoem, por enquanto os pombos a engordarem e a mudez das faias, o dono da loja a entregar-me a outro homem segurando-me a nuca como um leitão ou um gato

— Vai casar com um branco

ou seja não segurando-me a nuca como um leitão ou um gato, eu um bicho sem importância a meio caminho entre as pessoas e um leitão ou um gato, chamam-nos e não obedecem, mandam-nos embora e ficamos, eu com um balde em cada mão sem protestar como não protestei ao pegarem-me ao colo ou a mulher que me dava de comer

— Abre a boca

nem protestei estes anos no Bairro a assistir às cabanas a acrescentarem-se umas às outras até à estrada de Sintra e à desilusão dos corvos que o aleijado da muleta ia espalhando no ar, chegava ao apeadeiro, estendia os braços para cima, empurrava-os e eles a balirem de zanga não compreendendo o que se passa, não me compreendendo a mim, um dia comecei a chorar e a que me dava de comer

— Limpa-te com este pano e esconde-te

enquanto eu agachada nos cactos a pensar o que era eu não sou eu, o que era eu tornou-se outra e não percebo que outra, percebia a que fui visto que um ganso, uma manta, uma colher nos meus dentes

— Engole

um homem a que faltava o queixo e eu

(não o eu de hoje, o que desejava continuar a ser e por não mo consentirem perdi)

a sacudi-lo

— Senhor

porque a de antes tinha pai ou pelo menos um sujeito que se cansou de correr a que chamava

— Pai

e a que sou desamparada, se disser

— Senhor

nem os cactos me atendem, desço no interior da terra onde os relógios

— Vamos lá

e eu que remédio a apressar-me, olhei para o pano e no pano não eu, demasiado confundida para continuar a chorar, tocava-me na cara e a cara mudada, a quem pertence esta cara, o peito mudado, as ancas mudadas e a quem pertencem este peito e estas ancas, o outro homem para o dono da loja

— Vai casar com um branco?

e o que existia em mim acabado de forma que posso chorar outra vez mas não encontro as lágrimas, em que lugar as puseram, o outro homem

— Anda cá

e por não ter lágrimas nem o meu corpo verdadeiro não me fazia diferença, não uma branca, uma mestiça pouco mais que um leitão ou um gato e era a mestiça não eu quem estava com o homem, eu numa curva de rio e camionetas de soldados pretos na estrada, os soldados brancos em camionetas também um ou dois dias antes mas sem cantorias nem bandeiras e entre as camionetas dos soldados brancos camionetas sem espingardas carregadas de mobília, bezerros e gente, o outro homem não para o dono da loja nem para mim, para a janela à frente dele sem a ver

— Muito bem

de feições a explodirem e a recomporem-se logo, a cha-miné da fábrica mais alta que as palmeiras e não vos maço com as cegonhas descansem, que cegonhas aliás, rolinhas de brinquedo envernizadas

— Muito bem

a remexerem-se numa varanda qualquer, a esposa do dono da loja à porta com os seus lutos e depois das camionetas pretos descalços sem uniforme das sanzalas vizinhas, uma chama de início cinzenta e depois vermelha no interior da igreja e o telhado a cair sobre si mesmo em pedaços, o dono da loja para mim

273

— Estás à espera de quê para te vestires palerma?

e como fazê-lo dar conta do cheiro da mandioca nas esteiras senhor, olhe a nossa casa que tomba e o cozinheiro a sumir-se
entre barrotes, a que me dava de comer

— Limpa-te com este pano e esconde-te

de modo que eu escondida nos cactos a oxidar os relógios
cujos mecanismos tortos iam girando, girando

— Quando se calam vocês?

o dono da loja para a esposa

— Não tens trabalho tu?

tinha o trabalho de varrer a campa e mudar as begónias na
jarrinha de vidro, o filho a impacientar-se com ela aos baldões sob
a lápide

— Suma-se da frente depressa

a afogar tosses no lenço, uma ovelha ia navegando com o
rio, encalhava nos juncos, libertava-se numa rotação demorada e
um preto de água pela cintura, pelos ombros, pelo pescoço quase a
alcançar a ovelha, perdeu-a

(na margem a cubata do leproso que víamos de manhã em
busca de algas na lama)

e ao perdê-la

(se o leproso dava fé que o seguíamos escondia-se na cubata a grunhir)

perdeu-se com ela, esperei vê-lo rodar no próximo tufo de
mistura com o bicho e somente um chapéu de palha a aproximar-se
da margem e o leproso a galgar o capim a rastejar para ele sob um
céu de desastre

(uma aldeia de leprosos outrora e o sino com que o enfermeiro os chamava, silhuetas desarticuladas que se foram desvane-
cendo uma a uma)

arrumei os baldes e as esfregonas na cave e ao subir as escadas a esposa do dono da loja

(leprosos debruçados para a margem a catarem algas e à
noite fogozitos pálidos que torciam as árvores)

um sorrizinho a desculpar-se como se a preta ela, não eu,
nos seus lutos coçados

— Não devia estar aqui perdoa

herdou a loja do pai, a casa e outro prédio e no entanto
comportava-se numa cerimónia de intrusa, na época em que o cor-

po lhe mudou o que terá pensado agachada na cave atrás de espelhos, baús e em cada espelho um silêncio diferente, não luto nessa época, tranças e vestidos alegres, uma cozinha em miniatura onde fingia almoços com o seu fogão de lata e pratinhos minúsculos, conservava a cozinha embrulhada numa fronha e se ninguém por perto distribuía a loiça na camilha murmurando convites, podia ter-me dado de comer

— Abre a boca

com uma das colheres de baquelite, ficado com a órfã

— A gente fica com a órfã

e eu a crescer no meio dos brancos diante das palmeiras de Marvila em vez dos cactos do Bairro e dos pombos a despenharem-se no fim do mecanismo no apeadeiro deserto, quando o meu marido disse que queria viver comigo não acreditei e quando disse que queria casar comigo acreditei ainda menos

— A gente fica com a órfã

e eu aceitava senhora, ajudo-a com os guardanapinhos que a sua mãe bordou no Natal, distribuímos tudo no tampo

(até bules e chávenas palavra)

e almoçamos as duas um arroz inventado, um guardanapinho para o seu filho também e você preocupada a interrogar-lhe a ausência

— Não presta?

arroz peixe batatas

— Mais batatinhas coradas?

cada guardanapo um malmequer amarelo com as folhas azuis porque a linha verde esgotou-se ou seja num deles um dos caules verdes e os restantes azuis e as nossas maneiras delicadas, miúdas, nem um pingo na toalha que era um pedaço de papel de embrulho cortado pelo vinco e o que interessavam os homens, o dono da loja, o outro

— Muito bem

se depois das batatinhas coradas um chá da torneira

— É servida?

uma travessa de biscoitos em que só a gente repara

— Acabei de fazê-los não estão queimados demais?

e não estão queimados demais, tire esse aí, não se acanhe, você de tranças e vestidinho alegre a rodopiar na sala e o seu pai a nascer do jornal ele que nunca nascia do jornal, só os joelhos cruzados e um sapato para diante e para trás com um problema na biqueira, o que não eram joelhos nem sapato afogado em notícias, o barulho que as páginas fazem quando ele as volta e endireita com a palma, o seu pai antes de se esconder no jornal

— Que lindo

a trocar os joelhos e o segundo sapato para diante e para trás

(um dedo entrou na meia, coçou o tornozelo e desapareceu nas notícias)

num ritmo mais lento

(não desaparece a comichão?)

e um pedaço de bilhete de comboio a despegar-se da sola, calçava-os quando ele a dormir e caminhava no corredor aos estrondos reaprendendo a andar

— Sou o meu pai

e que difícil imitar-lhe o catarro vindo da base do corpo numa insistência penosa, que difícil observar o mundo com os óculos antigos da gaveta a que faltava uma haste a enevoarem as coisas alterando distâncias

(por exemplo a porta longíssimo e você contra a porta, alguém que me traduza este mistério senhores)

que difícil ser velho, o leproso em lugar de meter o chapéu na cabeça investigava-o, palpava-o, bem disse que somos bichos não foi, pouco mais que um leitão ou um gato, se o aleijado da muleta aqui estivesse aperfeiçoava-me com a chave inglesa a endireitar um osso e a desoxidar a memória gostava de ver melhor o homem comigo ao colo a correr, uma casa de colunas na tal curva do rio, militares que falavam estrangeiro surgindo de repente a disparar de uma esquina, auxilie-me a encontrar a mulher pendurada de um barrote, não preta, mestiça, o cabelo quase como o seu e um pau na barriga, pássaros do tamanho de perus de ombros encolhidos incapazes de voar ou a trotarem que tempos cheios de cotovelos até se erguerem a pulso e olhe-os a despirem um vitelo ou uma cabra nos arrepelos em que os brancos

— Muito bem

tiravam lacerando-me o seu prazer de mim pensava que perdi grandes pedaços de pele, verificava-me e inteira que bom, repare com os óculos a que faltava uma haste que eu inteira, olhe a travessa a abrir-se, olhe o barco e eu de boca aberta no barco

— Come a sopa menina

antes que um prédio a cerre e o estalar das palmeiras arames de estendais a assobiarem à tarde, com adesivo fixa-se a haste que falta e o corredor direito, os pássaros de ombros encolhidos usavam sapatos como os do seu pai a ecoarem na varanda da casa, os pescoços peludos que a procuram a grasnar

— Que lindo

não a grasnar, a tossirem

— Que lindo

no interior do jornal, ao poisarem-no uma palpebrazinha a aborrecer-se

— Não acaba essa dança?

e você não em pontas de pés, decepcionada, terrestre, você a perguntar-se ensaiando uma tesoura na franja do tapete

— O que é que eu faço agora?

a varanda com vasos tombados um regador tombado e um preto nos degraus

(afinem-me a memória: que preto?)

a lutar com o sangue da camisa

(desafinem-me a memória)

segredando

— Menina

chegava às cinco horas, trazia da cave os baldes, as escovas, a garrafa de sabão que me estragava os dedos e o preto

(afinem-me outra vez: que preto?)

a insistir

— Menina

não a camisa toda, metade da camisa, o umbigo que se dilatava e encolhia derramado no chão, uma franja de tapete que a tesoura que não sei a quem pertence golpeou, a mesma tesoura a golpear-lhe a voz e o

— Menina

extinto, a minha mãe mestiça, o meu pai

(dêem-me uma mãozinha: o meu pai mestiço como ela?)

o meu pai mestiço e portanto eu não preta para os pretos, eu branca, eu menina a comer um nada de arroz com garfinhos de folha e até um cálice ou dois e uma terrinazita sem pegas, como o preto uma franja de tapete não lhe apetece convidá-lo para almoçar com a gente, põe-se ao lado do seu filho e oferecemos-lhe macarrão peixe batatas

— Mais batatinhas coradas?

que o umbigo se dilata e encolhe derramado no chão talvez seja capaz de engolir, há-de engolir, engole, o preto que acompanhava o meu pai à fazenda e reunia os da sanzala com uma chibata ordenando

— Tu tu

uma ocasião vi-o tomar banho no rio e jogar torrões ao leproso que grunhia na margem, um caroço embateu no sino e um sonzito comprido nunca quis ser bailarina, nunca quis ser nada, olhava os girassóis e pronto, sentia os insectos a roerem o colchão e a roerem-me porque se calhar eu milho por dentro como ele, maçarocas e grãos, o algodão brilhava no escuro quando uma hiena sacudia o capim a aproveitar-se dos restos de burro do mato

(não macarrão não peixe não batatas)

nos bidões de lixo e depois dos restos de burro do mato aproveitava-se de mim, o dono da loja apontou o soalho conforme o preto apontava com a chibata

— Tu tu

talvez as batatinhas coradas que sobraram do almoço ou os ciscos de um prato que por azar partimos

— Olha-me isto sujo idiota

e eu mais sabão, mais escova, mais água, os cachorros a fugirem da hiena sem que se entendesse onde tinham a cauda, o rio lambia as pedras crescendo de entulho e uma destas manhãs nem o leproso nem a cubata encontrávamos, água a perder de vista até onde começa uma aldeia e a um canto da aldeia a missão isto é uma capela sem vidraças nem portas e o resplendor de Cristo num altar vazio, os túmulos dos padres no que foi o claustro montinhos de terra, se cavássemos nos montinhos ossos que os pássaros de ombros encolhidos disputavam gritando e sobre nomes italianos e polacos palavrório em latim, ossos ou caroços de mandioca que ninguém plantou e em certas tardes uma serenidade infinita, o dono da loja a apontar o Cristo

— Limpa isso também

limpa África que não significa peva, o que é África e já agora limpa o Bairro, os mulatos, os corvos, limpa o teu marido no passeio à espera a preocupar-se contigo, o meu filho por uma pena o cretino, o teu pai que o embrulhe numa manta se lhe der na gana e corra com ele avenida adiante, ofereço-to, pode ser que se entenda com vocês a brincar às bonecas nesses almoços fingidos ou leva-o para a tua cave de preta a entreter-se com as faias onde a Polícia vos acaba um a um, a esposa do dono da loja a guardar o serviço

— Não estava mal o almocinho pois não?

e não estava mal o almocinho senhora, os biscoitos, o chá, uma tosse atrás de um jornal distraída de nós

— Que lindo

e o estrondo da página a voltar-se consoante me volto para as figueiras bravas sem flores

(apenas uma florinha azul e nós sem acreditarmos na flor)

desejando-nos a morte, consoante me volto para as figueiras bravas por me dar ideia que uma raposa ou um texugo e nem raposa nem texugo, soldados pretos na estrada a berrarem cantorias nas camionetas velhas cheias de fumo e estrondos e nem soldados também, sujeitos sem farda, sete ou oito, oito, contando melhor oito a discutirem um mapa que comparavam com o Bairro para discutirem de novo mais um sujeito no escritório do apeadeiro com papelada suja e horários antigos que os relógios se esqueceram de acotovelar

— Vamos lá

no sentido dos anos que não chegaram por enquanto, não chegarão nunca e um último sujeito que me pareceu o meu marido e impossível que o meu marido, o meu marido à espera no passeio da loja, um último sujeito não o meu marido

(nunca acreditei que quisesse ser meu marido dado que os brancos tiravam o seu prazer do meu corpo

— Muito bem

aos arrepelos e iam-se embora sem conversas adeus)

nas oliveiras do caminho de Sintra onde o vazadouro e montanhas ao longe, nenhum rio, nenhum leproso, nenhuma casa de colunas em que um regador tombado, apenas galinhas difíceis de transportar por uma asa e o dono da loja a indignar-se comigo quase agarrando nos baldes, quase começando a limpeza, o dono da loja como se a culpa minha e a culpa minha de facto

— Tudo manchado preta

manchado de frangos, cabritos, crianças e lama que não acaba senhores, os finados que nos incomodam sob a terra a ziguezaguearem pedidos e o sangue que ninguém esfrega

(não chores)

a crescer entre os cactos olha esse aleijado com uma muleta a espantar os clientes, tira-o da montra mais a ferramenta de consertar os pássaros antes que alguém tropece no martelo e se aleije ou eu te mande embora e fiques a almocinhos de batatas coradas com o estúpido do teu marido branco na miséria onde moras, quem sabe se ele também de joelho cruzado debaixo do jornal sem se ralar contigo

— Que lindo

um sapato para diante e para trás com um problema na biqueira e uma palmada nas páginas a misturar as notícias numa ordem diferente quando os joelhos se trocam, o sujeito nas oliveiras do caminho de Sintra que me pareceu o meu marido e impossível que o meu marido porque o meu marido à espera no passeio da loja deu um sinal às figueiras bravas no instante em que os corvos abandonaram as faias e um preto

(que preto?)

onde vasos de plantas e caules e terra a segredar

— Menina

eu que chegava às cinco e meia, seis menos um quarto se o autocarro se atrasava a pensar que tinha de arranjar luvas derivado ao sabão que me estragava os dedos, olhem as verrugas da pele e as escamas das unhas, o preto a insistir

— Menina

de umbigo a dilatar-se e a encolher-se derramado no chão que a tesoura golpeou, a mesma tesoura a golpear-lhe a voz e o

— Menina

(informar o dono da loja que sou menina enquanto o meu marido, enquanto o sujeito que parece o meu marido e não pode ser o meu marido um sinal às figueiras bravas, informar o dono da loja à medida que ia enchendo os baldes

— Reparou que sou menina senhor?

e ele quase a tirar-me os baldes da mão, quase

— Realmente és menina

quase a engelhar-se no casaco somando desculpas

— Com a vida que tenho e os credores e as letras não reparo em tudo passou-me)

a tesoura a golpear-lhe a voz e o

— Menina

extinto, esse sim que me pegava ao colo e me passeava na fazenda, não vivia comigo nem tirava o seu prazer do meu corpo e ao ir-se embora olhava-me calado cheio de palavras dentro que se percebia nos gestos mas todas as palavras

— Menina

de maneira que eu para a esposa do dono da loja

— Temos um convidado para o almoço senhora

e não era o meu pai nem o filho dela nem um sapato que não se interessava por nós

— Que lindo

era um preto de chibata a convocar os infelizes da sanzala

— Tu tu

ao café e ao milho e em cujo copo do tamanho de um dedal verteria chá de água, a quem

— Apetecem-te batatinhas coradas?

e ele tão feliz, tão grato apesar da voz extinta, ele

— Menina

sem tocar na comida nem no guardanapo bordado esperando não nos aborrecer com o sangue do umbigo e eu não tivesse que limpá-lo do soalho, pouco mais que um leitão ou um gato a adormecer

(ninguém me convence que não a adormecer)

sobre o papel da toalha à medida que a esposa do dono da loja um passinho de dança e a hiena a sumir-se no trilho do algodão.

A) Consistindo a manutenção da ordem o núcleo por assim dizer motor do nosso trabalho

(Regulamento interno, Preâmbulo alínea cinco)

na sua tripla vertente preventiva, interventiva e reparativa, tarefa complexa para cujo pleno e satisfatório cumprimento nos faltavam não só as verbas mas os meios humanos necessários, lacunas que a chefia teimava em ignorar mau grado sucessivos memorandos que presumo jazerem uns sobre os outros

(de certeza não lidos, a data de entrada a lápis no ângulo superior direito, o carimbo Arquive-se e a rubrica de um chefe de secção anónimo)

nos ficheiros da cave de um ministério qualquer onde uma gota regressa do chão ao cano de onde veio para tombar de novo, memorandos que o público infelizmente desconhece exigindo da nossa parte um nível de serviço impossível de satisfazer devido às carências existentes o que me leva a pensar que um dia não demasiado longínquo nos sepultam numa gaveta de ficheiro também com um Arquive-se e uma assinatura distraída no que sobra da gente a escutarmos a gota e os estalos dos móveis afirmando que estão vivos, na casa dos meus pais a quantidade de apelos que me chegam se por acaso a visito cuidando que me lembro deles e os ajudo eu que nunca ajudei ninguém sobretudo os defuntos e os esqueci há séculos, passo o dedo num bibelot e poeira, roço uma cortina e poeira, limpo um assento para descansar nele e poeira sob a poeira, nem ausências nem saudades, um botão de colete ou uma agulha de crochet que não faço ideia a quem pertenceu

(à minha tia?)

no rodapé acolá, nada que eu reconheça e me possa servir na indiferença das coisas e então compreendi que para além de vocês mortos o que fui morto convosco, o que sou hoje na eventualidade de vivo sem relação com o passado e portanto que casa é esta se não um andar de estranhos que outros estranhos comprarão e os apelos ressentidos comigo a calarem-se, os meus pais calados, a minha tia calada, a minha boca calada, não tornarei a falar com o que não sou mais

B) consistindo a manutenção da ordem conforme acima referi o núcleo por assim dizer motor do nosso trabalho recebemos a indicação escrita, classificada de Reservada, que num bairro de construções clandestinas na periferia de Lisboa, mais concretamente a noroeste da cidade, habitada por mestiços e negros oriundos das chamadas ex-colónias, designação questionável, um grupo ou bando de adolescentes de idades compreendidas entre os treze e os dezanove anos alguns já referenciados como problemáticos e com estadias mais ou menos longas em instituições adequadas se dedicava a actos anti-sociais de carácter violento, munidos de uma quantidade indeterminada de armas brancas e de fogo, nos centros urbanos e rodovias que os unem, sendo que tais actos, como se torna fácil entender, principiavam a alarmar as autoridades legalmente constituídas e a população em geral

(que túmulo cheio de vozes a casa dos meus pais, passando um dedo nas vozes poeira, sílabas de poeira que o meu gesto apagava

que palavras seriam?

no quarto onde dormia nem a cama ficou de modo que se por hipótese sono em que sítio me deitava?)

uma semana ou duas depois recebemos uma segunda indicação escrita, classificada de Muito Reservada ou Secreta, não tenho bem presente, a fim de procedermos ao imediato reconhecimento do local e posterior anulação pelos meios julgados necessários do referido grupo ou bando, e pelo reconhecimento a que procedemos a partir das cercanias do Bairro em manobras centrípetas demos conta que o mesmo um conjunto de barracas, cabanas e alojamentos de diversa índole construídos a partir de fragmentos de edifícios pré-existentes tais como vivendas, armazéns e celeiros albergando centenares de indivíduos de ambos os sexos e de raça não branca, quase todos sem profissão e por conseguinte não integrados na sociedade civil, dedicando-se a uma vaga agricultura

(agricultura!)

de hortazinhas confusas e à criação de galinhas e cabritos, actividades com que não pareciam preocupar-se sobremaneira agachados aqui e ali numa indiferença mole, encontrando-se

C) o conjunto de barracas e cabanas atravessado por becos de acaso que terminavam num monte de pedras ou formavam largozitos inesperados onde se babavam cães, limitado a norte por um vazadouro, em que oliveiras ressequidas e a estrada de Sintra, a sul pelo parque de campismo que ocupava a antiga área e os terrenos vizinhos reduzidos a valados e erva, do que fora a estrada militar que se dirigia de Benfica aos baldios da Reboleira, a oeste por um apeadeiro desactivado igual a todos os apeadeiros desactivados isto é uma balança e uma construção torta onde ginetos diziam, para além do apeadeiro

(com os ginetos ninhos de mocho talvez?)

um bosque de figueiras bravas e a leste por uma colina que servia de cemitério com um ribeiro ao fundo, mais esgoto que ribeiro, a encher-se no inverno de desperdícios e trapos e tendo procedido à elaboração de um primeiro mapa necessariamente incompleto

(Figuras 1, 2 e 3)

do local a trabalhar bem como à tentativa de aprofundamento biográfico, psicológico e físico dos componentes do grupo ou bando em questão, verificámos com surpresa tratar-se na sua maioria, excepto um preto gordo carregado de pulseiras e anéis, não de adolescentes saudáveis mas de crianças de dez ou onze anos que não se desenvolveram como as nossas, definhadas, com casacos demasiado largos e chapéus ridículos que se reuniam um pouco antes da noite sob os corvos de um renquezito de faias tão definhadas quanto eles, corvos que se nos afiguravam construídos de farrapos e arame por um aleijado de muleta que os desprendia no ar e lá seguiam eles em balidos aflitos

— Vou cair

a procurarem decifrar os mistérios do vento e tentando alertar as crianças da nossa presença sem produzirem mais que gritinhos difusos, o chefe para nós

— Grande maçada

a corrigir o mapa a traços de várias cores e concluindo necessitarmos de um agente no Bairro que nos permitisse um mais eficaz planeamento da operação interventiva mediante informações precisas

(como se uma pessoa conseguisse informações precisas daquele rodopio de miséria, melhor fora aplicarem-nos o carimbo Arquive-se no ângulo superior direito, sepultarem-nos na cave e esquecerem-nos) acerca da geografia do lugar e da forma de actuação do grupo ou bando e eu enquanto o chefe falava com a casa dos meus pais na ideia

D) tal como a recordo há trinta anos sem poeira nem o apelo das tristezas defuntas, a minha mãe a fazer a escrita do emprego na mesa do jantar e o meu pai com uma gravata nova e os sapatos e o cabelo que brilhavam a tirar o dinheiro da caixa de lata, a voltá-la ao contrário a fim de que as últimas moedas lhe caíssem na palma e a contá-las uma a uma em decepções demoradas, os candeeiros aumentavam as árvores da rua fazendo-as inclinar-se em cumprimentos sem fim, a minha mãe sem interromper a escrita

— Vais sair outra vez?

de narinas abertas a avaliar-lhe o perfume e o meu pai a descer as escadas penteando o bigode com o dedo molhado na língua, depois dele sair a minha mãe fitava-me sobre os papéis de malares a desconjuntarem-se e não sei quê nos olhos que me obrigava a ter medo sem que quisesse ter medo, coloquem poeira sobre isto o mais depressa que puderem tornando tudo escuro e sobre a poeira mais poeira e mais escuro ainda não me recordem a cantoneira, não me recordem o quadro

(um açude colorido)

fiquem somente as árvores

(amoreiras acho eu, pelo menos nos tempos que correm amoreiras, antigamente não sei e mesmo que amoreiras árvores apenas porque lhes não sabia o nome, ninguém me ensinou como chamá-las nunca)

por conseguinte as árvores no seu adeus pausado distraídas da gente e os malares da minha mãe a desconjuntarem-se na escrita, na actualidade escrita alguma, um botão de colete

(do dinheiro da caixa?)

ou uma agulha de crochet no rodapé acolá, vocês mortos, o que fui morto convosco e o que sou no caso de vivo sem relação com o passado e portanto nem um passo na escada

— Já venho

(e não vinha aliás o

— Já venho

percebia-se logo significar que não vinha)

vinham as árvores no lugar do meu pai e eu sem lhes entender a linguagem, o que pretendem as árvores, entendia que a mangarem com a gente, necessitávamos de alguém no interior

(há tempos comprei um livro sobre árvores e decorei os nomes em português e latim, tapo-os com a mão, confiro a legenda e acerto, carvalho, loureiro, a página do carvalho descolada e com uma falha nas letras)

do Bairro que nos permitisse um mais eficaz planeamento da acção interventiva através de informações precisas

(mais ou menos precisas)

acerca da geografia do lugar

(para ser sincero bastante pouco precisas)

como se alguém conseguisse informações precisas de um rodopio

(aí está)

de desperdícios e miséria a que constantemente se acrescentavam novas barracas, novas cabanas e novos becos e da forma de actuação do grupo ou bando no caso dessas caricaturas de adultos terem uma forma de actuação sequer e nisto

E) dei conta dos meus colegas a olharem para mim no gabinete do chefe

(nenhumas árvores na janela que eu pudesse dizer quem eram tapando-lhes o nome, o pátio de arrumar os carros somente e a garagem onde o mecânico com o embrulho do almoço nos joelhos e o cabo do garfo vertical na marmita)

que olhava para mim no meio deles

— Não ouviste o que eu disse?

a alargar o colarinho com o dedo como o irmão da minha mãe de pé no meio da sala sem bigode nem perfume a avermelhar o pescoço

— O teu marido o quê?

de modo que de início julguei que o chefe não para mim

— Não ouviste o que eu disse?

para a minha mãe

— O teu marido o quê?

só que não de pescoço vermelho nem de pé inclinado na secretária numa atitude de sapo e encolhendo as bochechas antes de pular para um charco

— O teu marido o quê?

e a minha mãe a conseguir que os malares não se desconjuntassem nem isto

— O meu marido nada

e por favor tragam a poeira de volta e calem-na, não sou capaz de dizer se fui feliz naquela casa e devo ter sido, toda a gente foi feliz em tempos ou para não ter de se apiedar de si mesma pensa que foi feliz uns Natais, umas Páscoas, umas manhãs na praia, insignificâncias que nos fazem sorrir, dispomos as memórias em fila e contamos um a um os tesouros perdidos, no que se me refere os cheiros da despensa, o sabor que a compota de framboesa me deixava na boca e de vez em quando regressa, com a compota um braço que me prendia os lençóis a dar-me pancadinhas no ombro

— Era um sonho não ligues

o meu pai a erguer-me acima da cabeça e a terra inteira, inclusive um dente que abanava, em baixo, o bigode por alisar que me picava na testa ao beijar-me

(os lábios por contraste com os pêlos tão nus)

colocava-me no chão e a vida inalcançável, o assento das cadeiras, as maçanetas de cerâmica

(a maior parte lascadas)

e as discussões dos adultos, o tempo parado porque só em bicos de pés chegava aos mostradores e até nos relógios só os números mais altos de maneira que derivado à não existência do tempo ficava com quatro anos a assistir ao envelhecer da família, lembro-me do meu avô na poltrona articulada, levantávamos-lhe a golpe de manivela, aos sacões, a nuca, as costas, os tornozelos estreitinhos ou inchados, de peúgas, que até hoje me intrigam

(estreitinhos ou inchados avô?)

com dois pares de óculos no colo e julgo ter compreendido nessa época que a morte começa nas bochechas, a única parte viva da cara entre os olhos que se afundam e os papelitos transparentes dos beiços, os dedos procuravam os óculos na manta, no momento em que os agarravam desistiam

— É difícil sabias?

e o

— É difícil sabias?

tão engasgado quanto a voz da minha mãe enquanto o perfume continuava connosco

— O meu marido nada

a minha mãe ou um sapo avançando a pata musgosa e os colegas a espreitarem-me com dó

— Não ouviste o que disseram?

como na época em que não respondia a uma pergunta da dona Eulália na escola

— Quem dobrou o cabo da Boa Esperança ignorante?

e não sei quê

(malares que se desconjuntavam?)

a impedir-me a resposta, o queixo ou o medo que o meu pai não voltasse a subir as escadas, graças a Deus que na manhã seguinte o encontrava a barbear-se sorrindo-me ao espelho

— Minhoca

o

— Minhoca

a trazer consigo o cabo da Boa Esperança e a indignação da dona Eulália

— Ignorante

o meu pai a quem o cabo da Boa Esperança parecia não interessar colocava-me espuma nas bochechas fingindo rapá-las

— Corto-te o bigode vais ver

e eu em pânico de chegar à altura dos relógios e entrevar-me como o meu avô

(que mistério seriam os meus tornozelos um dia?)

os óculos custosos de prender na incerteza dos dedos e por consequência afastar-me do meu pai impedindo-o de me segurar a cara

— Deixe-me

o chefe a recuar a pata musgosa

— Não te sentes bem tu?

poeira sob a poeira, se caísse no erro de a limpar espero que ninguém por baixo

necessitando de um

(ninguém por baixo)

agente no interior do Bairro que nos permitisse

(o que me custa repetir isto senhores)

um melhor planeamento da ação interventiva

(ação ou acção?)

através de informações precisas

(como se alguém conseguisse informações precisas num rodopio de miséria sempre a aumentar e a alterar-se e a sombra das faias que o movimento do sol diluía sem mencionar os corvos mecânicos)

acerca da geografia do

F) local e da forma de proceder do grupo ou bando

(custa-me designar por grupo ou bando um punhado de crianças raquíticas que se disfarçavam de homens numa solenidade de jogo)

o chefe em lugar de perguntar

— Quem dobrou o cabo da Boa Esperança ignorante?

moveu-se de banda na secretária numa lentidão molhada de barriga a amarrotar o mapa e mencionou que verbo

(uns grãozinhos de poeira depressa)

uma mestiça do Bairro a trabalhar perto do sítio onde moro a vinte metros do largo em que uma chaminé e as palmeiras não falando nos edifícios antigos de estátuas de loiça no topo

(ninfas de grinaldas vaidosas)

e na presença do rio a tingir a muralha e comecei a entender arredando a poltrona do meu avô que nenhum entrevado quis comprar e permaneceu uma semana

(nove dias, contei-os)

à entrada da porta até à camioneta da Câmara que enche o sono de estrondos decidir levá-la de mistura com a manta

(se me fosse consentido não escrever o presente texto mas uma voz

— Adiante

a impedir-me o consolo de um grão no mindinho e por intermédio da poeira a minha mãe comigo)

comecei a entender que o chefe me elegera num capricho idêntico ao que levava a dona Eulália a escolher-me

— Quem dobrou o cabo da Boa Esperança ignorante?

para os ajudar com a geografia e tal no interior do bairro utilizando para o efeito

(não me apetece contar as coisas assim apetece-me o meu tio a alargar o colarinho com o dedo pronto a defender a irmã avermelhando o pescoço

— O teu marido o quê?

apetece-me adiar o que exigem que eu relate e introduzir episódios antigos antes do estalar das palmeiras, referir as cegonhas que não temos e as gaivotas que raramente vejo a escaparem da muralha nas manhãs de frio, tudo menos a mestiça, o Bairro, as crian

G) ças, se me consentissem distrair-me, esquecer mas os chefes e os meus colegas à espera

— Então?

mas o Comando no andar de cima

— Então?

mas o meu próprio sentido do dever

— Então?

de modo que a contragosto abandono o meu tio que foi sempre bom comigo, ofereceu-me um canivete de três lâminas e um álbum para os selos, fecho sem vontade o parêntese que me dói como uma despedida e continuo)

portanto uma mestiça que trabalhava de limpezas na loja de roupa pegada à chaminé e às palmeiras, às cegonhas que vários

(não estou a par de quantos)

desejariam que houvesse e às poucas gaivotas que só com a chuva por cá em giros enervados sobre os algerozes, uma loja de roupa com um manequim sem cabelo na montra poeirento como a nossa casa vazia e o dono e a mulher ou seja um homem de cigarrilha apagada e a esposa de luto não apenas no vestido, principalmente na cara, a assoar de tempos a tempos um desgosto discreto enquanto a mestiça chegava às cinco e meia ou um quarto para as seis acusando os transportes

(— O autocarro senhor)

e começava a lavar o soalho sob o estalar das palmas que me afectam em outubro a matéria dos sonhos transportando-me onde o meu pai

— Corto-te o bigode minhoca

com o peso da noite a engrossar-lhe as pálpebras e as mãos a habituarem-se a ser mãos de novo, a minha mãe já completa a estudar a caixa do dinheiro vazia em que protestavam facturas

— Não nos pagaste que vergonha

e as mangas do pijama a povoarem-se de gestos devolvendo-me um pai sem perfume que secava a navalha respeitando-me o bigode à medida que eu vigiava a mestiça

(a chaminé dilatava-se)

seguindo-a até ao Bairro e a deter-me nas figueiras bravas sem coragem de falar recordando a dona Eulália que abandonava o ditado a marcar o livro com o lápis

— Quem dobrou o cabo da Boa Esperança ignorante?

e nem uma caravela a navegar-me na cabeça com o seu cortejo de heroísmos e desgraças, apenas a recordação do meu avô incapaz de segurar nos óculos a responder por mim

— É difícil sabias?

de bochechas a viverem a custo no centro das feições mortas prontas a agruparem-se com os parentes nas molduras da cómoda

(a minha avó, a minha bisavó, um primo fardado a quem a nossa surpresa aborrecia

— Tenho de repetir eternamente que a arma se disparou sozinha?)

volta e meia o meu avô sorria como se já fosse defunto

H) (agora que tudo acabou é muito provável que uma cegonha poise nas palmeiras sem que necessite dela)

I) e antes da poltrona articulada passeava no quintal a ameaçar os gatos que não lhe ligavam nenhuma enrolando-se mais adiante a fecharem o focinho todo para fecharem os olhos e ao fecharem os olhos distantíssimos de nós

(nem com os gatos posso ficar um bocado?)

comigo a aleijar-me nas figueiras bravas vendo a mestiça no Bairro, notava-se que texugos pela inquietação das estevas e as pedras a que os lagartos dão lugar aguardando a manhã tal como a mobília se transforma em criaturas se não acendemos a luz e a deixamos sozinha

(no caso de vos sobrar poeira agradecia um resto é um assunto menos grave, não preciso de muita)

de modo que não acendia a luz na esperança que a cadeira ou o armário

(de cortina num fio a substituir a porta)

fossem a mestiça sem dar por mim no passeio, uma mulher

(tanto quanto se pode chamar mulher a uma preta é evidente, tanto quanto se pode chamar crianças a criaturas magrinhas nos seus fatos de homem)

neste quinto andar à altura do bico da chaminé que me ajudava a esquecer (como se um bico de chaminé ajudasse a esquecer o que quer que seja e eu acreditasse nisso e no entanto a gente prende-se à primeira coisa que apanha, agrada-me a expressão à primeira coisa que apanha, faz-me não sei porquê pensar no meu avô a quem nunca a escutei, se o procuro é o

— Isto é difícil rapaz

que vem e portanto a gente prende-se à primeira coisa que apanha e eu a fingir que acredito)

J) como a mestiça me ajudava a esquecer

L) a dona Eulália de pergunta em riste à minha procura de carteira em carteira

— O ignorante onde pára?

a minha mãe que começava o trabalho e o meu pai a descer as escadas que eu imaginava não acabarem nunca, a mestiça a interessar-se

— É o teu pai aquele?

uma presença mesmo sendo mestiça que eu pudesse chamar em segredo e tomasse conta de mim quando espio para dentro e renuncio às palavras como tantas vezes sucede

(vide agora que escrevo isto embora não pareça)

porque sinto mais que elas, qualquer coisa que não tem a ver com a morte

(não tem a ver com a morte?)

e no entanto é a morte a do meu avô instantânea no vazio da cara e os dois pares de óculos ia dizer tocantes embora não me sentisse tocado, não me sentia nada, fiquei a observar as meias hesitando

— Dispo-lhas não lhas dispo?

para examinar finalmente os tornozelos, a morte da minha mãe mais comprida, um gorgolejo

(será a vida líquida?)

que ainda hoje escuto e me assusta, se dependesse de mim vedava todos os ralos e a minha mãe não tornava a

M) morrer

N) a do meu pai a descer as escadas que prosseguiam depois da porta da rua e não era uma cave nem um subterrâneo nem uma gruta, eram dúzias centenas milhares de degraus que vigiávamos do corrimão dando fé do bigode e dos sapatos brilhantes, o meu pai que continua a descer não sei onde

292

(não me faz falta a poeira podem guardá-la no bolso)

apressado, feliz e não é bem assim, renunciei às palavras e o que digo são ecos de silêncio mas espero que o chefe e os meus colegas decifrem como espero que decifrem as informações precisas

(que Polícia consegue informações precisas neste rodopio de desgraça, mais barracas, mais cabanas, mais becos, mais galinhas ferozes e mais cães moribundos)

para um resultado eficaz da acção interventiva mediante um melhor conhecimento da geografia do local

(aliás sem geografia nenhuma)

nos seus diversos acidentes e da forma de proceder do grupo ou bando, a mestiça primeiro em Marvila comigo

— A dona Eulália é aquela?

porque uma régua aumentou para a gente disposta a comprovar a minha idiotia absoluta

— Pergunte-lhe quem dobrou o cabo da Boa Esperança e logo vê

e a seguir no Bairro sob os pássaros do aleijado que se erguiam das faias em arrancos de acaso

(eu para ela mal o

— Pergunte-lhe quem dobrou o cabo da Boa Esperança e logo vê

a acenar confirmando

— É a dona Eulália aquela)

e a tomar nota de cada cabana, cada barraca, cada beco na ideia de possibilitar um mais eficaz resultado da acção interventiva que o Comando exige nos seus próprios termos

(fotocópia anexa)

definitiva e mau grado as dúvidas da dona Eulália no que se refere às minhas capacidades ia sugerir intelectuais e por uma unha negra não sugeri, exemplar

— Pergunte-lhe quem dobrou o cabo da Boa Esperança e logo vê

eu somente útil para limpar o quadro com um pano húmido e disse húmido, não disse molhado, lá estás tu a encher-me a classe de pingos, despejar o cesto dos papéis no caixote à entrada do recreio

(um dia falarei do recreio)

abrir as janelas nos trincos empenados

(não falo no recreio, para quê, todos os recreios se asse-
melham, um ou dois bancos sem pintura, as plantas desfeitas e a
arrecadação onde um javali empalhado que cheirava a bafio)

e outras tarefas simples tais como esperar pela mestiça à
saída da loja

O) (faltava o olho esquerdo que era um círculo metálico
ao javali assente numa placa de madeira com uma chapa a anunciar
Javali de cauda mantida horizontal com o auxílio de arames)

P) eu portanto à espera da mestiça no ponto onde Marvila
e Chelas se cruzam sob a forma de prédios de azulejo, hera, sombras
que a luz evita nos ângulos das paredes, eu no passeio debaixo do
estalar de palmeiras guiando-me pela cigarrilha do dono da loja até
a mestiça surgir à porta e dirigir-se comigo em silêncio como um
par de desconhecidos pelo parque de campismo deserto onde os arbustos principiavam a crescer no lugar das tendas sentíamos as primeiras galinhas e os primeiros cães que nos odiavam em uníssono e
o rumor das figueiras bravas onde os meus colegas se agrupavam a
mestiça de que nunca soube o nome nem me preocupou para falar
verdade sabê-lo

(não se trata de uma branca repare-se, no caso de uma
branca pergun, no caso de uma branca era a sério)

Q) e no entanto, como exprimir isto, foi a única pessoa
(vacilei antes de escrever pessoa conforme qualquer branco
vacilaria na maneira de se referir a um preto)

a única pessoa
(seja pessoa mesmo que o Comando não aprove)
em relação à qual, pela qual, com a qual
(escolham o que lhes der na gana quando censurarem o
memorando porque hão-de censurar antes da data a lápis, do carimbo Arquive-se e da assinatura do chefe de secção, antes dos ficheiros na cave e da gota

R) a regressar ao cano de onde veio para tombar outra vez,
persistente, limosa)

a mestiça a única pessoa
(rasurar-me-ão a palavra pessoa?)
não o meu pai, não a minha mãe, não o meu avô sequer
apesar de finados e por conseguinte mais cientes da gente dado que
lhes tenho visto a atenção nos retratos em que só os olhos existem
seguindo-nos apesar de parados sobre uma roupa nevoenta onde

se misturam colares, laçarotes e saias em fundos de ramagens e colunas com vasos, o universo pálido de que nos vigiam consoante os corvos nas faias

(pergunto-me se gralhas com eles porque não apenas balidos, miados também)

a mestiça a única pessoa comigo quando o chefe e os meus colegas devidamente instruídos acerca da geografia do local para um mais blá blá blá eficaz planeamento blá blá da acção interventiva blá e conhecedores da forma de proceder do grupo ou bando deram início ao cerco estendendo-se para norte até ao vazadouro e às oliveiras do caminho de Sintra

S) de que nos chegavam fumos de mar e embora se duvide garanto que um farol girando nos telhados

e a ocuparem o apeadeiro e as primeiras barracas onde assomavam cabritos, lembro-me de quando as moitas e os buxos começaram a arder, do aleijado da muleta a tentar salvar os seus pombos dando-lhes corda para alcançarem o Tejo e o vento a remexer tudo aquilo, a confundir tudo aquilo, a destruir tudo aquilo, uma criança a mostrar a

T) espingarda aos meus colegas e a largar a espingarda, lembro-me da dona Eulália a entrar para o eléctrico a caminho de casa de repente sem autoridade, desprotegida, de gabardine com lustro, a dona Eulália como a minha mãe, como eu, se calhar a voltar uma caixa ao contrário e as facturas

— Não nos pagaste que vergonha

o cabo da Boa Esperança sem importância e um homem a descer as escadas de sapatos que brilhavam nos degraus

— Chega aqui para te fazer a barba minhoca

a dona Eulália a brincar com o saleiro

(o saleiro representava um patinho e o pimenteiro que representava um patinho também perdeu-se em cacos há séculos)

ao corrigir os testes e eu do passeio a olhá-la, parecia chamar-me sem me chamar de facto, parecia segredar sem que lhe escutasse as palavras

— Não saias daqui

tal como a minha mãe dando fé de mim no linóleo a garantir em silêncio

— Descanse que não saio

quase a roçar-lhe a cadeira e a tocar-lhe nas pernas e os meus colegas um cano de pistola contra a fechadura, vozes no patamar

— Está aí dentro essa preta?

a

U) mestiça a mostrar-me o espaço entre dois tijolos para além do qual uma azinhaga e a chamar-me

— Senhor

V) (a única pessoa em relação à qual, pela qual, com a qual, impeçam-me de completar a frase com a vossa poeira, andem)

eu a levantar-me e no entanto ficando a pedir

— Espera

sem querer que esperasse numa cave em que a gente os dois, em que nós, em que eu

(uma preta, não escrevas)

em que eu

(preciso de escrever, não posso deixar de escrever, acho-me grato mesmo que seja uma mestiça percebem, mesmo que seja uma pobre, não liguem ao que digo, exageros, mentiras)

quase bem, quase sem remorsos, quase

(a poeira que apague as páginas se lhe der na gana)

com ela, eu no passeio sob o estalar das palmeiras

X) vendo-a levar os baldes e a garrafa de sabão para a cave, vendo-a voltar da cave, eu que tinha medo de a perder

(graças a Deus não perdi)

vendo-a sorrir

(os pretos não sorriem)

acenar-me olá

(não acenam)

prestes a pegar-me no braço

(não pegam)

e desejando que me pegasse no braço, pega-me no braço, vendo-a

Z) caminhar comigo para o Bairro sem sorrir, sem acenar olá, sem me pegar no braço

(porque não me pegaste no braço?)

e no entanto nós um casal de forma que no momento em que os meus colegas

— Está aí dentro essa preta?

isto é o cano na fechadura e as vozes no patamar fui eu quem, sou eu quem, serei eu quem destrancará a porta, não ela, disse-lhe

— Não destranques a porta
disse-lhe

— Eu destranco a porta
na esperança que ela fuja até às oliveiras de Sintra a dispersar com as mãos abertas os farrapos dos pombos.

Como posso lembrar coisas que se passaram há tanto tempo quando estava na Polícia e acreditava na Ordem, ao chegar a casa os móveis rodeavam-me familiares e submissos cuidava eu com a imprudência dos tolos, a minha mulher vinha receber-me à entrada comigo a guardar as chaves no bolso

(havia chaves nessa época)

esfregando as mãos num pano de cozinha porque o cheiro do guisado me desagradava e mentira, o cheiro do guisado sempre me alegrou, a compor à pressa o cabelo e a roupa e a desculpar-se do avental

(— A gordura compreendes?)

a minha mulher também a fazer de conta que familiar e submissa, irmã dos móveis, e o pateta que fui a aceitar-lhe as razões, a verdade, que falta de intuição a minha, é que tudo me detestava ali e procurava enganar-me, o cão a sacudir-se de entusiasmo falso, o quadro representando a cascata a segurar a água no interior da moldura na ideia de eu supor que a dificuldade em respirar e os braços que obedeciam a custo não vinham de afogar-me, o buraco da alcatifa prevenia

— Toma atenção

e a minha mulher dando-se conta esmagava-o com o sapato calando-o antes que conseguisse prevenir-me de novo

— Toma atenção

embora me parecesse distinguir sob os rodopios do bicho uma vozinha ténue a assustar-se com o meu destino mas o corpo da minha mulher

(a quantidade de armadilhas que usaram contra mim)

exaltava-me de propósito a debilitar-me o entendimento de maneira que eu cego para o mundo à mercê daquele primeiro andar entre dezenas de primeiros andares cruéis como o nosso que me aprisionavam e tolhiam

(se fosse mais esperto bem lhes notava os manejos)

e lá estava a minha sogra na melhor cadeira que tínhamos, sempre muda isto é a perguntar no silêncio

— Não percebes pois não?

de perna em gesso numa almofada só com os dedos de fora e ao encontrar os dedos pingados de branco que o enfermeiro não tirou com os produtos deles a vida inteira afigurou-se-me absurda, a minha sogra puxava a mesinha de rodas dos xaropes para junto de si com a bengala

— Não percebes mesmo pois não?

ao engolir uma medida o tendão do pescoço ficava a mover-se até uma contracção nos dedos do gesso

(o pé saudável permanecia alheado sem contracção alguma)

anunciar que o remédio descera através de um emaranhado de canos consertados com arames e trapos e tombava a pouco e pouco num recipiente final dado que a barriga a balançar de cada vez que lhe alcançavam o fundo e ao que eu devo ter chegado para dizer isto, aposto que continuam as duas, a minha mulher e a minha sogra mais o quadro da cascata e o cão exuberante frenético de amor enquanto eu satisfeito no Bairro dos mestiços vazio

(sobram meia dúzia de figueiras bravas a alimentarem-se de torresmos e um corvo sem gasolina que mais minuto menos minuto logo que a palma do vento se fartar de sustentá-lo despenha-se no vazadouro a caminho de Sintra)

há alturas em que suponho a minha mulher a procurar-me nas barracas destruídas visto que passos ou isso, a certeza difícil de explicar que uma pessoa perto, aproxima-se do lugar onde estou, sacode qualquer coisa e acaba por se ir embora murmurando, a minha mulher ou um cigano idoso a remexer porcarias com a biqueira, houve outros antes da minha mulher e deste, de sobretudo, descalços, a erguerem uma caixa e desprezando-a ou a examinarem um funil

(veio-me assim, funil, sem ter a certeza que funil e ao escrever funil não quis escandalizar seja quem for garanto)

a examinar um funil e deixando-o cair, a impressão que me observavam dos intervalos da caliça, contornei a cabana com um pedaço de tubo de chumbo e nada, montinhos de carvões, brasas que se me apagavam na mão, o cemitério da encosta à espera da próxima chuva para descer até mim o que não viajou para o Céu isto é os dentes fora das caras

(ao desenhar na escola punha os dentes fora das caras não cabiam na boca)

e os cotovelos dispersos

(ainda hoje não estou certo que os dentes me caibam na boca, creio que sobejam e flutuam em torno)

eu sozinho uma vez que o corvo oscilou um instante, tentou abrir o bico para uma das frases com que os heróis se despedem nos livros de história e como as palavras lhe faltaram veio aumentar as ruínas, o bico não preto, azul, estou a falar a sério, azul, o apeadeiro que me habituei a ver durante semanas uma ilusão de plataforma somente e os meus colegas da Polícia de espírito evangélico, a praticarem o bem noutro lado, interrogo-me se um deles com a minha mulher no meio de móveis que julgaria como eu familiares e submissos e agonizando sem dar fé consoante durante anos agonizei naquela casa a escutar os mugidos do matadouro e o raspar do que suponho cutelos afiando-se mutuamente no quarteirão a seguir, sinais que a minha

(dentes enormes, quadrados)

estupidez me impedia de decifrar tal como nunca dei pela chegada das camionetas de gado com os animais em pânico de dentes fora da cara igualmente ou seja os incisivos e os de trás que se deslocam horizontais triturando sem fim, mesmo hoje se me pedissem que desenhasse uma cara não sei, começava por tentar os dentes nas gengivas mas escapavam-me dúzias, eu por conseguinte sozinho tirando a possibilidade dos mendigos dado que os ciganos compreenderam há muito a falta de serventia daqui, só Deus e eu neste limbo e qual de nós o mais incapaz de milagres, há anos que não gasto cera com Ele que nunca a gastou comigo

— Quero lá saber do que te acontece

(eu a escrever isto e os mugidos de volta desesperados, roucos, enlouquecendo o cão que arranhava as janelas sem aguentar a urina, adivinham a morte e despedem-se de mim, os soslaios de adeus são coisas que não esquecem, mesmo discretos acompanham-nos sempre)

e neste momento a minha mulher provavelmente na sala a verificar a alcatifa

— De onde veio o buraco?

indignada com a desfaçatez dos orifícios, recordo-a a encostar-se à parede enquanto eu fazia a mala e não tentou impedir-me, só ao colocar o joelho em cima

(que digo eu, vários joelhos, com um joelho não fui capaz e mesmo com vários fiquei roxo, cansado)

para apertar as correias ela um espanto longíssimo

— Porquê?

em lugar de

— De onde veio este buraco?

uma resignação mansa

— Porquê?

num tom que por pouco não me obrigou a desistir, sou um fraco, ei-la encostada à parede de mãos uma dentro da outra e eu incapaz de informar quais os dedos da direita e quais os dedos da esquerda

— Porquê?

como se gostasse de mim imagine-se ela que me aprisionava, tolhia, para além de adivinharem os mugidos aceitam enquanto nós

— Porquê?

dispostos a negociar com a morte, um aninho por favor, dois anos, o que custam dois anos até a minha filha se casar e a minha esposa coitada endireitar a vidinha, observamos o espelho a experimentar um sorriso

— Estou com melhor aspecto não estou?

e a família uma demora embaraçada antes da pressa em concordar

— Para a semana ninguém te agarra espertalhão

e não agarram porque é difícil enfiar a manga na lápide e abrir o caixão, a minha mulher

— Porquê?

e poupo-vos a memória descritiva das lágrimas nas feições desarrumadas, uma alteração na bochecha que nunca vimos antes, qualquer coisa de despenteado no cabelo penteado

— Porquê?

isso e o desejo de não mostrar, de esconder, a encostar-se à parede sem que a parede auxilie, não há quem auxilie, os ossos que se mantenham uns sobre os outros e as pernas que aguentem, poupo-vos a memória descritiva das lágrimas, a testa que se deseja

fixa e não pode, não pode, a palma do cabelo ao queixo na ilusão
de ordenar tudo aquilo
— Porquê?
a quantidade de ocasiões em que eu desde a infância
— Porquê?
quando mataram o coelho, quando pisei o carrinho de
bombeiros, quando a minha prima recusou a pena de pavão que lhe
estendi e aceitou a do Carlos que não se comparava com a minha,
marcava o livro de leitura com ela e eu a quebrar a pena que custava
a quebrar
— Porquê?
fui-lhe puxando as cores até que a haste despida, o laço no
cabelo da minha prima continua a emocionar-me, era gorda, falava
como se pedrinhas a impedirem-lhe a língua e no entanto eu
— Porquê?
havia na Polícia uma telefonista assim, igualmente com
óculos grossos e eu a espiá-la durante meses escutando com enlevo
as respostas penosas, a ausência de cintura fazia-me sonhar, demorava-me no balcão onde ela metia cavilhas anunciando
— Vou passar ao Piquete
e o
— Vou passar ao Piquete
entusiasmava-me, atravessava semanas a repetir
— Vou passar ao Piquete
no estado mais próximo da levitação que na minha longa
existência alcancei, o autocarro das seis e vinte atropelou-a em outubro porque pneus desalinhados, porque chuva, porque Deus não
me ama, compareci no funeral com flores que não eram flores, era
a pena de pavão mais bonita que já houve, cinzenta vermelha verde
prateada amarela, cumprimentei a mãe na primeira fila de óculos
grossos e gorda escoltada por um par de senhoras do mesmo calibre
obviamente irmãs, obviamente que advérbio, vamos lá, vamos lá
(não dei senão por pessoas gordas e míopes no velório cujos
gestos manejavam cavilhas invisíveis introduzindo-as em furos com
rótulos por cima, Direcção, Departamento de Pessoal, Refeitório,
Serviços Médicos, Piquete é óbvio
— Vou passar ao Piquete)
que me deu ideia
(pode ser mania minha)

de se me indignar com a magreza e a ausência de lentes encolhida num agradecimento hostil em que se notavam pedrinhas idênticas às da filha a impedirem-lhe a língua, no adro da igreja senhores avantajados fumavam não cigarros, cavilhas, espetando-as na boca numa destreza feroz

— Um momento

e no

— Um momento

pedrinhas, se não fosse o autocarro das seis e vinte eu sorrisos seguidos do desejo de ganhar quilos seguido de quilos ganhos seguidos de uma carta de intenções honestas seguida de um primeiro encontro para confirmação das intenções honestas seguido de um cinema ao sábado seguido de dois cinemas em dois sábados seguidos de um jantar de reconfirmação das intenções honestas seguido de um anelzito que solidificava as intenções honestas tornando-as eternas seguido de um suplemento de quilos ganhos seguidos de uma pedrita ou outra na língua

(há faculdades que se conquistam devagar)

seguida de uma visita à família com uma garrafa de espumante e um bolo seguidos de um discurso de resposta com dezenas de pedrinhas da mãe

— Dê-me uma semana para pensar

seguida de desde que não a faça infeliz seguida de beijos rápidos no capacho na esperança de uma transferência de pedrinhas e não transferência cuspo seguidos de vários autocarros das seis e vinte em que a mão dela e a minha se assemelhavam às da minha mulher ao ir-me embora de início palmas somente e muitos dedos depois que se acertavam desacertavam voltavam a acertar-se comparando-se medindo-se e desacertando-se de novo com a diferença de um bico de anel me aleijar ao apertá-la seguidos de pálpebras imensas derivado à espessura das dioptrias que desciam e subiam num rebuliço de estores seguidas da telefonista com mais pedrinhas que nunca a acompanharem os estores em soprozitos meigos seguidas de eu a consultar o oculista com algumas pedrinhas já e assim por diante não fossem os pneus desalinhados, as traições da chuva e o desamor de Deus, meses depois a minha mulher em que não atentara a entregar-me sem defeitos na vista e com cintura o recibo do ordenado na Contabilidade

(termo interessante Contabilidade)

folheando numa rapidez que me entontecia um maço de recibos atados em duas voltas de elástico e a puxar um deles numa prontidão de ilusionista a anunciar o meu número mecanográfico de língua limpa

— Setecentos e doze

e eu surpreendido que nem uma amolgadela nas vogais, a minha mulher até então indicador, nuca e cabelo a tornar-se um fio em que se pendurava uma unha de bicho engastada em prata e a indiferença de quem tinha oitocentos recibos a conferir e no minuto imediato, que a vida é rápida, a perna em gesso da minha sogra puxando e despedindo a mesinha de rodas com a parte da bengala onde as pessoas se apoiam e que tem de certeza um nome

(há nomes para tudo menos para aquilo que sinto)

que ignoro qual seja, o entusiasmo do cão a pingar urina e no minuto imediato, que a vida é rapidíssima, a minha mulher

— Porquê?

encostada à parede lutando para que os dentes

(não vou falar em lágrimas detesto exageros)

lhe não saíssem da cara

(como os conseguimos aguentar é que me surpreende que bem os sinto a lutarem e o que neste momento caía como sopa no mel era interromper o memorando para uma sestazinha de justo)

ao ver o recibo número setecentos e doze de partida, a caminho da rua vislumbrei pela porta meio aberta

(vislumbrei pela porta meio aberta é de homem)

da sala

(muda o verbo)

notei

(muda o verbo)

dei conta dos dedos da minha sogra manchados de branco onde o gesso acabava, lá estavam eles por ordem do mais pequeno ao maior se começarmos por fora sem contracções do xarope mais a colecção de búzios em que uma viuvez de gaivotas ciciava sem mencionar a moldura do quadro da cascata equilibrando a água que sonho escutar no meu deserto de infelicidades e talvez seja uma pressa de doninhas porque um lagarto assomou numa pedra, um dos cactos transformou-se em ouriço, arranjou espinhos grisalhos e principiou a correr conforme os mestiços principiaram a correr ao largarmos as árvores e entrarmos no Bairro sem o mapa definitivo que o meu colega não fez nem o suporte dos relatórios que não nos enviou, lembro-me de faias

(não asseguro que faias)

umas velhas, uns cabritos e um homem branco

(o meu colega?)

numa cave enquanto uma mestiça se escapava por um intervalo de tijolos, tenho ideia do fogo e das latas de petróleo não tenho ideia do que ardia, creio que o telhado do apeadeiro transparente das chamas, criaturas vivas num farrapo de névoa em que me deslocava às cegas

(não me envergonha esta frase, oxalá surjam outras do mesmo género, rezemos)

arrisco que um aleijado a mancar mas são palpites que adianto sem meio de prová-los

(o corpo da minha mulher, e sublinho o corpo, não lhe aludo à maldade, continuaria a agitar-me hoje em dia?)

o aleijado a mancar creio que engano meu, em que parte do meu cérebro o pesquei, os estudiosos afirmam que na infância e a infância uma pena de pavão recusada, galinhas duvido e cabritos quase juro que reais porque ontem o esqueleto de um deles e chamusco de pêlos onde dantes as faias e agora raízes à flor da terra, olhos que dava um braço para saber a quem pertencem e constantemente me espiam, não o chefe, não os meus colegas, não a minha sogra derivado ao gesso a menos que o gesso um disfarce, usei-o uma manhã com um gatuno a monte

(expressão quase poética, a beleza que as frases ganham quando as deixamos à solta)

para esconder a pistola e o gatuno no café sem desconfiar de mim, começou a desconfiar no instante em que lhe acertei na têmpora e cessou de desconfiar com a segunda bala, levou a cadeira e abraçou-se a ela no chão, recordo-me da palma

(ora aí está uma memória clara, quem não se maravilha com as idiossincrasias da mente?)

a largar as travessas de pau

(o que Deus deve ter penado senhores a afinar-nos as meninges)

e a fechar-se numa inércia de preguiça, se fosse esperto trocava os meus sapatos com os dele, mais caros, mais novos, enquanto o dono do café se agachava a um canto e com a história dos sapatos perdi-me, estava no assalto ao Bairro como se isso importasse, quem se rala e nas latas de petróleo que aguçavam as chamas, estava na desconfiança que a minha mulher a pesquisar-me entre restos, alguém lhe falou na Contabilidade entre um recibo e outro

(e a falange a estacar

— Trezentos e quarenta e nove?)

sobre os garotos mestiços e a indignação dos jornais, a minha mulher com quem depois da Conservatória uns dias no norte numa hospedaria gelada a ver a chuva como se a chuva tivesse que ver e não tem, raios partam a chuva, a desilusão da minha mulher

— A felicidade é só isto?

e claro que a felicidade é só isto, o que querias que fosse, achar fungos na roupa e lutar com os estores, o comboio atropelou um sujeito em Coimbra e lanternas exasperadas ao comprido da linha, a minha mulher

— Só isto?

enquanto empilhavam o sujeito na maca articulando pedaços, dali a nada prédios a que faltava tinta cada vez mais frequentes, os rodopios do cão que molhava o tapete e a minha mulher desiludida

— A felicidade é só isto

com ganas de pregar uma rasteira à existência, afinal vendo bem a felicidade é só isto enquanto as rodas da mesinha chiavam na sala e o meu marido a espreitar a rua enfadado de mim, ela a pensar

— Quantos invernos ainda?

a saltar à corda com as amigas numa época remota de confidências e mistérios, a minha sogra sem gesso, pedalando a máquina de costura e o pai que conheci em fotografia a chegar a casa com o quadro da carta, que gaita, a chegar a casa com o quadro da cascata e neste momento em que ia iniciar a descrição da pintura e talvez do retrato do meu sogro se me sobrasse paciência e vagar gente nas figueiras bravas e não texugos, não bichos, pessoas, vozes, cautelas, um raspar de culatras, duas amigas uma chamada Eunice e outra chamada Agripina provavelmente a perguntarem-se também, sei lá onde

— A felicidade é só isto?

cada uma delas segurando uma ponta de corda e a minha mulher no meio a saltar, gente nas figueiras bravas que tanto

306

podiam ser colegas meus como algum mestiço que falhámos, saltinhos grandes e saltinhos pequenos, os saltinhos pequenos para
manter o ritmo e os saltinhos grandes na altura em que a corda lhe
deslizava por baixo, se a minha sogra e eu movêssemos a corda na
sala não resistia mas dois ou três saltinhos apenas, o primeiro contente, o segundo já séria, o terceiro, no caso de haver terceiro, mais
séria ainda antes de se escapar para a despensa
    — Parem
    a encostar a testa ao frigorífico
    — Não falem comigo
    achatando-se nas mãos, gente que me aguardava espiando
as redondezas ou a avançar para mim entre escombros e trapos
    (o corvo que se despenhou trapos)
    numa claridade semelhante à da chuva na hospedaria do
norte, quero que se lixe a chuva, depois do frigorífico
    (atrás da hospedaria, seja cego, orquídeas, se me dissessem
não acreditava e orquídeas)
    a minha mulher a assoar-se
    — Perdoa
    a conseguir um
    (Eunice e Agripina)
    olá complicado e na porta do frigorífico joaninhas e borbo-
letas de plástico que volta e meia caíam
    (que se lixe a chuva)
    a meio da noite um sonzito de feltro a enrugar o silêncio e
uma delas no chão
    (as joaninhas de plástico antenas e tudo)
    a minha mulher a cruzar o andar numa corrida
    (durante a corrida as pernas com oito anos, palavra)
    e a colá-las de novo antes que o cão as roesse, não chamo
borboletas às borboletas, prefiro mariposas de asas translúcidas cor-
de-rosa e pretas
    (orquídeas imagine-se)
    e eu a calcular as horas que as pessoas demorariam a de-
sencantar-me nesta cave onde uns palmos de cobertura e um colchão quase inteiro, se a minha mulher corria para o frigorífico em
contrapartida voltava devagar, dobrava a almofada na cabeceira da
cama e permanecia no escuro não totalmente escuro derivado a
uma falha da persiana, permanecia totalmente no escuro a mur-

murar decepções e a baralhar polegares comigo a dar-me conta que
tinha uma vida independente de mim de que não me falava e à qual
não lograva aceder

(mau grado o não lograva aceder julgo que se percebe)

em que para lá da cascata, da corda, das amigas e outras
bugigangas da infância

(o que conservámos da infância a não ser bugigangas?)

desejos, exaltações, remorsos

(da minha por exemplo um triciclo e o que vale um
triciclo?)

quantas vezes, quantas vezes é exagero, o que não é exagero
são as orquídeas sim senhor, esmagadas, pálidas, defuntas se quiserem mas orquídeas, em várias alturas apanhei-a de cotovelos na
mesa a olhar para mim sem olhar para mim

(eu cá me entendo)

no interior da tal vida de que me recusava a entrada e de
que

(de que, de que)

a porta do frigorífico que conhecia de ginjeira nunca me
deu uma dica, a minha mulher à beira de falar porque o pescoço
se alongava e a boca a torção que antecede as palavras, os olhos que
olhavam para mim sem olhar para mim olhavam para mim com dó
e calava-se ou seja não se calava dado que calada já ela estava mas
entende-se a ideia de modo que nós dois frente a frente em silêncio
eu sem coragem de perguntar-lhe o motivo de ter dó de mim e ela a
arrumar o dó no cofre de si mesma, se fôssemos de calibre idêntico
interrogava-a à sua maneira

— Porquê?

e concordo que não somos, o que vale o meu triciclo para
cúmulo sem uma roda e com o selim a espetar-se-me nas nádegas
ao pé da Agripina e da Eunice e dos mistérios delas, recordo-me da
minha prima, é tudo e o que se faz com uma recordação ensinem-
me, empregou-se numa loja, casou, separou-se, emagreceu, perdeu graça, de mês em mês chocamos por acaso que não há cidades
grandes e Lisboa abordando o assunto sem mania das grandezas
uma dúzia de ruas, ao chocarmos nenhum de nós se refere à pena
de pavão ou ao Carlos, esquecemo-lo ambos, interessa-se sem se
interessar se a minha mãe continua viva e respondo que não, inte-
resso-me sem me interessar se a sua mãe continua viva e responde

que sim, engraçado como nos tornámos distantes, quem fomos não existe e quem existe está morto, uma tarde depois de despedir-me andei uns passos, virei-me e dei com a minha prima que andou uns passos virada, assustámo-nos e recomeçámos a andar desejosos de nos afastarmos centenas de quilómetros onde não haja penas de pavão que se estendem e recusam, tornei a virar-me antes da esquina e para alívio meu não estava, não me atrevo a afirmar que nos perdemos, perdi-a, as costas curvavam-se, tinha sardas injustas e um drama na vesícula

(uma história comprida de que me faltam meandros)

demorou a achar o daguerreótipo do filho nos sedimentos da mala em que óculos de perto fio dental análises, trouxe o porta-moedas e pensei com uma ânsia no estômago

— Vai pedir-me dinheiro

abriu o porta-moedas, mostrou o daguerreótipo no meio de trocos e papéis

(papéis não muito limpos, castanhos nas dobras e a ânsia aumentou)

o filho um maganão de chapéu de palha e a calcular pelo cenário uma praia porque ondas a agitarem-se mesmo que não demos por elas

(e o não dar por elas é uma forma de dar)

num rectângulo usado, sumiu o filho nos papéis não muito limpos e talvez pelo estado da roupa lhe fizesse jeito o dinheiro, meti a mão no bolso e entendeu derivado a uma censura nela, não uma censura, um pedido

— Não me ofendas

não magoada, a desculpar-me, arrependi-me de não trazer penas de pavão na algibeira senhores, quanta humildade tímida nos sedimentos da mala, oxalá Lisboa fabrique num instante milhões de avenidas e praças, ela e eu cada qual no seu extremo e não tornemos a cruzar-nos, penas cinzentas vermelhas verdes prateadas amarelas em lugar de sardas injustas e as ondas do daguerreótipo a esmagarem-se em nós, a gente das figueiras bravas a aproximar-se e a minha mulher numa corrida logo à noite por via de uma das borboletas

(libelinhas?)

de uma das mariposas no chão, eu apanho-a por ti, não te dobres e de caminho afianço-te que a felicidade não é só isto prometo, não são dias e dias com uma campa no fim e todas as amigas perdidas, todas as cordas ao abandono num recreio da escola, as figueiras bravas caladas e nem um bafo de cinza, a felicidade é procurarmos um filme no jornal, jogarmos cartas ao domingo, dar-te a mão no automóvel

(o setecentos e doze dá-te a mão no automóvel)

arranjarmos mariposas

(não me enganei)

com um íman capaz de chupar pregos do soalho e que não escorreguem, não tombem

(não há uma sílaba que me desagrade ao dizer mariposas)

assim que te sentares na cama faço um esforço, abraço-te e os dentes cabem todos na boca repara, não vagueiam por aí a morder-nos, segundo as minhas contas os polícias ou o mestiço

(um, vários?)

devem de, devem andar no apeadeiro em que as velhas trotavam de lenço na cabeça algumas com uma trouxinha de pertences ou uma Virgem de barro que lhes não servia de nada a escaparem de nós sem perceberem que em lugar de escaparem encontravam a gente e ao encontrarem

— Amigo

a estenderem-nos frangos

— Toma este frango amigo

ou esta Virgem ou esta trouxa não dispara não dispara, toma o cabrito que arrastavam por uma guita a enredar-se de medo na atrapalhação das patas e a propósito de medo, neste caso o meu medo, quem pode declarar com fundamento que os passos das figueiras bravas para aqui não são as amigas da escola da minha mulher e o que julgo folhas de árvore as confidências atrás do livro de leitura que lhes tapava a boca fazendo pouco do que sou, indo-se embora ao pé coxinho a cantar e eu definitivamente só neste baldio que os mendigos repovoarão um dia com as luzes da Amadora à esquerda e os eucaliptos do parque de campismo que me não chamam a sul, nada me chama aliás, quem poderia chamar-me, a minha prima que acabou de deitar o filho a desesperar-se com a renda em atraso e as joaninhas e as mari, as mariposas a desvanecerem-se para sempre, a minha mulher que se afasta do frigorífico de palmas a abandonarem a cara

— Porquê?

- 310

quarenta e um ou quarenta e dois anos, nunca fui bom em datas, assim de repente se me obrigarem a adivinhar arrisco quarenta e um em março, no sítio onde morávamos um triângulo de relva quase sem relva diante do alfaiate de avental coberto de linhas com a fita métrica pendurada ao pescoço e no balcão entretelas tracejadas a giz, à hora do almoço

(vinte e seis de março?)

inclinava-se a mastigar para uma revista aberta seguindo as palavras com a faca e à parte o triângulo de relva sem relva prédios idênticos ao nosso dos dois lados da rua em que centenas de mariposas e joaninhas tombavam durante a noite num sonzito de feltro enquanto no Bairro um rato ou uma toupeira que não arderam ao incendiarmos os alvos, uma mudez ia escrever lunar mas que sei eu da lua, provavelmente tempestades e areia uma criança gritando e além disso que adjectivo, lunar, enquanto no Bairro o silêncio dos desperdícios que se deslocam sem vento, até o ribeiro ou seja grumos entre pedras calado, não se julgue que sapos e pássaros, o último de que dei conta, um corvo

(acho que o mencionei mais acima)

despenhou-se no desacerto das tábuas, um montinho onde a única parte nítida eram as garras de arame, exactamente o que serei daqui a pouco, uma hora, duas

(vinte e cinco ou vinte e seis de março, tento lembrar-me e não consigo, o que me vem à cabeça é o setecentos e doze mais o indicador da minha mulher a encontrá-lo

— Assine neste espaço

onde espaço nenhum)

quando os meus colegas ou o mestiço que sobrou

(pensando com calma outras hipóteses)

me acharem debruçando-se com uma lanterna, um isqueiro, um fósforo que os cega em lugar de iluminar-me apontado ao intervalo de tijolos que serve de entrada e não só os cega como lhes torna as caras vermelhas

(cinzentas vermelhas verdes prateadas amarelas)

de testa enorme e sem boca nem queixo, eu no meu canto vermelho também com a mesma testa e sem boca nem queixo num fato que deixou de ser fato e tão simples o fim, uma pena de pavão que flutua e parte e a água da cascata que a moldura não prende a

311

sair do caixilho dissolvendo-me nela, a felicidade é só isto meninos, um fósforo que se apaga e me perde, não

— Toma este frango amigo

que se acabaram os frangos e as trouxas e os cabritos presos por um cordel a tentarem equilibrar-se na atrapalhação das patas, as amigas atrás do livro de leitura que lhes tapava a boca

— Esse velho

quarenta e cinco ou quarenta e seis anos, nunca fui bom em datas, uma antipatia nos algarismos que me repugna e apavora, o turbilhão do tempo a obrigar-me a ir consigo e o meu pai

(não sei porquê o meu pai)

a estender um cartuchinho de cerejas

— Não queres levá-las filho estás magro

quarenta e cinco em abril, dia setecentos e doze a menos que setecentos e doze um recibo, tanto faz, eu assino como assinei com os colegas o relatório do chefe pondo o nome em cada página

(— Uma rubrica aí)

no qual se descreviam o incêndio e os tiros, um homem não mestiço, preto e portanto não homem com um leitão no braço a fitar-nos e passados momentos o leitão sem homem a embater num tabique, a insistir no tabique e a labareda de um arbusto a comê-lo, duas meninas a girarem uma corda cada qual na sua ponta e nin- guém nem um frango

— Tome este frango amigo

a saltar, se tivesse o triciclo mas para ser sincero não me dou com triciclos, tinham de me empurrar, os pedais escapavam-se e acabava no apeadeiro embrulhado no selim, metam-me com as outras inutilidades mãe no cubículo que nem lâmpada tinha onde cartas de namoro não sei de quem para não sei quem numa caixa amolgada que dizia Galletillas Paquita envolvendo uma rapariga de pente sevilhano a exibir um biscoito, provavelmente um cubículo a seguir a esse cubículo com inutilidades mais antigas, provavelmente uma série de cubículos em que as gerações recuavam de avós em avós até ao último no qual um cavalheiro instalado num

(o tio Filipe?)

sofazito de vime com uma almofada a amaciar-lhe a coluna

— Para aqui estou não é?

(uma verruga igual à minha na têmpora direita, pergunto- me se era gentil agradecer

— Obrigado pelo sinal tio Filipe)

por conseguinte e estando eu graças a Deus no fim porque a felicidade é isto, arrumado com os meus trastes e difícil de distinguir derivado a que tudo em mim pardo ou negro também, de joelhos neste sobejo de cave a lembrar-me

(surpreende-me que possa lembrar o que se passou há tanto tempo na época em que acreditava na Ordem

— A crença na Ordem também sua tio Filipe?)

da porta na altura em que o Bairro cabanas e travessas e galinhas tão pesadas que se tornava impossível levantá-las pela asa

— Toma este frango amigo

de encostar a arma à fechadura e não disparar porque o colega que o chefe enviou para o Bairro e nem informações nem mapas, quantas noites o esperámos nas figueiras bravas, na sede, nas palmeiras de Marvila ou de Chelas

(em que não cegonhas)

ou num estabelecimento de roupa com uma senhora de luto, a lembrar-me

(não é demais insistir)

de encostar a arma à fechadura e não disparar porque o colega e uma mestiça a acompanhá-lo, o colega à minha frente enquanto a mestiça fugia quer dizer enquanto a mestiça esperava por ele, não fugia e os corvos a balirem nas faias, os pombos que tombavam e o aleijado da muleta a fabricar mais pombos, gostava de escrever isto alinhadinho e custa, as frases tão complicadas de dobrar, tão rígidas, duas meninas que giravam uma corda, agora não, a mestiça a puxar-lhe o cotovelo e o colega parado, se me obrigassem a contar como se passou mencionava uma borboleta ou melhor mencionava uma mariposa ou uma joaninha a desprenderem-se do frigorífico num sonzito de feltro, a minha mulher vinda do quarto numa corrida a mirá-la, a mirar-me, a mestiça a sumir-se no intervalo de tijolos que servia de entrada e a minha lanterna, o meu isqueiro, os meus fósforos, as nossas caras vermelhas de testas enormes e sem boca nem queixo, escrever que o colega e a mestiça de testas enormes e sem boca nem queixo, que as sombras deles na parede deformadas, agudas, o que se me afigurava uma perna, o que se me afiguravam dedos, o meu pai de cartuchinho de cerejas

— Não queres levá-las filho estás magro

e sombras nenhumas, a minha mulher

— Porquê?

não, a minha mulher calada e agora, com licença, é a minha vez de abrir a porta embora não exista porta, existe entulho, caliça, brasas que se apagam na palma sem me queimarem, fixas, pode ser que uma infeliz a coxear para mim

— Amigo

pode ser que a minha mulher a apontar-me o casaco

— De onde veio esta nódoa?

não de carvão nem de pó, cinzenta vermelha verde prateada amarela em que não atentara porque não doía, atentavam as meninas a esconderem a boca no livro de leitura

— Esse velho

e esse velho a caminhar para a porta ou julgando caminhar para a porta a disfarçar a nódoa abotoando o colete, lá estavam as luzes da Amadora à esquerda e os eucaliptos do parque de campismo que não me chamam, me chamam

— Para aqui estamos não é?

(obrigadinho pela verruga tio Filipe)

pensei que não me chamassem e enganei-me, chamam, estou convencido que a minha prima aceitava a pena de pavão se lha oferecesse hoje e permanecia com ela no braço estendido, vertical como um círio, enquanto eu me deslocava nos feijoeiros da horta a limpar-me do sangue e ela gorda, de óculos, tão feia, tão bonita, à minha espera no tanque

(não se casou nem divorciou nem é pobre, à minha espera no tanque)

pronta a namorar comigo quando fôssemos grandes.

O guarda bateu à porta e entrámos. O homem estava sentado a escrever à mesa. Não olhou para nós. Fez sinal que esperássemos com a mão que segurava a caneta e continuou a escrever. A mão que não segurava a caneta segurava o papel com as pontinhas dos dedos. A atitude do guarda ordenava tira as mãos dos bolsos. Não tirei. A propósito de mãos muitas mãos há no mundo. As mãos do homem. As minhas. As do guarda em sentido. Se fosse contá-las a todas daqui a um ano ainda cá estava. Na janela plátanos. Conheço-os porque os põem na berma das estradas. Com uma faixa caiada no tronco a avisar os automóveis à noite e assim as pessoas desviam-se e não morrem. Não tenho medo de morrer. Os guardas têm medo de morrer e têm medo de mim. Os plátanos na janela três plátanos. Os plátanos nas estradas às dúzias. Não sei se existem mais plátanos que mãos. No sítio onde o homem escrevia estantes. Um tapete. A bandeira com fitas no pau. Retratos da família dele. Uma senhora. Um rapaz da minha idade. Uma rapariga parecida com o rapaz com um aparelho nos dentes. Uma ocasião roubei um. De metal com chapinhas azuis. Mesmo o que eu queria. Isto à tarde na saída da escola. Fui lá de propósito para encontrar um aparelho dos dentes. Os outros para que queres um aparelho dos dentes. Os alunos começaram a sair da escola e eu ao portão a vê-los. Os outros já devíamos estar em Almada há que tempos antes que o minimercado feche. Os carros que trouxemos de Benfica parados na rua impediam o trânsito. Disse ao Gordo se alguém tocar a buzina mostra-lhe a espingarda. Na escola não plátanos. Canteiros. Por mim pisava-os a todos. O Gordo disse e a Polícia. Mostrei-lhe a espingarda. A cara dele mudou. Disse tu é que sabes. Os outros ouviram. Eu é que sei. Por fim apareceu um aluno dos crescidos com a namorada. Vinham de mão dada. Conforme disse há bocado muitas mãos há no mundo. Disse que se fosse contá-las a todas daqui a um ano ainda cá estava. A atitude do guarda ordenava põe-te em sentido também.

Não me pus em sentido. Andavam uns sujeitos por ali a consertar o passeio derivado a um cano roto ou isso. Dois metidos num buraco até à cintura e o terceiro fora. De boné. A mandar com um palito na boca. Mudava a posição do palito com a língua. Ao dar fé da espingarda a boca caiu-lhe uns centímetros mas o palito quieto. As bocas dos empregados no buraco caíram uns centímetros também. Já que falei em bocas apanhei uma pedra do passeio e bati na boca e no nariz do aluno crescido. Com força mas sem muita força para não avariar o aparelho dos dentes. Os livros da namorada espalharam-se no chão. Dei um pontapé nos livros. Por ela ser bonita? Não reparei nela. Não sei. Reparei. Trazia um vestido verde. Não me apeteceu tocar-lhe. Não me apetece que as pessoas me toquem. Quando eu era pequeno uma velha do Bairro pegava-me às vezes ao colo. Menino dizia ela. Menino. Depois faleceu e é bem feita. Por acaso conheço o lugar onde a sepultaram na colina. Cavei às escondidas e encontrei um sapato e uns ossos. Como não ouvi menino nenhum pus lá aquilo outra vez. Experimentei dizer menino aos sapatos e aos ossos e não serviu de nada. Se me entregassem uma escavadora acabava com a colina. Se calhar quase tantos ossos como mãos e desses tantos ossos quais seriam os dela. Comi-lhe um dos frangos e senti-me melhor. Eu não choro. Tirei o aparelho do aluno crescido a canivete. Prendia-se com ganchinhos na gengiva e custava a soltar-se. O motor de um dos nossos carros acelerou a chamar-me. Uma aceleração comprida e uma aceleração curta. Sinal que a Polícia. Não gosto que me interrompam quando estou a trabalhar de modo que apesar da Polícia por uma unha negra não disparei contra o aluno crescido. Ao arrancar o aparelho tive a certeza de escutar a velha menino. Não entendo como um sapato e uns ossos menino. Talvez fossem os corvos a quem o aleijado da muleta ensinou o meu nome embora não fosse o meu nome que o sapato e os ossos repetiam. Repetiam menino. Uma tarde a velha espetou um prego num ovo e deu-me o ovo a beber. Em voltando ao Bairro como-lhe os frangos todos. E dessa maneira mesmo que chorasse não chorava. O aluno crescido deixou de torcer-se. A namorada abraçou-lhe a cabeça a pedir fala comigo. Dei outro pontapé nos livros à medida que um polícia corria para nós vindo da alameda. Parecia não sair do mesmo sítio. Se por acaso me apanhasse espetava um prego nele e bebia-o. Já no carro limpei o aparelho dos dentes nas calças e endireitei-o com uma turquês. A namorada com os livros à roda ficou a seguir-nos até passarmos a esquina. Deitei fora o aparelho dos dentes porque me incomodava na língua. O homem que estava sentado a escrever aparafusou a tampa da caneta enquanto lia. Arrependeuse de aparafusar a tampa e desaparafusou-a para emendar uma frase. A atitude do guarda não cessava de ordenar tira as mãos dos bolsos. Por sorte chegámos a Almada na altura em que o dono do minimercado encaixava os taipais. Entrámos com ele sem ser preciso empurrá-lo. O homem que estava sentado a escrever não parecia contente com a frase. Colocou-lhe os cotovelos em cima a mirar-nos ensaiando palavras com os lábios sem som a tropeçar numa delas. Disse descobri a solução e tornou a pegar na caneta. Arrependeu-se. Largou-a. Sem mão nenhuma a pegar-lhe a caneta tinha um aspecto órfão. Só lhe faltou perguntar já não me queres. O dono do minimercado curvou-se no balcão com o braço esquerdo a tremer. Fechámos a porta e ao fechar um sininho. Abrimos a porta e o sininho. Quer abrindo quer fechando o sininho num só pingo de som. Enquanto lá estivemos o do avião de folha ficou o tempo inteiro a entrar e a sair derivado ao sininho. Ao acabarmos trouxe um escadote e um martelo, puxou-o lá de cima e levou-o. Foi um problema para o convencer a emprestá-lo. O homem que estava sentado a escrever demorou-se no guarda. Depois cansou-se do guarda e demorou-se em mim. Ordenou tira as mãos dos bolsos não com a atitude. Com a voz. Na janela quatro plátanos agora. Não. Cinco. Se lhes caiassem uma faixa nos troncos acreditava que uma estrada acolá. Não tirei as mãos dos bolsos. O guarda perguntou-me não ouviste o que o senhor juiz mandou. O dono do minimercado pediu para tomar um comprimido. O coração disse ele. Tornava-se difícil compreender o que dizia devido ao sininho. Perguntei o que é que você disse. O coração disse ele a estender a perna para a alavanca do alarme. Carrega-se com a biqueira e acende-se uma ampola na esquadra. O juiz desinteressou-se de mim a mover os lábios à medida que reconstruía a frase. O do avião de folha feliz com o sininho e ele feliz com a palavra. Cada qual pelo seu lado a dar-me cabo dos nervos. O juiz lembrou-se de mim e fechou a palavra no interior da cara. Aborrece-me insistir nas coisas disse ele. Ia perguntar quais coisas mas referia-se às minhas mãos nos bolsos dado que acrescentou essas mãozinhas à vista e o corpo direito. Sem comprimido o dono do minimercado ia ficando tenso. O juiz também. Pelo andar da carruagem se desse uma espiada à janela aposto que dez plátanos. O

Gordo meteu o cano da pistola na barriga do dono do minimercado e enxotou-o da alavanca. Não senhor disse ele. Tratava toda a gente por senhor e vivia com uma branca. A minha irmã também vivia com um branco. Numa casa a sério. Não no Bairro. De vez em quando sentava-me na marquise deles cheia de plantas em vasos e a minha irmã baixinho o que vens cá cheirar. A caixa do minimercado quase não tinha dinheiro de maneira que o Gordo para o dono o resto do dinheiro senhor. O juiz pegou no telefone e disse temos aqui um esperto. Mesmo no lugar onde me puseram se fizer um esforço continuo a ouvir o sininho. Quando chegaram mais três guardas o juiz beliscou a bochecha a pensar. Os três guardas perfilaram-se à espera do fim dos pensamentos que davam a impressão de não terminarem nunca visto que os dedos não paravam de beliscar a bochecha. Não sei se o número de plátanos aproveitou para aumentar ou diminuir na janela. Não sei se para além dos plátanos um muro. Ou então trigo e bosques. Aldeias. Camponeses de bicicleta que dava gosto desequilibrar tocando-lhes com o pára-choques do carro. Alguns de cãozito a trotar atrás deles. De tempos a tempos uma cruz de pedra com florinhas murchas numa caneca. A recordar um acidente. Ou uma Nossa Senhora e uma lamparina num nicho. Bandos de gralhas sobre os tomateiros. Se as esfaqueássemos não gritavam com mais força. O aleijado da muleta não me ensinou a fazê-las. Pombos sim. É fácil. Bastam guitas e uma página de jornal e eles logo a caminharem numa zanga ofendida. Dias depois desaparecem em grupo. À uma. Sem aviso e dali a nada aí estão eles outra vez. Para aqui e para acolá no seu passo exaltado. Pombos. Gralhas. Plátanos. Mãos. Que complicado o mundo e no meio de tudo isto uma velha menino. Não choro. Quer dizer que já sucedeu. À noite. Então lembro-me do sininho e passa. Se não me tocarem passa. Não tenho medo de morrer. Não tenho medo de vocês. Vou dizer um segredo. Tenho medo do escuro. Era a brincar. Não tenho. Tenho. Não tenho. Quando os desequilibrávamos via no espelho eles a apertarem a roda dianteira nas pernas para corrigir o guiador. Havia quem nos ameaçasse com o cabo do guarda-chuva fechado. Os cãezitos esperavam o fim do conserto de língua de fora. O juiz alterou a posição das molduras. Notava-se que podia pensar dias a fio se lhe desse na gana. Se me desse na gana pensar começava a correr até ficar muito longe do Bairro onde ninguém desse por mim. Acha-se sempre um sítio para dormir. Um prédio ao abandono.

Uma entrada de estábulo. Um celeiro. Não preciso dos outros. Pode chover à vontade. Fazer frio. Trovejar. Sinto os bichos da terra que me farejam e deixam. O juiz abandonou os pensamentos. Ajudem-no a tirar as mãos dos bolsos disse ele sem apontar ninguém. Enquanto os guardas se ocupavam de mim dei uma espiada à janela. Muro nenhum. Trigo nenhum. Dois plátanos. Os guardas usavam tubos de borracha. Uma costela minha estalou. O rim estalou também porque senti a urina. O juiz recomeçou a escrever. Não a frase de há pouco. Muitas frases. Volta não volta interrompia-se a beliscar a bochecha. Ou a avaliar uma imperfeição com o mindinho. Nos intervalos de avaliar a imperfeição observava o mindinho. Aos guardas custou-lhes manterem-me de pé dado que os joelhos falhavam e me faltava uma parte da espinha. Os corvos do aleijado da muleta não cessavam de balir. Demorei a perceber que não eram os corvos. Eram as partes de que sou feito procurando ajustar-se. Numa delas a voz da minha irmã insistia a sacudir-me o ombro o que vens cá cheirar. Noutra a velha apetece-te beber mais um ovinho menino. O dono do minimercado tirou um saco de uma prateleira de garrafas estrangeiras. Tentei meter as mãos nos bolsos mas a costela ou o rim impediam-me. O juiz disse não o mataram ao menos. Numa voz de cacos de vidro que me raspava. A janela muito em cima impedia-me os plátanos. O Gordo contou o dinheiro a fazer montinhos com as notas e voltou ao princípio. A branca dele fugiu duas vezes. Da primeira apanhámo-la no parque de campismo. Da segunda fomos buscá-la ao largo onde os homens que tomavam conta das mulheres disseram a gente ia entregá-la a vocês agora mesmo amigos. Um deles fez menção de aplicar uma bofetada à branca e o Gordo tirou a pistola do casaco. O um deles disse era para a ensinar a respeitá-lo amigo. O Gordo não disse nada mas a pistola demorou tempo a regressar ao casaco. Um dos homens que tomava conta das mulheres disse ao um deles some-te. O outro sumiu-se. Então o Gordo arrumou a pistola no casaco e viemos embora. O do avião de folha ainda passcou a espingarda de canos serrados de homem em homem mas eu disse-lhe aparecemos cá no princípio do mês para recebermos a renda. O homem que disse some-te disse isto não está a dar um chavo amigo acabaram-se os machos a sério. A espingarda de canos serrados fixou-se nele. O primeiro cano sobre o segundo. Não dois canos a par. O homem que disse some-te disse a gente paga na mesma e estendeu-me a mão. Muitas mãos há no mundo.

Se fosse contá-las a todas daqui a um ano ainda cá estava. Não lha apertei. Num dos cantos do largo uma igreja com pessoas a entrarem para a missa. Na caixa de esmolas das almas do Purgatório até cheques se encontram. As almas do Purgatório couberam na bagageira arredando a branca para o lado. O juiz levantou-se e contornou a mesa. O meu corpo deve estar a melhorar porque três plátanos já. Se esperasse uma hora uma dúzia deles pelo menos. O mindinho que continuava a investigar a imperfeição da pele disse tens treze anos não é. Por pouco não enfiava um prego num ovo e mo dava a beber. A minha idade obrigava-o a pensar. Pensar era a especialidade dele. Treze anos senhores disse o mindinho onde é que vamos parar. Pela forma da boca depreendia-se que pensava onde íamos parar. Alarmados pela pergunta do juiz os guardas pensaram por seu turno onde íamos parar. Olharam para o tecto. Olharam-se calculando o ponto onde os respectivos pensamentos se achavam a tentarem raciocinar mais depressa na esperança das promoções. Sem querer dei por mim igualmente a pensar onde é que vamos parar. O juiz interrompeu o pensamento para dizer isto é que é o grande problema onde vamos parar. Toda a gente incluindo eu pensava com força. No meu caso com tanta força que me esqueci de correr até muito longe onde os bichos da terra me haviam de farejar e deixar. Continuava a faltar-me um pedaço da espinha e a costela ou o rim ou ambos juntos mudaram de posição para doer-me mais. O juiz caminhou até ao fim do pensamento onde as ideias terminam num aglomerado de memórias antigas que perderam a serventia com o tempo. Voltou à mesa de escrever e não pegou na caneta. O facto de não saber onde íamos parar desnorteava-o. Uma última tentativa deixou-o na escola cinquenta anos antes sem conseguir a solução para um problema de comboios que partem de apeadeiros situados a cinquenta quilómetros um do outro. O primeiro com o triplo da velocidade do segundo e em que quilómetro se cruzam. Tomando por quilómetro zero o local de partida do primeiro comboio e por quilómetro cinquenta o local de partida do segundo. O professor que se chamava doutor Bentes aguardava a resposta num silêncio de troça. Vencido pelo problema de comboios o juiz acabou por se refugiar na caneta. Disse levem o miúdo à enfermaria enquanto o doutor Bentes declarava à aula em peso nunca hás-de ser importante na vida. Curioso como comboios a cinquenta quilómetros um do outro podem destruir uma pessoa. Tendo reduzido o juiz a pó o doutor Bentes triunfava. Até à morte do juiz continuaria a triunfar. Lá estava ele de bata a resolver em duas penadas o problema no quadro. Quando cheguei à porta o juiz escrevia a todo o gás deixando a imperfeição da pele em sossego mas com o doutor Bentes à perna. Espiou o retrato da mulher a ver se uma fracção ainda que diminuta do doutor Bentes se prolongava nela. Para além de quebrarmos a clavícula ao dono do minimercado deixámos as garrafas estrangeiras sem rolha. Horizontais. A escorrerem licor. O guarda encostou a porta do juiz no momento em que o doutor Bentes demonstrava a simplicidade do problema e por conseguinte a incomensurável extensão da sua dele juiz imbecilidade desenhando algarismos enormes a fim de sublinhar a evidência da inépcia. Lento e definitivo cada zero chiava na ardósia. Levem o miúdo à enfermaria à medida que tapo os ouvidos na esperança que o doutor Bentes me largue. E se existir em vocês uma sobra de humanidade e uma réstia de amor apiedem-se de mim.

Estive sete meses no Instituto. Ao fim de uma semana já metia as mãos nos bolsos. A costela e o rim desapareceram. Só tenho físico quando estou doente. O dono do minimercado amparava a clavícula. Aí está o que eu digo. Apesar de velho era a primeira vez que tinha clavícula. Se a não quebrássemos não tinha clavícula alguma. Coração sim. De há semanas para cá. Desde a tarde em que o médico diga adeus às coronárias. Pediu que lhe tirássemos um comprimido de uma caixinha para o colocar sob a língua. A caixinha era de prata com um malmequer em relevo. Na tampa. Um dos gémeos ia entregar-lha. Ocupou-se da caixinha até encontrar a marca da prata. Não uma marca. Duas. Prata verdadeira. Boa. Quem nos compra o que lhe levamos gosta disso. Talheres etc. Bules. Açucareiros. O gémeo meteu-a na algibeira com o comprimido dentro. O dono do minimercado fechou os olhos. O braço esquerdo não cessava de tremer uma vida mais frenética que o resto e nós a assistirmos ao braço. Quase oito horas no relógio e a impressão que uma noite sem fim à minha volta na qual me perdia. Tenho momentos destes. Quero chamar e não consigo. Quero fugir e não ouvem. Há alturas nas quais uma pessoa se pergunta perder-me-ei para sempre. Em que apenas pedras nos devolvem o eco dos pulmões numa extensão desolada. Se ao menos uma velha menino. Já me contentava que um sapato e uns ossos menino enquanto cavava a terra com as unhas a aproximar-me dela. Pelo menos espero que a aproximar-me dela e se calhar outro sapato. Outros ossos. Mesmo que outro sapato e outros ossos se me pegassem ao colo aceitava. Uma respiração na minha orelha. Dedos. É melhor mudar de conversa. Vou mudar de conversa. O braço do dono do minimercado parou. Estremeceu porém fraco. Suspirou uma coisa qualquer. Suspirou mãe. Tão idoso e a suspirar mãe. Não compreendo as pessoas. Quer dizer não tinha mãe há séculos e gastava cuspo com ela. Não digo mãe. Não preciso de mãe. Disse se ao menos a velha menino por dizer. Se me pegassem ao colo não aceitava claro. Aceitava. Disse que não aceitava claro. Não me desmintam. O queixo do dono do minimercado amolgava-se no balcão. Não tinha clavícula outra vez. Nem corpo. Ou antes tinha um corpo que não lhe pertencia. Ficou com o seu corpo de ninguém a escorregar para o chão. O outro gémeo trouxe o tabaco e as conservas. Quando chegámos à rua janelas iluminadas a ampliarem a noite em que não ouviriam se chamasse. Todas as pedras cessaram de ecoar. De tempos a tempos vou ao sítio onde mora e espio a marquise da minha irmã. Não entro. O mundo dá muitas voltas diz ela. Não lhe atinjo a intenção mas pronto. O mundo dá muitas voltas. De maneira que em lugar de mãe pode ser que diga irmã um dia.

Estive sete meses no Instituto. Puseram-me na oficina do carpinteiro e na escola. O professor da escola disse façam-me favor de escrever. Problema. Dois pontos. Na outra linha suponhamos dois pássaros a cinquenta quilómetros um do outro. Tanto faz quais pássaros. Suponhamos tanto faz quais pássaros a cinquenta quilómetros um do outro. O primeiro na cidade A. O segundo na cidade B. Façam favor de escrever na cidade B. Cidade A como água. Cidade B como bota. Vamos continuar. Vamos continuar não se escreve. O pássaro da cidade A como água voa ao triplo da velocidade do pássaro da cidade B como bota. Em que quilómetro. Repito. Em que quilómetro a partir da cidade A como água se cruzam. Justifique a resposta. Dez minutos contados pelo relógio a partir deste tracinho. Mostrou o relógio de pulso. Até um palerma dava conta que o relógio uma bodega. Incluindo o gémeo da caixinha de prata sempre guloso com tudo. Bastava uma olhadela. Se fazíamos barulho o professor em vez de se exaltar encostava-se à ardósia não me façam perder este emprego que tenho família. O relógio uma bodega e o fato uma bodega também. Continuo sem saber em que quilómetro a partir da cidade A como água os pássaros se cruzam.

Como água não se escreve. Destina-se a esclarecer como se escreve o A da cidade A. Podia ser António no lugar de água. Não há quem não conheça um António. Podia ser alma. Toda a gente tem uma noção do que é a alma. Vem no catecismo. É a parte de nós que não morre e Deus julgará um belo dia. Conforme o professor falava o relógio aparecia e desaparecia no punho da camisa de acordo com os gestos. Faltava o botão a um dos punhos. Se o apanhasse cá fora deixava-o em paz. Não acharia fosse o que fosse capaz de interessar-me. Quando muito aproveitava-o para treinar a espingarda. Pergunto-me se não era um favor que lhe fazia. Na oficina do carpinteiro puseram-me no torno. Longe das plainas e das serras. O mestre disse para evitar tentações que tens uma história que nunca mais acaba. Ao avizinhar-se de mim trazia o formão em posição de ataque. Meu coirão ameaçava devagar a tomar o gosto à palavra. Meu coirão. Eu travava o torno e ficávamos a olhar um para o outro. Desistia antes de mim e afastava-se. A minha irmã diz que eu assusto as pessoas. Se o professor aqui estivesse acrescentava que Deus julgará um belo dia as nossas almas pecadoras. Belo dia. Porquê um belo dia? Que julgue à vontade. Não tenho medo de Deus. Até hoje não me encanitou. Se por acaso me encanitar vamos ver quem ganha. Disse isso ao capelão do Instituto e mandou-me rezar seis Pais Nossos. Fiquei no banco da capela a calcular o espaço de seis Pais Nossos à medida que ele me observava do confessionário aberto a perguntar a um colega meu ajoelhado à sua frente e por tarde quantas vezes te tocas. Ao achar que tinha durado o intervalo necessário a uma dúzia de Pais Nossos levantei-me e fui-me embora. Ao passar por ele o capelão requeria miudezas acerca dos toques do colega. Fala mais alto rapaz que não te oiço. Isto durante sete meses senhores. O director do Instituto chamava-se major Paiva. Calculo que fosse da família do juiz porque se me convocava a primeira frase era sempre tira as mãos dos bolsos. A seguir a tira as mãos dos bolsos juntava quando te interpelo. Tira as mãos dos bolsos quando te interpelo. Aí de duas em duas semanas interpelava-me. Dizia se continuas vadio corto-te o cabelo a pontapé e mostrava-me a biqueira militar. B como biqueira. Acrescentava eu que sonhe que andas a fazer salsadas. Se entrava na oficina do carpinteiro ou na escola o mestre e o professor berravam em sentido depressa. O professor berrava em sentido depressa mas o em sentido depressa dele significava não me façam perder este emprego que tenho família. O major Paiva instalava-se numa carteira do fundo. Pedia uma folha de papel. Dizia durante meia hora vou ser aluno também. Sobrava da carteira por todos os lados. Rabo. Lombo. Coxas. A cabeça dele mais alta que as nossas três palmos. O professor entregou-lhe a folha de papel. O major Paiva preveniu com uma cotovelada risonha espero não ter de lhe cortar o cabelo a pontapé e o relógio barato do professor mais barato de repente. O fato gasto mais gasto. O cabelo que se arriscava a ser cortado a pontapé e eu não imaginava tão ralo. A falta do botão no punho envergonhou-me a mim. Não sei porquê. Se a velha lhe dissesse menino ajudava-o? Cavaria de joelhos ao meu lado com um sacho com as mãos com as unhas à procura de um sapato e uns ossos? O aleijado da muleta oferecer-lhe-ia um corvo só para ele a balir a balir? O director de lápis sumido na mão disse então esse problema vem ou não vem e o professor sem botão no punho. Não tive ocasião de conferir os botões da camisa. No casaco pareceu-me que um botão. Vá lá. O professor sem botão no punho chegou-se à ardósia como se o condenassem ao garrote. No caso de ter comigo os comprimidos do dono do minimercado entregava-lhe um. Não havia plátanos. Havia um pedaço de céu demasiado distante onde aposto que Deus não se preocupava com as almas pecadoras. Não demasiado distante. Oco. No qual as nuvens se deslocavam na preguiça horizontal dos barcos. Nunca dei por um barco enervado. A mim afiguram-se-me com sono. Pesados e leves ao mesmo tempo. O que julgam que são? O professor no estrado numa paralisia angustiada. As asas do nariz a vibrarem. O major Paiva mexeu-se na carteira num temporal de dobradiças à beira da explosão. O professor fechou os olhos com tal força que tive a certeza que não os abriria mais. Disse numa voz sem espessura problema. Dois pontos. Na outra linha. Suponhamos dois automóveis a cinquenta quilómetros um do outro. O primeiro automóvel numa esquina que designaremos por A como água e o segundo automóvel noutra esquina que designaremos por B como bota. Água e bota não são para escrever. São para ter a certeza que não confundem A e B com outras letras. A não é fácil de confundir disse ele. Vogal aberta disse ele. Totalmente aberta. A. A. Reparem como faço. A. Experimentem. A falta de botão surgiu-me como uma injustiça cruel. O punho mostrava um pulsozito magro onde o relógio tentava o que podia sem poder grande coisa. Surpreendia-me inclusive que fosse capaz de marcar horas. Apesar do relógio o professor disse

todavia alguns de vocês podem enganar-se e tomar B por P ou D
ou T embora B e P sejam consoantes labiais e D e T consoantes
dentais. Ou dento-linguais. Tomem atenção à minha boca. B. P.
D. T. Façam vocês B. Insistam B. Labial típica não é verdade. Já T
por exemplo. Façam T. T. Língua e dentes. Dentes e língua. Lín-
guo-dental embora eu prefira a formulação dento-lingual. Todos
comigo. Olha todos é uma palavra excelente. Todos. T. A língua
contra os incisivos de cima. Os de baixo são menos importantes na
expressão vocálica. Eu sete meses nisto quando não estava no torno
ou na igreja com o capelão. Às aranhas com a minha alma pecado-
ra. Num espírito socorrista armado de Pais Nossos salvadores. A seguir ao jantar um vigilante percorria as camaratas a palpar travessei-
ros e colchões em busca de lâminas. Pés de cabra. Faquinhas. Às
vezes chamava um dos mais pequenos ao cubículo do lado. Anda cá
pardalinho. Regressava a compor-se de pardalinho pendurado pelo
sovaco. Oferecia-lhes porta-chaves de plástico. Um pedaço de
chouriço. Cigarros. De olhos cegos a boiarem. Vermelhos. Vermelhos V. V. Façam V. Vermelho. Vigilante. Dento-labial. A seguir ao
almoço recreio no pátio. Trepando para o telhado da lavandaria o
muro mesmo ali à mão. Espreitava-se por uma vidraça quebrada e
máquinas cilíndricas cobertas de pó. Baldes de lado. Baldes. B.
Uma gata às riscas a lamber uma ninhada cega. Uma das cozinhei-
ras a ruça deixava uma lata de restos à entrada a segredar bch bch
bch esfregando o indicador no polegar. Não distingo o motivo que
leva os gatos a animarem-se com um indicador que se esfrega no
polegar. Um sábado quase me encostei a ela para que dissesse menino e a cozinheira bch bch de cócoras. Sem me ver e com o polegar e
o indicador em acção. Reparou que eu estava ali porque a minha
sombra acrescentava uma cabeça à sua. Ficou a olhar as duas cabeças. Intrigada. Verificou a que lhe pertencia a mãos ambas. Lá voltamos nós às mãos. A cabeça da cozinheira maior. Por descargo de
consciência verificou a do lado e não a achou nos ombros. Voltou-se
à cautela a hesitar quantas cabeças tenho. Apreensiva. Perplexa. Deu
com os meus joelhos. Com a minha barriga. Comigo. Não disse
menino. Disse põe-te na alheta preto. Depois subiu por si mesma e
tornou-se do tamanho do major Paiva. Maior que o major Paiva.
Nem um par de carteiras lhe chegavam para o problema dos pássaros a cinquenta quilómetros um do outro. Pássaros. P. Labial sem
margem de erro. As pantufas contra os calcanhares à medida que se

afastava a dizerem igualmente põe-te na alheta preto. Pensei que é
do sapato enterrado. Que é dos ossos. Depois esqueci-me do sapato
enterrado e dos ossos ao perceber que com um escadote me empo-
leirava no telhado da lavandaria num rufo e a partir do telhado o
muro. Pensei no Bairro. Nas faias. Na ferocidade das galinhas a le-
vedarem ódio mesmo que não se acredite que as galinhas levedam.
Garanto que levedam. Nos carros na auto-estrada em que uma
bomba de gasolina nos esperava. Nas pessoas que têm medo de
mim e de quem não tenho medo. As coisas devem resolver-se sem
pressa para as resolvermos bem. Para serem bem feitas. F. Dento-labial. Descobri um escadote a que faltavam degraus na arrecadação
da oficina. Fui-o consertando nas juntas onde a humidade apodre-
ceu a madeira. Quantos pombos o aleijado da muleta fabricou em
sete meses. Imaginava-os a embaterem nas faias. A tombarem. A
embaterem de novo depois do aleijado os regular. Por fim erguiam-
se até ao vértice das copas e seguiam contra o vento. Tenho a certeza
que se perdiam muitos pelo caminho sobretudo quando a chuva
lhes dissolvia as asas. O aleijado da muleta dormia no apeadeiro deserto. Julgo que supunha um dia destes tomo o comboio de regresso
à Guiné. Arranquei o bico que sobrava da vidraça da lavandaria e
escondi-o. Não no colchão. Não no travesseiro. Num risco do sobrado. Sobrado. S. Lingual. Lembrei-me das figueiras bravas no inverno a aguentarem o frio. Do que restava de uma casa de quinta
onde eu dormia. Do avião de folha a zumbir. Quase me lembrei da
minha mãe. Esta aqui saiu sem minha autorização e é mentira.
Nunca me lembro da minha mãe. Era mestiça. Magra. Tinha uma
mancha de queimadura na bochecha direita. Faltava-lhe um dente
à frente. A maior parte das vezes uma saia amarela. Uma ocasião
apanhei-a a cantar. Mal me viu calou-se. Também não me lembro
da minha irmã. Nem da marquise com os vasos. Craveiros túlipas
narcisos. Não me lembro dos vasos. Um dos vasos de loiça branca
com cavalos pintados. Uma árvore da borracha ajudada com guitas.
Portanto não me lembro de nada. É escusado insistirem. Talvez de
dois comboios. Dois pássaros. Dois automóveis. A cinquenta quilómetros uns dos outros. Dirigindo-se uns para os outros até se cruzarem. Depois de se cruzarem afastavam-se e não se tornavam a
achar. Como na vida. Nesta linha do problema o professor não falava. Quem me afiança que o major Paiva não se concentrava nela. A
minha mãe faleceu. Como dizia o professor ponto final. Parágrafo.

Na outra linha. Dois pontos. Na outra linha e para sermos breves no dia dezassete de março o vigilante chamou um dos mais pequenos. Fica assente que nunca me lembrei da minha mãe. Nem mais uma palavra. No dia dezassete de março quando a gente se deitava o vigilante chamou um dos mais pequenos ao cubículo do lado. Anda cá pardalinho. No cubículo do lado um chuveiro que secou e no entanto um pingo turvo. Demorava séculos a cair dilatando-se num dos buraquinhos numa lassidão infinita. Se me permitisse a asneira de chorar era assim. Uma única gota que a maior parte das vezes não caía. Ficava ali. Perpétua. Quem se chegasse a mim. Não consinto que se cheguem a mim. Quem se chegava a mim notava. Até hoje não notaram. Não hão-de notar. Não merece a pena disfarçá-la. Ao regressar com o pardalinho suspenso do sovaco o vigilante tinha o bico da vidraça apoiado na goela. Não bem apoiado. O suficiente no interior da goela para saber quem mandava. Aí estava ele arregalado. Rígido. A compreender aos poucos de calças a escorregarem das nádegas e o pardalinho a compreender aos poucos também. Será engano meu. Lembrei-me de repente. Será engano meu ou o professor falou em vogais palatinas. Tenho de examinar isso um dia destes porque se falou em vogais palatinas que remédio senão modificar este discurso. Quando tiver tempo. Se tiver tempo. Não terei tempo. Emendem vocês que cá ficam. Quando eu nem um pingo de chuveiro for. Enquanto o vigilante e o pardalinho levavam o escadote da arrecadação e o encostavam à parede da lavandaria afundei-lhe o bico do vidro um niquinho mais na. Palatinas que maçada. Na goela para lhe aumentar a boa vontade em ajudar-me. Não se via a gata. Nem as crias. Deviam estar a dormir atrás de um cilindro. Ou então a gata atenta a mim. Vigiando-me. Olhos pálidos que me seguiam sem paixão nem raiva. Atentos somente. À espera. Como nós nas estações de serviço dentro dos automóveis. Não distinguia a gata. Distinguia um brilhozito no escuro. Dos cilindros ou de uma torneira de latão. Ou uma teia de aranha a cintilar os fios. Na casa da quinta onde dormia os fios cintilavam toda a noite. A diminuírem e a incharem. Às vezes com uma segunda aranha presa. De patas encolhidas. Sem cabeça e no entanto movendo-se. Exactamente o que devia ter feito à branca do Gordo que nos deu à Polícia. Ou à minha irmã. Ou ao mundo inteiro. E ficado sozinho junto às faias. Sentado no chão. Com o meu pingo secreto que ninguém conhece parado na bochecha. Às escuras o pátio do recreio dava a ideia que grande. Como o Bairro dava a ideia que grande. Ou o parque de campismo. Ou a Amadora. E na realidade acanhados. Cheios de sombras vazias e de gritos contra os quais chocamos não descobrindo a saída. Se eu pudesse gritava sem cessar com a minha lágrima secreta a crescer na bochecha. Até. Como dizer isto. Se a Polícia permitisse e as figueiras bravas não se transformassem em homens que disparam até esquecer o meu nome. O vigilante segurava a goela debruçado para os próprios joelhos com uma mão em cada um deles e ao mesmo tempo as duas mãos no pescoço. Acreditem se quiserem. Não me viu trepar os degraus. Problema. Na outra linha. Um mestiço de treze anos na base de uma escada de cinco metros de altura. Para simplificar chamemos à base da escada A como água e ao vértice da mesma B como bota. Água e bota não são para escrever. Só para ter a certeza que não confundem A e B com outras letras. Não o A evidentemente. Vogal cheia. Fácil. Totalmente aberta mas o B traiçoeiro. Susceptível de ser entendido como D ou P ou Q ou T. Cuidado com o B. Continuemos. Sabendo que o mestiço de treze enfezado para a sua idade. Mal nutrido. Magrinho. Tudo sinónimos mas não me rala. Capaz de se dirigir a um sapato ou a uns ossos anónimos cuidando dirigir-se a uma velha na falta da mãe. Sabendo que o mestiço de treze anos e de mãos nos bolsos. Negando-se a tirar as mãos dos bolsos fosse quem fosse que lhe ordenasse essas mãozinhas cá fora. Corvos. Faias. Pombos. Se voltasse atrás pedia ao aleijado da muleta que me ensinasse a fabricá-los. Recomecemos. Sabendo que o mestiço de treze anos sobe a escada à velocidade de todos os degraus em menos de um minuto. Vinte e um segundos para ser exacto. O punho sem botão e o relógio de pobre a recitarem isto nos seus gestozinhos de tímido. Ao imaginar o major Paiva a tomar notas severas transbordando da carteira. Ao imaginar a oficina do carpinteiro e eu a alisar. A lixar. Ao imaginar sete meses ali galguei a escada em doze segundos no máximo. Do outro lado um baldio. Prédios dispersos. O Bairro não sei onde. Os outros à minha espera no armazém enquanto deste lado o vigilante. Primeiro a experimentar um passo. Depois sentado no chão. Depois a apoiar a nuca na lata de restos. Misturando o cabelo com batatas e arroz enquanto uma das pernas. Uma única perna. A perna que sobrava normal. Enquanto uma das pernas se esticava léguas e léguas. Palavra de honra. Léguas e léguas com uma peúga na ponta até uma moita que me impediu de vê-la.

A minha mãe em que não penso uma saia amarela. Desconheço a que propósito vem a saia neste momento. Caminhei ao comprido do muro pisando ervas. Tenham paciência que não falta muito. Disponho as coisas com calma. Por ordem. Olhar para isto tal como aconteceu. Deixar em paz os cabritos que escorregam nas travessas. Deixar em paz os corvos que se dissolvem no ar. Conservando quando muito a memória de uma desordem de asas. Ou uma queda cega. Conservando quando muito um balido. Caminhei rente ao muro a escutar cães. Insectos. Automóveis numa estrada. Adivinhavam-se os faróis dado que arbustos de súbito fosforescentes e a seguir aos arbustos arbustos nenhuns. Os arbustos agitavam-se na luz e aquietavam-se antes de cessarem de existir. Como perto das estações de comboios edifícios escurecidos mesmo de manhã sempre de rabo para nós. Acreditamos que pessoas dentro porque uma ou duas janelas com roupa nos fios. Igual à que eu conheço. Desbotada. Rectângulos de cartão ou alumínio em lugar de caixilhos. Uma bicicleta num lancil. Uma furgoneta sem rodas. Acreditamos que pessoas mas escondidas. Mortas no interior do alumínio e do cartão. A fitarem a gente. A partir do momento em que nos fitavam compreendia que nós mortos como elas. As casas numa parte de Lisboa afastada do Bairro. Marvila acho eu. Palmeiras que estalavam todo o tempo. Uma chaminé. Escrevam por favor. Em maiúscula. Ditado. Ditado com D. Como destino. Como diabo. Como Deus. Deus é um Ser todo poderoso Criador do Céu e da Terra. Isto não é para escrever é para meterem na cabeça. Escrevam só Ditado. A tal maiúscula. Espero que tenham tido tempo. Na outra linha. Em maiúscula também e a um dedo da margem. Dedo. D. Eis o D outra vez. Dentolabial. O mestiço de treze anos e enfezado para a idade vírgula. Mal nutrido vírgula. Magrinho vírgula. Que prosa esta. Que prosa esta sou eu não é o ditado. Capaz de se dirigir a um sapato e a ossos anónimos na falta de mãe vírgula. Sapatos e ossos que cuidava haverem pertencido. Vírgula. Perdão. Sem vírgula. Risquem a vírgula embora não goste de riscos nos cadernos. Vou recomeçar. Atenção. Que cuidava haverem pertencido. Essa parte já está. Haverem pertencido a uma velha que lhe dizia menino vírgula. Menino vírgula. Quem se atrasar fica a saber que não volto atrás. O mestiço tal e tal até menino procurou debalde. Debalde tudo pegado. Não de espera um bocadinho balde. Debalde significa sem sucesso. Procurou debalde vírgula. Nos contentores e no chão vírgula. Uma ponta de arame ou um quadrado de plástico que lhe permitissem abrir a porta de um dos carros estacionados e colocar vírgula. Disse vírgula. Ligando fios vírgula. O motor do carro a trabalhar ponto. Não parágrafo. Ponto só. Conhecia mal esses quarteirões longe do Bairro onde morava vírgula. Situado no extremo oposto da cidade ponto. Sempre que eu disser ponto sem dizer parágrafo é evidente que não mudam de linha. Continuam. Vamos lá. Nos quarteirões palmeiras invisíveis vírgula. À esquerda um chafariz vírgula. Numa espécie de largo vírgula. Iam batendo ao vento ponto. O mestiço acabou por aplicar um pontapé despeitado num guarda-lamas vírgula. E vírgula. De mãos nos bolsos vírgula. Principiou a deslocar-se no sentido norte da cidade vírgula. Guiado por esse instinto de bicho que os africanos geralmente possuem ponto. Geralmente possuem. Tentando de caminho forçar um ou outro veículo que resistiu aos seus desígnios ponto. Desígnio significa. Como explicar. O seu objectivo. A sua intenção. A sua vontade. Ou seja queria forçar as portas dos veículos e não conseguia por não dispor de materiais adequados. O tal arame. O tal plástico. Não vou explicar adequados. Quem sabe sabe e quem não sabe fica a chuchar no mindinho. Adiante. E chegados a esta frase confesso sentir alguma pena dele visto que o trajecto à pata de Chelas ou Marvila à Amadora é um esticão e peras. Mas treze anos caramba. Mas músculos novos em folha. O coração saudável. Santas idades. A resistência natural da juventude. E aqueles estômagos que até engolem parafusos. Aquelas vesículas que aguentam toneladas de ovos. A minha pena que diminui. Se tivesse passado pelos problemas que eu passei ainda vá. O sopro na mitral. As vertigens. Esta coisa no pulmão em que o médico não há maneira de acertar. Entre parênteses cada patamar é um século. Permito-me afirmar sem exagero que conquistado com sapatos de chumbo. Lento como um escafandrista se me é permitida a comparação. Numa dificuldade de convalescença. Outra comparação. Ou imagem. Quem se rala. Eu encostado à parede sem força para rodar a chave na fechadura e quando me é devolvida ou consentida um pouco de energia não acerto com a ranhura porque os dedos demoram mais tempo que o resto do corpo a serem meus, deixam escapar a chave, a luz apaga-se, não dou com o botão para a acender, procuro sem sucesso a chave com a biqueira tacteando o capacho, o botão mudou de sítio visto que não o descubro, mais para cima, mais para o lado, sei lá onde ficam os degraus e por ignorar onde ficam a consequente possibilidade de queda, colo do fémur, peróneo, fractura do baço, não esperem que troque por miúdos a palavra consequente, amanhem-se, e quanto à queda o primeiro vizinho dará por mim amanhã lá em baixo já frio esmagado contra as caixas do correio, a minha mulher percebeu qualquer coisa porque me grita de dentro

— Aposto que voltaste a largar a chave que seca

numa voz que quase desde que a encontrei, quase desde o princípio, me põe louco, a maneira de pronunciar certos ditongos, o perpétuo tom afirmativo das perguntas, não a dúvida

— Terás largado a chave?

a certeza

— Aposto que largaste a chave que seca

(tudo nela me põe louco Santa Maria)

e é a sua chave que gira aos sacões na fechadura, não a minha e lá está a minha consola de embutidos e tampo de mármore falso com o relógio doirado em cima

(em que dois anjinhos gorduchos, nunca vi anjinhos chupados das carochas, fingem amparar o mostrador)

e o pagem de loiça que herdei da minha mãe coitada, estou a vê-la enternecida com o pagem

— Espero que o trates bem um dia

o botão da luz no sítio do costume afinal onde ia jurar que o procurei, onde tinha a certeza absoluta que o procurei e o qual voltou a troçar-me, a minha mulher a encontrar a minha chave pode dizer-se que sem olhar

— A paciência que eu tenho

ou antes quase sem olhar nesse entendimento com os objectos que sempre lhe invejei, gavetas tortas que se desempenam para ela, tampas de boiões irredutíveis que se abrem, se me permitem o exagero, sozinhas, o isqueiro do esquentador a acender-se de imediato pronto a transformar-se numa plantação de chamas, o regresso à bancada da cozinha com a frase do costume atirada com desdém sobre o ombro

— Se me tivessem contado não acreditava

e eu quatro milhas de tijoleira até alcançar o sofá e não sou capaz, ganas de me estender, me deslocar de gatas, agonizar, o mestiço de treze anos enfezado, mal nutrido, magrinho, que dialogava com um sapato e uns ossos anónimos na esperança de uma velha que lhe dissesse

— Menino

chegou ao Bairro de madrugada quando o fulgor das rútilas estrelas se dissipava vagarosamente que estas coisas demoram, nada é como desejamos na vida e eu que o diga, chegou ao Bairro quando o fulgor e tal se dissipava na hórrida lentidão dos elementos e o firmamento não negro, alaranjado, anil, o que lhes apetecer, é-me igual, só me interessa despachar esta gaita o mais depressa que a caneta é capaz, não me preocupa a cor nem tão pouco faço tenções de me deter no parque de campismo, nas figueiras bravas, nas cabanas, entrego o assunto a quem falou antes de mim ou àqueles que porventura vierem depois uma vez que há sempre quem venha depois corrigir o que dissemos mostrando os nossos raciocínios esquemáticos e as nossas sensações absurdas, de qualquer modo as cabanas ainda intactas mais os cactos, os frangos e a traparia colorida dos pretos, que frete, vírgula, esqueceu-me o ditado e as obrigações para com a entidade empregadora, a minha mulher a espreitar à distância que não nos tocamos há anos, o apetite carnal vai perdendo arestas com a convivência julgo eu, pelo menos no que me diz respeito é assim, agradeço-lhe que não me toque, para quê tocar num corpo em repouso que detestaria que o acordem, ela cujo apetite carnal perdeu também arestas com a convivência

(substituir perder arestas na revisão, fabricar outra léria)

a minha mulher cheia de cócegas

— Pára

a minha mulher a binocular o que escrevo

— O que são estes papéis?

e aí está a prova do que afirmo, não uma pergunta, uma ordem de resposta

— O que são estes papéis?

eu a escondê-los com a manga

— Nada de especial

curvado sobre o tampo apesar de o médico

— A coluna amigo

e agora concentrem-se meus senhores que é como trato os internados mau grado a sua tenra idade e a ebulição sem nexo dos seus espíritos acanhados, concentrem-se vírgula meus senhores vírgula que nos aproximamos a passos largos

(a experiência ajudou-me a verificar que os lugares-comuns resultam mais facilmente ou vírgula pelo menos vírgula possuem

333

alguma possibilidade de serem digeridos pela congénita turvação daqueles crânios)

concentrem-se meus senhores, anunciei eu, que nos aproximamos a passos largos, a passos muito largos, a passos larguíssimos do final do ditado com maiúscula, Ditado, um minuto ainda, dois minutos no máximo e o suplício

(suplício. s. m. 1: grave punição corporal ordenada por sentença; tortura, sevícia (o s. da roda) 2: sofrimento físico intenso provocado propositadamente a um ser, humano ou animal, por crueldade 3: sofrimento intenso provocado em um ser humano por técnicas especiais que podem envolver aparelhos esp. desenvolvidos para isso, com o fim de obter revelações ou confissões de crimes, quer tenham sido, quer não, praticados por aquela pessoa: tortura (na Idade Média as confissões eram arrancadas por meio de s.) 4: pena de morte 5: execução dessa pena 6: dor física intensa e prolongada (a presença do rival para ele era um s.) ETIM. lat. supplicium, acto de dobrar os joelhos; preces públicas; oferendas (aos deuses); brinde, mimo, presente; ramo levado pelos suplicantes. Ver sinonímia de martírio)

concentrem-se meus senhores, retomo eu, que nos aproximamos a passos largos e rápidos do final do ditado, um minuto, dois minutos no máximo e para vossa satisfação e alívio o suplício termina, portanto, não escrevam ainda, cá temos nós o mestiço com todos os atributos que acima enunciei, enfezado e os adjectivos seguintes, no Bairro com as características que enunciei igualmente e nas quais para obviar redundâncias que nos fazem perder tempo a vocês e a mim não insisto, o mestiço não a encaminhar-se já

(o silêncio de que o mundo é feito a esta hora meu Deus, meu Deus entre vírgulas, deveria pô-lO entre parênteses para sempre e não me atrevo, entre vírgulas na insensata ilusão das vírgulas crescerem mais que garras incomodando-O, torturando-O, obrigando-O a arredar-se de mim e a deixar-me em paz, o silêncio de que o mundo é feito a esta hora que não faço ideia qual seja, vinte e duas, vinte e quatro, zero três, que se foda, nem um zumbido na rua, uma folhinha que se desprenda em crepitações suavíssimas, o inaudível murmúrio dos defuntos que se afasta de nós)

o mestiço não a encaminhar-se na direcção do armazém onde presumia, o pateta, que os outros ou do apeadeiro ou das faias

334

(e esta espécie de rodopio interior que o silêncio do mundo traz consigo, a eterna pergunta quem sou que me torna uma semente a entrar-nos pela janela numa flutuação demorada, vocês que nada percebem não me abandonem agora)

ou das travessas sem rumo e uma voz inlocalizável não de africano, de branco

(nas figueiras bravas?)

as vozes dos africanos outra espessura, outra fibra, uma voz de branco a ordenar não sei quê, a espreitar não a metade de vivenda ou habitação de caseiro onde o mestiço morou com os pais quer dizer restos de caliça, musgos, pranchas convencidas que soalho, um lustre surpreendente entre cornucópias de estuque, uma poltrona quase completa cujo verniz tombou, o mestiço a dar conta de uma tremura nos cactos e uma doninha que estopada, as pupilas dela, a cabeça, a cauda erecta

(erecta com C entre o segundo E e o T, C sugiro que labial, não afirmo, mais sopro que outra coisa e ao soprar a minha mulher a desdobrar o lenço indignada

— Tantos perdigotos que nojo)

o mestiço

· (retomámos o ditado é o último parágrafo)

o mestiço a levantar um taco vírgula a abrir um saco de lona

(eu uma sementinha que sai pela janela e definitivamente perco)

a abrir um saco de lona não sei se vírgula e a retirar do saco uma espingarda vírgula cartuchos vírgula

(não consigo dizer isto devagar perdoem têm de correr ao meu lado)

cartuchos vírgula uma pistola pequena vírgula e um sininho furtado de um minimercado em Almada escorrendo vírgula sobre a porta vírgula os seus pinguinhos de som vírgula o mestiço a agitar o sininho e a alegrar-se com o tinir do badalo contra a campânula de cobre vírgula a guardar de novo a espingarda e a pistola vírgula a fechar o saco com um nó vírgula a recolocar o taco no lugar onde estava, a abandonar a vivenda

(acabaram-se as vírgulas é só correr senhores)

como a semente me abandonou a mim ou seja me abandonei a mim mesmo, vos abandonou a vocês e desapareceu no silêncio

de que o mundo é feito, acabou-se a minha mulher, acabou-se o
Instituto, acabaram-se as aulas
    (mais rápido)
    a oficina do carpinteiro, o director, os vigilantes
    (— Chega aqui pardalinho)
    os guardas que
    — Tira as mãos dos bolsos
    e portanto posso dobrar estas folhas antes que a minha
mulher
    — O que é isso?
    esquecer este relato e não tenho medo dela, não tenho
medo de vocês, não tenho medo de nada, os plátanos do pátio mil
plátanos de berma de estrada que vou ultrapassando um a um neste
carro roubado com a velha no outro banco a dizer-me
    — Menino
    e a poisar-me devagar os dedos no cabelo.

(Escrito por António Lobo Antunes em 2005 e 2006)

Este livro foi impresso na
LIS GRÁFICA E EDITORA LTDA.
Rua Felício Antônio Alves, 370 – Bonsucesso
CEP 07175-450 – Guarulhos – SP – Fax: (11) 3382-0778
Fone: (11) 3382-0777 – e-mail: lisgrafica@lisgrafica.com.br